Nach einem langen, feuchtfröhlichen Abend ist Milan Swanz auf dem Heimweg durch die kalte Winternacht. Er ist dankbar, als ein Auto neben ihm hält und ihn mitnimmt. Doch er wird nie zu Hause ankommen … Als Polizeichefin Kate Burkholder zu einem verdächtigen Feuer im Wald gerufen wird, findet sie am Tatort eine verkohlte Leiche vor. Das Opfer, Milan Swanz, war amisch und wurde auf einem Scheiterhaufen lebendig verbrannt. Wer hat diesen aufrechten Ehemann und Vater so gehasst? Bei ihren Ermittlungen stößt Kate gegen eine Wand aus Schweigen. Und als Kates eigener Bruder in den Fall verwickelt wird, steht plötzlich mehr auf dem Spiel, als sie erwartet hat.

Linda Castillo wuchs in Dayton im US-Bundesstaat Ohio auf, schrieb bereits in ihrer Jugend ihren ersten Roman und arbeitete viele Jahre als Finanzmanagerin, bevor sie sich ganz dem Schreiben widmete. Der internationale Durchbruch gelang ihr mit »Die Zahlen der Toten« (2010), dem ersten Kriminalroman mit Polizeichefin Kate Burkholder. Linda Castillo kennt die Welt der Amischen seit ihrer Kindheit und ist regelmäßig zu Gast bei amischen Gemeinden. Die Autorin lebt heute mit ihrem Mann und zwei Pferden auf einer Ranch in Texas.

Helga Augustin hat in Frankfurt am Main Neue Philologie studiert. Von 1986 bis 1991 studierte sie an der City University of New York und schloss ihr Studium mit einem Magister in Liberal Studies mit dem Schwerpunkt ›Translations‹ ab. Die Übersetzerin lebt in Frankfurt am Main.

Weitere Informationen finden Sie auf www.fischerverlage.de

LINDA CASTILLO

ASCHE
TOD

Ein Fall für Kate Burkholder

Thriller

Aus dem amerikanischen
Englisch von Helga Augustin

FISCHER
TASCHENBUCH

MIX
Papier | Fördert gute Waldnutzung
FSC® C083411

Deutsche Erstausgabe
Erschienen bei FISCHER Taschenbuch

Die amerikanische Originalausgabe erschien 2024
unter dem Titel »The Burning« bei Minotaur Books, ein Imprint
von St. Martin's Publishing Group, New York

Dieses Werk wurde im Auftrag von St. Martin's
Publishing Group durch die Literarische Agentur Thomas
Schlück GmbH, 30161 Hannover, vermittelt.
Redaktion: Silke Reutler
Satz: Dörlemann Satz, Lemförde
Druck und Bindung: CPI books GmbH, Leck
ISBN 978-3-596-70984-7

Kontaktadresse nach EU-Produktsicherheitsverordnung:
produktsicherheit@fischerverlage.de

Dieses Buch widme ich
meinen Schwestern Debbie und Kim.
Ich werde Euch immer lieben.

Der Herr prüft Gerechte und Frevler;
wer Gewalt liebt, den hasst er aus tiefster Seele.

Psalm 11,5

PROLOG

So langsam dämmerte es Milan Swanz, dass er sich die falsche Nacht ausgesucht hatte, um sich zu betrinken. Nach dem langen Abend in der Bar, wo er Bier und Wild Turkey in sich hineingekippt hatte, musste er jetzt auch noch nach Hause laufen. Inzwischen war nämlich sein Saufkumpan verschwunden und damit auch seine Mitfahrgelegenheit. Als er das gemerkt hatte, war es ihm noch egal gewesen, denn da hatte er nur Augen für die Rothaarige in den engen Jeans und dem tief ausgeschnittenen Pulli gehabt, die auf den Billardtisch geklettert war, um einen komplizierten Jumpshot zu platzieren und damit das Spiel zu gewinnen. Leider war auch die Rothaarige kurz danach verschwunden, so dass er jetzt hackedicht und geil eineinhalb Meilen durch den knöcheltiefen Schnee entlang der Dogleg Road stapfen musste.

»Arrogante Schlampe«, murmelte er wütend.

Auf dem einsamen Abschnitt der Landstraße war es so dunkel, dass er Probleme hatte, den Weg auszumachen. Diese verfluchten Ohio-Winter! Als er abends um sechs Uhr in die Bar gekommen war, hatte das Thermometer angenehme zehn Grad angezeigt. Seither waren die Temperaturen gesunken und fünf Zentimeter Schnee gefallen, so dass er sich jetzt regelrecht den Arsch abfror.

Milan war gerade an der Brücke über den Little Paint Creek vorbeigekommen, als vor ihm in den kahlen, verzweigten Ästen der Bäume Scheinwerferlicht aufflackerte. Er drehte sich um, sah ein Fahrzeug näherkommen und trat zur Seite auf den

Schotterstreifen, um auszuweichen. Kurz darauf knirschten Reifen auf dem Asphalt, und der Wagen blieb neben ihm stehen. Das Fenster auf der Beifahrerseite glitt herunter.

»Keine gute Nacht, um spazieren zu gehen«, hörte er eine freundliche Stimme vom Fahrersitz.

Milan blieb stehen, beugte sich vor und blickte ins Wageninnere, wobei warme Luft ihm ins Gesicht strömte. »Womit Sie absolut recht haben.«

»Wo wollen Sie hin?«

»Nach Hause.« In der Hoffnung, mitgenommen zu werden, zeigte Milan die Straße hinunter. »Anderthalb Meilen die Straße runter.«

»Ich fahre in die Richtung. Soll ich Sie mitnehmen?«

»O Mann, das wäre großartig.«

Die automatische Türverriegelung klickte, als sie sich entsperrte. »Steigen Sie ein.«

Milan klopfte sich den Schnee von den Schultern, öffnete die Tür und glitt auf den Beifahrersitz. Ein Seufzer entkam seinem Mund, als die Wärme des Innenraums ihn umhüllte und der Geruch von Leder in seine Nase stieg. »Danke, Mann.«

»Kein Problem.« Der Fahrer blickte in den Seitenspiegel, gab Gas und fuhr weiter. »Bei so einem Wetter sollte wirklich niemand draußen sein.«

»Meine Mitfahrgelegenheit ist ohne mich los.«

»Kann passieren.«

Ein angenehmer Song, den Milan nicht kannte, drang aus der Musikanlage, er lehnte sich im luxuriösen Sitz zurück, genoss die Wärme und entspannte langsam. Eines Tages würde er auch so einen Wagen besitzen. Eines Tages würde auch er mal Glück haben und –

Ein Geräusch auf der Rückbank ließ ihn aufschrecken, etwas huschte nur Zentimeter vor seinem Gesicht vorbei, legte sich auf seinen Hals. Und dann spürte er den Druck eines Riemens auf seinem Adamsapfel.

»Hey!«, stieß er kaum verständlich hervor, denn der Druck auf seinen Kehlkopf wurde stärker.

Instinktiv riss er beide Hände hoch, um den Riemen zu lockern, aber der legte sich immer fester um seinen Hals, nahm ihm die Luft und schnitt ihm die Blutzufuhr zum Gehirn ab. Er grub seine Nägel tief in sein Fleisch, ritzte sich die Haut auf, doch er konnte die Finger nicht unter den Riemen kriegen.

Panik erfasste ihn. Sein Körper zuckte, bäumte sich auf, er trat mit den Füßen um sich, drückte den Rücken in die Sitzlehne, hob ein Knie und rammte den Fuß ins Armaturenbrett, Plastik splitterte.

Aber der Riemen zog sich immer enger zu. Er konnte nicht mehr atmen, nicht mehr sprechen, er krümmte den Rücken, wand sich nach rechts und links, trat mit den Füßen, versuchte, ein Bein zu heben, um die Windschutzscheibe einzutreten, doch dafür war nicht genug Raum. Er schlug mit dem linken Arm zur Seite, um den Fahrer zu treffen, und knallte stattdessen mit dem Unterarm ans Lenkrad.

Blinde Panik überkam ihn. Er bohrte seine Finger ins Fleisch an seiner Kehle, hob den rechten Fuß, trat gegen das Handschuhfach, einmal, zweimal, hörte den Kunststoff krachen. Er riss den Mund auf, doch der Schrei erstickte, und seine Zunge hing zwischen den Zähnen heraus. Er bekam keine Luft. *Keine Luft.*

Das Licht flackerte und verdüsterte sich, die Musik verflüchtigte sich zu einem Rauschen, seine Hände fielen ihm in den Schoß, und seine Blase entleerte sich. Die Wärme breitete sich in seinem Schritt aus, aber das fühlte er schon nicht mehr.

***

Als Milan Swanz zu Bewusstsein kam, war es dunkel und kalt, und er hatte fürchterliche Kopfschmerzen. Ein eisiger Wind schnitt durch seine Jacke und seine Jeans, in seinem Hirn herrschte Chaos. Er war im Freien und fror bis auf die Knochen. Ihm fiel der Wagen ein, der ihn mitgenommen hatte, der Riemen um seinen Hals, dass jemand vom Rücksitz aus versucht hatte, ihn zu erdrosseln …

Er öffnete die Augen und blickte sich um. Eine Wand aus Bäumen umgab ihn, grauer Nachthimmel über skelettartigen Ästen. Schnee fiel wie Asche. Kein Mensch war zu sehen. Er versuchte, sich zu orientieren, aber er erkannte nichts wieder.

Wo war er?

Was zum Teufel ging hier vor?

Er stand aufrecht, aber nicht aus eigener Kraft. Alarmglocken schrillten in ihm auf, als ihm klarwurde, dass seine Hände im Rücken an etwas Festes, Raues gefesselt waren. Er versuchte, die Fesseln an seinen Handgelenken zu lockern, doch sie waren entweder aus Draht oder Kabelbinder und gaben keinen Millimeter nach. Beim Blick nach unten sah er, dass er auf einem Stapel Holzpaletten stand. Jemand hatte auch etwas, das wie Feuerholz und Reisig aussah, zu seinen Füßen aufgestapelt. »Was zum Teufel?« Seine Stimme hallte von den Bäumen wider, aber die einzige Antwort war das Rieseln des Schnees und das laute Hämmern der Angst in seiner Brust.

»Hallo«, rief er. »Wer ist da?«

Er hörte Schritte, blickte mit zusammengekniffenen Augen ins Dunkel und sah einige Meter entfernt eine Gestalt auf sich zukommen. Der Typ im Auto, wurde ihm klar.

»Alter, ich weiß verdammt nochmal nicht, was du vorhast, aber du kommst besser her und schneidest mich los.«

Der Mann blieb vor ihm stehen, wirkte gelassen, entschlossen, sein Gesichtsausdruck unberührt. In dem Moment sah Milan den Behälter in seiner Hand, und ein unangenehmes Kribbeln machte sich in seinem Bauch breit. »Was zum Teufel hast du vor?«, knurrte Milan.

Keine Antwort.

»Mach mich los!«, schrie er.

Aus dem Schatten tauchte ein zweiter Mann auf. Langer Wintermantel, Hut, Handschuhe, einen ähnlichen Behälter in der Hand. Diesmal wusste er, was drin war: Diesel. Trotz der Kälte spürte Milan, wie ihm der Schweiß den Rücken runterlief.

»Lass mich gehen, Mann.« Er hatte die Worte wie einen Befehl klingen lassen wollen, aber sie kamen wie das Quieken eines Kindes heraus. »Komm schon, Kumpel.«

Ohne ihn zu beachten, öffnete der Mann vor ihm den Behälter und goss den Inhalt auf die Holzpaletten. Sofort stieg der Gestank von Diesel auf. Einen Moment lang starrte Milan ungläubig nach unten, dann wurde jede Faser seines Körpers von Panik erfasst. Adrenalin durchflutete seine Adern wie Nitroglyzerin. Er zerrte an seinen Fesseln, versuchte, die Arme nach vorne zu reißen, aber der Draht schnitt tief ins Fleisch an seinen Handgelenken. Er krümmte und wand sich, um von dem freizukommen, an das er festgebunden war, versuchte, sich mit den Füßen abzustoßen, aber auch die waren an den Gelenken festgebunden.

Lieber Gott im Himmel, was ging hier vor?

»Was zum Teufel soll das?«, schrie er.

Keiner der beiden Männer beachtete ihn. Sie arbeiteten im Einklang, sorgfältig, ihre Mienen ruhig und unergründlich. Ein eingespieltes Team, methodisch vorgehend, konzentriert auf die Erledigung seiner Aufgabe.

Der Geruch von Diesel, vermischt mit der kalten Luft, stieg in Milans Nase. Entsetzen packte ihn, Galle füllte seinen Mund. Aus Angst, sich übergeben zu müssen, spuckte er aus.

»Seid ihr verrückt?«, schrie er. »Das könnt ihr nicht machen, lasst mich frei!«

Wieder zerrte Milan an den Fesseln, krümmte den Rücken, warf den Kopf von einer Seite auf die andere und versuchte mit der ganzen Kraft der Verzweiflung, sich aus den Fesseln zu winden, er grunzte vor Anstrengung. Noch einmal versuchte er, seine Beine zu bewegen, denn wenn er wenigstens das Holz beiseitestoßen könnte, hätte er vielleicht eine Chance …

»Hilfe! Helft mir! Irgendwer!« Seine Stimme klang wie das Heulen eines Hundes, das Grauen darin hatte nichts Menschliches mehr.

Die Männer beendeten ihre Vorbereitungen, traten ein paar Schritte zurück und stellten die Behälter auf den Boden. Wortlos neigten sie ihre Köpfe.

»Verrückte Arschlöcher!«, schrie Milan. »Warum macht ihr das?«

Der Dieselgestank hing schwer in der Luft. Milan blickte hinab auf die Paletten und Holzscheite, die um seine Füße aufgehäuft waren und sich langsam mit der Flüssigkeit vollsogen. Er wusste, was sie vorhatten. Und zum ersten Mal seit Jahren flehte er Gott um Hilfe an.

»Bitte!«, schrie er. »Helft mir doch! *Hilfe! Irgendwer!*«

Einer der beiden Männer trat zu ihm. Milan sah das Feuerzeug in seiner Hand. »Warte! Warte! *Nicht!*«

Der Zündmechanismus klickte, Panik und Grauen überwältigten ihn angesichts der kleinen Flamme. Es war, als würden Tausende Nadeln in sein Rückgrat stechen.

»Seid ihr total durchgeknallt?«, schrie er. »Hört auf! *Aufhören!*«

Der Mann warf das Feuerzeug, ein leises Klirren, als es auf dem Holz aufschlug. Fassungslos sah Milan zu, wie es zwischen den Scheiten verschwand. Ein Augenblick der Hoffnung, dass es nicht zünden würde, dann orangerotes Flackern und ein Zischen, als die Flammen hochschossen.

»Lieber Gott! O Gott! *Nein!*«

Hitze schlug gegen seine Schienbeine und kroch seine Schenkel hinauf. Der Geruch von brennendem Holz und Stoff, seine Schienbeine schmerzten, als würden Brandeisen darauf gedrückt. Die Hitze wanderte weiter an seinem Körper hoch, erfasste Genitalien und Bauch.

Er roch versengtes Haar, spürte Flammen im Gesicht, auf Lippen, Augen. Das Grauen zu wissen, was als Nächstes kommen würde. Er schrie vor Panik und Entsetzen, schluckte Funken, seine Lunge brannte, Speichel kochte in seinem Mund. Die Schmerzen waren zu groß, um sie zu ertragen.

Sein Darm entleerte sich.

Er brüllte vor Qual.

Und die Flammen verschlangen die Nacht.

1. KAPITEL

Fehler waren Officer Chuck »Skid« Skidmore nicht fremd, er hatte in seinem Leben schon ein paar gemacht. Mehr als ein paar, wenn er ehrlich war. Einige hatten ihm geschadet, bei anderen war er ungeschoren davongekommen, hatte aber etwas aus ihnen gelernt. Die meisten seiner Fehler waren harmloser Natur gewesen – ein schlechtes Urteilsvermögen, mangelhafte Planung, oder er hatte sich einfach nicht genug Mühe gegeben, das Richtige zu tun.

Er stand auf der überdachten Brücke und beobachtete, wie seine Kollegin Mona Kurtz hinter seinem Streifenwagen anhielt, und dachte sich, dass das, was er vorhatte zu tun, so weit von Unschuld entfernt war, wie er es sich nur vorstellen konnte. Doch er besaß einfach nicht die nötige Selbstdisziplin, um sich zurückzuhalten.

Es war halb drei Uhr morgens, und es schneite wie verrückt. Er war seit Mitternacht im Dienst und hatte noch nicht einen einzigen Anruf entgegengenommen. Langeweile gepaart mit Lust waren eine schlechte Kombination für einen Mann, der seit fast sechs Monaten von einer Frau – einer Kollegin – besessen war.

»Schön, dich hier zu treffen«, sagte Mona, warf ihre Autotür zu und ging zu ihm.

»Das habe ich auch gerade gedacht.« Er hielt sich, so gut er konnte, zurück, lehnte weiter mit verschränkten Armen an seinem Streifenwagen, und für einen Moment genoss er einfach nur ihren Anblick. Lange Beine, das Haar ein bisschen wild.

Unter dem offenen Mantel trug sie noch ihre Uniform, und er konnte die Umrisse ihrer Figur ausmachen.

»Hast du Feierabend?«, fragte er.

»Ich bin frei wie ein Vogel.«

Ohne Aufforderung oder Zögern ging sie auf ihn zu und ließ sich gegen ihn fallen. Die Berührung war wie eine Bombe, die in seiner Brust detonierte. Er schlang die Arme um sie, sog ihren Duft nach Kokosnuss und Minze ein und wollte sie nur noch mehr. Er hatte nicht die Absicht gehabt, sie zu küssen, aber im nächsten Moment war sein Mund auf ihrem.

Sie schlang ihre Arme um seinen Hals, presste sich an ihn, er spürte ihre Brüste, ihr Becken.

»Dir ist schon klar, dass das nicht gerade klug ist, oder?«, murmelte er.

»Total klar«, keuchte sie.

Er sagte etwas von Karriere und gesundem Menschenverstand, aber sie brachte ihn küssend zum Schweigen. Mit wild klopfendem Herzen drehte er sie herum, drückte sie gegen die Autotür und fuhr mit den Händen unter ihre Bluse, fummelte am BH-Verschluss. Das Blut rauschte ihm vom Kopf bis knapp unter den Gürtel seiner Hose.

»Rückbank«, stieß er aus, tastete nach dem Türgriff.

»Beeil dich.«

Er fand den Griff und öffnete die Tür, war so fixiert darauf, sie ins Auto zu bekommen, dass er den Schrei fast überhört hätte.

Mona erstarrte in seinen Armen und drehte den Kopf zur Seite, unterbrach den Kuss. »Hast du das gehört?«

»Ja.« Skid richtete sich auf, schüttelte sich innerlich. »Klang wie ein Schrei.«

Nicht bloß ein Schrei, dachte er, vielmehr die Art von Laut, bei dem einem die Nackenhaare zu Berge stehen.

»Wer ist mitten in der Nacht im Wald und schreit sich so die Lunge aus dem Hals?«, flüsterte sie.

Er löste sich von ihr, sah sich um, sein Polizisteninstinkt kehrte langsam zurück. Erst jetzt nahm er den Geruch von Rauch wahr. »Irgendwas brennt.«

Mona ließ den Blick wandern, als wollte sie sich ins Gedächtnis rufen, wo sie waren. »Ich rieche es auch.«

»Wir müssen nachsehen.«

»Ja.«

Skid zog die Mini-Maglite aus seinem Gürtel, richtete den Strahl auf den Wald. Und tatsächlich schwebten weiße Rauchschwaden zwischen den Bäumen.

»Der Wind kommt von Norden«, murmelte er.

»In der Richtung ist keine Farm, Skid«, sagte sie.

»Es ist viel zu kalt, als dass jemand zelten würde.« Den Kopf zur Seite geneigt, drückte er auf sein Ansteckmikro. »Zehn-dreiundsiebzig«, meldete er der Zentrale den Code für Feuer in der Umgebung.

Margarets Stimme kam knisternd aus dem Funkgerät. »Standort?«

»Dogleg Road«, sagte er. »Bei der Brücke über dem Little Paint Creek.«

»Soll ich die Feuerwehr schicken?«

»Ich will erst mal sehen, was da los ist, bevor wir jemanden aus dem Bett holen.«

»Verstanden.«

Sie gingen auf die andere Straßenseite, durchquerten den Straßengraben und stiegen über einen kaputten Drahtzaun. Sobald sie in den Wald traten, war es stockdunkel und roch noch stärker nach Rauch. Holzrauch vermischt mit etwas Unangenehmem. Die Ohren gespitzt, schlängelte Skid sich fünfzig Meter durch die neuangelegte Schonung, an Himbeersträuchern und totem Unterholz vorbei, aber außer den knirschenden trockenen Blättern unter ihren Stiefeln hörte er nichts.

»Feuer.« Mona zeigte geradeaus. »Da vorn rechts, zwischen den Bäumen.«

»Ich sehe es auch«, sagte er. »Sei vorsichtig.«

»Klar.«

Sie sprinteten los, versuchten, so leise wie möglich zu sein, was aber in dieser totalen Stille fast unmöglich war. Die ganze Zeit über hatte Skid die Hand an seiner Waffe.

»Polizei Painters Mill!«, rief er, als sie sich näherten. »Identifizieren Sie sich!«

Keine Antwort.

Er hörte das Feuer knistern und knallen, noch bevor sie die Lichtung erreichten. Eine Art Lagerfeuer, dachte er. Das aufgeschichtete Holz brannte lichterloh, Flammen schlugen fünf Meter in die Höhe. Keine Menschenseele weit und breit.

»Polizei!« Fünf Meter entfernt, betrat Mona die Lichtung. »Zeigen Sie sich! Sofort!«

Die einzige Antwort kam vom Knistern des Feuers.

»Wer immer hier war, scheint sich aus dem Staub gemacht zu haben«, murmelte Mona.

Skid ließ den Blick langsam über die Szene wandern, wobei ihm zunehmend unbehaglich wurde. Er hatte angenommen, dass sie auf eine improvisierte Party aufmerksam geworden waren. Dass junge Leute um ein Lagerfeuer säßen, Bier tranken oder Dope rauchten und sich die Hintern abfroren. Aber irgendetwas stimmte hier nicht. Keine Bierflaschen, kein Müll, keine Möglichkeit zu sitzen. Und nur wenige Schuhabdrücke im Schnee.

»Was zum Teufel ist das hier?«, murmelte er.

»Skid.«

Etwas in Monas Stimme ließ ihn aufhorchen. Sie stand unweit des Feuers, das Gesicht mit der Hand vor der Hitze abgeschirmt und den Kopf zur Seite geneigt, wirkte sie ausgesprochen irritiert.

»Was ist das?«, flüsterte sie.

Mitten aus dem Feuer ragte ein Pfahl, etwa zwei Meter fünfzig hoch und dick wie ein Telefonmast. Etwas seltsam Menschenähnliches hing daran.

»Ach du Scheiße«, sagte er.

»Ist das ...«

»Hol den Feuerlöscher«, sagte er. »Beeil dich! Ich versuche, ihn da rauszuholen.«

Mona wirbelte herum und rannte in Richtung ihrer Wagen.

Skid wollte näher ans Feuer herangehen, aber die Hitze trieb ihn augenblicklich zurück. Unfähig, den Blick von dem menschenähnlichen Ding an dem Pfahl zu nehmen, drückte er auf sein Ansteckmikro. Er kannte ihr Zehner-Code-System wirklich gut, aber welche Nummer er für das hier nehmen sollte, wusste er beim besten Willen nicht. »Hier draußen brennt es! Ein Brandopfer. Zehn-zweiundfünfzig.« Das war der Code für die Anforderung eines Krankenwagens.

»Verstanden.« Eine besorgte Pause entstand. »Bist du in einem Gebäude?«

»Negativ. Nur ... im Wald. Ruf den Chief an, Margaret«, sagte er. »Ich glaube, wir haben hier einen Mordfall.«

2. KAPITEL

Das Klingeln meines Handys reißt mich aus dem Tiefschlaf. Ich wälze mich herum, taste danach und halte es mir vors Gesicht, sehe blinzelnd aufs Display. ZENTRALE. 2:47 Uhr. Ich nehme ab, knurre meinen Namen.

»Burkholder.«

»Tut mir leid, dass ich Sie geweckt habe, Chief«, ertönt die Stimme der Nachtschicht-Mitarbeiterin. »Hab gerade einen Anruf von Skid bekommen. Es gibt ein Feuer und eine Leiche draußen nahe der Dogleg Road.«

Sofort bin ich hellwach, setze mich aufrecht hin, schwinge die Beine aus dem Bett. »Ein Gebäude?«, frage ich, stehe auf und gehe zum Schrank. »Haus? Scheune?«

»Im Wald«, sagt sie. »Nahe der überdachten Brücke.«

Während ich eine Uniformbluse vom Kleiderbügel zerre, versucht mein noch nicht waches Hirn, den Sinn ihrer Worte zu verstehen. »Ein Autounfall?«

»Davon hat er nichts gesagt. Klang ziemlich aufgewühlt.«

»Sagen Sie ihm, ich bin auf dem Weg.«

Aus den Augenwinkeln nehme ich wahr, wie sich mein Mann, John Tomasetti, im Bett aufgesetzt und sich mit den Händen übers Gesicht reibt. »Alles okay, Chief?«

»Bin nicht sicher.« Ich krame meine Hose aus einer Schublade und ziehe sie an. »Es brennt im Wald nahe der Dogleg Road. Skid sagt, es gibt eine Leiche.«

»Seltsame Kombination.« Er nimmt sein Handy und checkt die Zeit. »Soll ich mitkommen?«

Tomasetti ist Agent beim Ohio Bureau of Criminal Investigation und war davor Detective der Cleveland Division of Police. Über die letzten Jahre haben wir an Dutzenden Fällen zusammengearbeitet und sind nicht nur ein ausgezeichnetes Ermittlerteam, wir kriegen auch unser Leben als Ehepaar ziemlich gut hin.

Ich nehme meinen Ausrüstungsgürtel vom Stuhl und schnalle ihn um. »Musst du nicht um sieben in Columbus sein?«

»Leider.« Seufzend steht er auf, umrundet das Bett und nimmt mich in die Arme. »Ich würde lieber mit dir abhängen.«

»Eine Leiche würde dabei wohl eher stören.«

»Kann man aber einfach loswerden.«

Wir sind jetzt seit zwei Monaten verheiratet. Eine Veränderung, die mir noch immer nicht ganz geheuer ist – und eine Freude, die zu fühlen mir beinahe Angst macht. Vielleicht, weil ich zum ersten Mal im Leben rückhaltlos glücklich bin und genieße, wie alles zusammenpasst.

Er küsst mich.

Ich erwidere seinen Kuss und entziehe mich seiner Umarmung, Sekunden bevor ich weiche Knie bekomme. »Tomasetti, hat dir schon mal jemand gesagt, dass du einen makabren Sinn für Humor hast?«

»Das höre ich oft.«

Ich drehe mich um, ziehe die Nachttischschublade auf, nehme meine .38er heraus und stecke sie in mein Holster.

»Nimm dich in Acht da draußen, Chief«, sagt er.

»Wir sehen uns beim Abendessen«, erwidere ich.

Ich streife mit meinem Mund seinen und bin zur Tür hinaus.

***

Um diese Zeit schläft das ländliche Ohio tief und fest, in den abgelegenen Straßen ist es dunkel und still. Schnee wirbelt im Scheinwerferlicht des Explorers. Ich schalte das Blaulicht meines Dienstwagens ein, gebe Vollgas und ignoriere jedes Stoppschild, das mich zu bremsen versucht, und brauche für die Fahrt, die gewöhnlich eine halbe Stunde dauert, siebzehn Minuten.

Im Herzen von Amish Country liegt Painters Mill, eine hübsche Kleinstadt mit fünftausenddreihundert Einwohnern, von denen ein Drittel amisch ist. Ich bin als Amische geboren, habe die Glaubensgemeinschaft aber im Alter von achtzehn Jahren verlassen, als das Schicksal mir den Boden unter den Füßen weggezogen hatte. Ich lief so weit weg von Painters Mill – und meinen Wurzeln –, wie ich konnte, und landete in Columbus, wo ich, so unwahrscheinlich es damals schien, in den Polizeidienst eintrat. Ich durchlief eine harte Schule, machte dabei haufenweise Fehler und lernte, *nicht* amisch zu sein. Als ich schließlich Streifenpolizistin wurde und mein Leben in geordneten Bahnen verlief, hat es mich immer mehr zurück zu meinen Wurzeln gezogen. Als dann die Stelle des Polizeichefs frei wurde und der Gemeinderat mir den Job angeboten hat, habe ich zugesagt.

Seither war mein Leben hier nicht frei von Schwierigkeiten, aber ich habe nie zurückgeblickt und meine Entscheidung nie bereut. Meine Eltern sind inzwischen gestorben, aber meine Geschwister leben mit ihren Familien noch immer in der Gegend. Und sie sind noch immer amisch. Als Kinder standen wir uns sehr nahe, aber nachdem ich weggegangen war, wurde es extrem schwierig zwischen uns. Aber wir arbeiten daran, dass unser Verhältnis wieder so innig wird, wie es einmal war.

Als ich schließlich in die Dogleg Road Richtung überdachte Brücke einbiege, fallen dicke Schneeflocken vom Himmel. Ich entdecke Skids Streifenwagen, der mit blinkenden Warnlichtern am Straßenrand steht, und greife nach meinem Funkgerät. »Zehn-dreiundzwanzig«, sage ich, lasse die Zentrale im Revier wissen, dass ich am Einsatzort angekommen bin.

Monas privates Auto parkt hinter dem Streifenwagen, was mich einigermaßen überrascht. Sie ist der Neuling in unserem Revier und zugleich der erste weibliche Officer in Painters Mill. Zufällig weiß ich, dass sie bis Mitternacht gearbeitet hat. Da sie aber nach ihrer Schicht oft noch dableibt, besonders, wenn etwas Interessantes vor sich geht, mache ich mir wegen ihrer Anwesenheit keine allzu großen Gedanken.

Ich parke hinter ihrem Wagen und steige aus. Kein Mensch weit und breit. Keine anderen Fahrzeuge, kein Anzeichen eines Feuers. Nur Rauchgeruch hängt in der Luft. Ich drücke die Sprechtaste des Handfunkgeräts. »Skid, wo sind Sie?«

»Genau nördlich von meinem Wagen, Chief. Hundert Meter.«

Seine Stimme klingt angespannt. Ich knipse meine Maglite an, entdecke zwei Schuhabdrücke, folge ihnen durch den Straßengraben und steige über den Zaun, leuchte im Halbkreis um mich herum und fange an zu sprinten. Zwanzig Meter vor mir sehe ich die flackernden Lichter von Taschenlampen zwischen den Bäumen. Die ganze Zeit über versuche ich, mir ein Szenario vorzustellen, das zu dem Feuer und der Leiche geführt haben könnte. Die Gegend hier ist abgelegen und im Frühjahr oft überflutet. In der Nähe gibt es weder Farmen noch Häuser, und es führt auch keine Straße und kein Feldweg hier entlang, auf dem ein Auto fahren könnte.

Was hatte also jemand hier draußen zu suchen, und warum ist er oder sie jetzt tot?

Nach etwa hundert Metern erreiche ich eine Lichtung. Ein Stück weiter sehe ich die schwelenden Überreste eines Feuers, aus dem weißer Rauch aufsteigt. Skid und Mona stehen etwa drei Meter von dem Haufen glühender Asche entfernt. Skid hat einen Feuerlöscher in der Hand. Beide wirken sehr aufgeregt.

»Da ist jemand im Feuer!«, ruft Skid.

Ich renne los, erkenne schon bald einen verkohlten Pfahl, der mitten aus der glühenden Feuerstelle ragt. Ein ungutes Gefühl überkommt mich beim Anblick der irgendwie vage menschlichen Gestalt, die an dem Pfahl befestigt ist.

»Lebt er noch?« Meine Stimme klingt normal, als ich die beiden erreiche, aber mein Puls rast, und meine Nackenhaare sträuben sich.

Von allen meinen Officern – insgesamt fünf – ist Skid derjenige, der am ehesten dazu neigt, im unpassenden Moment einen klugscheißerischen Kommentar abzugeben. Aber heute Nacht sehe ich nur Fassungslosigkeit und Unglauben in seinem Gesicht.

»Ich kann nicht nah genug rangehen, um was zu erkennen«, sagt er. »Ist einfach zu heiß.«

»Hat es bei Ihrer Ankunft noch gebrannt?«

»Stand voll in Flammen.« Er hebt den Feuerlöscher hoch. »Chief, Mona und ich waren in der Nähe, er hat noch gelebt, wir haben einen Schrei gehört. Aber als wir ihn dann gefunden haben, hat er sich nicht mehr bewegt.«

»Wir haben das Feuer gerade erst löschen können«, sagt Mona.

Ich sehe sie an, bemerke den kleineren Feuerlöscher in ihrer Hand. »Spritzen Sie Schaum auf die glühende Asche.«

Sie tut es.

»Wir müssen ihn da rausholen.« Ich sehe Skid an. »Krankenwagen?«

»Ist unterwegs. Die Feuerwehr auch.«

In meinen Dienstjahren bei der Polizei hatte ich schon mit unterschiedlich schweren Brandverletzungen zu tun – mit Opfern von Hausbränden, Autounfällen, Verätzungen und von Rauchvergiftungen. Aber so etwas habe ich noch nie gesehen. Der Oberkörper ist in einer aufrechten Position, von der Kleidung ist nichts mehr übrig. Das sichtbare braune und schwarze Fleisch ist mit grauenhaften rostfarben Flecken übersät. Auch der Hals ist rostfarben und sieht feucht aus. Der Kopf hängt nach vorn, der untere Teil des Gesichts ist braun, die Stirn blutig und voller Blasen.

»Wir müssen ihn da rausholen«, sage ich.

»Alles klar«, sagt er.

Das Problem ist nur, dass das Opfer von glühender Asche umgeben ist. Ohne sich selbst die Füße zu verbrennen, kann man nicht rankommen.

»Mona.« Ich werfe ihr den Schlüssel von meinem Explorer zu. »Holen Sie meinen Werkzeugkasten, Wasser, Schaufel. Schnell!«

Sie fängt den Schlüssel mit einer Hand, wirbelt herum und sprintet los.

Ich lasse meinen Blick über die nähere Umgebung schweifen, suche etwas – ein Stück Holz oder einen großen flachen Stein –, auf dem wir stehen und mit dem wir die glühende Asche beiseiteschieben können, kann aber nichts dergleichen entdecken.

»Mist.« Ich gehe so nah wie möglich ran, strecke den Arm aus, aber die Hitze ist nicht auszuhalten, und ich mache einen Schritt zurück. Die Situation ist unerträglich. »Zehn-zweiundfünfzig, dringend«, fordere ich über Funk, dass sich der Krankenwagen beeilen soll. »Wir haben ein Brandopfer.«

Skid läuft auf der Lichtung umher, sucht etwas, womit wir unsere Füße schützen können, aber außer Holzabfällen gibt es hier nichts.

Ich kann nicht aufhören, das Opfer anzusehen. Es ist an einem Holzpfahl festgebunden, bewegt sich nicht, die Hände sind hinter dem Rücken mit etwas gefesselt, das dem Feuer standgehalten hat.

»Chief!«

Mona kommt aus dem Wald auf uns zu gelaufen, meinen Werkzeugkasten in der einen Hand, zwei Klappspaten in der anderen. Ich eile zu ihr, nehme ihr einen Spaten ab, klappe ihn zu voller Länge auf und renne zum schwelenden Aschehaufen, schaufele die rotglühende Glut beiseite. Skid bringt den Feuerlöscher zum Einsatz, Mona zieht eine große Flasche Wasser aus ihrer Tasche und schüttet es in die Glut, die zischend erlischt. Natürlich ist mir klar, dass es sich hier um einen Tatort handelt und wir vermutlich Beweise zerstören. Aber das ist jetzt nicht zu vermeiden, die Rettung eines Lebens hat immer Vorrang.

»Spritz auch ein bisschen Schaum auf die Asche hier!«, sage ich zu Mona. Skid ist inzwischen mit der zweiten Schaufel zugange.

Mona nimmt den kleineren Feuerlöscher und überzieht die frisch freigelegte Glut mit Schaum.

Ich schaufele noch einen Moment weiter, und als dann genug Platz ist, dass ich, ohne mich zu verbrennen, zum Opfer gelange, wage ich es. Schon beim ersten Schritt dringt die Hitze durch meine Stiefelsohlen, steigt die Waden und weiter die Beine hinauf. Ich gehe weiter.

Das Opfer ist grauenhaft entstellt. Das versengte Haar und die verbrannte Kleidung stinken so sehr, dass ich den Atem anhalte. Das Grauen von verkohltem Fleisch. Lieber Gott.

Ich recke den Hals, sehe, dass die Fesseln an den Handgelenken aus Draht sind. »Gib mir den Bolzenschneider!«

Mona reicht mir das Werkzeug, ich schiebe die Schneidefläche unter den Draht und durchtrenne ihn. Die Arme des Opfers fallen zur Seite, leblos. Auch der Torso ist mit Draht am Pfahl festgebunden, ich zerschneide ihn, der Oberkörper sackt in sich zusammen und beginnt langsam nach vorne zu kippen, ich springe hin und packe mit beiden Händen den Oberarm des Opfers. Das Fleisch zwischen meinen Schutzhandschuhen fühlt sich glitschig an, die aufkommende Übelkeit ringe ich mühsam nieder. Dann steht Skid neben mir, packt den anderen Arm, und wir ziehen das Opfer aus der glühenden Asche. Fünf Meter weit. Wir legen es mit dem Rücken auf den Boden, die Arme seitlich am Körper.

»Wasser!«, sage ich.

Mona kennt die Abläufe und hält die Flasche schon bereit. Ich gieße dem Opfer das gesamte Wasser über Kopf, Hals und Oberkörper. Es ist zu wenig, aber ich weiß, dass es keine Rolle spielt. Wir sind zu spät, um noch etwas tun zu können. Die Verbrennungen sind zu schwer.

Einen Moment lang stehen wir schweigend da, keuchen heftig. Hier im Wald ist es so still, dass ich die Schneekristalle fallen höre. Das Rascheln der trockenen Blätter. Der Wind rauscht leise in den Ästen, die Glut knistert und knackt.

Das entfernte Heulen von Sirenen durchbricht den Bann. Ich blicke das Opfer an, muss mich zusammenreißen. Von meiner Ausbildung weiß ich, dass verbrannte Kleidung, Schuhe und Gürtel ausgezogen oder weggeschnitten werden müssen. Dieser Mensch ist so sehr verbrannt, dass ich nicht erkennen kann, was Fleisch und was Kleidung ist.

Wortlos dreht Mona sich um, rennt an den Rand der Lichtung und übergibt sich. Skid wühlt in meinem Werkzeugkasten und nimmt eine Rettungsdecke heraus.

»Was zum Teufel hat sich hier abgespielt?«, sagt er, faltet die Decke auseinander und breitet sie über dem Opfer aus, lässt das Gesicht frei.

Als ich hier eingetroffen bin, war mein erster Gedanke, dass jemand versucht haben könnte, eine Leiche zu beseitigen.

Nachdem ich aber die Drahtfesseln gesehen und erfahren habe, dass Mona und Skid einen Schrei gehört hatten, weiß ich, dass das nicht der Fall ist.

Mona kommt wieder zu uns. Sie ist keine Mimose, aber ihr Gesicht ist jetzt kreideweiß.

»Habt ihr irgendwen gesehen oder gehört, als ihr herkamt?«, frage ich. »Gab es Anzeichen, dass jemand hier war?«

»Ich habe niemanden gesehen«, sagt Mona. »Aber ehrlicherweise muss ich sagen, Chief, dass wir so damit beschäftigt waren, das Feuer zu löschen, da kann uns durchaus etwas entgangen sein.«

»Ich hab keine Menschenseele gesehen.« Skid schüttelt fassungslos den Kopf. »Aber der Schrei … Chief, der arme Kerl wurde an diesen verdammten Pfahl gebunden und ist bei lebendigem Leib verbrannt.«

Die Vorstellung ist so bizarr, dass sie mir nicht in den Kopf gehen will. Aber ich weiß, was ich gesehen habe. Den Draht, den Pfahl, das Holz, das aufgeschichtet und angezündet worden ist …

»Es hat auch nach Diesel gerochen«, sage ich.

Er nickt. »Wer immer das war, hat also einen Brandbeschleuniger benutzt.«

Ich wende mich Mona zu. »Sichern Sie den Tatort rundherum mit Absperrband, fünfzehn Meter in jede Richtung. Achten Sie auf Schuhabdrücke und alles, was nicht hierhergehört. Wenn Sie etwas Ungewöhnliches sehen, kennzeichnen und sichern Sie es.«

Sie nickt und geht zu den Fahrzeugen.

»Skid, sehen Sie sich hier um, vielleicht gibt es ja Schuh- oder Reifenspuren.«

Er tippt mit dem Finger an seine Mütze. »Wird gemacht.«

Die Sirenen sind jetzt ganz in der Nähe, zwischen den Bäumen sehe ich das blaue Licht eines Feuerwehrautos oder Rettungswagens flackern. Der Strahl von Monas Taschenlampe schwenkt nach rechts und links und verschwindet dann im Wald.

Ich blicke hinab auf das Opfer, und mir wird leicht übel. »Was um Himmels willen ist mit dir passiert?«, flüstere ich.

Das Rauschen des Windes ist die einzige Antwort.

3. KAPITEL

Eine Stunde später wimmelt es hier nur so von Einsatzkräften. Zuerst war der Notarzt eingetroffen und hatte das Opfer für tot erklärt. Polizisten anderer Dienststellen sicherten und sperrten den Tatort weiträumig ab, Feuerwehrleute löschten die restliche Glut. Als der Bereich schließlich freigegeben wird, kann der Leichenbeschauer mit seiner Arbeit beginnen.

Zarte Schneeflocken fallen aus dem Nachthimmel herab. Ich stehe außerhalb des Absperrbands und warte auf Doc Coblentz. Fünfzehn Meter weit weg steht der verkohlte Pfahl als makabres Zeugnis für das, was hier passiert ist. Vorhin ist es mir gelungen, den Draht, mit dem die Hand- und Fußgelenke und der Torso des Opfers festgebunden waren, in den Ascheresten zu finden und in einen Beutel zu stecken. Es sind die ersten Beweisstücke, die ich an diesem weitläufigen Tatort bergen konnte. Da er sich im Freien befindet, versprechen die Ermittlungen schwierig zu werden.

Ein paar Meter entfernt spricht ein Holmes County Sheriff's Deputy mit einer der Rettungssanitäterinnen. Der Wind hat aufgefrischt, und ich kann sehen, dass die Sanitäterin unter ihrer Jacke zittert.

»Chief?«

Beim Blick über die Schulter sehe ich Doc Ludwig Coblentz und einen jungen MTA näherkommen. Seit ich vor ein paar Monaten das letzte Mal mit ihm zu tun hatte, scheint er ein paar Pfunde zugelegt zu haben. Der Doc trägt einen dicken Mantel mit Kapuze, die mit Kunstfell gefüttert ist, und Khakihosen, deren Saum er in die Stiefel gestopft hat. Beide Männer haben große Arztkoffer dabei.

»Hey, Doc.« Ich gehe auf ihn zu, wir schütteln uns die Hände, ohne die Handschuhe auszuziehen.

»Je älter ich werde, desto kälter werden die Winter in Ohio«, sagt Coblentz mit einem übertriebenen Frösteln.

»Ich glaube, deshalb wurden gefütterte Overalls erfunden.«

»Ich glaube, deshalb wurde Florida erfunden.«

Kurz gehen seine Mundwinkel nach oben, dann blickt er zum Opfer und dem verkohlten Pfahl. Er ist ein erfahrener Arzt und hat in seinen Jahren als Leichenbeschauer viele ungewöhnliche Tatorte gesehen. Seine Ruhe, Professionalität und Einstellung helfen ihm, die dunkleren Aspekte seiner Arbeit zu relativieren. Und doch entgeht mir nicht das Entsetzen, das über sein Gesicht huscht, die hochschießenden Augenbrauen.

»Der Anruf hatte mich zunächst verwirrt«, sagt er. »Was ich da gehört habe, hat für mich keinen Sinn ergeben.« Er seufzt. »Jetzt verstehe ich, warum das so war.«

»Manchmal ergibt es selbst dann keinen Sinn, wenn man weiß, was passiert ist.«

»Das ist wahr.«

Ich berichte ihm das wenige, was ich weiß.

»Skid und Mona haben einen Schrei gehört?«, fragt er. »Sind Sie sicher?«

Ich nicke. »Einen Schrei oder Hilferuf.«

»Wenn der Schrei also nicht vom Täter oder einem Zeugen kam, war das Opfer, kurz bevor sie es erreicht haben, noch am Leben.«

Ich sehe, wie es im Kopf des Doktors arbeitet, er verschiedene Möglichkeiten durchdenkt. »So wie der Schrei klang, glauben sie, dass er wahrscheinlich vom Opfer kam«, füge ich hinzu.

Er nickt. »Wie lange ist das her?«

Ich blicke auf meine Uhr. »Etwa eineinhalb Stunden.«

Kopfschüttelnd stellt er den Koffer ab, bückt sich, öffnet ihn und holt einzeln verpackte Schutzkittel, Handschuhe aus Nitril und Schuhhüllen heraus, jeweils zwei Paar, wovon er eins mir gibt.

»Die Feuerwehr hat das Feuer gelöscht?«, fragt er.

Ich nicke.

»Wir müssen uns trotzdem bemühen, den Tatort so wenig wie möglich zu kontaminieren.«

Wortlos streifen wir die Schutzkleidung über, was wegen unserer dicken Jacken und Winterstiefel nur mit ungelenken Verrenkungen geht. Als wir es geschafft haben, hebe ich das Absperrband für ihn und seinen Assistenten hoch, bücke mich zuletzt selbst drunter durch. Wir betreten den Tatort, den ich zuvor fotografiert habe, inklusive des Opfers. Dabei hat mir der Blick auf das Kamerabild meines Smartphones die nötige Distanz zu dem Anblick verschafft, der mich andernfalls enorm mitgenommen hätte. Ich habe den Zoom für Nahaufnahmen benutzt, bin aber selber nicht *zu* nah rangegangen. Auf dem Weg zum Opfer ist mir mulmig, was bedeutet, dass ich noch nicht wirklich bereit bin für das, was auf mich zukommt.

»Konnten Sie das Opfer identifizieren?«, fragt der Doc.

Ich schüttele den Kopf. »Zu heiß und zu viel Rauch. Wie Sie sehen, ist er ziemlich schlimm verkohlt.«

»Brandbeschleuniger?«

»Wir haben Diesel gerochen«, sage ich, wobei mir bewusst ist, dass der Geruch noch immer in der Luft liegt.

Eine der Sanitäterinnen hat die Rettungsdecke durch ein einfaches weißes Tuch ersetzt und eine wasserfeste blaue Plane darübergelegt. So soll verhindert werden, dass der leichte Schneefall das Tuch durchweicht und mögliche Beweise vernichtet.

Doc Coblentz geht in die Hocke und hebt die oberen Ecken

der zwei Abdeckungen an. Obwohl ich mich auf den Anblick gefasst mache, bleibt mir einen Moment lang die Luft weg. Ich habe über die Jahre schon einige Tote gesehen, die Opfer eines Brandes waren. Letzten Sommer der Autounfall auf dem Highway. Vor ein paar Jahren der Scheunenbrand, und dann, kurz nachdem ich Chief geworden bin, der Hausbrand, bei dem ein älteres Ehepaar umkam. Jeder Tod ist verstörend, aber der Verbrennungstod ist besonders grausam.

Dieses Opfer hier ist bis zur Unkenntlichkeit verbrannt. Vor kurzem erst haben Skid und ich den Leichnam ausgestreckt auf den Rücken auf den Boden gelegt, jetzt sind die Arme und Beine schon etwas gebogen und die Knie ein Stück auseinander, vermutlich von der Muskelkontraktion. Das Fleisch ist verkohlt und löst sich, die Füße wirken geschrumpft. Der rostfarbene Oberkörper ist mit schwarzen Flocken überzogen, die entweder von verbrannter Kleidung oder verbranntem Fleisch herrühren – oder beidem. Es ist das Gesicht, das mich am meisten verstört. Die Stirn ist blutrot und sieht feucht aus. Die Haare sind weggebrannt, besonders ums Gesicht herum. Der Mund ist offen, die Zunge hängt heraus wie ein Stück verfaultes Obst. Der entsetzliche Geruch ist eine Kombination aus versengtem Haar, verbranntem Stoff und verkohltem Fleisch.

Ich drücke mir den Schal auf Mund und Nase und versuche, nicht zu atmen.

»Bevor ich die Leiche nicht auf dem Tisch habe, werde ich Ihnen kaum etwas sagen können, Kate«, beginnt er. »Aber mir ist klar, dass Sie mit den Ermittlungen anfangen müssen, deshalb tue ich mein Bestes, wobei natürlich alles vorläufig ist und sich ändern kann, aber das wissen Sie ja.«

»Ich bin dankbar für alles, was Sie mir jetzt schon sagen können.« Ich zwinge mich, den Toten wieder anzusehen. »Momentan ist es am wichtigsten, ihn zu identifizieren.«

»Dann sehen wir mal, was uns diese arme Seele hier zu sagen hat.« Mit einem entschlossenen Nicken in Richtung seines Assistenten lässt sich der Doktor auf die Knie nieder, die laut protestieren. »Man kann wohl einigermaßen sicher sagen, dass es sich um einen Mann handelt. Er hat schwere Brandverletzungen mit Verkohlungen, besonders an den unteren Extremitäten und am Torso.« Er sieht mich über seine Brille hinweg an. »Wo genau haben Sie das Opfer gefunden?«

Bei seiner Ankunft habe ich gesehen, wie sein Blick zum Pfahl gehuscht ist, und ich weiß, dass er sich die Frage selbst beantworten kann. »Er war mit Draht an dem Pfahl dort festgebunden.«

Jetzt verharrt sein Blick auf dem Pfahl, dem Aschehaufen drum herum, dem Kleinholz und den Ästen nahebei, die noch kein Feuer gefangen hatten.

»Nur damit wir alle den gleichen Wissensstand haben … Sie sagen also, das Opfer wurde an den Pfahl gebunden und verbrannt?«

»Ich glaube nicht, dass das jemand mit Sicherheit sagen kann«, erkläre ich, »aber so sieht es jedenfalls aus.«

»Guter Gott«, murmelt er und wendet sich wieder dem toten Mann zu, zieht das Tuch bis zur Mitte seiner Schenkel herunter. Ich zwinge mich, das Opfer anzusehen, diesmal mit den Augen der Polizistin, die nützliche Informationen sucht. Mein Blick fällt auf einen Fetzen Jeansstoff, der unter der Hüfte hervorschaut, eine Messinggürtelschnalle, die sich in den verkohlten und sich schälenden Torso eingebrannt hat, sowie Flocken von nicht zu bestimmendem Material.

Coblentz nimmt einen Tupfer aus seinem Koffer und zeigt damit auf einen kleinen Lappen, der ebenfalls unter der Hüfte des Toten hervorragt. »Mehr ist vom Gürtel nicht übrig geblieben«, sagt er.

»Können wir nachsehen, ob er ein Portemonnaie bei sich hatte?«, frage ich.

»Die meisten Männer haben ihr Portemonnaie in der Gesäßtasche.« Der Doc kräuselt die Brauen. »War er mit dem Rücken an den Pfahl gebunden?«

Ich nicke.

»Dann könnten wir Glück haben«, sagt er, »zumindest hinsichtlich einer Identifizierung.«

»Vielleicht hat der Pfahl die Rückseite seines Körpers geschützt.«

»Richtig.«

Das könnte die erste gute Nachricht sein, die ich seit meinem Eintreffen erhalte. »Hoffentlich ist das Portemonnaie noch unversehrt, falls er eins dabeihatte.«

»Glücklicherweise brennt Leder nicht so schnell, wie man denkt.« Er nickt dem Assistenten zu. »Wir rollen ihn auf seine rechte Seite«, sagt er. »Von uns weg. Achten Sie darauf, dass er nicht rutscht.«

Der Assistent geht mit geradem Rücken auf die Knie und legt seine Hände auf Schulter und Hüfte des Toten.

Ich trete einen Schritt zurück und sehe den beiden Männern zu, wie sie den Toten gemeinsam auf die Seite rollen. Die verkohlte Vorderseite verschwindet aus meinem Blickfeld, dafür werden versengter Jeansstoff und kleine blaue Stellen am Gesäß und der Rückseite der Oberschenkel des Opfers sichtbar.

»Extraktionszange«, sagt der Doktor.

Der Assistent dreht sich zum Koffer, nimmt eine medizinische Zange heraus und reicht sie ihm.

Coblentz drückt die Zangenspitze auf eine Stelle, an der die Jeans noch nicht ganz verbrannt ist, schiebt den Zangenkopf zwischen zwei Stoffschichten, öffnet die schmalen Zangenbacken und zieht ein angekohltes Portemonnaie heraus.

»Na also«, sagt er.

Das Portemonnaie hat ein klassisches Klappformat, so wie das von Tomasetti. »Sieht gar nicht allzu schlimm aus«, sage ich.

Der Doc wirft mir einen skeptischen Blick zu.

Ich nehme den Geldbeutel in meine behandschuhte Hand. Der Assistent hat bereits ein großes steriles Tuch aus dem Koffer genommen und breitet es auf der blauen Plane aus. Danke murmelnd, lege ich den Geldbeutel darauf und klappe ihn mit dem Zeigefinger auf. Ein halber Zentimeter des Führerscheins wird sichtbar, die Ecken sind verkohlt und geschmolzen, aber der Rest ist unbeschädigt.

»Bingo.« Vorsichtig ziehe ich die Plastikkarte an einer Ecke heraus.

»Milan Swanz«, lese ich laut vor. »Ich kenne ihn. Er ist amisch.«

Doc Coblentz sieht mich fragend an.

»Ich bin mit ihm zur Schule gegangen. Hab ihn verhaftet. Zweimal.« Mein Blick wandert zur Adresse, die ich kenne. »Mist.«

Ich hole mein Handy aus der Tasche, fotografiere Vorder- und Rückseite des Führerscheins, dann nehme ich mir wieder das Portemonnaie vor. Keine Kreditkarten, was für einen Amischen nicht ungewöhnlich ist. Ein Fünfdollarschein, ein einzelner. »Wer immer ihn umgebracht hat, war nicht an seinem Bargeld interessiert«, sage ich, nehme mir aber vor zu überprüfen, ob er Kredit- oder Bankkarten hatte.

Da ich sonst nichts Interessantes mehr finde, ziehe ich einen Beweismittelbeutel hervor, lasse das Portemonnaie hineinfallen und stecke den Beutel zurück in meine Jackentasche.

Ich sehe Coblentz an. »Wir müssen trotzdem noch einen DNA-Abgleich machen, um sicherzugehen, dass das Portemonnaie von Swanz nicht einem anderen untergeschoben wurde.«

»DNA ist kein Problem«, sagt der Doc. »Zahnabgleich ebenso.«

Wir starren uns einen Moment lang an. Seine Brille ist beschlagen, seine Nasenspitze ist rot, und die Nase tropft. Unglaube und Abscheu stehen in seinem Gesicht geschrieben, aber auch eine eiserne Entschlossenheit, die ihm hilft, mit dem hier klarzukommen. Ich spüre, wie all diese Gefühle auch in mir arbeiten.

»Kann man irgendwie feststellen, ob er noch gelebt hat, als er in Brand gesetzt wurde?«, frage ich.

»Na ja, die Autopsie wird klären, ob er an den Verbrennungen oder an Ruß- oder Rauchvergiftung gestorben ist. Sobald wir ihn ins Leichenschauhaus gebracht haben, werde ich einen Test durchführen, um den Kohlenmonoxidgehalt im Blut zu bestimmen, und checken, ob sich Ruß in seinen Atemwegen befindet. Bei den meisten Fällen von Brandstiftung ist Rauchvergiftung die Todesursache, bei Selbstverbrennungen sind es die Brandwunden.«

Wir schweigen eine Weile, als wären die Gedanken, die in unseren Köpfen kreisen, zu dunkel, um ausgesprochen zu werden.

»Sonst noch etwas?«, frage ich schließlich.

»Wie Sie sich denken können, wird das vermutlich ein komplizierter und schwieriger Fall«, sagt er. »Ich werde wohl einen forensischen Pathologen zur Unterstützung hinzuziehen.«

Ich blicke hinab auf den Toten, auf die verkohlte und sich abschälende Haut, die Stellen mit dem verbrannten Jeansstoff, und mir wird übel. Milan Swanz hatte viele Probleme und hat viele Fehler in den sechsunddreißig Jahren, die er auf dieser Welt war, gemacht. Aber er war ein Mensch mit einer Frau, mit

Kindern und Eltern, die ihn trotz all seiner Defizite geliebt haben.

Meine drängendste – und schwierigste – Pflicht ist es deshalb, der Familie von Milan Swanz die Nachricht von seinem Tod zu überbringen. Wenn ich das hinter mir habe, werde ich mich auf das konzentrieren, was ich am besten kann – den Mistkerl finden, der ihn getötet hat, und ihn vor Gericht bringen.

***

Ich fische mein Handy aus der Jackentasche, schlüpfe unter dem Absperrband durch und drücke die Kurzwahltaste fürs Revier. Meine Mitarbeiterin von der dritten Schicht in der Telefonzentrale nimmt nach dem ersten Klingeln ab.

»Hey, Chief.«

»Ich möchte, dass Sie Milan Swanz durch LEADS laufen lassen.« LEADS ist das Akronym für die Datenbank der Strafverfolgungsbehörden. »Und seine Frau, Bertha, auch.«

»Brauchen Sie die Adresse?«

»Ich weiß, wo sie wohnen.« Ich stoße einen Seufzer aus. »Ich brauche die Namen und Kontaktinformationen seiner Eltern sowie die Namen von allen Leuten, mit denen er zu tun hatte. Finden Sie heraus, ob ein Auto auf seinen Namen zugelassen ist.«

»Wird gemacht.« Ich höre das Klappern ihrer Tastatur.

»Sie sind Amische«, füge ich hinzu. »Über die Eltern wird es wohl kaum etwas geben. Rufen Sie mich an.«

Ich lege auf, entdecke Sheriff Mike Rasmussen vom Holmes County Sheriffbüro und gehe zu ihm.

Er hat mich ebenfalls gesehen und kommt mir entgegen. »Hab den Anruf erst vor einer halben Stunde gekriegt«, sagt er. »Was zum Teufel ist hier passiert?«

Wir geben uns die Hand. Über einem gefütterten Overall trägt er einen Dienstparka, der am Kragen offen ist. Ich bin ziemlich sicher, dass er unter dem Overall einen karierten Schlafanzug anhat.

Ich berichte ihm das wenige, was ich bis jetzt weiß.

Mike Rasmussen ist ein erfahrener Polizist. Genau wie ich hat er schon einiges erlebt und ist nicht leicht zu beeindrucken. Am Ende meiner Ausführungen starrt er mich ausdruckslos an, als erwarte er, dass ich in Lachen ausbreche und zugebe, dass das Ganze ein kranker Witz ist.

»Wollen Sie mich verarschen?«, sagt er. »Auf einem Scheiterhaufen verbrannt? Wie eine Hexe?«

»Wir haben ihn gerade identifiziert. Milan Swanz. Er ist von hier. Amisch.«

Er kneift die Augen zusammen. »Warum kommt mir der Name bekannt vor?«

»Weil er vorbestraft ist.«

»Weswegen?«

Ich schüttele den Kopf. »Allein in Painters Mill und ohne lange nachzudenken wegen Alkohol am Steuer, Störung der öffentlichen Sicherheit und Ordnung, Trunkenheit und Ruhestörung.«

Er sieht mich fragend an. »Sie kennen ihn?«

»Nicht gut. Ich bin mit ihm zur Schule gegangen und hab ihn zweimal in den vergangenen zwei oder drei Jahren verhaftet. Er hatte kein leichtes Leben, glaube ich.«

»Irgendwelche laufenden Verfahren?«

»Keine Ahnung. Ich werde jetzt mit seiner Familie sprechen.«

»Schöne Scheiße.« Er verzieht das Gesicht. »Ist er verheiratet?«

Ich nicke. »Mit seinen Eltern werde ich wohl auch sprechen.«

»Mein Gott.« Er reibt sich mit der Hand über die Bartstoppeln. »Ich versuche immer noch, das alles hier zu begreifen.«

»Nicht ganz leicht, oder?«

Er sieht an mir vorbei hinüber zum Pfahl und schüttelt den Kopf. »Hören Sie, Kate, das hier fällt in Ihre Zuständigkeit, aber wenn Sie Unterstützung brauchen …«

»Ich nehme jeden Ihrer Officer, den Sie entbehren können. Das hier ist ein extrem grausames Verbrechen. Ich dachte, vielleicht wäre es eine gute Idee, das BCI einzuschalten und eine Task Force einzurichten.«

»Was immer Sie brauchen.« Er schenkt mir ein kleines Lächeln. »Dürfen Sie und Tomasetti denn zusammenarbeiten, wo Sie jetzt verheiratet sind?«

»Soviel ich weiß, gibt es keine Vorschrift, die dagegenspricht.« Ich zucke mit den Schultern. »Painters Mill liegt in seinem Gebiet. Wir werden sehen.«

»Hört sich gut an. Wir drei sind ein ziemlich gutes Team, finde ich.«

Ich blicke an ihm vorbei zu Mona und Skid, die sich nur wenige Meter hinter ihm unterhalten. »Als Erstes brauchen wir Scheinwerfer, um die nahe Umgebung absuchen zu können. Metalldetektoren, Hunde, das volle Programm. Später weiten wir die Suche aus. Das Ganze ist erst vor ein paar Stunden passiert. Wir haben die nähere Umgebung zwar schon abgesucht, aber im Dunkeln. Gut möglich, dass wir etwas übersehen haben. Vielleicht hat der Mörder ja was verloren oder zurückgelassen.«

»An der Straße gibt es eine geschotterte Parkbucht.« Er zeigt zu den Bäumen hinter dem Tatort. »Ich lasse einen Deputy checken, ob es dort Reifenspuren oder Schuhabdrücke gibt.«

»Gut.« Ich seufze. »Der Schnee ist nicht gerade hilfreich.«

»Das ist er nie. Dieser Tatort hier macht eine Beweismittelsuche äußerst schwierig.«

»Ich rufe Tomasetti an«, sage ich. »Ihre Leute können sich

schon mal mit Skid zusammentun und alles für die Suche vorbereiten.«

»Ich kümmere mich drum.«

»Und können Sie ein paar Ihrer Leute für Befragungen in der Gegend entbehren?«, frage ich. »Es gibt nicht viele Häuser hier, aber checken sollten wir sie.«

»Das dürfte kein Problem sein«, sagt er. »Man weiß vorher nie, wann man ins Schwarze trifft.«

* * *

Als ich im Explorer sitze und auf die Straße einbiege, rufe ich Tomasetti an.

»Ich danke dir, dass du mich aus dem Meeting mit den Anzugträgern geholt hast«, sagt er zur Begrüßung.

Trotz der verstörenden Bilder, die durch meinen Kopf jagen, muss ich lächeln. »Dann hast du es also schon gehört.«

»Kam vor ein paar Minuten über meinen Spillman«, sagt er und meint damit das Softwaresystem, das von den Strafverfolgungsbehörden und anderen Dienststellen verwendet wird, um eingehende Meldungen für Polizei, Feuerwehr und Rettungsdienste zu erfassen.

»Wo bist du?«, frage ich.

»Nahe Painters Mill. Die Spurensicherung sollte jeden Moment eintreffen. Und du?«

»Auf dem Weg zu den Swanz', um sie zu benachrichtigen.«

»Mist.«

»Ja.«

»Soll ich dich begleiten?«

Üblicherweise nimmt man bei der Überbringung von Todesnachrichten einen Kollegen mit. Einige Dienststellen haben sogar einen Seelsorger auf Abruf. Da es sich in diesem Fall aber um eine amische Familie handelt, ist es besser, wenn ich allein gehe.

»Lieber wäre mir, wenn du am Tatort bist«, sage ich.

»Ich werde es nicht persönlich nehmen«, sagt er zwar leichthin, aber da wir beide wissen, dass die Überbringung einer Todesnachricht nie einfach ist, fügt er hinzu: »Ruf mich an, wenn du mich brauchst.«

»Mach ich«, sage ich. »Wir sehen uns am Tatort, sobald ich's hinter mich gebracht habe.«

4. KAPITEL

Um kurz nach sieben Uhr morgens biege ich in die Schotterauffahrt vor dem Haus ein, in dem Swanz mit seiner Frau Bertha gewohnt hat. Das heruntergekommene zweistöckige Fachwerkhaus liegt kaum fünfzig Meter von den Eisenbahnschienen entfernt, die parallel zur Straße durch Painters Mill führen. Die verschlissene Holzverkleidung ist von der Witterung grau verfärbt, und die Fliegengitter an Fenstern und Türen sind über die Zeit ganz dunkel geworden. In einem Fenster im Erdgeschoss scheint gelbes Licht, ich fahre zur Rückseite des Hauses und parke.

Ein Gehweg mit kaputten Steinplatten führt mich zur vorderen Veranda, ich steige die Stufen hinauf und klopfe. Von drinnen höre ich Kindergeplapper, dann schwere Schritte auf einem Holzboden. Die Tür geht auf, und ich stehe einer blassen amischen Frau gegenüber. Sie trägt ein blaues Kleid und eine weiße *Kapp* aus dünnem Stoff. Eine schwarze Strickjacke hängt lose über ihren Schultern. Wir kennen uns, denn sie arbeitet in der Stadt in LaDonna's Diner und hat mir schon zahllose Male Kaffee serviert.

Sie blinzelt, ist überrascht, so früh am Morgen die Polizeichefin vor ihrer Tür zu sehen. »Was kann ich für Sie tun?«

Ich zeige ihr meine Dienstmarke. »Mrs. Swanz?«

»Ja?«

»Ich störe Sie nur ungern so früh am Morgen, aber ich komme leider mit schlechten Nachrichten.«

Sie reißt die Augen auf, als erwarte sie, dass ich gleich ins Haus stürme und sie angreife. »Was meinen Sie damit?«

»Milan Swanz ist heute Nacht umgekommen, Ma'am. Es tut mir sehr leid.«

Einen Moment lang reagiert sie nicht. Sie starrt mich nur an, als würde sie mir nicht glauben und überlegen, mir zu widersprechen. »Milan?!«, flüstert sie. »Umgekommen?«

»Ich fürchte, ja«, sage ich.

Sie blickt an mir vorbei, als wäre dort eine andere Person mit mehr Autorität, die meine Behauptung widerlegen könnte. »Wie um alles in der Welt ist das passiert?«

»Ich weiß noch nicht sehr viel, wir fangen gerade mit den Ermittlungen an. Aber wir vermuten, dass er ermordet wurde.«

»Ermordet?« Sie presst die Hand auf ihre Brust, eine erste Gefühlsregung. *»Ach, du lieva.«* Ach, du liebe Güte. »Das glaub ich nicht.«

»Haben Sie einen Moment Zeit? Ich würde gern reinkommen und mit Ihnen reden.«

»Oh, ja. Natürlich.« Sie strafft die Schultern, hält die Tür weit auf, und ich trete in ein schwach beleuchtetes Wohnzimmer. »Die Kinder machen sich gerade für die Schule fertig, ich möchte nicht, dass sie das jetzt mitbekommen. Wir können in der Küche reden, ich habe auch noch Kaffee auf dem Herd.«

Sie führt mich durchs Wohnzimmer, vorbei an einer gasbetriebenen Bodenlampe und einem Sofa, das mit olivgrünem Stoff bezogen ist. Als ich ein Flüstern höre, blicke ich zur Treppe und entdecke auf dem oberen Absatz vier Kinder, die Hände an den Treppensprossen und den Blick auf mich gerichtet. Sie sind bereits für die Schule angezogen. Ich weiß nicht, ob sie das Gespräch zwischen mir und ihrer Mutter gehört haben, aber wenn ja, dann sind sie bemerkenswert stoisch.

»Möchten Sie einen Kaffee?«, fragt mich die amische Frau.

»Ich könnte einen brauchen.«

In der Küche riecht es nach dem Hackbraten von gestern Abend, nach angebranntem Toast und Bacon. Schneeflocken klatschen an das Fenster über der Spüle. Hellblaue Küchenschränke, cremefarbene Arbeitsplatten aus Resopal, in der Ecke ein großer zischender Gasherd.

Ich sehe ihr zu, wie sie zwei Tassen aus dem Hängeschrank holt und Kaffee aus einem altmodischen Perkolator einschenkt, der vom jahrelangen Gebrauch geschwärzt und verbeult ist.

»Ich kenne Sie aus dem Diner in der Stadt«, sage ich.

»Da arbeite ich jetzt schon fast ein Jahr.« Sie dreht sich zu mir um, reicht mir eine Tasse und bittet mich mit einer Handbewegung, Platz zu nehmen. »Also, was ist mit Milan passiert?«

Als Chief of Police einer kleinen Stadt habe ich schon mehr als genug schlechte Nachrichten überbracht, habe erlebt, wie manche Menschen in Schockstarre verfallen und andere physisch und emotional völlig zusammengebrochen sind. Bertha scheint nicht übermäßig betroffen zu sein, was mich wundert. Es stimmt zwar, dass die Amischen meist etwas stoischer sind als ihre englischen Mitbürger, aber ich sehe keinen Schmerz in ihrem Gesicht. Keine Tränen. Keinen Schock. Später werde ich mir darüber Gedanken machen, jetzt nehme ich erst einmal den Kaffee und setze mich.

»Die offizielle Todesursache kenne ich noch nicht.« Zu diesem Zeitpunkt ist es noch zu früh, zu viele Details preiszugeben. Erstens weiß ich selbst noch nicht genug, und zweitens ist jeder verdächtig, auch sie.

»Mrs. Swanz.« Ich ziehe Notizblock und Stift aus meiner Brusttasche. »Wann haben Sie Ihren Mann das letzte Mal gesehen?«

Sie starrt mich an. Nicht ausdruckslos, aber … unberührt. Ich versuche, ihren Blick zu deuten. Dann sagt sie. »Wissen Sie, er ist nicht mehr mein Mann.«

Laut unserer Datenbank ist Milan Swanz verheiratet. »Ich bin verwirrt«, sage ich. »Sie sind aber mit ihm verheiratet, oder?«

»Das war ich. Wir sind geschieden, ich habe aber meinen Namen noch nicht geändert. Das ist nur eine Formalität, denke ich.«

Es ist selten, dass Amische sich scheiden lassen, weshalb es dafür auch keine Regelungen gibt. Genau genommen ist es sogar tabu. Wenn es ausnahmsweise doch einmal vorkommt, dass ein amisches Paar sich *tatsächlich* scheiden lässt, wird der Ehepartner, von dem die Scheidung ausgegangen ist, eigentlich exkommuniziert.

»Sell is kshpassisch.« Das ist ungewöhnlich. Ich sage es auf Deitsch, um sie wissen zu lassen, dass ich mich mit amischen Bräuchen und Traditionen auskenne.

»Jetzt erinnere ich mich an Sie. Sie sind die Polizistin, die einmal amisch war.«

Ich nicke. »Auf Milan Swanz' Führerschein steht die Adresse von hier.«

»Er wohnt schon lange nicht mehr bei uns.« Sie zuckt mit den Schultern. »Er hat seinen Führerschein wohl nicht umschreiben lassen.«

»Wie lange sind Sie schon geschieden?«

»Beinahe fünf Monate. Er war derjenige, der es wollte.«

Ich nicke. »War die Scheidung einvernehmlich?«

»Ich fand es nicht richtig.« Sie hebt die Schulter, lässt sie sinken. »Sie wissen ja, wie das ist. Als Amische legt man das Gelübde vor Gott ab und ist ein Leben lang verheiratet. Milan wollte nicht mehr verheiratet sein. Ich konnte nichts dagegen tun.«

»Darf ich fragen, warum Sie geschieden wurden?«

»Das lag vermutlich an all den Flittchen, mit denen er sich gern rumgetrieben hat.«

»Kennen Sie irgendwelche Namen?«

»Nein«, sagt sie. »Es waren einfach bloß Frauen, die er kennengelernt hat.«

»Englische Frauen?«

Sie bedenkt mich mit einem Was-glauben-Sie-denn-Blick.

»Und Sie?«, frage ich. »Haben Sie einen Freund?«

Zuerst glaube ich, sie fängt an zu lachen, aber dafür hat sie zu gute Manieren.

»Mein Gott, nein. Ich brauche einen Freund genauso wenig wie einen neuen nichtsnutzigen Ehemann. Es ist zwar nicht nett, das zu sagen, aber so ist es nun mal.«

Ich werfe einen kurzen Blick zur Treppe, aber die Kinder sind verschwunden. »Sie haben gemeinsame Kinder?«

»Vier. Zwei Jungen und zwei Mädchen.«

»Wie alt sind sie?«

»Danny ist dreizehn und mein Ältester. Lizzie ist die Kleinste. Sie ist gerade sieben geworden.«

Ich schreibe alles auf. »Wann haben Sie Milan das letzte Mal gesehen oder mit ihm gesprochen?«

»Vor etwa einer Woche war er hier.« Ihr Lachen klingt bitter. »Ich dachte, er will vielleicht die Kinder sehen oder gibt uns ein bisschen Geld. Für Lebensmittel und so. Aber er wollte bloß sein Werkzeug, hat es genommen, und weg war er. Seither hab ich ihn nicht mehr gesehen.«

»Wie war denn Ihre Beziehung zu ihm?«

»Er war vierzehn Jahre lang mein Ehemann und ganz bestimmt nicht perfekt, aber … wir sind ganz gut miteinander ausgekommen.« Sie seufzt. »Ich weiß, dass das komisch klingt, aber wie er mit der ganzen Scheidungssache umgegangen ist, hat mir nicht gefallen. Das war einfach nicht richtig.«

Etwas stimmt nicht, flüstert mir eine kleine Stimme ins Ohr.

»Hatten Sie Meinungsverschiedenheiten?«, frage ich. »Oder Streit?«

»Es gab nichts zu streiten. Er wollte einfach nur weg, was soll man da noch streiten?« Sie presst die Lippen zusammen. »Um die Wahrheit zu sagen, Chief Burkholder, ich war nicht allzu niedergeschlagen, als er gegangen ist. Das ist zwar traurig zuzugeben, aber er war wirklich ein Nichtsnutz.«

»In welcher Beziehung?«

»In welcher Beziehung?« Sie lacht ironisch, ihre Verbitterung ist offensichtlich. »Also erstens ist er ständig fremdgegangen. Dann hat er nicht besonders gern gearbeitet, und das wenige Geld, das er verdient hat, hat er wie ein Idiot versoffen und für Sachen ausgegeben, die er nicht brauchte. Er hat den Kindern keinerlei Beachtung geschenkt. Es ist mir unerklärlich, dass jemand, der von guten amischen Eltern abstammt, kaum einen anständigen Knochen im Leib haben kann.«

Ich blicke auf meine Notizen, fahre fort. »Wissen Sie, ob Milan Feinde hatte? Oder immer wieder Streit mit jemandem?«

Sie nippt am Kaffee, sieht mich über den Tassenrand hinweg an. Ihre blassblauen Augen sind rot umrandet, aber nicht vom Weinen, sondern weil sie nicht genug Schlaf bekommt.

»Milan war ein Mann, der mit vielen Leuten Streit hatte«, sagt sie. »Er war von seinen Ansichten überzeugt und auch von sich selbst. Hielt sich für schlauer als alle anderen und für viel schlauer, als er tatsächlich war.«

»Schlauer als jemand Bestimmtes?«

»Der letzte Streit, an den ich mich erinnere, war mit unserem Nachbarn an der Südseite vom Grundstück, Lester Yoder. Vor ein paar Jahren hatte Milan ein halbes Dutzend Kühe auf einer Auktion in Kidron gekauft und deshalb einen Drahtzaun zwischen den Grundstücken gezogen. Yoder kam am nächsten Tag zu uns und sagte, der Zaun würde auf seinem Grundstück stehen und zwar einen Meter fünfzig über der Grundstücksgrenze. Darüber stritten sie eine ganze Zeitlang, und am Ende musste Milan den Zaun zurücksetzen, was ihm überhaupt nicht gefallen hat. Eine Woche später war er irgendwo unterwegs, um irgendwas zu schweißen. An diesem Tag war es höllisch windig, und dann hat Yoders Maisfeld Feuer gefangen. Alle neun Hektar. Natürlich war es ein Unfall, aber Yoder hat Milan beschuldigt. Hat ihm vorgeworfen, es extra gemacht zu haben, um sich wegen des Zauns an ihm zu rächen.«

Ich erinnere mich nicht an so einen Vorfall, stelle die Frage aber trotzdem. »Wurde die Polizei eingeschaltet?«

Sie schüttelt den Kopf. »Die einzigen Englischen, die an dem Tag gerufen wurden, waren von der Feuerwehr.«

Ich nehme mir vor, mit Yoder zu reden. »Wo hat Ihr Exmann gearbeitet?«

»Zuletzt anscheinend bei Stutzman in der Schreinerei am Highway zwischen Killbuck und Painters Mill. Aber wie ich gehört habe, scheint er da schon vor einer ganzen Zeit rausgeschmissen worden zu sein.«

Sofort werde ich hellhörig. »Wissen Sie warum?«

»Da müssen Sie schon Stutzman fragen.«

»Ist er mit seinen Kollegen gut ausgekommen?«

»Das kann ich nicht sagen.«

»Was ist mit Freunden?«, frage ich. »Hatte er einen guten Freund, dem er sich anvertraut hat?«

Sie denkt einen Moment darüber nach. »Er hat sich mit einem Typen von der Arbeit rumgetrieben. Auch ein Nichtsnutz, also müssen sie einiges gemeinsam gehabt haben.«

»Name?«

»Weiß ich nicht.« Zum ersten Mal wirkt sie beschämt. »Ich hab gehört, Milan hätte mit seiner Frau geschlafen. Danach waren sie keine Freunde mehr.«

Hat mit Frau seines Freundes geschlafen, notiere ich und unterstreiche es. »Hatte er ein Handy?«

»Keine Ahnung.«

»Hat er irgendetwas von seinen Sachen hiergelassen?«, frage ich.

»Er hatte nicht viel«, sagt sie. »Ein paar Anziehsachen, ein paar Werkzeuge. Die hat er mitgenommen, als er das letzte Mal hier war.«

»Wissen Sie, wo er gewohnt hat?«, frage ich.

»Anscheinend hat er den großen alten Wohnwagen an der Township hundertvier gemietet. Irgendwo hab ich hier die Adresse.« Sie steht auf, geht zum Schrank und zieht eine Schublade auf. »Ich selber war nie da. Die Kinder haben ihn ein- oder zweimal besucht und gesagt, dass alles total runtergekommen wäre, dass es gestunken hätte und verwilderte Katzen rumgelaufen wären.«

Während sie in der Schublade sucht, ertönt draußen das einsame Pfeifsignal eines vorbeifahrenden Zuges. »Da hab ich sie.« Sie liest die Adresse laut vor.

Ich notiere sie.

»Eine Zeitlang haben da mal seine Eltern gewohnt«, sagt sie. »Ich glaube, er gehört ihnen immer noch. Milan wusste nicht, wohin, nachdem er hier weg ist. Ich schätze, er brauchte was für den Übergang, bis er wieder auf die Beine kommen würde.«

»Hatte Milan ein gutes Verhältnis zu seinen Eltern?«, frage ich.

»Das müssen Sie schon sie selber fragen, Chief Burkholder. Die beiden sind wirklich nett. Haben getan, was sie konnten, um ihn zu unterstützen. Damit er wieder auf die richtige Bahn kommt.« Sie schüttelt den Kopf. »Das war natürlich eine echte Herausforderung für Milan. Der Mann hat jede Chance vertan, die Gott ihm gegeben hat, und alles immer nur mit Füßen getreten.«

***

Sobald ich aus Bertha Swanz' Einfahrt auf die Straße biege, rufe ich meine Mitarbeiterin in der Telefonzentrale des Reviers an. »Ich möchte, dass Sie Bertha Swanz durch LEADS laufen lassen.« Ich buchstabiere den Namen. »Und durch NCIC auch.« NCIC ist die zentrale Polizeidatenbank der Bundesbehörden.

»Wird gemacht, Chief«, sagt sie, und sofort höre ich ihre Tastatur klappern.

»Hat Glock heute Morgen Dienst?«, frage ich.

»Er ist auf dem Weg zum Tatort.«

»Sagen Sie ihm, er soll das auf später verschieben. Jetzt muss er erst einmal einen Antrag auf Durchsuchungsbeschluss für Milan Swanz' Wohnung aufsetzen. Er soll ihn Richter Siebenthaler vorlegen und sagen, wir brauchen ihn gestern.« Ich nenne ihr die Adresse von Swanz' Wohnwagen aus dem Kopf.

»Geht klar.«

»Trommeln Sie den Rest des Teams zusammen, alle sollen aufs Revier kommen. Bis wir den Fall im Griff haben, brauchen wir alle Mann an Bord.«

»Mach ich sofort.«

»Und schicken Sie mir die Adresse von Stutzmans Schreinerei. Ich glaube, sie ist in Killbuck.«

»Ja, Ma'am.« Eine bedeutungsvolle Pause folgt. »Chief, ich möchte Sie wirklich ungern bedrängen, wo heute Morgen schon so viel los ist, aber der Mord hat sich rumgesprochen. Steve Ressler von *The Advocate* ruft alle fünfzehn Minuten hier an und fragt nach Ihnen. Der Radiosender in New Philly hat angerufen und der Fernsehsender in Columbus. Tom Skanks von der Butterhorn Bakery hat mir gesagt, die Leute würden erzählen, im Wald beim Painters Creek wäre eine Hexe auf dem Scheiterhaufen verbrannt worden.«

Auf die Gerüchteküche ist in einer Kleinstadt immer Verlass, denke ich seufzend. »Wenn Sie noch mehr Anfragen von der

Presse bekommen, sagen Sie denen, dass wir in der nächsten Stunde eine Pressemitteilung rausgeben. Und sagen Sie Ressler, ich rufe ihn an, so schnell ich kann.«

»Soll ich auch schon mal mit der Pressemitteilung anfangen?«

Ich lache, weil so absurd viel getan werden muss. »Ja, gerne. Danke. Ich fülle die Lücken dann später.«

***

Milan Swanz' Eltern, Orla und Ella Mae, leben auf einer gepflegten Farm drei Meilen südlich von Painters Mill. Trauerweiden säumen zu beiden Seiten die schnurgerade Schotterzufahrt. Im Sommer ist das ein schöner Anblick, aber jetzt, wo aus dem grauen Himmel Schnee fällt und es aussieht, als würde das nicht so schnell aufhören, macht er nur, dass ich mich nach Sonnenschein und Wärme sehne. Zu meiner Rechten erhebt sich stolz eine große rote Scheune mit verzinktem Dach, und auf der hangabwärts gelegenen Seite drängen sich mehrere Dutzend Holsteinrinder um einen runden Heuballen. Die Doppelsilos dahinter sind in dem schräg fallenden Schnee nur schemenhaft zu erkennen.

Das Farmhaus ist für amische Verhältnisse prächtig, mit zwei gemauerten Schornsteinen und einem halben Dutzend hoher, schmaler Fenster. Ich erinnere mich, dass der Bischof vor ein paar Jahren mit den Swanz' geredet hat, weil ihr Haus »zu viel Stolz« zeige. Was zum Ergebnis hatte, dass Mr. Swanz die Fensterläden abnahm und Ella Mae ihre geliebten Blumen aus der Erde riss, so dass nur das Gemüse im Garten übrig blieb. Ich fand das wirklich albern, und es machte mir wieder bewusst, warum ich nie in die amische Welt gepasst habe.

Ich parke seitlich des Hauses, gehe auf dem schmalen asphaltierten Weg zur Vorderseite und bin schon auf der Veranda, als die Tür aufgeht. Ella Mae Swanz, in der einen Hand einen Besen und in der anderen eine Schaufel, erschrickt bei meinem Anblick.

»Oh!«, sagt sie lachend, und noch bevor sie verlegen ihre Hand auf den Mund legen kann, erhasche ich einen Blick auf ihre Zahnlücke. »Katie Burkholder! So früh und bei diesem Schnee hab ich hier draußen niemanden erwartet.«

»Tut mir leid, dass ich Sie erschreckt habe.« Ich lächele bemüht, dann halte ich meine Dienstmarke hoch, um sie wissen zu lassen, dass das ein offizieller Besuch ist.

»Also, das hat mein Herz für die viele Arbeit heute schon ordentlich auf Trab gebracht.« Lachend legt sie den Kopf zur Seite, fragt sich, warum ich hier bin. »Ist alles in Ordnung?«

»Mrs. Swanz, ich fürchte, ich überbringe eine schlimme Nachricht«, sage ich. »Milan ist letzte Nacht umgekommen.«

Augenblicklich entgleisen ihre Gesichtszüge. Sie steht da und starrt mich sekundenlang mit offenem Mund verständnislos an. »Milan?«, sagt sie schließlich. »Tot?«

»Ja, Ma'am«, sage ich. »Es tut mir leid.«

»Meine Güte«, sagt sie leise, blickt hinab auf Besen und Schaufel in ihren Händen, als würde sie sich fragen, wie sie dorthin gekommen sind. »Das kann ich kaum glauben. Er ist doch so jung.«

Dass sie die Nachricht so ruhig aufnimmt, überrascht mich. Ich denke an das Gespräch mit Bertha Swanz und habe ein seltsames Déjà-vu.

Sie hebt den Kopf, die Brauen gerunzelt, und sieht mich an. »Was ist passiert?«

Es ist, als würde sie nach der Todesursache eines Fremden fragen und nicht nach der ihres Sohnes.

Ich erzähle ihr so viel wie möglich, erspare ihr aber die grauenhaften Details. »Wir ermitteln noch, gehen aber davon aus, dass er umgebracht wurde.«

»Jemand hat ihn *umgebracht*?«

»Wir sind noch dabei herauszufinden, was passiert ist.« Ich halte inne. »Ich weiß, jetzt ist keine gute Zeit, aber kann ich reinkommen und ein paar Minuten mit Ihnen und Ihrem Mann sprechen?«

»Orla ist draußen und füttert die Rinder, er kommt aber sicher bald zurück.« Sie schüttelt den Kopf, als versuche sie, aus einem bösen Traum zu erwachen. »Oje, das wird ein Schock für ihn sein. *Kumma.*« Kommen Sie.

Sie führt mich durchs Wohnzimmer, wo ein gusseiserner Ofen Wärme und den angenehmen Duft von Holzrauch im ganzen Haus verbreitet. In der Küche weist sie auf einen Stuhl am Tisch, sie selbst geht zur Anrichte und stützt sich einen Moment darauf ab, als müsse sie Kraft schöpfen. Dann nimmt sie den altmodischen Perkolator, schenkt Kaffee in zwei ungleiche Tassen und kommt damit an den Tisch.

Ich lasse ihr einen Moment Zeit, um sich zu sammeln. Gleichzeitig tickt lautstark meine innere Uhr – die mich daran erinnert, dass in meiner Stadt ein Mörder frei herumläuft und ich nicht die leiseste Ahnung habe, wer es ist und was er als Nächstes vorhat.

Ich hole meinen Notizblock aus der Jackentasche und lege ihn vor mir auf den Tisch. »Wann haben Sie Ihren Sohn das letzte Mal gesehen?«, frage ich schließlich.

»Ist eine Weile her.« Sie setzt sich mir gegenüber und trinkt einen Schluck Kaffee. »Etwa einen Monat. Kam ein- oder zweimal her, um sich Werkzeug zu borgen.«

»Es heißt, er wurde exkommuniziert«, sage ich.

»Vor sechs Monaten. Das war hart für ihn.«

»War es wegen der Scheidung?«

»So sagt man.«

Ich werde hellhörig. »Wie meinen Sie das?«

Sie strafft die Schultern, als hätte sie zu irgendeinem Zeitpunkt beschlossen, sich nicht mehr für ihren Sohn zu schämen. »Ich werde nicht schlecht über meinen Sohn sprechen, und auch nicht über den Bischof. Das tue ich nicht. Aber die Wahrheit ist, dass Bischof Troyer Milan gegenüber zu hart war.«

»Wie das?«

»Ich bin die Erste, die zugibt, dass Milan in seinem Leben Fehler gemacht hat. Das fing schon als Junge an. Hat sich kopfüber in alles gestürzt, ohne über die Folgen nachzudenken. Das hat ihm eine Menge Ärger eingebracht.« Sie hebt ihre Tasse an, setzt sie aber wieder ab, ohne zu trinken. »Ich glaube nicht, dass nur er die Scheidung wollte.«

Mir fallen die Worte von Bertha Swanz ein.

Milan wollte nicht mehr verheiratet sein. Ich konnte nichts dagegen tun.

… all die Flittchen …

»Heißt das, beide wollten die Scheidung?«, frage ich.

»Es heißt, sie wollte es auch. Ich wette, sie ist diejenige, die ihn dazu gebracht hat. Sie wusste, dass er exkommuniziert würde, aber das war ihr egal.«

Bei den Amischen ist es allgemein bekannt, dass ein Mitglied des Kirchendistrikts nur dann exkommuniziert werden kann, wenn die Gemeinde einstimmig dafür ist. Was immer Milan Swanz getan hat, es muss ein schweres Vergehen gewesen sein. Im Stillen nehme ich mir vor, jemanden zu finden, der Ella Maes Aussage bestätigen kann.

»Gab es viel Feindseligkeit zwischen Milan und Bertha?«, frage ich.

»Sie ist ein furchtbarer Mensch und war eine schreckliche Ehefrau. Wenn Sie mich fragen, hat sie ihn dazu getrieben, sich scheiden zu lassen, und dann hat sie rumerzählt, dass es Milans Idee war und nur er es wollte. Aber ich bezweifle, dass das so stimmt.«

Mir ist vollkommen bewusst, dass Eltern manchmal als Letzte bereit sind, die Schwächen oder das Fehlverhalten ihrer Kinder zu akzeptieren. Trotzdem notiere ich mir alles und frage weiter.

»Wissen Sie, ob Bertha sich mit jemand anderem getroffen hat?«, frage ich. »Gab es jemanden, der ihr den Hof gemacht hat? Irgendetwas in der Art?«

»Würde mich nicht wundern. Sie ist eine hinterhältige Person.« Sie presst die Lippen zusammen. »Meine Güte, ich sollte sofort damit aufhören. Aber das alles macht mich einfach so wütend.«

»Mrs. Swanz, wissen Sie, ob Milan Feinde hatte? Oder Streit mit jemandem? Fällt Ihnen jemand ein, der ihm hätte schaden wollen?«

Die Hintertür geht auf, und ein amischer Mann tritt in die Küche, bringt eine Schneeböe und den Geruch von Kuhmist mit herein. Während er den Schnee von seinen Stiefeln stampft, wandert sein Blick zwischen mir und seiner Frau hin und her.

»Was ist denn los?«, fragt er auf *Deitsch*.

So wie er mich ansieht, weiß er, dass ich schlechte Nachrichten habe.

»Mr. Swanz.« Ich stehe auf und erzähle ihm das Gleiche wie seiner Frau. Die schlimmen Details erspare ich auch ihm.

»*Mein Gott.*« Der amische Mann blinzelt heftig, dann lehnt er sich an den Schrank, der ihm am nächsten ist, als fürchte er, das Gleichgewicht zu verlieren. »*Umgebracht?* Das ist verrückt, ich glaube das nicht. Sind Sie sicher?«

Ich nicke. »Es tut mir leid.«

»Lieber Gott«, murmelt er.

»Mr. Swanz, ich weiß, das ist ein Schock für Sie, aber ich versuche herauszufinden, wer Ihrem Sohn das angetan hat, und muss Ihnen einige Fragen stellen.«

Orla Swanz zieht seine Arbeitsjacke aus, kommt zum Tisch, hängt sie über eine Stuhllehne und lässt sich auf den Sitz sinken. Einen Moment lang sieht es aus, als müsse er sich übergeben.

»Weiß einer von Ihnen, ob es jemanden gab, der Milan Leid zufügen wollte?«, frage ich an beide gerichtet.

Orla schüttelt den Kopf. »Nicht eine Seele fällt mir ein, die ihm etwas so Schlimmes hätte antun wollen«, sagt er.

Ella Mae legt die Hand auf die ihres Mannes, tätschelt sie. »Und was ist mit den Leuten von der Schreinerei?«, fragt sie ihn.

Die Schreinerei hat auch Bertha Swanz erwähnt, und ich werde hellhörig. »Meinen Sie Milans ehemaligen Arbeitgeber?«

»Sie haben ihn schlecht behandelt«, sagt Orla.

»Milan hat gern mit den Händen gearbeitet«, sagt Ella Mae voller Stolz. »Er hat uns früher ein paar schöne Möbelstücke geschreinert.« Sie zeigt auf die Schränke. »Die hat er auch gemacht, und auch eingebaut. Das konnte er gut.«

»Was für Probleme hatte er denn in der Schreinerei?«, frage ich.

»Sie haben ihn ständig für Dinge beschuldigt, die er gar nicht getan hat«, stößt die amische Frau bitter hervor.

Orla sieht mich an und nickt. »Vor ein paar Monaten hat es dort gebrannt, und sie haben Milan beschuldigt, das Feuer gelegt zu haben. Was er natürlich nicht gemacht hat.«

»Es war ein Kurzschluss«, erklärt Ella Mae wütend. »Sie hatten Strom genutzt, wollten das aber nicht zugeben, und ganz bestimmt durfte es der Bischof nicht erfahren. Also haben sie behauptet, es wäre der Petroleumofen gewesen, und Milan die Schuld gegeben.«

Ich notiere die wesentlichen Punkte, nehme mir vor, die Schreinerei aufzusuchen und den Brandursachenermittler zu kontaktieren. »Und wer genau hat Milan beschuldigt?«, frage ich.

»Der alte Stutzman, schätze ich. Und sein unverschämter Sohn. *Hochmut.*« Sie spuckt das Wort aus.

»Kennen Sie ihre Vornamen?«, frage ich.

»Gideon gehört die Schreinerei«, erwidert Orla. »Er ist anständig, wie ich gehört habe. Noah Stutzman ist sein Sohn.«

»Noah ist ein fieser Kerl«, fügt Ella Mae hinzu. »Führt sich auf, als wäre er der Boss. Er hat Milan das Leben schwergemacht.«

»Milan war einer ihrer besten Möbelschreiner«, sagt Orla. »Es heißt, sie hätten einige Aufträge verloren, nachdem Milan weg war.«

»Hatte Milan ein Handy?«

Orla nickt. »Hab ihn ein paarmal darauf angerufen.« Er kennt die Nummer aus dem Kopf, ich schreibe sie auf.

»Hatte Milan einen besten Freund?«, frage ich. »Vielleicht einen Kollegen? Oder einen Jugendfreund? Jemand, dem er sich anvertraut hätte, wenn er Probleme gehabt hätte?«

Das Paar starrt mich ratlos an – und ist sich durchaus bewusst, dass es imstande sein sollte, diese Frage problemlos zu beantworten. Plötzlich sagt Ella Mae: »Ich glaube, er war gut mit Clarence Raber befreundet. Sie sind zusammen aufgewachsen. Als Jungen haben sie miteinander gespielt, später haben sie eine Zeitlang zusammen gearbeitet.«

Ich notiere den Namen. »Und sie waren gute Freunde?«

Orla hebt an, etwas zu sagen, aber Ella Mae unterbricht ihn. »Sie waren wie Brüder, als sie klein waren«, sagt sie. »Clarence hat große Stücke auf Milan gehalten. Soweit ich weiß, waren sie immer noch befreundet.«

»Wohnt Clarence noch in der Gegend?«, frage ich.

Orla ergreift das Wort. »Das Letzte, was ich gehört habe, ist, dass er am Getreidesilo in Coshocton arbeitet.«

Ella Mae zieht ein Taschentuch aus ihrer Tasche und wischt sich über die Augen. »Er wird am Boden zerstört sein, wenn er das mit Milan erfährt. Sie waren sich so nahe, wie Jungs es nur sein können. Wie Brüder haben sie sich geliebt. Wie Brüder.«

5. KAPITEL

Ich komme an der Dogleg Road zum Stehen, weil das Holmes County Sheriffbüro die Kreuzung abgeriegelt hat. Ich lasse mein Fenster herunter, zeige dem wachhabenden Deputy meine Dienstmarke, und er winkt mich durch. Tomasettis Tahoe steht hinter dem Van der Spurensicherung vom BCI, dem Bureau of Criminal Investigation.

»Chief!«, höre ich jemanden nach mir rufen, kaum dass ich ausgestiegen bin.

Ich werfe einen Blick über meine Schulter und sehe Tomasetti auf mich zukommen. Trotz der Umstände verspüre ich bei seinem Anblick ein Kribbeln im Bauch.

Wir treffen uns neben seinem Tahoe. Er sieht kurz zu den Bäumen, wo die Lichter der Taschenlampen des Spurensicherungsteams aufleuchten. Ein weiterer Deputy ist auf dem Weg dorthin, und da er uns den Rücken zugewandt hat, beugt Tomasetti sich vor und drückt mir einen sanften Kuss auf den Mund.

»Du bist eine Wohltat für wunde Augen«, sagt er.

»Du auch.« Ich erwidere seinen Kuss, nehme das vertraute Aftershave wahr, seinen unverwechselbaren Duft.

Seufzend richtet er sich auf, macht einen Schritt zurück. »Du weißt, dass das zwischen einer Polizeichefin und einem BCI-Agenten höchst unangebracht ist.«

»Wenn du es für dich behältst, verrate ich es auch niemandem.«

Ein Lächeln huscht über sein Gesicht, aber er wird schnell wieder ernst, schaltet in den professionellen Modus und blickt zum Tatort hinüber. »Wie ist es dir als Überbringerin der schlechten Nachricht ergangen?«

Ich berichte von meinen Gesprächen mit Bertha Swanz und Milans Eltern. »Ich hatte ein etwas seltsames Gefühl.«

»Wie meinst du das?«

»Weder seine Exfrau noch die Eltern schienen sonderlich erschüttert, als ich ihnen die Todesnachricht überbracht habe.«

»Das ist merkwürdig«, sagt er, die Augenbrauen hochgezogen.

»Finde ich auch. Amische sind zwar generell etwas zurückhaltender, aber in diesem Fall kamen sie mir beinahe … ungerührt vor. Okay, Swanz und seine Frau waren geschieden, aber dass die Eltern so gefasst reagiert haben … Schon eigenartig.«

»Zumal, weil alle drei ähnlich reagiert haben«, sagt er.

»Ich habe den Eindruck, dass Milan ziemlich viele Schwierigkeiten hatte.«

»Wie kommst du darauf?«

»Na ja, offensichtlich hatte er Probleme mit seinem Arbeitgeber.« Ich erzähle ihm von dem Brand und dass Swanz deshalb entlassen wurde. »Es gibt wohl einen guten Freund in Coshocton, Clarence Raber, mit dem ich vielleicht mal reden sollte.«

In dem Moment bemerke ich die Arbeitslampen der Spurensicherung hinten an der Parkbucht. »Habt ihr schon irgendwas gefunden?«

»Ein paar Reifenspuren, glaube ich.«

»Dass Mona, Skid und ich auf dem Seitenstreifen geparkt haben, weißt du, ja?«

»Eure Reifenabdrücke haben wir sofort markiert.« Er zeigt zu den Arbeitslampen. »Noch ein Stück weiter hinten gibt es einen kurzen Feldweg mit genug Platz, um vorwärts reinzufahren und zu wenden. Ein Deputy hat da Reifenspuren entdeckt, ein Techniker nimmt gerade einen Abdruck.«

»Der Schnee ist bestimmt nicht gerade hilfreich.«

»Wir werden vermutlich keinen brauchbaren Gipsabdruck kriegen, aber einen Versuch ist es trotzdem wert.«

Ich will mir noch mal den Tatort ansehen. Ich will ihn abschreiten, will jeden Zentimeter genau unter die Lupe nehmen. Ich will wissen, was die Techniker der Spurensicherung machen und was sie gefunden haben. Ob es Neuigkeiten gibt. Aber meine Erfahrung sagt mir, dass es in dieser frühen Phase der Ermittlungen extrem wichtig ist, die Zahl der Leute am Tatort zu begrenzen.

»Ich fahre zur Schreinerei, in der Milan Swanz gearbeitet hat.« Ich muss auch mit Clarence Raber sprechen, aber in Anbetracht des ominösen Brandes und der Kündigung hat sein Arbeitgeber Vorrang. »Hast du Zeit, mit mir hinzufahren?«

»Solange die Spurensicherung hier noch zugange ist, gibt es nicht viel zu tun. Alle Beweise werden mit Kurier ans Labor geschickt. Dort hat man zwar die Anweisung, die Untersuchungen zu beschleunigen, aber darauf warten müssen wir trotzdem.«

»Okay, ich fahre.«

***

Nach einer zwanzigminütigen Fahrt durch eine malerische Landschaft erreichen wir Killbuck. *Stutzman's Cabinetry and Woodworking* befindet sich östlich der Dorfmitte in einer Nebenstraße der US 62.

Ich parke auf dem Schotterplatz vor der Werkstatt, einem ziemlich neuen Stahlgebäude mit großem Rolltor, das wohl wegen Kälte und Wind geschlossen ist. Die schmale Tür daneben ist mit BÜRO / KUNDENSERVICE gekennzeichnet, und wir gehen hinein.

Das kleine Büro hat einen Sperrholzboden und billig getäfelte Wände. Am Schreibtisch, der sicher noch aus den 1980er Jahren stammt, sitzt eine füllige amische Frau in einer blauen Strickjacke über einem weinroten Kleid. Bei unserem Eintreten blickt sie auf, mustert kurz meine Uniform und sagt: »Kann ich Ihnen helfen?«

Ich zeige ihr meine Dienstmarke. »Ich bin die Polizeichefin in Painters Mill«, sage ich. »Ist der Besitzer oder Betriebsleiter da?«

»Gibt es ein Problem?«

Da sie eher neugierig als besorgt scheint, spare ich mir nähere Ausführungen. »Wir müssen nur kurz mit einem von ihnen sprechen.«

Ohne den Blick von uns zu lassen, greift sie den Hörer eines alten gelben Telefons mit Wählscheibe, wählt die Nummer mit Hilfe eines Bleistifts und spricht in den Hörer: »Mr. Stutzman, bitte ins Büro.«

Ihre Stimme ertönt über ein Lautsprechersystem in einem anderen Teil des Gebäudes. Durch das große Glasfenster hinter ihr kann man in die Werkstatt sehen, in der ein Dutzend amische Männer an Werkbänken stehen oder über pneumatische Sägemaschinen gebeugt sind. Obwohl die Tür zur Werkstatt geschlossen ist, hört man das Zischen und Pumpen der Druckluftwerkzeuge.

Ich überlege gerade, ob ich mir einen Kaffee an der Kaffeestation in der Ecke gönnen soll, als die Tür aufgeht. Zwar bin ich Gideon Stutzman nie zuvor begegnet, aber auf der Fahrt hierher hatte Tomasetti die Informationen über ihn auf seinem Handy abgerufen, und ich erkenne ihn sofort. Er ist klein und drahtig, dreiundfünfzig Jahre alt, verheiratet und wohnt hier in Killbuck. Unter der dunkelgrauen Arbeitsjacke trägt er ein blaues Arbeitshemd und Hosenträger, und im Gesicht ein Lächeln, das vermutlich Kunden vorbehalten ist.

Sobald er die Tür hinter sich geschlossen und meine Uniform gesehen hat, verschwindet das Lächeln. »Wie kann ich Ihnen helfen?«, fragt er.

»Mr. Stutzman, wir würden Ihnen gern ein paar Fragen stellen. Haben Sie ein paar Minuten?«

Sein Blick geht zu Tomasetti, der seinen Ausweis hochhält, dann deutet er mit dem Daumen in Richtung Werkstatt. »Hat einer meiner Männer etwas angestellt?«

»Nein, Sir.«

»Ein paar Minuten hab ich.« Der amische Mann nickt der Frau zu. »Wir sind in meinem Büro.«

Er führt uns in die Werkstatt, wo der Geräuschpegel knapp unter ohrenbetäubend ist. Das Klack-Klack-Klack einer Nagelpistole, das Surren einer Säge, das Zischen von Druckluftwerkzeugen. Der Geruch von frisch geschnittenem Holz und öliger Holzbeize liegt schwer in der Luft.

Wir gehen an ramponierten Holzregalen vorbei, einer Vielzahl alter Werkzeuge – Handsägen, kleine Äxte und Sensen –, alle nach Typ und Größe geordnet. »Falls Ihr Sohn auch da ist«, sage ich freundlich, »wäre es hilfreich, wenn er dazukommt.«

Stutzman nickt, steckt zwei Finger in den Mund und stößt einen lauten Pfiff aus. »Noah!«

Auf der anderen Seite des Raumes richtet sich ein bärenhafter amischer Mann auf, mustert uns kurz und zeigt mit dem Daumen nach oben.

Stutzman bleibt vor einer schweren Tür stehen, in die ein Fenster aus verdrahtetem Sicherheitsglas eingelassen ist. Die Stechuhr für Stempelkarten daneben macht deutlich, dass wir in einem Betrieb mit amischem Besitzer sind.

Stutzman führt uns hinein. »Ist ein bisschen ruhiger hier.« Er zeigt auf die Stühle neben seinem Schreibtisch. »Sie beide machen einen ernsten Eindruck. Ich denke, Sie sind nicht hergekommen, um Möbel zu kaufen.« Er lässt sich auf dem Stuhl hinter einem ramponierten Metallschreibtisch nieder.

»Soviel ich weiß, hat vor einiger Zeit Milan Swanz hier gearbeitet«, beginne ich.

»Milan Swanz.« Der amische Mann verzieht das Gesicht, als hätte er auf etwas Saures gebissen. »Geht's um das Feuer?«

»Sie wissen, was passiert ist?«, frage ich überrascht.

Er kneift die Augen zusammen. »Wie sollte ich das nicht wissen? Es war ja meine Werkstatt, die gebrannt hat.«

Mir wird bewusst, dass wir über zwei verschiedene Ereignisse reden, also stelle ich es klar. »Mr. Stutzman, Milan Swanz ist letzte Nacht umgekommen.«

»Oh.« Er zuckt so heftig zurück, dass sein Stuhl ein Stück nach hinten rutscht. »Also, das hab ich nicht gewusst.« Er kräuselt die Augenbrauen. »Wie ist das passiert?«

»Wir gehen davon aus, dass er ermordet wurde«, sage ich.

»Heiliger Strohsack!«

»Was können Sie mir über Mr. Swanz' Zeit in Ihrer Schreinerei erzählen?«, frage ich.

»Er hat hier schon ein paar Jahre gearbeitet.« Er setzt eine gequälte Miene auf. »Milan war geschickt mit den Händen, und er kannte sich mit Holz aus, mit den Werkzeugen. Aber es gab ein paar Probleme.«

»Was für Probleme?«, fragt Tomasetti.

»Na ja, er kam mit den anderen nicht zurecht.« Stutzman zuckt mit den Schultern. »Es gab keine Schlägereien oder so, er ist ihnen einfach dumm gekommen.« Er hält inne, als würde er sich gerade warmlaufen. »Und er war zwar handwerklich geschickt, hatte aber keine gute Arbeitsmoral. Oft kam er überhaupt nicht zur Arbeit, oder er kam zu spät, und ich glaube, er hat getrunken. Und das ist etwas, was ich nicht ausstehen kann.

Eine Zeitlang hab ich's ertragen und gehofft, er würde sich wieder fangen. Aber ich muss mich auf meine Leute verlassen können. Ich habe ein Geschäft zu führen.«

»Haben Sie ihn deshalb gefeuert?«, fragt Tomasetti.

Stutzman sieht ihn geradeheraus an. »Am Ende hat eine Möbellieferung an einen Bauherrn in Coshocton County, mit der ich ihn beauftragt hatte, das Fass zum Überlaufen gebracht. Ob Sie's glauben oder nicht, aber Milan hat sich mit dem Kunden angelegt, was mich fast den Auftrag gekostet hätte. Und es war ein großer. Am nächsten Tag hab ich ihn gefeuert.«

»Wie hat er es aufgenommen?«, frage ich.

Er presst die Lippen zusammen, zögert zu antworten, tut es dann aber doch. »Er hat mich wüst beschimpft, wollte sofort seinen Gehaltsscheck. Mir ist bewusst, dass die Arbeit für einen Mann wichtig ist und gefeuert zu werden sehr verletzend sein kann, aber ich habe noch nie jemanden so ausflippen sehen. Milan konnte richtig jähzornig werden.«

»Wurde er handgreiflich?«, frage ich.

»Nein.«

»Hatte er Ihnen gedroht?«, fragt Tomasetti.

»Er hat vielleicht ein oder zwei Dinge in der Art von sich gegeben.« Eine typisch amische Antwort, wenn man nichts Negatives über jemanden sagen will.

»Zum Beispiel?«, fragt Tomasetti.

Der amische Mann zuckt mit den Schultern. »Er meinte, damit würde ich nicht ungestraft davonkommen. Es würde auf mich zurückfallen. Damals hab ich mir nicht viele Gedanken darüber gemacht.«

Eine bedeutsame und zu lange Pause entsteht, Stutzman rutscht unruhig auf seinem Stuhl herum, blickt hinab auf seine Hände.

»Es soll hier gebrannt haben«, sage ich.

»Das ist ein Jahr her. Damals hatten wir unsere Werkstatt in einer hundert Jahre alten Scheune. Alles aus trockenem altem Holz, das hat gebrannt wie Zunder. Werkzeuge und Geräte wurden allesamt zerstört.«

»Glauben Sie, dass Swanz etwas damit zu tun hatte?«, fragt Tomasetti.

Stutzman blickt düster von Tomasetti zu mir. »Ich werde nicht schlecht über einen amischen Bruder sprechen. Nicht über einen, der tot ist, und auch nicht über einen, der exkommuniziert wurde.«

Eine weitere typisch amische Antwort. Eine, die allen amischen Kindern eingetrichtert wird, sobald sie alt genug sind, sie zu verstehen. Nach dem Motto: »Wenn du nichts Gutes über jemanden sagen kannst, dann sag gar nichts.«

Besonders gegenüber Englischen.

»Wir wollen einfach nur die Wahrheit wissen, Mr. Stutzman«, sage ich ruhig. »Gerüchte oder so etwas interessieren uns nicht.«

»Also gut.« Kopfschüttelnd fährt er fort, aber sein Unwillen ist spürbar. »Nach dem Brand kamen die Amischen, wie sie das immer tun, und haben das Gebäude hier gebaut. Und sie haben Geld zusammengelegt und einen Teil der Geräte bezahlt. Gott hat uns da durchgeholfen.«

»Sind Sie wegen Ihres Verdachts bezüglich Swanz bei der Polizei gewesen?«

»Ich hatte keine Beweise.« Er blickt von mir weg. »Der Brandinspektor sagte, ein Petroleumofen wäre die Ursache gewesen. Jemand hätte seine Jacke über der Rückenlehne eines Stuhls hängen lassen, der zu nah am Ofen stand, und der Stoff hätte Feuer gefangen.«

Hinter mir geht die Tür auf, ich sehe über die Schulter hinweg den Mann, dem Stutzman zuvor zugepfiffen hat – blaues

Arbeitshemd, dunkle Hosen und Hosenträger, die Hutkrempe voller Sägespäne und den Blick auf uns gerichtet.

»Das ist mein Sohn, Noah.«

Noah Stutzman ist so groß, wie sein Vater klein ist, schätzungsweise ein Meter neunzig, hundertzehn Kilo schwer und hat Oberarme so mächtig wie ein Weihnachtsschinken.

Der Blick seiner braunen Augen wandert zuerst zu mir, dann zu Tomasetti und schließlich zu seinem Vater. »*Was der schinner is letz?*«, fragt er. Was um Himmels willen ist denn los?

»*Kumma inseid*«, sagt der ältere Stutzman geduldig. »Komm rein und mach die Tür zu.«

Noah tut wie geheißen. Da es keinen Stuhl mehr für ihn gibt, lehnt er sich an die Wand und verschränkt die Arme vor der Brust. Sein Vater stellt zunächst Tomasetti und mich vor und sagt ihm dann, dass Milan Swanz tot ist.

Währenddessen beobachte ich den jüngeren Stutzman aufmerksam, suche nach einem Hinweis darauf, dass er bereits weiß, was passiert ist, aber der jüngere Mann gibt nichts preis.

»Ich wünschte, ich könnte behaupten, dass ich überrascht bin«, sagt er, als sein Vater fertig ist.

»Dass Swanz tot ist?«, frage ich. »Oder dass wir hier sind und mit Ihnen und Ihrem *Datt* darüber reden?«

Er wundert sich offensichtlich über meine *deitsche* Wortwahl, fragt aber nicht nach. »Ich meine nur, dass Milan einer Menge Leute auf die Füße getreten ist.«

»Wie denn?«

»Er war unfreundlich und gemein und hat sich nicht darum geschert, was mit den anderen ist.«

»Gab es jemand Bestimmten, dem er auf die Füße getreten ist?«, fragt Tomasetti.

Der große Mann hebt die Schulter, lässt sie sinken. »So ziemlich allen, mit denen er zu tun hatte, denke ich mal.«

»Wo waren Sie beide letzte Nacht?«, fragt Tomasetti.

Die zwei Männer wirken eher überrascht als gekränkt angesichts der Frage.

Noah lacht höhnisch auf, scheint kurz davor, die Augen zu verdrehen.

»Sie glauben doch nicht, dass wir das waren, oder?«, fragt der ältere Mann.

»Ich will Sie nur von unserer Liste streichen«, sage ich.

»Ich war mit meiner Frau zu Hause«, sagt Gideon.

Noah schaut finster drein. »Ich auch. Können Sie überprüfen.«

Kurz darauf sieht er seinen Vater an. »Hast du ihnen von dem Brand erzählt?«

Der ältere Stutzman nickt. »Natürlich hab ich das.«

Seufzend wendet Noah sich wieder Tomasetti und mir zu. »Vermutlich hat er Ihnen aber nicht erzählt, dass der Petroleumofen Milan Swanz gehört hat, oder?«

»Nein«, erwidert Tomasetti. »Aber danke für die Information.«

***

»Was denkst du?«, frage ich.

»Dass wir noch eine Menge Leute befragen müssen, bevor wir genug wissen, um uns ein Bild machen zu können.«

Tomasetti und ich sitzen im Explorer. Während zarte Schneeflocken auf die Windschutzscheibe fallen, liegt mir der Fall wie ein Stein im Magen. Ich greife zum Funkgerät und rufe die Zentrale an.

»Besorgen Sie mir Hintergrundinformationen zu Noah und Gideon Stutzman.« Ich buchstabiere Vor- und Nachnamen.

»Geht klar.«

»Ist bei der Überprüfung von Bertha Swanz irgendwas rausgekommen?«

»Sie ist sauber, Chief.«

»Hat Glock den Durchsuchungsbeschluss besorgt?«

»Ja, Ma'am.«

»Mailen Sie mir das PDF, ja? Ich werde auf dem Rückweg nach Painters Mill am Wohnwagen vorbeifahren und ihn mir ansehen.«

»Hab's Ihnen gerade geschickt.«

Ich lege das Funkgerät weg und sehe Tomasetti an. »Hast du Zeit, dir die Wohnung des Opfers anzuschauen?«

Bevor er antworten kann, piepst mein Handy. Ich blicke aufs Display, wo HOLMES COUNTY CORONER steht.

»Hey, Doc.«

»Wir haben das Opfer gesäubert, Kate. Ich warte noch auf den forensischen Pathologen, der mich bei der Autopsie unterstützen wird. Viel weiß ich im Moment noch nicht, aber ein paar wenige Informationen haben wir schon zusammentragen können, falls Sie also Zeit haben …«

Ich spüre, wie sich ein beklemmendes Gefühl in meiner Brust breitmacht, aber ich unterdrücke es sofort, will nicht, dass Tomasetti es mir ansieht. »Bin schon unterwegs.«

6. KAPITEL

Die wenigsten Polizisten wollen bei einer Autopsie dabei sein, zumal es in unserer hochtechnologisierten Zeit auch nur noch selten notwendig ist. Das ist grundsätzlich auch gut so, insbesondere, wenn man einen empfindlichen Magen hat. An der eigentlichen Autopsie nehme ich normalerweise auch nicht teil, lege jedoch Wert darauf, das gesäuberte Mordopfer in einer klinischen Atmosphäre, bei guter Beleuchtung und in Anwesenheit des Leichenbeschauers, der meine Fragen beantworten kann, anzusehen. Eine Leiche ist ein gewichtiges Beweisstück. Jeder Aspekt eines Kriminalfalls beginnt und endet mit dem Opfer.

Natürlich gibt es auch die menschliche Komponente. Der Verlust eines Menschenlebens, besonders durch Gewalt und durch die Hand eines anderen, ist erschütternd. Gute Ermittlerinnen und Ermittler sind sich dessen immer bewusst. Ob auf der Suche nach Informationen, als ein persönliches Ritual oder aber aus dem Bedürfnis heraus, den Toten die letzte Ehre zu erweisen – oder einer Kombination aus all dem –, schaffen diese quälenden Minuten, die ich mit ihnen verbringe, eine Verbindung. Und diese Verbindung ist wichtig, denn sobald ich den Raum verlasse, untersuche ich nicht mehr den Tod von irgendwelchen Fremden. Ich habe das Gefühl, ihnen nähergekommen zu sein, sie jetzt ein kleines bisschen besser zu kennen. Ich habe gesehen, was ihnen zugestoßen ist, wie hässlich und brutal es war. In den Tagen und Wochen, die darauf folgen, lerne ich die Opfer auf beinahe intime Weise kennen und erinnere mich an diesen Teil von ihnen. Und das wird mich umso mehr antreiben, denjenigen zu finden, der ihnen das angetan hat.

Weder Tomasetti noch ich sagen etwas, als wir im Aufzug ins Untergeschoss des Pomerene Hospitals fahren, wo sich die Leichenhalle befindet. Er nutzt die kurze Zeit, um auf seinem Smartphone die SMS und E-Mails zu checken, aber ich weiß, dass sein Hauptaugenmerk mir gilt. Ich tue, als würde ich es nicht merken, und versuche, mich zu sammeln und in meine etwas dickhäutigere Cop-Rolle zu schlüpfen.

Als das Klingeln der Etagenanzeige ertönt, bin ich bereit. Die Tür geht auf, und bevor ich hinaustrete, streicht Tomasetti mir mit den Fingerspitzen über den Handrücken. »Du kriegst das hin?«

»Ja.«

Carmen, Doc Coblentz' Assistentin, sieht von dem mit Aktenmappen vollgepackten Schreibtisch auf und lächelt. Sie trägt einen Wildlederrock, kniehohe braune Reitstiefel, einen beigefarbenen Pullover und einen farblich passenden Schal.

»Guten Morgen, Chief!«, sagt sie fröhlich. »Agent Tomasetti.«

Nicht zum ersten Mal frage ich mich, wie jemand, der so viel Zeit in unmittelbarer Nähe von Toten verbringt, so gute Laune haben kann. »Ich glaube, Sie sind eine der bestgekleideten Frauen in ganz Painters Mill«, sage ich.

»Danke, Chief, ich weiß zu schätzen, dass Sie das sagen«, erwidert sie und schenkt mir ein strahlendes Lächeln. »Um ehrlich zu sein, hier unten bekomme ich nicht viele Komplimente.«

»Das dürfen Sie aber nicht persönlich nehmen«, sagt Tomasetti, als er sich ins Besucherbuch einträgt. »Ihre Klientel ist ja eher schweigsam.«

Sie lacht herzhaft. »Der Doc erwartet Sie, gehen Sie einfach rein.«

Wir betreten den medizinischen Bereich der Abteilung. Zu meiner Rechten befindet sich eine Nische mit Vorräten und steriler Schutzkleidung. Doc Coblentz' teilweise verglastes Büro liegt zu meiner Linken. Wie üblich sind die Jalousien zu, aber die Tür steht offen. Ein alter Simon-&-Garfunkel-Song läuft im Hintergrund, und ich spüre, wie ein Teil der Anspannung von mir abfällt.

Doc Coblentz sitzt an einem Schreibtisch voller Akten, Schnellhefter und Papiere und starrt auf einen Computermonitor von der Größe eines Fernsehers. Ein dick mit Frischkäse und Schnittlauch belegter Bagel liegt neben einer Tasse mit der Aufschrift: ICH VERORDNE KAFFEE.

»Hey, Doc«, begrüße ich ihn.

»Sie sind schnell.« Er wischt sich mit einer Serviette den Mund ab, steht auf und gibt uns beiden die Hand.

»Danke, dass Sie gleich losgelegt haben«, sage ich.

Er winkt ab. »In Anbetracht dessen, womit wir es hier zu tun haben, hab ich alles andere zurückgestellt. Der forensische Pathologe müsste innerhalb der nächsten Stunde eintreffen.« Er bekommt einen nachdenklichen Gesichtsausdruck. »Vor der Säuberung des Opfers haben mein Assistent und ich alles fotografiert und gesichert, einschließlich der wenigen Reste, die von der Kleidung übrig waren. Ich habe mehrere Röntgenaufnahmen und CTs gemacht, und die Bestätigung der Identität mittels DNA ist kein Problem. Außerdem ist das Gebiss vollständig intakt, und es gibt einige besondere zahnmedizinische Merkmale.«

Auch wenn beim Opfer ein Führerschein gefunden wurde, bleibt die Möglichkeit, dass er ihm untergeschoben wurde, um die Polizei in die Irre zu führen. Deshalb ist es immer ratsam, die Identität mittels DNA zu verifizieren.

»Die schweren Brandverletzungen machen es unmöglich,

Fingerabdrücke zu nehmen«, sagt er. »Aber hinsichtlich eines toxikologischen Befundes bin ich zuversichtlich.«

»Ich sage dem Labor, dass es dringend ist«, wirft Tomasetti ein.

»Können Sie schon etwas zum Todeszeitpunkt sagen?«

»Meistens können wir uns auf die Körperkerntemperatur verlassen, um zumindest eine grobe Schätzung abzugeben. Da aber die erheblichen Verbrennungen die Temperatur des Toten erhöht haben wird, fällt diese Möglichkeit weg. Alles, was ich zu diesem Zeitpunkt sagen kann, ist, dass es keine Totenflecken gab und die Leichenstarre, die etwa zwei Stunden nach dem Tod einsetzt, noch nicht eingetreten war.«

Ich muss an den Schrei denken, von dem Skid und Mona berichtet hatten, setzte den in zeitliche Relation zur Entdeckung der Leiche und deren Eintreffen hier im Leichenschauhaus. »Dann ist es also wahrscheinlich, dass der Mord gerade erst stattgefunden hatte.«

»Gut möglich.«

»Und die Todesursache?«, fragt Tomasetti.

»Darüber kann ich momentan leider nicht viel sagen. Aber sobald ich ihn obduziert habe, weiß ich, ob er an den Brandverletzungen, an Rauchvergiftung oder etwas anderem gestorben ist.«

Tomasetti seufzt. »Wäre nicht das erste Mal, dass jemand den Körper seines Opfers verbrennt, um Beweise zu vernichten.«

»Oder versucht, es anders aussehen zu lassen, als es eigentlich ist«, füge ich hinzu.

Doc Coblentz sieht von Tomasetti zu mir. »Wie Sie sich vorstellen können, sind Autopsien von Brandopfern extrem schwierig und komplex, besonders bei so schweren Verbrennungen. Deshalb habe ich auch den forensischen Pathologen zur Unterstützung angefordert.«

Er schüttelt den Kopf. »Vieles, was ich hier zu sehen bekomme, ist schlimm – Unfallopfer, Selbstmorde, Ertrunkene und Leichen, die erst viel zu spät gefunden wurden. Aber diese hier ist eine der schlimmsten, die ich je gesehen habe.«

Ich denke an die Dinge, die wir am Tatort gesehen haben, und spüre das vertraute Kratzen kalter Fingerspitzen in meinem Nacken. Dieses seltsame Zittern in der Magengrube.

Der Doktor legt die Hände zusammen. »Die gute Nachricht ist, dass es schon viele vorläufige Informationen gibt. Hoffentlich sind einige davon hilfreich, wenn Sie jetzt in den Fall einsteigen.«

»Dann lassen Sie uns anfangen.«

Der Doktor führt uns in die Nische mit der Schutzkleidung – Kittel, Schuhhüllen, Plastikhauben, Mund-Nasen-Schutz und Einmalhandschuhe. Das ist normalerweise der Moment, in dem Tomasetti eine witzige Bemerkung macht oder einen unangebrachten Spruch loslässt, je abgeschmackter, desto besser. Aber niemals aus Pietätlosigkeit, sondern um besser mit dem Stress umgehen zu können, den das, was wir gleich zu sehen bekommen, auslösen wird. Heute Morgen ist er auffallend schweigsam, und erst, als wir aus der Nische treten, denke ich daran, dass seine erste Frau und seine Kinder in einem Feuer umgekommen sind, das ein Brandstifter gelegt hat. Ich würde gern sein Gesicht sehen, aber er ist schneller als ich und schon auf dem Weg in den Korridor.

Doc Coblentz wartet bereits und führt uns vorbei an dem schwarzgelben Symbol für Biogefährdung und einem Schild mit der Aufschrift: ZUTRITT NUR FÜR MITARBEITER DES LEICHENSCHAUHAUSES. Wir durchqueren die Halle, an deren Ende er die Schwingtüren zum Autopsieraum aufstößt. Der bis zur Decke geflieste Raum ist hell erleuchtet und unangenehm kalt. Auf einer Arbeitsplatte sind Schachteln mit sterilen

Einmalhandschuhen, verschiedene Glasgefäße sowie Edelstahlbehälter, groß wie Futternäpfe, aneinandergereiht. Von der Decke hängt eine große Waage. Alles ist klinisch sauber, und es riecht nach Formalin und Desinfektionsmittel, aber da ist auch der widerliche Geruch von verbranntem und verwesendem Fleisch.

Doc Coblentz' Assistent steht mit dem Rücken zu uns an der Arbeitsplatte, nimmt sterile Instrumente aus der Verpackung und legt sie auf ein mit Papier ausgelegtes Tablett. Die Leiche von Milan Swanz liegt unter einer großen Lampe auf dem Seziertisch aus Edelstahl. Sie ist mit einem blauen Papierlaken bedeckt, das dunkle Flecken an den Stellen aufweist, wo Körperflüssigkeit durchgesickert ist.

Tomasetti ist neben mir, als wir an den Tisch treten, und ich versuche, mein heftig klopfendes Herz zu ignorieren.

»Guten Morgen«, sagt der Assistent.

Zwar ist sein Mund von einer Maske verdeckt, doch das Lächeln in seinen Augen verrät mir, dass das hier für ihn business as usual ist.

Coblentz zieht die Deckenlampe ein Stück weiter herunter und richtet sie aus. »Machst du bitte den Röntgenbildbetrachter an, Jared.«

»Sicher.« Der junge Mann geht hin und schaltet das Gerät an. Das helle Licht flackert auf.

Der Doc geht zur anderen Seite des Seziertisches und zieht das Papierlaken weg. Obwohl ich den Toten am Tatort gesehen und eine ziemlich gute Vorstellung von dem habe, was auf mich zukommt, bringt mich sein Anblick doch wieder aus der Fassung. Das Fleisch ist ein grauenhaftes schwarzes Mosaik, durchzogen von lila-, rot- und pinkfarbenen Schlieren. Das verkohlte Fleisch im Gesicht schält sich, der Mund steht offen, die rosabraune Zunge ragt zwischen schockierend weißen Zähnen heraus. Der Anblick ist beinahe unerträglich.

Neben mir murmelt Tomasetti etwas Unverständliches.

»Kleidung, Schuhe und Gürtel wurden eingetütet und per Kurier ins BCI-Labor nach London, Ohio, geschickt.«

Das Fleisch des unteren Rumpfes und der Extremitäten ist verkohlt, rissig und schält sich an manchen Stellen. Der Oberkörper, und da vornehmlich die Haut, die von der Kleidung geschützt und von den Flammen weiter entfernt war, ist braun, versengt und geschwollen, teils mit rohen, roten Flecken. Um die Taille, da, wo vermutlich der Gürtel saß, befindet sich ein unbeschädigter, hellrosa Streifen Haut. Die Füße sind geschwollen und rosa-violett, als hätten sie in den Schuhen gekocht …

»Jesus«, murmelt Tomasetti.

»Wie Sie sehen, sind die Brandverletzungen schwerwiegend, besonders in der unteren Hälfte des Körpers«, sagt Doc Coblentz. »Das hat mit der Position des Körpers und der Nähe zur Hitzequelle zu tun.« Er sieht zuerst mich über den Brillenrand an, dann Tomasetti. »Sie beide haben das Opfer am Tatort gesehen, korrekt?«

»Ja.« Da meine Antwort wie ein Krächzen klingt, räuspere ich mich und wiederhole sie.

Der Doc fährt fort. »Bei der ersten Inaugenscheinnahme sind mir keine Schnittverletzungen und Schusswunden aufgefallen, was sich ändern kann, sobald ich mit der inneren Leichenschau beginne.«

»Sexueller Übergriff?«, fragt Tomasetti.

»Wir konnten einen Analabstrich machen«, sagt der Doc. »Keinerlei Hinweise auf Gewalteinwirkung.«

»Ich frage jetzt einfach das, was uns alle umtreibt«, sagt Tomasetti. »Am Tatort sah es aus, als wäre der Mann an den Pfahl gefesselt bei lebendigem Leib verbrannt. Doktor Coblentz, können Sie herausfinden, ob das so war? Ob er am Pfahl verbrannt ist? Oder ob er bereits tot war, als er dort festgebunden wurde?«

»Das kann ich ohne die innere Leichenschau nicht beantworten«, erwidert der Doc. »Allerdings kann ich Ihnen sagen, wie mein erster Eindruck ist. Das Ganze natürlich nur vorläufig.« Er greift hinter sich, nimmt einen langen Watteträger mit großem Kopf vom Tablett und zeigt damit auf die Hände des Toten. »Sie haben ja gesagt, dass das Opfer mit Draht an einen Holzpfahl gefesselt war. Ich hatte notiert, dass Sie den Draht ins Labor geschickt haben. Stimmt das, Kate?«

Ich nicke. »Richtig.«

Er zeigt jetzt mit dem Watteträger aufs Handgelenk. »Sehen Sie das?«

Ich will nicht hinsehen, tue es aber, und zum ersten Mal seit Betreten des Raums betrachte ich das Opfer mit den Augen einer Polizistin und nicht mit denen einer Frau, die vom Grauen beinahe überwältigt ist.

»Es sieht so aus, als wäre das Fleisch aufgrund der Verbrennungen geplatzt«, fährt Doc Coblentz fort. »Ich glaube aber, dass es eine Schnittwunde ist, womöglich verursacht durch Fesseln. Ich hab mir die Röntgenbilder angesehen, die das meines Erachtens bestätigen, denn dort zeigt sich rechts eine Radialstyloidfraktur.«

»Und das heißt für Laien?«, fragt Tomasetti.

»Dass ein kleiner Knochen des Handgelenks gebrochen ist. Solche Brüche passieren meistens beim Hinfallen oder bei einer sportlichen Aktivität.« Er presst die Lippen zusammen. »Es ist auch dokumentiert, wenn auch selten, dass diese Art von Brüchen durch den Gebrauch von Handschellen entstanden sind.«

»Oder in diesem Fall von Draht?«, frage ich.

Doc Coblentz nickt. »Richtig.«

Tomasetti kneift die Augen zusammen. »Dann wurde das

Opfer bei vollem Bewusstsein an den Pfahl gefesselt und hat so heftig an dem Draht gezerrt, dass der Handgelenkknochen gebrochen ist?«

Wieder nickt der Doc. »Möglich ist aber auch, dass er gefesselt und dann an den Fesseln der Handgelenke zur Feuerstelle geschleift wurde.«

Ich sehe Tomasetti an. »Ich habe keine Schleifspuren gesehen.«

»Wir sehen uns das noch mal an.« Er runzelt die Stirn. »Doc, wenn das Opfer sich mit aller Kraft gewehrt hat, könnte das bedeuten, dass es Panik oder große Schmerzen hatte? Dass er am Leben war und unter extremer psychischer Belastung stand, als das Feuer entzündet wurde?«

»Das ist sicher eine plausible Theorie«, erwidert Coblentz. »Bei der Autopsie werden wir darauf achten, ob Ruß vom eingeatmeten Rauch in der Speiseröhre oder den Atemwegen ist. Außerdem untersuchen wir den Anteil von Carboxyhämoglobin im Blut. Der wird zeigen, ob er während des Brandes geatmet hat. Trotzdem werde ich Ihnen nicht sagen können, ob das Opfer bei Bewusstsein war, sondern nur, ob es geatmet hat oder nicht. Manchmal kann auch viel anhand der Menge von Ruß in der Schleimhaut geschlussfolgert werden. Allerdings sind die Brandverletzungen in diesem Fall so schwer, dass man mit dem bloßen Auge nichts erkennen kann.«

Doc Coblentz wendet sich an seinen Assistenten. »Bitte mal die Röntgenaufnahme des C-drei-Halswirbels.«

»Sofort.« Der Assistent wendet sich dem Ordner mit den Aufnahmen zu, zieht die entsprechende heraus und hängt sie an den Betrachter, so dass wir alle das Röntgenbild sehen können.

»Das Opfer hatte auch ein gebrochenes Zungenbein«, erklärt der Doc.

»Ist das nicht üblich bei Opfern, die stranguliert wurden?«, frage ich.

Er nickt. »Richtig, und wird normalerweise bei der Obduktion von Opfern festgestellt, die gewürgt oder gehängt wurden.«

»Heißt das, der Mann wurde zuerst gewürgt?«, fragt Tomasetti.

»Ich kann es nicht erklären. Aber ich weiß, dass eine Verletzung des Zungenbeins selten vorkommt. Bei Überlebenden ist meistens ein Trauma die Ursache. Ich zeige es Ihnen.« Er nimmt sich einen neuen Watteträger, geht um den Tisch herum und zeigt auf einen verschatteten Bereich des Röntgenbildes. »Das Zungenbein ist dieser u-förmige Knochen im vorderen Bereich des Halses. Der Blickwinkel, aus dem wir es betrachten, liegt zwischen Unterkiefer und Schilddrüsenknorpel.«

»Kann es sein, dass er einen Schlag auf den Hals bekommen hat?«, frage ich.

»Oder dass er mit etwas um den Hals gebändigt wurde?«, murmelt Tomasetti.

»Ja und ja.« Ich sehe das Lächeln in seinen Augen. »Es genügt wohl zu sagen, dass ich hoffe, all das präzisieren zu können, sobald ich mir ein vollständiges Bild verschafft habe. Aber im Moment ist das alles.«

***

»Hat der Mörder also alles inszeniert?« Tomasetti stellt die Frage wie bei einem Brainstorming, erwartet keine Antwort, sondern formuliert eine Prämisse. »Um Beweise zu verbergen? Oder die Ermittlungen zu erschweren?«

»Oder war es eine bizarre pseudo-symbolische Exekution?«, frage ich. »Wurde er am Pfahl verbrannt?«

Wir stehen neben dem Explorer auf dem Parkplatz des Krankenhauses. Aus dem schiefergrauen Himmel fällt leichter Schnee. Es ist kalt, und der Wind ist stärker geworden. Nicht weit entfernt rauscht der Verkehr auf der Wooster Road. Obwohl wir beide frösteln, sind wir noch nicht bereit einzusteigen. Unausgesprochen sind wir uns einig, dass wir ein paar Minuten an der frischen Luft brauchen, um zu verarbeiten, was wir in der Leichenhalle gesehen haben.

»Der Mörder hat sich eine Menge Arbeit gemacht«, sagt Tomasetti, wobei Atemwölkchen aus seinem Mund steigen. »Er musste ein tiefes Loch graben, um den Pfahl aufzustellen. Das hat gedauert.«

»Ist außerdem nicht so einfach bei gefrorenem Boden«, sage ich. »Es sei denn, er hatte Hilfe.«

»Das sollten wir in unsere Überlegungen mit einbeziehen«, sagt Tomasetti. »Wir gucken uns das alles genau an.« Er hält inne. »Ist schon bekannt, woher die Paletten sind?«

»Es gibt einen Palettenhersteller in Millersburg. Pickles ist da dran. Bis jetzt ist völlig unklar, ob die verwendeten Paletten dort oder woanders hergestellt wurden.«

»Das Ganze sieht aus, als wäre es genau geplant worden«, sagt er.

»Und mit einer großen Entschlossenheit des Mörders – oder der Mörder«, sage ich.

Er nickt. »Jemanden an einem Pfahl zu verbrennen hat etwas Groteskes. Warum macht jemand sich so große Mühe? Sie hätten ihn einfach erschießen und die Leiche vergraben können. Oder sie beschweren und im See versenken. Oder irgendwo weit weg in einem Wald abladen.«

»Man wollte, dass die Leiche gefunden wird.« Als ich das sage, huscht noch etwas anderes durch meinen Kopf, aber ich bekomme es nicht zu fassen.

»Zu welchem Zweck? Um seinen Standpunkt deutlich zu machen? Als Warnung? Warum?«

Ich denke noch immer darüber nach, was für eine Geisteshaltung hinter dieser Art zu morden steckt. »Einen Menschen an einem Pfahl zu verbrennen hat etwas Symbolisches.«

»Die Hexenprozesse in Europa.« Er zuckt mit den Schultern. »Wenn man sich die Geschichte ansieht, besonders die europäische, dann hat man Menschen, die für Ketzer gehalten wurden, auf diese Weise exekutiert.«

»Dirk Willems wurde auf einem Scheiterhaufen verbrannt.« Ich sage den Namen, noch bevor mir klarwird, was er bedeutet, und sehe Tomasetti mit großen Augen an. »Das ist aus dem *Märtyrerspiegel.*«

Tomasetti zieht eine Augenbraue hoch. »Aus dem Buch?«

»Viele Amische haben das zu Hause«, sage ich. »Sogar die meisten, möchte ich behaupten. Ist ein dicker Wälzer, um die elfhundert Seiten, mit Geschichten über die Verfolgung von Christen, die an der Doktrin des gewaltlosen Widerstands oder des Pazifismus und der Erwachsenentaufe festhielten. Im Grund waren das die religiösen Vorläufer der Täufer.«

»Also der Amischen?«

»Und der Mennoniten und Hutterer. Es sind drei verschiedene Konfessionen, sozusagen unter dem Dach der Täufer.«

»Interessant. Das scheint unserem Fall hier schon recht nahe zu kommen.« Er neigt den Kopf zu Seite, sieht mich verlegen an. »Was die Täufer betrifft, sind meine Geschichtskenntnisse leider bescheiden ...«

Ich gebe ihm eine kleine Einführung. »Die Täufer – oder auch Wiedertäufer genannt – waren eine Bewegung, die in Europa im 16. Jahrhundert während der Reformation entstanden ist. Sie wurden als Ketzer betrachtet und wegen ihres Glaubens verfolgt. Hunderte wurden gefoltert und hingerichtet, entweder gehängt, ertränkt oder auf dem Scheiterhaufen verbrannt – gefesselt an einen Pfahl.« Ich halte inne. »Willems war ein Gläubiger.«

»Was ist mit ihm passiert?«

»Er wurde wegen seines Glaubens gefangen genommen und eingesperrt, aber er konnte fliehen. Bei seiner Flucht rannte er über einen zugefrorenen Teich, sein Verfolger brach ins Eis ein, und Willems ging zurück und zog ihn heraus. Er wurde erneut gefangen genommen und auf dem Scheiterhaufen verbrannt.«

»Echt leichte Lektüre für eine Zehnjährige«, bemerkt er trocken.

Ich stupse ihn mit dem Ellbogen an. »Ich sehe durchaus eine Verbindung, aber vielleicht ist es auch zu weit hergeholt.«

»Wenn wir ein Profil für Swanz' Mörder erstellen«, sagt er langsam, »sollten wir diesen Willems im Kopf haben. Er war amisch und wurde von Menschen hingerichtet, die seinen Glauben missbilligten. Wenn man diesem Gedankengang folgt, waren Swanz' Mörder keine Amischen.«

»Allerdings kennt kaum jemand, der nicht amisch ist, Willems Geschichte.«

»Das ist wahr«, sagt er. »Außerdem sind Amische Pazifisten.«

»Aber auch Menschen«, sage ich, »was heißt, dass sie die gleichen Schwächen haben wie alle anderen auch.«

»Einschließlich mörderische Wut.« Er zieht die Augenbrauen zusammen. »Gibt es einzelne Personen oder eine Gruppe, die die Amischen auf dem Kieker haben könnten?«

»Kann ich mir schlecht vorstellen«, sage ich. »Dass Menschen wegen ihrer Religion verfolgt werden, ist ja selbst für uns schwer zu verstehen. Die Wiedertäufer wurden in Europa furchtbar gepeinigt. Sie wurden gefoltert und ermordet. Und sie sind in dieses Land hier gekommen, um ihren Glauben leben zu können, ohne verfolgt zu werden. Aber das ist natürlich viele Jahrhunderte her, und die Welt sieht heute anders aus. Wir sind tolerant.«

»Trotzdem könnte da auch etwas dran sein«, sagt er. »Was mit Swanz gemacht wurde, könnte eine Art Reinszenierung sein, also die Nachstellung eines historischen Ereignisses. Hier in der Gegend leben eine Menge Amische und Mennoniten.«

»Jemanden auf diese Weise zu ermorden hat sicher eine Bedeutung«, sage ich langsam, denke beim Sprechen. »Der Mörder will damit etwas sagen. Über sein Motiv und über seine Geisteshaltung.«

»Also, abgesehen davon, dass er ein verrückter Scheißkerl ist?«

Ich nicke. »Er wusste, dass ein so ungewöhnlicher und brutaler Mord eine Menge Aufmerksamkeit erregen würde. Dass die Medien sich darauf stürzen.«

»Ein Psychopath, der seine fünfzehn Minuten Ruhm will?«, sagt Tomasetti. In dem Moment klingelt sein Handy.

Gleichzeitig piepst meines, und ohne meinen Blick von ihm abzuwenden, fische ich es aus der Tasche. HOLMES COUNTY SHERIFF steht auf dem Display. »Hey, Mike.«

»Chief, wo sind Sie?«

Die Dringlichkeit in seiner Stimme lässt mich aufhorchen. »Komme gerade aus der Leichenhalle.«

»Einer meiner Deputys hat soeben nördlich vom Tatort eine zweite Reifenspur entdeckt, auf einem Feldweg nahe der Landstraße. Sieht ganz so aus, als wäre der Mörder von da gekommen und nicht über die Dogleg Road.«

Ich umklammere das Telefon. »Fußspuren?«

»Noch besser, der Kerl hat eine Zange verloren.«

Ich ziehe die Tür des Explorers auf, schiebe mich auf den Sitz und sehe, dass Tomasetti ebenfalls einsteigt. »Fingerabdrücke?«

»Die Hoffnung besteht. Der Deputy ist schon unterwegs und bringt die Zange gerade persönlich ins BCI-Labor.«

»Ich bin auf dem Weg«, sage ich und lege auf.

***

Die Township Road 3423 ist ein asphaltierter Weg in einem desolaten Zustand, der, getrennt durch einen dreihundert Meter breiten Waldstreifen, parallel zur Dogleg Road verläuft. Das Scheinwerferlicht von zwei Streifenwagen des Sheriff's Departments erhellt die kahlen Baumkronen. Die von Unkraut überwucherte Parkbucht vor uns ist bereits abgesperrt. Der Van der BCI-Spurensicherung steht direkt vor der Absperrung, ich parke hinter ihm.

Tomasetti und ich steigen gleichzeitig aus und gehen zu dem Deputy, der gerade gelbes Absperrband zwischen mehreren Bäumen und Zaunpfosten spannt, um den Ort so großräumig wie möglich abzusichern.

»Wir werden nicht reingehen können«, bemerkt Tomasetti das Offensichtliche, als wir uns der Absperrung nähern.

»Mit ein bisschen Glück können wir ja vielleicht einen Blick darauf werfen«, sage ich.

Kurz vor dem Absperrband bleiben wir stehen. Von hier aus kann ich sehen, wo zwischen den Bäumen der Pfad beginnt. Im Sommer gibt es in diesem Waldstück Unmengen an Himbeeren, ganze Familien kommen zum Pflücken hierher, ich selbst war auch schon ein paarmal da. Dieses hübsche, abgelegene Gebiet ist von zwanzig Meter hohen Bäumen umgeben, man kann am Bach entlang Fahrrad fahren, abends treffen sich Teenager hier, um zu trinken, und Verliebte vergnügen sich in ihren Autos.

Tomasetti seufzt frustriert. »Wie gut kennst du das Gebiet?«

»Bin schon oft hier spazieren gegangen.« Ich nehme mein Smartphone, rufe die Karte von der Gegend auf und halte sie Tomasetti hin. »Wir sind hier.« Ich zeige mit dem Finger auf die Stelle. »Da ist der Pfad, der durch den Wald bis zur Landstraße führt. Eine halbe Meile, schätze ich. Ein kleiner Bach ist da auch.« Ich schiebe die Karte mit meinem Finger ein wenig nach rechts. »Hier wurde die Leiche gefunden.«

Tomasetti zeigt zu der Parkbucht hinter uns. »Warum stellt der Mörder hier seinen Wagen ab, wenn die Dogleg Road viel näher an der Stelle ist, an der das Opfer verbrannt wurde?«

»Auf dieser Seite ist man ungestörter«, sage ich. »Grundsätzlich ist die Gegend gut gewählt. Beide Straßen sind kaum befahren, die vielen Bäume bieten Schutz, und es ist ein Überschwemmungsgebiet, was heißt, dass es hier keine Farmen und Häuser gibt.«

»Dann kennt sich der Mörder in der Gegend vermutlich aus«, murmelt er.

»Oder er hat seine Hausaufgaben gemacht.«

Tomasetti hebt seinen Blick von der Karte auf meinem Handy und schaut sich um. »Hast du schon eine Idee, was das Opfer in den letzten Stunden vor seinem Tod gemacht hat?«

»Noch nicht.«

»Also nehmen wir mal an, der Mörder hat ihn hergebracht und das Auto in der Parkbucht abgestellt. Er hat das Opfer auf dem Pfad durch den Wald bis zu Lichtung getrieben oder gezerrt. Dort hat er es an den Pfahl gebunden und das Feuer gelegt.«

»Wenn er das Opfer hinter sich hergezerrt hat, würde das den gebrochenen Knochen in dessen Handgelenk erklären.« Ich denke kurz darüber nach. »Aber wenn das Opfer bei Bewusstsein war, wie hat er es dann gefügig gemacht? Wie hat er es unter Kontrolle gebracht? Hat er es getragen? Gezogen?« Erneut ziehe ich die Möglichkeit in Betracht, dass es nicht nur einen Täter gibt.

»Wir dürfen das gebrochene Zungenbein nicht vergessen«, sagt Tomasetti. »Vielleicht hat der Mörder ihn überwältigt und so lange gewürgt, bis er das Bewusstsein verloren hat.«

»Tomasetti, wenn Mona und Skid wirklich einen Schrei gehört haben, war das Opfer noch am Leben. Womöglich hat der

Mörder sie kommen sehen und sich davongemacht. Oder er war schon wieder weg.«

»Oder er hat zugesehen, wie das Opfer verbrannt ist«, bemerkt er düster.

»Wenn Skid und Mona ihn tatsächlich gestört haben, ist er vermutlich schnell weggerannt.«

»Erklärt vielleicht die verlorene Zange.«

»Kate!«

Ich schaue nach rechts und sehe, dass Sheriff Mike Rasmussen aus seinem Wagen gestiegen ist und mit grimmigem Blick auf uns zukommt.

»Irgendetwas Neues?«, frage ich.

Wir geben uns die Hand. »Noch nicht.«

»Haben Sie ein Foto von der Zange?«, frage ich.

»Schick ich Ihnen jetzt.« Er holt sein Handy raus, tippt etwas ein. »Ist eine gewöhnliche Zaunzange.«

Ich blicke auf mein Handy, öffne das Foto und sehe mir die Zange genau an. »So ein Werkzeug hat hier auf dem Land jeder«, murmele ich.

»War sie neu?«, fragt Tomasetti. »Rostig?«

»Neu, würde ich sagen«, erwidert Rasmussen.

»Dann hat der Mörder sie vielleicht erst kürzlich gekauft«, sage ich.

»Haben Sie jemanden, der dem nachgehen kann?«, fragt Tomasetti.

»Wir sind am Limit.« Rasmussen sieht mich an, hebt die Augenbrauen.

»Ich schicke jemanden von uns los«, sage ich, tippe auf die Kurzwahltaste fürs Revier.

Lois nimmt nach dem zweiten Klingeln ab. Sie hat die Morgenschicht in der Telefonzentrale, und ich höre ihrer Stimme an, dass es dort zugeht wie im Irrenhaus. Aber ich frage nicht nach. »Ich maile Ihnen ein Foto von einer Zange«, sage ich. »Ich muss wissen, wo man so eine kaufen kann. Wer hat Dienst?«

»Alle.«

»Sagen Sie T. J., er soll beim Eisenwarenladen in Painters Mill nachfragen und beim Farmbedarf. Schicken Sie Pickles nach Millersburg. Er soll da bei Walmart und Tractor Supply nachfragen, und wenn er schon unterwegs ist, auch in allen Tierfuttergeschäften der Gegend. Ich brauche die Namen der Kunden, die in den letzten zwei Monaten eine Schaufel oder einen Lochspaten, Draht und / oder eine Zaunzange gekauft haben.«

»Wird erledigt.«

Ich werfe einen Blick auf die Uhr, spüre den Zeitdruck. »Ist jemand im Revier?«, frage ich.

Eine Pause entsteht, als würde sie sich umsehen, dann höre ich im Hintergrund eine Stimme, das Läuten des Telefons. »Mona ist noch hier.«

»Sagen Sie ihr, sie soll mich bei Swanz' Wohnung treffen.« Ich gebe ihr die Adresse durch. »Ich mache mich jetzt auf den Weg dorthin.«

7. KAPITEL

Auch wenn jedes Mordermittlungsverfahren einzigartig ist, gibt es eine Sache, die alle gemeinsam haben: Zeitdruck. Alles fühlt sich an, als hätte es schon gestern erledigt werden müssen. Zeitdruck ist der innere Antrieb und pulsiert durch die Adern eines Polizisten wie Quecksilber. Es dürfen keine Fehler passieren. Und ganz sicher will man keine Minute mit etwas Irrelevantem vergeuden. Man tut, was getan werden muss, macht eins nach dem anderen und das alles mit Sorgfalt und Bedacht.

Seit neun Stunden sind wir an dem Fall, und nicht eine meiner fünf W-Fragen ist beantwortet: Wer? Was? Wann? Wo? Warum? Es gibt keinen Verdächtigen, ich weiß nur wenig über das Opfer, wer ihm nahestand oder wie es seine letzten Stunden verbracht hat. Ich weiß nicht mal mit Sicherheit, wo es getötet wurde, und habe keine Ahnung, was das Motiv war.

Ein Schritt nach dem anderen, Kate.

Als ich in die schmale Schotterstraße abseits der Township Road 104 einbiege, zeigt die Uhr an meinem Armaturenbrett vier Minuten nach zwölf an. Der große Wohnwagen von Milan Swanz stammt aus den 1980er Jahren und steht auf einem von Unkraut überwucherten Grundstück, das stellenweise mit einer leichten Schneedecke überzogen ist. Ich sehe weder Fahrzeuge noch Reifenspuren, es brennt kein Licht im Wagen.

Während ich beobachte, ob sich hinter den Fenstern etwas bewegt, stelle ich den Motor ab und greife zum Funkgerät. »Zehn-dreiundzwanzig«, melde ich der Zentrale, ich bin am Zielort angekommen.

»Verstanden.«

»Monas voraussichtliche Ankunftszeit?«

»In sechs Minuten, Chief.«

»Okay.«

Ich wappne mich gegen die Kälte, steige aus und gehe zum Wohnwagen. Im Sommer ist es hier sicher sehr schön mit den fünfzehn Meter hohen Bäumen und dem stattlichen Teich dahinter. Im düsteren Winterlicht hat es jedoch was von einem trostlosen Schrottplatz. Der Wagen steht auf bröckelnden Betonblöcken und sieht verlassen aus, die schäbige graue Verkleidung ist von Rost durchzogen. Eine paar Schritte entfernt liegt ein umgekippter Grill, daneben Asche und alte Holzkohlestücke. Unter einer blauen Plane ist die Rückseite eines Rasenmähertraktors zu sehen, und am Sockel der Holzveranda lehnt ein halbes Dutzend Autoreifen. Ansonsten stehen hier noch zwei Fünfzig-Gallonen-Kanister voller Einschusslöcher herum und eine in der Mitte durchgebrochene Satellitenschüssel.

Ich steige die Stufen zur vorderen Veranda hoch, ziehe die Fliegengittertür auf und klopfe. »Polizei Painters Mill!«.

Ich trete einen Schritt zur Seite, warte und horche, höre aber weder Stimmen noch Schritte.

»Polizei!« Ich klopfe wieder, diesmal mit dem Handballen. »Kommen Sie raus, ich muss mit Ihnen reden.«

Ich warte eine ganze Minute, bevor ich am Türknauf drehe. Dass er sich einfach bewegen lässt, überrascht mich nicht, und ich stoße die Tür weit auf. Sofort schlägt mir der Gestank von Zigarettenrauch und altem Müll entgegen. Ich betätige den Lichtschalter an der Wand rechts von mir, und gelbes Licht scheint aus einer Deckenlampe. Mein Blick fällt auf eine altmodische Küchenzeile, eine beigefarbene, mit Resopal beschichtete Arbeitsplatte vollgestellt mit Geschirr, dazwischen eine Müslipackung, ein Stapel Post und eine Chipstüte. In der Ecke steht ein neu aussehender Kühlschrank, der viel zu klein ist für die Nische.

»Polizei Painters Mill!«, rufe ich erneut. »Ist jemand zu Hause? Zeigen Sie sich und reden Sie mit mir!«

Keine Antwort.

Ich betrete das kleine Wohnzimmer, lasse die Wohnwagentür offen, nicht nur wegen des Lichts, auch wegen der schlechten Luft. Goldener Teppichboden, rechts von mir eine Art Theke, die das Zimmer von der Küche trennt, ein großer Fernseher auf einem Unterschrank mit Hi-Fi-Anlage, eine Bodenlampe neben einem Fernsehsessel, ein Couchtisch mit noch mehr Post, eine umgekippte Dose Budweiser, unter dem Fenster ein braunes Sofa, auf dem mittleren Polster eine zerknäulte Decke.

Ich lasse den Blick schweifen, suche nach Anzeichen eines Kampfes. Noch ist unklar, wo Swanz überfallen und gefesselt worden ist. Auch wann er zuletzt hier war, weiß ich nicht.

Die Hand auf der .38er, gehe ich durch das Wohnzimmer weiter in den Flur, der vermutlich zu den Schlafzimmern und dem Bad führt. Ich entdecke einen Lichtschalter an der Wand, betätige ihn. Nichts.

»Polizei!«, rufe ich noch einmal, denn ich will auf keinen Fall jemanden überraschen, der tief und fest schläft und zufällig eine Waffe neben dem Bett liegen hat. Da sich aber wieder nichts rührt, bin ich ziemlich sicher, dass hier niemand ist.

Alle Sinne geschärft, komme ich zur offenen Tür eines kleinen Schlafzimmers: ein Fenster, eine vergammelte Matratze auf dem Boden, keine Laken. Ich gehe hinein, weiter zum Wandschrank, öffne die Tür, sehe nichts von Bedeutung. Zurück im Flur betrete ich das gegenüberliegende Bad. Den Gestank von Schimmel und dreckigen Handtüchern in der Nase, gehe ich zum Wandschränkchen, öffne es: Rasierschaum, eine Schachtel mit Kondomen, Einwegrasierer, Paracetamol.

Wieder im Flur, komme ich rechts an einer Außentür vorbei und betrete ein großes Schlafzimmer, das sich am hinteren Ende des Wohnwagens befindet. Auf dem Bett liegt ein Durcheinander verschiedenster Laken und Decken, deren Gestank mich auf dem Weg zum Wandschrank verfolgt. Ich sehe darin einige T-Shirts, Sneaker, ein Paar Stiefel. Davor eine Jeans, zerknäult auf dem Boden.

Mit der Gewissheit, dass niemand sonst hier ist, gehe ich deutlich entspannter zurück ins Wohnzimmer und blicke mich jetzt genauer um. Ich sehe keine Anzeichen eines Kampfes, nichts ist zerbrochen oder umgekippt. Es ist einfach nur das ungepflegte Zuhause eines unverheirateten Kerls. Ich streife meine Schutzhandschuhe über und gehe zurück in die Küche. Hier gibt es einen kleinen Esstisch und auf der Arbeitsplatte einen alten Toaster. Beim Durchsehen der Post stelle ich fest, dass einer der Briefe erst vor zwei Tagen abgestempelt worden ist. Die meisten Briefe scheinen Rechnungen zu sein, einige mit dem Vermerk »Mahnung« sind ungeöffnet. Ich ziehe die nächstgelegene Schublade auf, blicke auf zusammengewürfeltes Besteck und Kochlöffel. Der Schrank darunter ist voller Geschirrtücher. In der Schublade daneben liegen zwei vielbenutzte Bierflaschenkühler von McNarie's, ich starre sie für einen Moment an, frage mich, ob Swanz ein Stammgast in der Bar war, und nehme mir vor, mich danach zu erkundigen.

In den Hängeschränken befinden sich zusammengewürfeltes Geschirr, Konserven, Pasta-Fertiggerichte. Bevor ich den Kühlschrank öffne, blicke ich aus dem Fenster, aber von Mona keine Spur.

Im Wohnzimmer checke ich zuerst die ungeöffnete Post auf dem Couchtisch. Ein Brief von der Sparkasse Painters Mill, eine Mahnung vom lokalen Gasversorger, Werbung, der Anzeigenteil einer Zeitung. Nichts Besonderes.

Ein Klopfen an der Tür, ich drehe mich um und sehe Mona im Eingang stehen. »Haben Sie die Leiche in der Gefriertruhe schon gefunden?«, ruft sie.

»Bis jetzt liegt meine Trefferquote bei null.« Ich richte mich auf und gehe zu ihr. »Ich hatte eigentlich gedacht, Sie wären nach Hause gefahren, um mal zu schlafen.«

»Zu viel los.« Sie grinst. »Ich will nichts verpassen.«

»Ich bin froh, dass Sie dageblieben sind.«

Ich erzähle ihr, dass ich bis jetzt nichts Bedeutsames gefunden habe, aber glaube, dass Swanz kürzlich noch hier gewesen ist. »Vor vierundzwanzig bis achtundvierzig Stunden«, sage ich, zeige dann zum Wohnzimmer. »Ich bringe das hier drinnen gerade noch zu Ende und könnte dann Hilfe bei den Schuppen draußen gebrauchen.«

»Um die kümmere ich mich«, sagt sie. »Soll ich auch unter dem Wohnwagen nachsehen?«

»Gern.«

Sie kräuselt die Augenbrauen. »Suchen wir irgendetwas Bestimmtes?«

Ich schüttele den Kopf. »Das werden wir hoffentlich wissen, wenn wir es finden.«

»Alles klar.«

Sie dreht sich um, überquert die Veranda und geht die Treppe hinunter.

Ich gehe zurück ins Wohnzimmer, widme mich dem Sofa, nehme die Kissen weg und fahre mit der Hand in die Ritzen. Krümel und trockenes Gras, ein Eindollarschein. Nichts, nichts und wieder nichts.

Seufzend werfe ich einen letzten Blick durchs Zimmer, gehe zurück ins große Schlafzimmer, nehme die Stiefel aus dem Wandschrank, greife hinein, aber auch darin ist nichts versteckt. Ich ziehe eine Schuhschachtel vom oberen Regal – leer. Die eingebauten Schubladen neben dem Schrank – leer. Ich sehe einen Hut, wie Amische ihn tragen, zwei Baseballkappen und einen Gürtel an einem Drahtkleiderbügel.

Ich gehe zum Bett, hebe die Matratze hoch, wieder nichts. Frustriert und froh, dass ich fast fertig bin, gehe ich zum Nachttisch, knie mich davor, ziehe die obere Schublade auf. Ein Kartenspiel, eine zerknitterte Ausgabe von *Sports Illustrated*, eine Box mit Taschentüchern, eine Brille.

In der nächsten Schublade liegen ein Spiralblock, ein Kugelschreiber, eine Glühbirne. Ich nehme den Block, blättere ihn durch – und halte abrupt inne. Die meisten Seiten sind leer, aber fast in der Mitte des Blocks stehen auf einer Seite fünf Adressen, mit blauer Tinte untereinandergeschrieben. Ich überfliege sie, und die unterste lässt mich erstarren.

14652 Township Road 16
Painters Mill

Ungläubig starre ich darauf – es ist die Adresse der Farm, auf der ich aufgewachsen bin. Die mein Bruder, Jacob, nach dem Tod meiner Eltern geerbt hat. Warum hatte Milan Swanz die Adresse meines Bruders in seinem Notizblock stehen? Zu wem gehören die anderen vier Adressen? Was ist die Verbindung zu Swanz?

Gut möglich, dass es nichts anderes als eine harmlose Liste ist. Vielleicht haben die Leute einen Schrank von der Schreinerei gekauft, in der Swanz gearbeitet hatte. Vielleicht hatte Swanz irgendwelche Arbeiten für sie erledigt.

Ich nehme mein Smartphone und fotografiere die Seite, ziehe einen Beweismittelbeutel aus dem Ausrüstungsgürtel, verstaue das Notizbuch darin und gehe zur Tür.

***

Als ich am Polizeirevier eintreffe, herrscht dort ein einziges Chaos. Zu allem Überfluss muss ich auf der gegenüberliegenden Straßenseite parken, weil ein Van von *NewsCenter 7* meinen Parkplatz belegt hat. Direkt vor dem Revier steht auf dem Bürgersteig eine junge Frau in einem schicken gelben Mantel einem bärtigen Kameramann gegenüber. Sie hält ein Mikrophon in der Hand und sieht aus, als würde sie gleich auf Sendung gehen.

Als sie mich entdeckt, wirft sie dem Kameramann einen kurzen Blick zu und eilt mir entgegen. »Chief Burkholder! Können Sie uns etwas über den Mord sagen? Kennen Sie den Namen des Opfers? Ist es wahr, dass er auf einem Scheiterhaufen verbrannt wurde?«

Ich schenke ihr ein knappes Lächeln, bleibe aber nicht stehen. »Presseerklärung gibt's in wenigen Minuten. Haben Sie noch ein wenig Geduld, okay?«, lasse ich sie im Vorbeigehen wissen.

Im Revier drängen sich ein Dutzend Leute in dem kleinen Empfangsbereich. Mein Team hat sich zum Briefing eingefunden, mit dem ich vor zwanzig Minuten hätte anfangen wollen.

»Chief Burkholder!« Den Blick auf mich gerichtet, zwängt sich Tom Skanks von der Butterhorn Bakery zwischen den Leuten hindurch. Joe Neely von Mocha Joe's gestikuliert lebhaft vor dem Reporter eines Radiosenders aus Dover. Lois steht an der Empfangstheke, Headset auf dem Kopf, den Hörer des Festnetzes an ein Ohr gedrückt und das Handy ans andere. Sie hat einen wilden Ausdruck in den Augen, so dass ich als Erstes zu ihr gehe.

»Chief! Kate! Warten Sie!«

Ich blicke mich um und sehe Bürgermeister Auggie Brock auf mich zueilen. Er ist außer Atem, seine Haare sind zerzaust, und seine Krawatte hängt schief. Am liebsten würde ich weitergehen, aber ich bleibe stehen. »Auggie.«

Er hält sich nicht mit Begrüßungsfloskeln auf. »Ein Mann ist auf einem Scheiterhaufen verbrannt?« Er flüstert die Worte mit der dramatischen Stimme eines Highschool-Girls, als ob nicht jeder im Raum es längst wüsste. »Wollen Sie mich verarschen? Ist das wirklich passiert?«

»Leider sieht es genau danach aus«, sage ich.

»Wissen Sie, wer das Opfer ist?«

Ich sage es ihm.

»Heilige Scheiße, Kate.«

»Auggie, ich werde gleich mein Team briefen und bin schon spät dran. Am besten ist es, Sie sind beim Briefing dabei.«

»Oh, verdammt.« Er blickt durch den Raum. »Und was ist mit den ganzen Presseleuten?«

»Die können warten.« Ich blicke zu Lois, ihr Gesicht ist vom ganzen Stress gerötet. Meine Officer haben sich bereits im Korridor vor dem Besprechungszimmer versammelt. »Sie sollten vielleicht ein paar Worte sagen.«

Er schaut mich fragend an. »Ich hab keine Ahnung, was vor sich geht.«

»Willkommen im Club.«

Er sieht mich düster an. »Kate, die Leute flippen aus, wenn sie davon hören. Sie reden von verdammten Hexen. Könnte die Sekte in McConnesville dahinterstecken, die den Teufel anbetet? Haben Sie einen Verdächtigen?«

»Wir arbeiten daran.« Über seinen Kopf hinweg sehe ich Glock an.

»Seit heute Morgen sechs Uhr klingelt mein Telefon nonstop«, zischt er. »Janine Fourman hat angerufen, die Touristen stornieren haufenweise ihre Bed-and-Breakfast-Reservierungen – «

»Dagegen kann ich nichts tun«, unterbreche ich ihn.

»Haben Sie das BCI informiert?«

»Klar hab ich das gemacht. Und das Sheriffbüro auch.«

Jemand ruft Auggies Namen. Als er sich umdreht, verdrücke ich mich und gehe schnurstracks zu Lois. »Hey«, sage ich.

Lautlos fluchend, schenkt sie mir ein knappes Lächeln und spricht weiter in die Sprechmuschel. »Ma'am, wenn Sie einen Herumtreiber sehen, rufen Sie neun, eins, eins an.«

Als sie mir eine Handvoll rosa Zettel mit Telefonnachrichten hinhält, versuche ich, die Schweißperlen auf ihrer Stirn zu ignorieren. »Sorry«, flüstert sie und wedelt mit der Hand vor dem Gesicht, um den Irrsinn zu verdeutlichen, der gerade vor sich geht.

Auf dem Weg zu meinem Büro gehe ich durch die Nachrichten, öffne schnell die Tür, schlüpfe hinein und ergreife die drastische Maßnahme, hinter mir abzuschließen. Ich brauche zwei Minuten, um in einer Mail eine Presseerklärung zu formulieren mit einer verkürzten Version dessen, was wir bislang wissen. Wegen des Zeitdrucks ist es nur ein grober Entwurf mit wenig Details, voller Abkürzungen und schlechter Grammatik. Lois hat genug Erfahrung, um sie vor der Veröffentlichung zu redigieren. Am unteren Ende hänge ich ein PS mit der Bitte dran, eine Hotline einzurichten, und klicke auf Senden. Ich springe vom Stuhl auf, bin zur Tür raus und eile durch den Flur zu unserer sogenannten Kommandozentrale.

Als ich eintrete, fällt mein Blick als Erstes auf Skid, der mit einem großen Kaffeebecher von Mocha Joe's in der Hand am Tisch sitzt.

»Hey, Chief«, sagt er, als ich hineingehe.

Der kleine Raum ist proppenvoll und zehn Grad zu warm, es riecht nach Aftershave, Körpergeruch und Kaffee. Sheriff Mike Rasmussen hat sich auf dem Stuhl neben meinem Tischpult niedergelassen und spricht aufgeregt in sein Handy, Tomasetti lehnt an der Wand und tut das Gleiche, aber sein Blick haftet auf mir. Wir lächeln uns an. Glock, Pickles und T. J. sitzen Skid gegenüber. Auch ein Detective der Ohio State Highway Patrol ist gekommen, Jodie von der zweiten Schicht und Margaret, die als Springerin in der Telefonzentrale arbeitet, sind ebenfalls anwesend und unterhalten sich leise. Keine Spur von Mona, woraus ich schließe, dass sie noch in Swanz' Schuppen zugange ist.

Ich stelle mich hinters Tischpult, tippe aufs Mikrophon, das ein übereifriges Wesen bereits eingeschaltet hat. »Lasst uns anfangen.«

Es wird still im Raum. »Wir haben nur ein paar Minuten, konzentrieren wir uns also auf das Wesentliche.« Ich lege meinen Notizblock aufs Pult, blicke auf meine kaum lesbaren Stichpunkte, schalte das Mikrophon aus. »Bislang wissen wir, dass Milan Swanz, wohnhaft in Painters Mill, letzte Nacht gegen drei Uhr im Wald südlich der Dogleg Road umgebracht wurde. Er war sechsunddreißig Jahre alt, amisch, ist aber vor kurzem exkommuniziert worden. Geschieden, Vater von vier Kindern. Mehrere Verhaftungen wegen geringerer Vergehen, einschließlich Trunkenheit und Ruhestörung. Die nächsten Verwandten wurden benachrichtigt.«

Ich lese Swanz' Adresse vor, die Namen seiner Exfrau und Eltern, und fasse die relevanten Punkte meiner Gespräche mit ihnen zusammen. »Swanz war arbeitslos, ist vor einem Jahr aus seinem Job gefeuert worden.« Ich nenne den Namen der Schreinerei. »Ich weiß nicht, ob seine Kündigung irgendetwas mit diesem Fall zu tun hat, aber es hat in der Schreinerei einen Brand gegeben, dessen Ursache laut Brandinspektor ein Unfall war. Die Besitzer der Schreinerei, Gideon und Noah Stutzman, verdächtigten Swanz.« Ich sehe Rasmussen an. »Könnte Ihr Department den Brandinspektor bitten, sich die Sache noch einmal vorzunehmen?«

»Ist so gut wie erledigt«, sagt der Sheriff.

Ich nicke. »Todesursache und -art werden wir erst nach der Autopsie erfahren, aber es kann davon ausgegangen werden, dass es Mord war. Vorläufig lässt sich sagen, dass Swanz an einen Pfahl gefesselt und verbrannt wurde. Laut Leichenbeschauer erlitt das Opfer schlimme Verbrennungen und erstickte möglicherweise durch Strangulation – auch das ist nur vorläufig. Ein Handgelenkknochen war ebenfalls gebrochen, eventuell durch Zerren an seinen Drahtfesseln oder weil er daran weggeschleift wurde. Das alles ist, wie ich noch einmal betonen möchte, nur vorläufig.«

»Beschissene Art zu sterben«, murmelt Pickles.

Die Tür geht auf, und der Bürgermeister kommt herein. Ich nicke ihm zu, als er auf dem nächsten freien Stuhl Platz nimmt, und fahre fort. »Ich habe vorhin die Wohnung des Opfers durchsucht.« Ich lese die Adresse vor. »Officer Kurtz ist mit dem Durchsuchungsbeschluss noch vor Ort und nimmt den Rest unter die Lupe. Es gibt keine Anzeichen für einen Kampf, nichts kam mir merkwürdig vor. Allerdings habe ich im Wohnwagen eine Liste mit fünf Adressen gefunden, die möglicherweise etwas mit dem Fall zu tun haben können oder auch nicht.«

»Hier in der Gegend?«, fragt Glock.

Ich nicke. »Ich besorge mir die dazugehörigen Namen und checke sie hinsichtlich einer Verbindung.« Ich sehe Tomasetti an. »Wir sollten ein Spurensicherungsteam zum Wohnwagen schicken.«

»Ich kümmere mich drum«, sagt er.

»Mike.« Ich sehe den Sheriff an. »Ist bei der Befragung der Bewohner etwas herausgekommen?«

»Meine Deputys haben im Umkreis von drei Meilen vom Fundort der Leiche in allen Häusern nachgefragt«, sagt er. »Keiner der Bewohner hat etwas Ungewöhnliches gesehen, weder Fahrzeuge noch Buggys oder Fußgänger.«

»Was ist mit Überwachungskameras?«, frage ich. »Gibt es in der Gegend Wildbeobachtungskameras?«

»Von den Hausbesitzern hat keiner so eine Kamera. Die Videos der Wildbeobachtungskameras haben wir bereits gecheckt, da waren nur Weißwedelhirsche und Stinktiere drauf.«

Ich wende mich an Tomasetti. »Ist irgendetwas bei den Reifenabdrücken rausgekommen, die am Tatort gefunden wurden?«

»Null«, sagt er. »Zu viel Schnee und zu nass für einen Gipsabdruck.«

»Na wunderbar.« Ich sehe Pickles an. »Haben Sie in den Läden wegen der Zange, dem Lochspaten und / oder einer Schippe nachgefragt?«

Der alte Mann ist gut vorbereitet. »Ich hab sieben Namen vom Walmart in Millersburg, sechs vom Tractor Supply. Etwa die Hälfte der Liste bin ich durch, bis jetzt ohne Treffer.«

Fragend sehe ich T. J. an.

»Vom Eisenwarenladen in Painters Mill hab ich drei Namen«, sagt er, »zwei weitere von Quality. Zwei haben nichts ergeben, drei muss ich noch checken.«

»Bleiben Sie beide dran.« Ich lasse den Blick über die Gesichter der Anwesenden schweifen. Die meisten von ihnen waren die ganze Nacht auf den Beinen, sind durch Schnee, Nässe und Kälte gestiefelt, und doch hat sich noch kein Einziger beschwert. Mehr noch, die Energie und Unruhe, die im Raum herrschen, geben mir das Gefühl, dass sie es kaum erwarten können, wieder zurück an ihre Arbeit zu gehen.

»Noch ein paar Dinge«, sage ich. »Laut Swanz' Eltern hatte er ein Handy, das wir aber weder bei ihm noch am Tatort gefunden haben. Da wir inzwischen erfolglos seine Wohnung durchsucht haben, können wir wohl davon ausgehen, dass es verschwunden ist.«

»Hast du die Nummer angerufen?«, fragt Tomasetti.

»Geht sofort die Voicemail an.« Ich lese die Nummer vor.

Er tippt sie in sein Telefon. »Provider?«

»Weiß ich nicht.«

»Ich finde es heraus«, sagt er. »Gibt's noch andere Geräte?«

»Wir haben nichts gefunden, jedenfalls nicht in seiner Wohnung.«

»Fahrzeuge?«

»Laut seiner Ex hat Swanz einen 2014er Ford Mustang gefahren. War weder auf dem Grundstück noch am Tatort. Was heißt, dass er ebenfalls verschwunden ist.«

»Wir geben eine Suchmeldung raus«, meldet sich der Detective der Ohio State Highway Patrol zum ersten Mal zu Wort.

»Ist bekannt, wie Swanz seine letzten Stunden verbracht hat?«, fragt Glock. »Oder wer ihn zuletzt gesehen hat?«

Eigentlich müsste ich inzwischen beide Fragen beantworten können. »Nein.« Ich blicke auf meine Notizen. »Seine Ex behauptet, ihn seit einer Woche nicht mehr gesehen zu haben. Seine Eltern haben ihn vor einem Monat zuletzt gesehen.«

»Scheint mir für eine amische Familie eine lange Zeit zu sein«, bemerkt Rasmussen.

»Wir dürfen nicht vergessen, dass er exkommuniziert worden ist«, sage ich. »Ich habe verstanden, dass er gern in Bars ging und Frauen mochte. Sollte man vielleicht mal checken.« Ich sehe demonstrativ Glock an. »Gehen Sie ins Brass Rail, reden Sie mit dem Barkeeper, und finden Sie heraus, ob und gegebenenfalls wann Swanz dort war. Ob er zu den Stammgästen gehörte und mit wem er abgehangen hat.«

Er salutiert grinsend.

»T. J.«, sage ich. »Sie tun das Gleiche in Miller's Tavern.«

»Und halt dich von den scharfen Chickenwings fern.« Skid klopft sich auf den Bauch.

Gedämpftes Kichern ertönt, endet aber schnell. Die Bierflaschenkühler in Swanz' Wohnmobil fallen mir ein, und ich beschließe, auf dem Weg zu meinem Bruder bei der Bar vorbeizufahren. »Ich mache bei McNarie's halt«, sage ich.

»Chief.« Auggie fächelt sich mit der Mappe in der Hand Luft zu. »In der Stadt kursieren alle möglichen irren Gerüchte über Hexen und Sekten in der Gegend. Sollten sich unsere Einwohner deswegen Sorgen machen? Und wenn nicht, wie kann ich sie beruhigen?«

»Nahe McConnesville gibt es eine bekannte Pseudo-Sekte«, erklärt der Detecive der Ohio State Highway Patrol. »Viel weiß ich nicht darüber, aber wir haben sie auf dem Schirm.«

Ich sehe mich um, aber es gibt niemanden mehr, den ich damit beauftragen kann. »Ich werde Mona bitten, dem nachzugehen«, sage ich. »Vielleicht gibt es ja eine Verbindung.«

»Noch etwas«, sagt der Detective. »Laut der Spillman-Meldung wurde die Leiche von zweien Ihrer Officer gefunden.« Er runzelt die Brauen. »Der Tatort ist ziemlich abgelegen, nachts dürfte dort kaum etwas los sein. Hat ein Einwohner angerufen? Oder waren Ihre beiden Officer zufällig in der Nähe des Tatorts?«

Ich sehe Skid an, nicke, überlasse ihm die Antwort. »Skidmore?«

Er weicht meinem Blick aus, was mich stutzig macht. Skid ist nicht schüchtern. Er steht gern im Rampenlicht und ist der Erste, der selbst in äußerst ernsten Situationen einen unqualifizierten Witz reißt.

»Ich war auf Streife«, sagt er, einen verlegenen Ausdruck im Gesicht. »Ich musste pinkeln und bin ausgestiegen. Officer Kurtz hat meine Rücklichter bemerkt und hat angehalten, wollte nachsehen, was los ist. Wir haben uns dann unterhalten, und plötzlich etwas gehört, das wie ein Schrei oder ein Rufen geklungen hat. Und dann haben wir den Rauch entdeckt. Wir sind über den Zaun geklettert und haben durch die Bäume hindurch sofort das Feuer gesehen. Innerhalb einer Minute haben wir das Opfer entdeckt und sofort versucht, das Feuer zu löschen.«

In den folgenden Sekunden fallen mir mehrere Fragen ein, unter anderem wundere ich mich auch, was sie um diese Zeit in der Gegend gemacht haben. Ich sage nichts, weil es momentan Wichtigeres gibt, womit wir uns befassen müssen.

»Heute Abend werden die Aussagen beider Officer vorliegen«, lasse ich den Detective wissen.

Ich bin so absorbiert von dem Fall, dass mir erst in dem Moment bewusst wird, dass die Einzelheiten seiner Darstellung nicht zueinanderpassen. Zunächst einmal ist es gegen die Regeln unseres Reviers, dass Officer an den Straßenrand fahren, um Wasser zu lassen, auch wenn es sich um eine abgelegene Straße um drei Uhr morgens handelt. Und was zum Teufel hatte Mona dort zu suchen? Selbst wenn sie lange gearbeitet hat und auf dem Weg nach Hause war, hätte sie in die entgegengesetzte Richtung fahren müssen.

* * *

Die Pressekonferenz ist eine überfüllte Veranstaltung mit viel Gerangel, durcheinandergerufenen Fragen, haarsträubenden Theorien, einer übereifrigen Presse und aufblitzenden Handykameras, die ich zusammen mit Bürgermeister Brock, Tomasetti und Sheriff Rasmussen bestreite. Der Bürgermeister steht noch immer Rede und Antwort, als ich mich schließlich in mein Büro davonstehle.

Es dauert nicht lange, bis ich die Namen herausgefunden habe, die zu den Adressen im Notizblock aus Swanz' Wohnwagen gehören. Die erste Adresse ist die des amischen Bischofs

Troyer und seiner Frau, die zweite die von Noah Stutzman, dem Sohn seines ehemaligen Arbeitgebers. Die dritte gehört zu Monroe Hershberger, den ich nicht persönlich kenne, der aber ein angesehener amischer *Diener* – Gemeindeältester – ist, die vierte gehört zu Swanz' Nachbarn, Lester Yoder. Er ist der Mann, der Swanz beschuldigt hat, sein Maisfeld abgefackelt zu haben. Die letzte Adresse ist mir wohlbekannt, dort wohnen mein Bruder und meine Schwägerin, Jacob und Irene. Ich weiß, dass Swanz Streit mit Stutzman und Yoder hatte, und da er exkommuniziert wurde, ist er vermutlich auch kein Fan von Bischof Troyer. Wenn ich mich recht erinnere, ist Monroe Hershberger einer der *Diener* des amischen Kirchenbezirks. Falls das zutrifft, war er eventuell auch in Swanz' Exkommunizierung involviert.

Aber warum ist die Adresse meines Bruders dabei? Hatte er mit Swanz Probleme?

»Es gibt nur eine Möglichkeit, das herauszufinden«, murmele ich und greife zum Autoschlüssel.

8. KAPITEL

Die Farm, auf der ich groß geworden bin, ist nicht besonders schön. Der Zaun entlang der Zufahrt muss gestrichen werden, die Scheune könnte ein neues Dach gebrauchen, und rund um die Scheune und die Nebengebäude ist der Boden so zertrampelt, dass er nur noch aus Matsch besteht. Aber der Ort ist voller Erinnerungen – manche sind gut, manche sind schlecht –, und in meiner Kindheit war er mein ganzes Universum. Als ich den langen Schotterweg entlangfahre, vorbei an dem Kirschbaum, den ich im Alter von zwölf Jahren mit meinem *Datt* gepflanzt habe, wird mir bewusst, dass ich mich nicht nur mit meiner Vergangenheit und den Dingen, die passiert sind, versöhnt habe, sondern auch mit der Beziehung zu meiner amischen Familie.

Ich parke hinter dem Haus auf dem Schotterplatz, bleibe einen Moment im Wagen sitzen und sehe den Schneeflocken zu, die aus dem verhangenen Himmel trudeln. Die Polizistin in mir ist sich der tickenden Uhr bewusst. Der Teil in mir, der sich nur allzu gut daran erinnert, wie es war, als amisches Mädchen in einer Welt aufzuwachsen, in die es nie so richtig hineingepasst hat, genießt es an dem Ort zu sein, der immer mein Fundament bleiben wird.

Ich nehme den schmalen Gehweg zur Hintertür und klopfe. Es ist ruhig hier, meine Neffen sind wahrscheinlich noch in der Schule, die Rinder und Schweine sind längst gefüttert. Hinter der Tür ertönen Stiefelschritte auf Holz, und dann steht mein Bruder vor mir, sieht aus, als wären seine eigenen Erinnerungen an unsere Jugend nicht allzu fern. Und doch ist die Frau, die da vor ihm steht, eine Fremde, die er kaum noch kennt.

»Katie.« Er sieht an mir vorbei zu den Schneeflocken, dann macht er einen Schritt zurück. »*Kumma inseid.*« Komm rein.

Ich nehme meine Mütze ab und folge ihm durch den Vorraum in die Küche, in der mir zur Begrüßung ein Hitzeschwall ins Gesicht schlägt. Meine Schwägerin, Irene, steht an der Spüle und reinigt einen großen Schmortopf. Sie blickt mich über die Schulter lächelnd an. »Katie!«, sagt sie. »Wie geht es dir so als verheiratete Frau? Meine Güte, du kommst genau richtig für Dattelpudding und Kaffee. Ich hab gerade beides frisch gemacht. Also, wenn du Zeit hast.«

»Leider nein, ich bin in einer offiziellen Angelegenheit hier«, sage ich zu ihr, blicke aber Jacob an. »Hast du ein paar Minuten?«

Er mustert mich aufmerksam, als könne er mir ansehen, was es ist. Dann schaut er zu seiner Frau, sagt auf *Deitsch:* »Wir sind im großen Zimmer.«

Ich folge ihm ins Wohnzimmer, wo es im Holzofen neben dem Fenster knistert und knallt. Eine petroleumbetriebene Stehlampe in der Ecke taucht den Raum in helles Licht, alles zusammen verleiht ihm eine gemütliche, heimelige Atmosphäre.

»Du siehst müde aus.« Er zeigt aufs Sofa. »Und sorgenvoll.«

»Hast du gehört, was mit Milan Swanz passiert ist?«, frage ich und setze mich.

Er nickt. »Heute Morgen in der Stadt, im Tierfutterladen. Alle reden darüber, besonders die Amischen.« Ohne meinem Blick auszuweichen, lässt er sich im Sessel nieder. »Ist das alles wahr?«

Ich nicke. »Wie gut hast du ihn gekannt?«

»Nicht gut.« Er zuckt mit den Schultern, gibt sich lässig, senkt aber etwas zu schnell den Blick. »Du weißt ja, wie es bei den Amischen ist, jeder kennt jeden.«

Ich starre ihn an, denn weder seine Antwort noch sein Verhalten gefallen mir.

»Hattest du geschäftlich mit ihm zu tun?«, frage ich.

»Milan ging es eine Zeitlang ziemlich schlecht. Das war, nachdem er seinen Job verloren hatte, weißt du. Er hat mir mit dem Kreuzzaun geholfen und Löcher für die Pfosten gegraben, beim Setzen der T-Pfosten und beim Spannen des Drahts.« Wieder zuckt er mit den Schultern. »Ein paar Tage Arbeit, mehr nicht.«

Ich nicke, beobachte ihn aufmerksam. »Hattest du Probleme mit ihm?«

»Nein.«

»Hat er gut gearbeitet?«

»Milan hat gern Pausen gemacht. Und geraucht.« Er lächelt halbherzig. »War nicht gerade ein Arbeitspferd, aber er hat den Job erledigt.«

»Jacob, gab es Meinungsverschiedenheiten zwischen euch?«, frage ich. »Streit oder Missverständnisse?«

»Nein.«

»Auch nicht mit Irene?«

»Natürlich nicht.«

»Wann hat er für dich gearbeitet?«

»Vor etwa einer Woche.«

»Und für wie lange?«

»Vier Tage.« Er hebt eine Schulter, lässt sie fallen. »Als der Zaun fertig war, hatte ich nichts mehr für ihn zu tun, und er hat sich was anderes gesucht.«

»Gab's Probleme wegen der Bezahlung? Oder etwas in der Richtung?«

Er kneift die Augen zusammen. »Was sollen all die Fragen?«

Ich sehe durch die beschlagenen Fensterscheiben an ihm vorbei hinaus auf die Rinder, die sich um den Heuballen versammelt haben, ihre Rücken schneebedeckt. »Ich hab mich heute

Morgen in Milan Swanz' Wohnwagen umgesehen«, sage ich. »Da war eine Liste mit Adressen, und mit so ziemlich allen auf dieser Liste hatte er Konflikte.«

»Ich verstehe nicht, was das mit mir zu tun hat.«

»Deine Adresse steht auf der Liste.«

Zum ersten Mal zögert er kurz. »Und warum überrascht dich das?«, fragt er dann. »Milan hat für mich gearbeitet.«

Ich nicke, sehe ihn nachdenklich an. Er gibt nichts preis. »Dass Milan exkommuniziert worden ist, weißt du, ja?«, sage ich.

»Natürlich weiß ich das.«

»Bischof Troyers Adresse war auch auf der Liste.«

Er blinzelt, blickt hinab auf seine Hände. »Ich weiß nicht, was ich dazu sagen soll.«

»Hatte er Konflikte oder Streit mit dem Bischof?«, frage ich. »Bei der Exkommunizierung vielleicht?«

»Das musst du den Bischof schon selber fragen.«

»Kannst du dir vorstellen, warum deine Adresse auf der Liste steht?«

Er schüttelt den Kopf. »Die Antwort darauf kann ich nicht wissen.«

Die Liste der Namen ist nicht der Weisheit letzter Schluss in Bezug auf die Ermittlungen. Swanz war das Opfer, und ich kann mir nicht vorstellen, dass einer der Leute auf der Liste Swanz ermordet hat, und schon gar nicht durch Verbrennen auf einem Scheiterhaufen. Aber mein Bauchgefühl sagt mir, dass die Liste irgendwie relevant sein kann und deshalb nicht so schnell ad acta gelegt werden sollte.

Ich sehe meinen Bruder an, versuche, hinter seine stoische Fassade zu blicken – zu den Geheimnissen vorzudringen, die sich in seinen Augen spiegeln. »Ich will einfach nur herausfinden, was für ein Mann er war.«

Jacob sagt nichts.

»Weißt du, mit wem er befreundet war? Hatte er Feinde?«, frage ich.

»Ich glaube nicht, dass ich der Richtige bin, um diese Fragen zu beantworten, Katie. Er war ja mehr oder weniger ein Fremder für mich.«

»Gab es vielleicht irgendwelche Gerüchte über Swanz?« Eine fadenscheinige Frage, aber ich werde das Gefühl nicht los, dass mein Bruder mehr weiß, als er sagen will.

Er mustert mich genauer. »Er war das perfekte Opfer für Klatsch und Tratsch, so wie er gelebt hat.«

»Was hast du gehört?«

Er presst die Lippen zusammen, blickt weg. Innerlich muss ich lächeln, weil das Ganze so ironisch ist. Normalerweise sind die Amischen nämlich nicht zögerlich, in der Gerüchteküche mitzumischen. Doch über einen Toten zu tratschen ist tabu, schon gar nicht gegenüber einer *Englischen*.

»Jacob.« Ich sage seinen Namen mit fester Stimme. »Ich versuche herauszufinden, was mit ihm passiert ist. Wenn du etwas weißt, irgendetwas, bitte sag es mir!«

Er seufzt. »Ich hab gehört, Milan hätte … ein paar Probleme gehabt. Dass er jähzornig war, zum Beispiel. Er hat die Klappe weit aufgerissen und geflucht wie der Teufel. Ein besonders guter Arbeiter war er auch nicht, und auch kein guter Vater. Es heißt, er mochte Frauen und besaß die Unverfrorenheit, seine Frau um die Scheidung zu bitten. Kein Wunder, dass er exkommuniziert worden ist.« Er zuckt mit den Schultern. »Ob das alles nur Tratsch ist oder die Wahrheit, weiß ich nicht. Aber das erzählen sich die Leute jedenfalls.«

Da ist noch mehr, denke ich. Etwas, worüber er nicht reden will.

»Was noch?«, frage ich.

»Das reicht doch, oder?«

»Wer waren seine Freunde?«

Er starrt mich lange an, als wollte er in meinen Augen lesen. »Ich habe jedenfalls nicht dazugehört, Katie, mehr kann ich nicht sagen. Er hat kurz für mich gearbeitet, ich hab ihn bezahlt, und unsere Wege haben sich getrennt. Und das ist alles.«

***

Auf dem Weg zurück zum Highway geht mir das Gespräch mit meinem Bruder nicht aus dem Kopf. Unser Verhältnis war äußerst schwierig gewesen, nachdem ich Painters Mill und die amische Glaubensgemeinschaft verlassen hatte, was auch durch meine Rückkehr zunächst nicht besser wurde. Inzwischen begegnen wir uns jedoch wohlwollend, wobei der Weg dahin nicht einfach war. Da ich die amische Mentalität gut kenne, weiß ich auch, dass meine Entscheidung, die Gemeinschaft zu verlassen, uns nie wieder erlauben wird, so nahe zu sein, wie wir es als Kinder und Jugendliche einmal waren. Was den Mordfall betrifft, glaube ich nicht, dass er mich anlügt. Jedenfalls nicht direkt. Aber ich glaube, er verheimlicht mir etwas. Wobei für einen Cop Verheimlichen und Lügen ein und dasselbe sind.

Ich bin so in meine Gedanken versunken, dass ich um ein Haar an McNarie's Bar vorbeifahre. Es ist zwar erst vier Uhr nachmittags, aber auf dem vorderen Parkplatz stehen bereits jede Menge Pick-ups und Personenwagen sowie ein Kipplaster mit dem Logo der *Painters Mill Sand & Gravel Company* auf der Fahrertür. Auf der Suche nach Swanz' Mustang lenke ich meinen Wagen zum Parkplatz hinter dem Haus, sehe ihn aber nirgends und parke dann vorn neben einem aufgemotzten Muscle-Car. Schon auf dem Weg durch den fünf Zentimeter hohen

Schneematsch zum Eingang höre ich den dröhnenden Bass eines Lynyrd-Skynyrd-Songs, der meinem Trommelfell beim Eintreten einen Schlag versetzt.

Es ist einige Jahre her, dass ich über diese Schwelle getreten bin, und die Erinnerungen an meine problematische Vergangenheit holen mich ein. Viel hat sich in der Bar nicht verändert. Ich nehme mir trotzdem einen Moment Zeit, um meine Augen an das düstere Licht zu gewöhnen und die Umgebung auf mich wirken zu lassen. Der verschlissene Eichenholztresen rechts von mir ist lang wie ein Eisenbahnwaggon, dahinter befindet sich eine verspiegelte Wand. Entlang der Wand zu meiner Linken reihen sich Nischen mit roten Vinyl-Bänken und Edelstahl-Zierleisten. Im Anschluss daran ruckelt eine urzeitlich anmutende Jukebox wie eine alte Waschmaschine im Schleudergang, und weiter hinten spielen zwei Männer und eine Frau Poolbillard mit acht Kugeln.

Der Barkeeper, ein Mann, den ich nur als McNarie kenne, steht hinter dem Tresen und schenkt eine bernsteinfarbene Flüssigkeit in ein Wodkaglas. Er starrt mich düster an, was ich nicht persönlich nehme. Ich gehe zu ihm hin, setze mich möglichst weit weg von den beiden anderen Gästen auf einen der sechs Barhocker.

»Hab Sie lange nicht mehr gesehen«, sagt McNarie.

»Wie's aussieht, bin ich brav gewesen.«

»Sehr enttäuschend.« Ein Lächeln huscht über sein Gesicht, aber erreicht seine Augen nicht.

»Sie gehörten mal zu meinen besten Kunden.«

Jetzt lächele ich. »Nehmen Sie's nicht persönlich, McNarie, aber ich bin froh, dass diese Zeiten vorbei sind.«

Er sieht mich stirnrunzelnd an. »Und was trinken Sie jetzt so, Chief?«

»Gibt's noch Kaffee?«

»Wie tief man doch fallen kann.« Aber er lacht. »Ist der von heute Morgen okay?«

»Wird er schon.«

Ein Basketballspiel läuft im Fernseher hinten in der Ecke. Die beiden anderen Gäste tun, als würden sie das gucken, aber in Wirklichkeit gilt ihre Aufmerksamkeit mir. Wahrscheinlich fragen sie sich, warum die Polizeichefin am Tresen einer solchen Bar sitzt.

»Bitte schön.«

Der Barkeeper schiebt mir eine typische Gastronomie-Kaffeetasse auf einem Unterteller mit zwei Päckchen Kondensmilch hin. »Haben Sie das mit Swanz gehört?«

»Sie auch?«

»Wer nicht?« Er zuckt mit den Schultern. »Ist so ungefähr die irrste Scheiße, die ich je gehört hab. Sie wissen schon, dass der Mistkerl an dem Abend noch bis kurz vor Schluss hier war, ja?«

Ich stelle die Tasse ab. »Ein Anruf wäre nett gewesen.«

Er zieht unbeeindruckt eine Schulter hoch. »Ich wusste ja, dass Sie's rauskriegen und früher oder später hier auftauchen.«

Mir liegt eine bissige Erwiderung auf der Zunge, die ich aber runterschlucke. Ich will nichts vermasseln und hole meinen Notizblock raus, schlage ihn auf. »Um wie viel Uhr war er hier?«

»Kam so gegen sechs und ist bis fast zum Schluss geblieben, der, wie Sie sicher noch wissen, um zwei Uhr morgens ist.«

»Mit wem war er hier?«

»Mit niemandem.«

Ich schlucke meinen Frust runter. »War er mit dem Auto da?«

Er schüttelt den Kopf. »Ich glaube, er ist zu Fuß gekommen. Wohnt ja bloß zwei Meilen von hier.«

»Hat er mit jemandem geredet?«

»Mit jedem, von dem er glaubte, einen Drink spendiert zu kriegen.« Er weist mit dem Kopf zu den Spielern am Billardtisch. »Die Deppen dahinten sind so ziemlich jeden Abend hier. Swanz hat eine Runde mit ihnen gespielt, wenn ich mich recht erinnere. Hatte ein Auge auf das Mädchen geworfen, wie wohl alle hier.«

Ich blicke über die Schulter zurück zum Billardtisch. Die zwei Männer haben ein Bier in der Hand und starren mich neugierig an, die Frau ist nirgends zu sehen. Mist. Ich wende mich wieder dem Barkeeper zu. »Haben Sie Überwachungskameras?«, frage ich.

Er wirft mir einen Machst-du-Witze?-Blick zu. »Wer hier seine Zeit verbringt, ist ganz sicher kein Fan von Big Brother, wenn Sie verstehen, was ich meine.«

»War Swanz Stammgast?«, frage ich.

»Kam zwei- oder dreimal die Woche her.«

»Gab es jemals Probleme mit ihm?«

»Dazu kann ich nur sagen, dass er gesoffen hat wie ein Loch und sich dann nicht im Griff hatte.«

Ich werfe wieder einen Blick zum Billardtisch. Die beiden Männer spielen jetzt, von der Frau keine Spur.

»Ist in der Nacht, als Swanz umgebracht wurde, irgendetwas Verdächtiges oder Ungewöhnliches passiert?«

»Nein, nichts.«

»Er hat sich nie mit jemandem gestritten?«, frage ich. »Oder ist ausfallend geworden?«

»Swanz wurde laut, wenn er getrunken hatte, und aufdringlich gegenüber den weiblichen Gästen. Um die Wahrheit zu sagen, er war ein streitsüchtiger Säufer. Hat immer um einen kostenlosen Drink gebettelt oder dass ihn jemand nach Hause fährt.«

»Gab es jemanden, mit dem er sich besonders angelegt hat?«

»In der Beziehung war er nicht wählerisch, er hat sich allen gegenüber wie ein Arschloch verhalten.«

»Hat er sich auch geprügelt?«

»Vielleicht hab ich davon ein-, zweimal gehört.«

»Haben ein-, zweimal einen Namen?«

»Nö.«

Eine Sache, die ich an McNarie zu schätzen wusste, war seine Diskretion. Der Mann weiß, wann er den Mund zu halten hat, und ist stolz darauf, kein Spitzel zu sein. Selbst als Polizeichefin konnte ich hierherkommen und mir den Ärger von der Seele trinken, ohne fürchten zu müssen, dass meine Eskapaden zum Stadtgespräch wurden. Aber heute Nachmittag ist seine Diskretion ärgerlich.

»Ich kenne nicht von jedem, der durch die Tür hier kommt, den Namen.« Er sieht mich vielsagend an. »Den Leuten gefällt das so.«

Während ich die Billardspieler weiter im Blick habe, stelle ich ihm ein paar allgemeine Fragen, aber er scheint nicht viel zu wissen. »Können Sie mir irgendetwas über Swanz sagen, das mir helfen könnte herauszufinden, was mit ihm passiert ist?«

»Da fällt mir echt nichts ein.« Er nimmt ein Glas, blickt zum Fernseher und fängt an, den Rand des Glases mit einem Geschirrtuch trockenzuwischen.

Ich lege einen Zehndollarschein auf den Tresen und rutsche vom Barhocker, ohne ihm zu danken.

Auf dem Weg zum Billardtisch spüre ich die eher neugierigen als feindlichen Blicke der anderen Gäste in meinem Rücken. Doch ich muss trotzdem auf der Hut sein, denn ich bin allein hier, und ein Killer läuft noch immer frei herum.

Als ich den Billardtisch erreiche, singt Eric Clapton schmachtend von den illegalen Wohltaten des Kokains. Die beiden Billardspieler dürften Ende zwanzig oder Anfang dreißig sein, tragen Jeans, Flanellhemden und Arbeitsstiefel. Ich werfe einen Blick zu den Toiletten am Ende des Raums, aber die Frau ist nirgends zu sehen. Ich warte, während einer der beiden sich vorbeugt und einen Stoß vorbereitet.

»Wer gewinnt?«, sage ich zur Begrüßung.

Sie ignorieren mich einen Moment zu lange, was mich ärgert, aber ich sage nichts und warte.

Der Mann mit den längeren braunen Haaren, die unter einer Strickmütze rausgucken, mustert mich langsam von oben bis unten. Er ist groß und schlaksig, hat einen Zweitagebart und Hände voller Schwielen. »Sie wollen was über Swanz wissen?«, fragt er.

Ich zeige ihm meine Dienstmarke. »Es heißt, Sie hätten letzte Nacht mit ihm geredet.«

»Haben wir.« Mit zusammengekniffenen Augen studiert er die Marke. »Hab gehört, jemand hat ihn da draußen im Wald umgebracht. Stimmt das?«

»Sieht ganz danach aus.« Ich stecke die Dienstmarke zurück in die Jackentasche und hole den Notizblock heraus. »Wie heißen Sie?«

»Marco Ellison.« Er buchstabiert den Nachnamen, und ich notiere ihn.

Der Mann, der gerade seinen Stoß gemacht hat, richtet sich auf und lehnt seinen Queue an den Tisch. »Wir haben beide mit ihm geredet, ihm ein Bier ausgegeben und eine Partie Billard gespielt.«

»Und wie ist Ihr Name?«, frage ich.

»O'Dell«, sagt er. »Rick.«

O'Dell ist nur ein paar Zentimeter größer als ich, hat die Statur eines Profi-Wrestlers und trägt ein rotkariertes Flanellhemd, eine gefütterte Weste und abgewetzte Jeans.

Ich stelle ihm dieselben Fragen wie McNarie, vergleiche im Kopf die Zeitangaben. »Wie gut kannten Sie Swanz?«

O'Dell ergreift zuerst das Wort. »Also richtig mit ihm zusammengesessen und geredet hab ich nie. Er hängt oft hier rum, ist sozusagen Stammgast.«

Ellison will nicht außen vor bleiben, zeigt zum Tresen und sagt: »Meistens hat er dort gesessen, sein Bier getrunken und sich egal welches Spiel im Fernsehen angeguckt, das gerade lief.«

»War er letzte Nacht mit jemandem hier?«, frage ich.

Die beiden Männer sehen sich an, schütteln den Kopf. »Ist allein gekommen, glaube ich«, antwortet O'Dell.

»Er war okay, relativ freundlich«, fügt Ellison hinzu. »Sie wissen schon. Hat sich mit den Leuten unterhalten. Aber dass er öfter mit einer bestimmten Person geredet hat, hab ich nie gesehen.«

»Wie war er gestern so drauf?«, frage ich. »Als Sie mit ihm Billard gespielt haben. Hat er sich über irgendetwas geärgert?«

»Er war ziemlich betrunken«, sagt Ellison.

»Hat sich über seine Alte beschwert«, sagt O'Dell.

»Seine Exfrau?«, frage ich. »Was hat er über sie gesagt?«

»Hat sie immer nur fett und beschissen genannt«, sagt er. »War sehr beleidigend.«

»Haben Sie mal gesehen, dass Swanz sich geprügelt hat?«, frage ich. »Oder dass er ein Problem mit jemandem hatte und sich gestritten hat?«

Wieder blicken sich die beiden Männer an und schütteln den Kopf. »So was hab ich nie gesehen«, sagt Ellison.

»Was ist mit Ihrer Freundin?«

»Was ist mit mir?«

Beim Klang der klaren weiblichen Stimme blicke ich hinter mich und sehe die Frau durch den Hintereingang kommen. Sie ist in ihren Zwanzigern, schlank und hübsch und hat dickes rotes Haar, das ihr wie Seide über die Schultern fällt. Sie trägt keine Jacke, zu viel Make-up, hat einen großen Busen und keinen BH an. Ein Nabelpiercing blitzt unter dem Saum ihres Pullis hervor. Ein Hauch Marihuana steigt mir in die Nase, als sie uns erreicht, und mir wird klar, dass sie draußen einen Joint geraucht hat.

Marco geht dazwischen, als müsse sie mit Samthandschuhen angefasst werden. »Sie fragt wegen Swanz«, sagt er zu ihr.

Die Augen der Frau leuchten auf, und ich sehe ihr an, dass Swanz' Tod sie nicht gerade mitnimmt – und dass sie ausgesprochen fasziniert ist von der Vorstellung, deswegen befragt zu werden.

»Wie ist Ihr Name?«, frage ich.

»Britney Gaines.« Sie blickt auf meinen Notizblock. »Mit einem T.«

»Wenn ich das richtig verstehe, haben Sie letzte Nacht mit Swanz Billard gespielt«, sage ich.

»Ja, haben wir. Der Typ war echt 'ne Zumutung.« Britney mit einem T verdreht die Augen. »Es war sowieso immer ein bisschen komisch, einen amischen Typen hier in der Bar zu sehen. Mir war nicht klar, dass die so viel saufen. Und seine Frisur war echt auch zum Schreien!« Sie lacht, dann verengen sich ihre mit Mascara überladenen Augen und richten sich auf mich. »Das Mädchen im Nagelstudio hat erzählt, Swanz wäre bei lebendigem Leib verbrannt worden. Dass in dem Wald eine Gruppe Hexen abseits der Gesellschaft lebt, die ihn bei einem Ritual geopfert haben. Ist da was dran?«

»Soviel ich weiß, gibt es keine Hexen«, sage ich. »Und wir versuchen noch immer herauszufinden, was genau mit Swanz passiert ist.«

»Jedenfalls sollte niemand mit so einem Scheiß ungeschoren davonkommen«, sagt Ellison.

»Milan war vielleicht ein Loser«, ergreift O'Dell das Wort, »aber er hatte auch einen Haufen Kinder. Und das hat er bestimmt nicht verdient.«

Mit dem Gefühl, mich im Kreis zu drehen, stelle ich der Frau schnell noch einige der Fragen, die ich auch schon den beiden Männern gestellt habe, und frage zuletzt: »Haben Sie ihn letzte Nacht noch mit jemand anderem reden sehen?«

Zum ersten Mal sieht sie mich an, als würden ihre Gehirnzellen arbeiten und tatsächlich über die Frage nachdenken. »Wo Sie das jetzt sagen … ja, er hat mit einem Typen gequatscht.« Sie zeigt mit dem rot lackierten Fingernagel zur nächstgelegenen Nische. »Genau da haben sie gesessen. Ich weiß noch, dass ich das komisch fand, weil Milan ja sonst immer nur an der Bar gehockt hat.«

Mein Interesse ist geweckt. »Kennen Sie den Namen des Mannes?«

»Den hatte ich vorher noch nie gesehen. Deshalb war er mir auch aufgefallen. Ich meine, ich bin ja ziemlich regelmäßig hier, aber der ist mir noch nie unter die Augen gekommen.«

»Wie hat er denn ausgesehen?«, frage ich.

Sie kräuselt die Augenbrauen. »Ich erinnere mich nur noch an die guten Klamotten, die er anhatte, schwarzes Hemd und schwarze Hose. Das fiel echt auf, weil die meisten Typen hier schlampig gekleidet sind.« Sie sieht die beiden Männer an ihrer Seite an und lacht. »Nichts für ungut, Jungs!«

»War er amisch oder englisch?«, frage ich.

Jetzt denkt Britney ernsthaft nach. »Das war auch noch was, was mich neugierig gemacht hat, weil er irgendwie amisch aussah, aber nicht die komische amische Topffrisur hatte wie Milan. Ich glaube, der Typ hatte einen Pferdeschwanz oder Männerdutt oder so was.«

»Einen Hut?«

»Ich glaube ja. Der lag zwischen den beiden auf dem Tisch. Schwarz.«

Was zu der Art Hüte passt, die amische Männer im Winter tragen. »Bart?«

»Bin mir nicht sicher. So genau hab ich nicht hingeguckt, aber könnte sein.«

»Und wie alt war er?«

»Meine Güte, keine Ahnung. Nicht alt, jedenfalls hatte er keine grauen Haare oder viele Falten, und er hat nicht krumm dagesessen.«

Ich widerstehe dem Drang, mit den Augen zu rollen.

Sie runzelt die Stirn, trinkt einen Schluck von ihrem Bier. »Irgendwie war es komisch. Er kam mir vor wie einer von den Leuten, die man anschaut und trotzdem das Gefühl hat, ihr Gesicht nicht zu sehen.«

»Wie lange hat Swanz mit ihm zusammengesessen?«

»Keine Ahnung. Vielleicht fünfzehn oder zwanzig Minuten.«

»Ms. Gaines, wären Sie bereit, mit mir ins Revier zu fahren, um ein Phantombild anfertigen zu lassen?«

Sie macht große Augen, und ihr Mund geht so weit auf, dass ich das Perlenpiercing in ihrer Zunge sehe. »Im Ernst? So wie … im Film?«

»Egal ob der Mann etwas mit dem, was Milan Swanz passiert ist, zu tun hat oder nicht, es wäre sicher hilfreich, ihn zu identifizieren und mit ihm zu reden. Vielleicht kann er uns ja weiterhelfen.«

»Hm … im Moment bin ich ein bisschen betrunken, Chief Burkholder«, sagt sie verlegen. »Ist das okay?«

Sie wirkt nicht allzu alkoholisiert, und da ich ziemlich verzweifelt bin und weiß, dass es einige Zeit dauern kann, bis Tomasetti einen Phantombildzeichner aufgetrieben hat, sage ich, ohne zu zögern: »Wir haben Kaffee und Wasser im Revier.«

Angesichts ihrer Abwesenheit, während der sie hinterm Haus einen Joint geraucht hat, füge ich hinzu: »Falls Sie irgendetwas bei sich haben, mit dem Sie kein Polizeirevier betreten sollten, spülen Sie's lieber in der Toilette runter.«

»Oh, okay … Wo Sie das jetzt sagen, ich muss tatsächlich noch mal einen kurzen Boxenstopp einlegen.«

»Lassen Sie sich Zeit.«

9. KAPITEL

Im Schutz von Dunkelheit, fallendem Schnee und der Anonymität seines Wagens beobachtete er vom Parkplatz aus die Bar. Er hatte gewusst, dass das, was er getan hatte, Folgen haben würde. Das war immer so, und der Umgang mit den Konsequenzen war ein kalkulierbares Risiko, das er eingehen musste. Normalerweise war er geschickter darin, die Dinge zu erledigen und dann zu verschwinden. Diese spezielle Situation war jedoch etwas ungewöhnlicher als sonst. Es hatte Uneinigkeit darüber gegeben, wie sie damit umgehen sollten. Keiner war glücklich über die Verzögerung, er am allerwenigsten.

Über die Jahre hatte er schon mit vielen Polizisten zu tun gehabt, aber mit einer Polizistin, die früher amisch gewesen war, hatte niemand gerechnet. Burkholder besaß Einblicke, die andere nicht hatten. Das zusammen mit ihrem Ruf machte sie gefährlich, weshalb er diesmal besonders vorsichtig sein musste. Er musste einen sicheren Abstand wahren, aber die Augen offenhalten.

Im Moment gab es nur sie und ihn, und er konnte nichts weiter tun, als sie zu beobachten, zu warten und dafür zu sorgen, dass sie nicht aus der Spur geriet. Wenn sich die Situation aus irgendeinem Grund verschlechterte oder sie zu einer Bedrohung wurde, würde er keine andere Wahl haben, als sich auch um sie zu kümmern.

Dieser Gedanke bereitete ihm größere Bauchschmerzen, als er zugeben wollte. Die Vorstellung, ein solches Risiko einzugehen, hinterließ einen bitteren Geschmack in seinem Mund.

Sollte er gezwungen sein zu handeln, müsste es schnell und diskret geschehen. Das würde keine Befriedigung bringen und keinen Genuss, sondern nur einem Zweck dienen – und ein persönliches Opfer sein. Es würde zu seinen hundert anderen Sünden eine weitere hinzufügen und die Liste der Verstöße verlängern, die ihm, wenn es einmal so weit war, nicht vergeben werden würden.

10. KAPITEL

Ich nehme Britney im Auto mit zum Polizeirevier und verspreche ihr, dass sie hinterher nach Hause gebracht werden wird. Auf dem Weg ins Revier rufe ich Tomasetti an.

»Ist es möglich, mir einen Phantombildzeichner zu organisieren?«, sage ich zur Begrüßung.

»Das ist eine interessante Frage«, sagt er. »Heißt das, du hast einen Zeugen?«

Ich erzähle ihm von meinem Besuch in McNarie's Bar. »Die Erfolgschancen sind zwar nicht allzu groß, aber einen Versuch ist es wert.«

»Scheint mir eine gute Entscheidung.« Kurzes Schweigen, dann: »Es gibt einen Zeichner, der mir einen Gefallen schuldet. Mal sehen, was ich tun kann.«

* * *

Mir war von Anfang an klar gewesen, dass Britney Gaines uns kaum helfen könnte, den Mann zu identifizieren, mit dem Swanz geredet hatte. Nicht, weil sie zu betrunken war oder sich keine große Mühe gab, sondern weil sie schlichtweg nicht auf genügend Einzelheiten geachtet hatte, um die Zeichnung zu einem nützlichen Hilfsmittel zu machen. Zu allem Überfluss dauerte die ganze Aktion drei Stunden, so dass es bereits sieben Uhr dreißig und dunkel ist, als ich sie schließlich an ihrem Apartment in Painters Mill absetze. Da ich bislang nur meinen Bruder befragt habe – mit Noah Stutzman hatte ich vor Entdeckung der Liste gesprochen –, muss ich noch die restlichen Adressen auf der Liste abklappern.

Wobei die Liste kein besonders guter Anhaltspunkt ist, und wenn ich ganz ehrlich bin, eigentlich überhaupt kein Anhaltspunkt ist. Da die Ermittlungen aber nur schleppend vorankommen, ist sie das Beste, was ich habe, so dass die Verzweiflung mich dazu zwingt, sie abzuarbeiten.

Um Bischof Troyer und seine Frau aufzusuchen, ist es zu spät. Erstens stehen sie immer sehr früh auf, und dann sind beide schon Mitte achtzig. Gut möglich, dass sie bereits zu Bett gegangen sind … Doch all das hält mich nicht davon ab, trotzdem zu ihnen zu fahren. Da die Uhr läuft und ich keine einzige solide Spur habe, kann ich nicht bis zum Morgen warten.

Seit meiner Hochzeit vor über zwei Monaten, deren Zeremonie nicht er vollzogen hat, habe ich den Bischof nicht mehr gesehen. Obwohl wir im Laufe der Jahre unsere Differenzen hatten und nie einer Meinung sein werden, was meinen Glauben und meine Lebensweise betreffen, hat mir allein die Tatsache, dass er überhaupt zu meiner Hochzeit gekommen ist, sehr viel bedeutet. Und ich hoffe, dass dieses Ereignis auch für ihn bedeutsam gewesen ist und seine Kooperationsbereitschaft fördert.

Als ich jetzt in die Einfahrt der Troyer-Farm einbiege und auf dem Schotterplatz hinterm Haus parke, brennt in keinem der Fenster Licht. Auf dem Gehweg zur Veranda weht mir Schnee ins Gesicht, und als ich die Windfangtür aufziehe und klopfe, stelle ich mich darauf ein, dass es eine Weile dauert, bis jemand zum Eingang kommt. Während ich warte, lausche ich dem Heulen der Kojoten auf dem Feld hinter mir, dem Flüstern des Windes in den Bäumen und dem sanften Trommeln der Schneekristalle an der Holzverschalung des Hauses.

Ich überlege gerade, ein zweites Mal zu klopfen, als die Tür knarrend aufgeht und das faltige Gesicht von Freda, der Frau des Bischofs, in der Öffnung erscheint. »Katie Burkholder? Was in aller Welt machst du hier um diese Zeit?«, fragt sie auf *Deitsch.*

»Es tut mir leid, Sie so spät zu stören, Mrs. Troyer«, sage ich ebenfalls auf *Deitsch.* »Das ist ein offizieller Besuch. Ich muss mit dem Bischof sprechen, ist er da?«

»Es geht um Milan Swanz.« Das ist keine Frage.

»Ja, so ist es.«

Sie starrt mich etwas zu lange an, dann macht sie die Tür ganz auf. *»Kumma inseid.«* Komm rein.

Freda Troyer ist zwar nur einen Meter fünfzig groß, aber trotz ihrer zierlichen Statur eine beeindruckende Frau. Ganz offensichtlich fühlt sie sich wohl in ihrer Haut, weiß, was sie will, und zögert nicht, ihre Meinung zu sagen. Da sie von Smalltalk nichts hält, folge ich ihr schweigend durch den Vorraum in die große, dunkle Küche. Sie wird nur von der Laterne in ihrer Hand erhellt, und ich bin dankbar, dass sie eine zweite anmacht. Als Kind bin ich ohne Strom aufgewachsen und hätte die fehlende Helligkeit nicht einmal bemerkt. Jetzt, als Englische, ist mir bewusst, wie sehr ich darauf angewiesen bin.

Die amische Frau zeigt auf den Tisch mit den Stühlen. *»Sitz dich anne.«* Setzt dich dorthin. Sie geht zur Tür hinaus und verschwindet im Flur.

Ich lasse mich auf einem der Stühle nieder und genieße die Wärme im Raum, rieche Petroleum und erst kürzlich Gebackenes. Zu meiner Erleichterung lässt der Bischof mich nicht lange warten. Er ist schwarz gekleidet in Hemd, mit Hosenträger und Jackett. Auf seinem Kopf sitzt ein flachkrempiger Hut. Schwer auf eine vierfüßige Gehhilfe gestützt, kommt er in die Küche.

»Wo du jetzt eine verheiratete Frau bist, dachte ich, du könntest diese Polizeisache sein lassen«, sagt er zur Begrüßung.

Ganz egal, wie viele Jahre Erfahrung ich inzwischen habe – ich bin jetzt eine erwachsene Frau und Polizeichefin –, spüre ich beim tiefen Klang seiner Stimme doch stets die Anspannung des amischen Mädchens, das ich einmal war, und ich setze mich ein wenig aufrechter hin.

»Tut mir leid, Sie so spät zu stören, Bischof, aber ein Mann ist ermordet worden, und ich muss Ihnen ein paar Fragen stellen.«

Sein silbernes Haar ist von wenigen schwarzen Strähnen durchzogen und ungleichmäßig geschnitten, der weiße Bart ist zerzaust und reicht bis zu seinem Hosenbund. Er hat O-Beine und kommt mir dünner und krummer vor als beim letzten Mal. Doch seine Fragilität mindert nicht den harten Blick aus seinen Augen.

»Ich habe gehört, was Milan Swanz passiert ist.« Er schüttelt den Kopf. »Es ist entsetzlich.«

»Ich versuche herauszufinden, wer das getan hat.« Ich hole die Kopie der Liste mit den Adressen hervor. »Ich habe mich in Milans Haus umgesehen und das hier gefunden.« Ich schiebe ihm das Blatt hin. »Haben Sie eine Ahnung, warum Ihr Name da draufsteht?«

Er zieht eine Nickelbrille aus seiner Brusttasche, blickt auf den Zettel und zuckt mit den Schultern. »Wie soll ich das denn wissen?«

»Hat er jemals für Sie gearbeitet?«, frage ich. »Einen Schrank gebaut, Gelegenheitsjobs gemacht?«

»Nein.«

»Sehen Sie eine Verbindung zwischen diesen anderen Adressen, Ihrer eigenen und Milan Swanz?«

»Nein.«

»Hat Swanz Sie schon mal hier im Haus aufgesucht?«, frage ich.

»Nein.«

»Bischof, ich weiß, dass er exkommuniziert wurde. War er deswegen aufgebracht?«

»Natürlich hat ihm das nicht gefallen. Niemandem gefällt das. Aber Milan kannte die Regeln und hat sie gebrochen.«

»Und wie war es vor seiner Exkommunizierung?«, frage ich. »Als Sie zunächst den Bann über ihn verhängt hatten?«

»Das ist schon lange her.« Wieder zuckt der alte Mann mit den Schultern. »Über ein Jahr.«

»Wut kann mit der Zeit wachsen«, sage ich.

Der Bischof erwidert nichts, sieht mir mit festem Blick in die Augen, sein Gesichtsausdruck ist gleichgültig.

Ich weiß, dass im Kirchenbezirk von Painters Mill Amische, über die der *Bann* verhängt wurde, die Dinge wieder in Ordnung bringen können, wenn sie der Gemeinde ihr Fehlverhalten eingestehen und sich ändern. Wenn sie sich jedoch weigern, werden sie exkommuniziert, was bedeutet, dass sie nie wieder in die Gemeinde zurückkehren können.

Ich formuliere die Frage neu. »Wie wütend war Milan, als Sie ihn exkommuniziert haben?«

»Er wollte nicht exkommuniziert werden. Er war zornig. Aber er hatte die Regeln nicht nur einmal, sondern viele Male gebrochen.«

Was meine Frage nicht beantwortet, sondern geschickt umgeht. »Hat er die Beherrschung verloren?«

»Daran kann ich mich nicht erinnern.«

»Hat er Sie bedroht?«

Er weicht meinem Blick nicht aus, schweigt mit unbewegter Miene.

»Und was ist mit Monroe Hershberger?«, frage ich, spreche von einem der Kirchenältesten, dessen Adresse ebenfalls auf der Liste steht.

Der Bischof zuckt kaum merklich zusammen. Offensichtlich habe ich einen Nerv getroffen. Ich tippe mit dem Zeigefinger auf Hershbergers Adresse. »Warum sollte Swanz eine Liste machen, auf der sowohl Ihre wie auch Hershbergers Adresse steht?«

»Monroe ist einer unserer *Diener*«, sagt er, benutzt den amischen Ausdruck für Kirchendiener – gewählte Männer, die einen Kirchenbezirk leiten. Üblicherweise sind das der Bischof, der Diakon und ein oder zwei Pfarrer oder Prediger. »Er ist unser Diakon«, fügt er hinzu.

Wieder beantwortet er meine Frage nicht, aber ich gebe einen weiteren Anstoß. »Manchmal überbringt der Diakon die Nachricht von der Exkommunizierung.«

»Vielleicht.«

»War Monroe Hershberger involviert, als Milan Swanz gebannt oder exkommuniziert wurde?«

Der alte Mann nickt kurz. »Er war dabei.«

»War er wütend auf Monroe?«

»Wenn, dann hat er es nicht gesagt.«

»Hat er dem Diakon Vorwürfe gemacht?«

Der Bischof starrt mich nur ausdruckslos an.

Ungehalten klopfe ich mit dem Zeigefinger auf den Zettel auf dem Tisch zwischen uns. Unter normalen Umständen würde ich die Namen der anderen Personen, die eventuell in den Fall involviert sind, nicht mit ins Spiel bringen. Aber Painters Mill ist eine kleine Stadt, und die Mitglieder der Amischgemeinde sind eng miteinander verbunden. Troyer ist der Bischof, was heißt, dass er die meisten Mitglieder der Gemeinde persönlich kennt – und weiß, was in der Gemeinde vor sich geht. Ich überschreite diese unsichtbare Grenze ohne Gewissensbisse.

»Hatte Lester Yoder jemals Streit mit Swanz?«, frage ich.

»Das solltest du vielleicht Lester selber fragen«, sagt er.

»Ich frage aber Sie.«

Er antwortet mir nicht, aber ich glaube einen Hauch Wut in seinen Augen zu sehen.

»Wann haben Sie das letzte Mal mit Milan Swanz gesprochen?«, frage ich.

»Seit seiner Exkommunizierung habe ich nur ein paarmal mit ihm gesprochen, wann zuletzt, weiß ich nicht mehr. Ist eine Weile her.«

»Haben Sie sich da gestritten?«

Die Lippen zusammengepresst, wirft der alte Mann einen Blick Richtung Wohnzimmer, wo ich glaube, das Flüstern seiner Frau zu hören, die im Dunkeln auf und ab geht.

»Ich werde nicht über meine privaten Angelegenheiten mit dir reden«, stößt er aus. »Ganz sicher nicht.«

Ich unterdrücke meine eigene Wut, lasse nicht locker. »Bischof, wenn Sie –«

Sein Blick trifft meine Augen wie ein Laser, wissend und hart. »Es gibt eine weitere Adresse auf der Liste, nach der du nicht gefragt hast, Katie.«

Er sagt meinen Namen, als wäre ich fünfzehn Jahre alt und in Schwierigkeiten, weil ich irgendeine Regel nicht befolgt habe, die sowieso niemanden interessiert.

Ich nehme die Liste und stecke sie in die Jackentasche. »Wissen Sie, ob mein Bruder eine Auseinandersetzung mit Swanz gehabt hat?«

»Das fragst du am besten ihn selbst. Mehr kann ich dazu nicht sagen.«

Ich starre ihn an, frage mich, was er weiß und warum er es nicht sagen kann. »Bischof, wenn Sie Informationen hätten, die bei der Suche nach dem Mörder von Milan Swanz hilfreich wären, würden Sie sie mir doch geben, oder?«

Der alte Mann sieht mich lange durchdringend an, bevor

er antwortet. »Sprich mit deinem Bruder«, sagt er schließlich. »Das ist alles, was ich dir sage.«

»Sie wissen etwas und verheimlichen es mir«, sage ich. »Warum?«

»Keine Fragen mehr.« Ächzend legt der Mann die Hände auf die Gehhilfe und hievt sich mühsam auf die Beine. Doch anstatt sich von mir abzuwenden, sieht er auf mich hinab. »Ich glaube, wir müssen uns auf schwierige Zeiten gefasst machen. Sei vorsichtig da draußen auf der Straße. Hast du verstanden?«

Ich sehe an ihm vorbei zu Freda, die in der Tür steht und uns aus dem Dunkel des Wohnzimmers beobachtet, und zum ersten Mal im Leben habe ich das Gefühl, dass der Bischof mir nicht die ganze Wahrheit sagt.

»Wen schützen Sie?«, frage ich ruhig.

»Bestell deinem Bruder Grüße von mir«, sagt der alte Mann und geht.

***

Bei Ermittlungen kommt es manchmal vor, dass jemand einer Frage ausweicht, was dann ebenso aufschlussreich ist wie eine glatte Lüge. Wäre meine Unterhaltung mit Bischof Troyer anders verlaufen, hätte ich bis zum nächsten Morgen gewartet, um mit Monroe Hershberger zu reden. Zumal ich der Liste mit den Adressen keine große Bedeutung beigemessen hatte und auch nicht dachte, dass sie für den Fall relevant sei. Das hat sich jetzt geändert.

Monroe Hershberger und seine Frau wohnen zwischen Painters Mill und Millersburg auf einer kleinen Farm nahe der Township Road 102. Als ich auf die holprige Straße einbiege, sehe ich beim Blick aufs Armaturenbrett, dass es bereits nach zwanzig Uhr ist, und bin erleichtert, trotzdem noch Licht in den Fenstern des Hauses zu sehen. Wenigstens einer des älteren Ehepaars ist also noch auf.

Ich parke in der kreisförmigen Einfahrt vor dem Haus und stapfe durch den Schnee zur Veranda. Noch bevor ich klopfe, geht quietschend die Tür auf, und ich sehe mich einem hochgewachsenen, gertenschlanken Mann in typisch amischer Kleidung gegenüber, aber ohne Hut. Ich weiß, dass es Monroe Hershberger ist, doch ich erinnere mich nicht mehr an die Umstände, unter denen wir uns schon mal begegnet sind. So ist das in einer Kleinstadt.

»Mr. Hershberger?« Ich zeige ihm meine Dienstmarke und stelle mich vor.

»Ja?« Er sieht an mir vorbei, als erwarte er eine ganze Horde Polizisten, die auf ihn zustürmt.

»Entschuldigen Sie die späte Störung, aber ich untersuche den Mord an Milan Swanz und möchte Ihnen ein paar Fragen stellen.«

»Oh. Milan.« Er sieht mich groß an, und einen Moment lang scheint es ihm die Sprache verschlagen zu haben. »Hab heute Nachmittag gehört, was mit ihm passiert ist. Wirklich schlimm.«

»Ich dachte mir doch, dass ich Stimmen gehört habe«, ertönt eine weibliche Stimme.

Ich sehe an ihm vorbei eine kleine amische Frau, die sich jetzt neben ihren Mann stellt. Ada Hershberger ist so rund, wie ihr Mann dünn ist, hat rote Wangen und grüne Augen, mit denen sie mich misstrauisch mustert.

»Katie Burkholder, ich dachte mir doch, dass du das bist.« Sie blickt ihren Mann von der Seite an und runzelt die Stirn. »Wie ich sehe, hast du ihn bereits sprachlos gemacht, und er hat dich noch nicht einmal hereingebeten.«

»Hi, Ada.« Ich kenne sie aus dem Geschenkeladen in der

Stadt, wo sie arbeitet. Vor ein paar Monaten habe ich dort eine Strickdecke gekauft. Sie redet gern, ist liebenswert und witzig, kann aber auch aufbrausend sein, wenn sie sich ärgert. Sie ist einer der Gründe, warum ich in diesen Laden gehe, wenn ich ein Geschenk brauche.

»Tut mir leid, Sie so spät noch zu stören«, lasse ich auch sie wissen.

»Gar kein Problem.« Sie stupst Monroe mit dem Ellbogen an. »Wo sind deine Manieren, alter Mann?« Sie sieht ihn liebevoll an und bittet mich dann herein. »Ich denke, wir wissen, warum du hier bist.« Sie nimmt den Arm ihres Mannes und führt mich ins Wohnzimmer. »Komm, ich hab gerade Tee gekocht. Wir sollten ihn trinken, solange er noch heiß ist.«

Wenige Minuten später sitzen wir drei im schwach beleuchteten Wohnzimmer. Ada und Monroe setzen sich auf das Zweiersofa, dessen Rückenlehne von einem wattierten Überwurf bedeckt ist. Ich nehme ihnen gegenüber auf einem Sessel Platz, dessen kaputte Sprungfeder mir in den Rücken drückt, was ich zu ignorieren versuche. In der Ecke zischt eine alte Petroleumlampe.

»Da tay is goot«, sage ich, der Tee ist gut. Den ungewöhnlichen Geschmack kann ich allerdings nicht zuordnen.

Sie tut das Kompliment mit einer Handbewegung ab. »Ist nach einem alten Rezept, so wie meine *Mamm* ihn für meinen *Datt* zubereitet hat. Kamille für den Schlaf, *Heregraut* für alles, was einem Sorgen bereitet.« Echtes Johanniskraut. »Und *Hollerbier* für den guten Geschmack.« Holunderbeere.

Ich nehme noch einen Schluck, blicke Monroe an. »Sie waren an Milans Exkommunizierung beteiligt, habe ich gehört.«

Das Paar wirft sich einen Blick zu. Ada tätschelt die Hand ihres Mannes, was ihn zu entspannen scheint. »Nun, wir haben abgestimmt, und es wurde beschlossen, dass Milan exkommuniziert wird«, sagt er.

»Wie hat er reagiert?«, frage ich.

»Nicht allzu erfreut, wie du dir vorstellen kannst.« Der alte Mann nimmt einen großen Schluck, wie um sich zu stärken. »Milan war ein geplagter Mann, er hatte ständig irgendein Problem. Wenn nicht mit seiner Frau, dann mit seinem Arbeitgeber, wenn nicht mit seinem Arbeitgeber, dann mit den Kindern oder dem Schicksal. Es war traurig, das immer wieder mit ansehen zu müssen. Und wie es immer ist, machte es die Exkommunizierung für ihn noch schlimmer.«

»Erzählen Sie mir von der Exkommunizierung«, sage ich.

Monroe stößt einen Seufzer aus. »Milan war seit Jahren immer wieder mit dem *Bann* belegt worden. Zu dieser Zeit baute er Schränke und erledigte nebenher privat Holzarbeiten. Aber immer wenn über ihn der Bann verhängt war, wollte ihn keiner mehr beschäftigen, und er verlor seine amischen Kunden. Seine Beziehungen litten, besonders die zu seiner Frau. Und sein Ruf litt auch, das machte Milan wütend.«

»Woher wissen Sie das?«

»Ein paar Wochen nach seiner Exkommunizierung kam er zu mir. Er war aufgebracht … hatte getrunken. Sagte, er würde sich ändern, und bettelte mich an, ihn wieder aufzunehmen. Da war es natürlich schon zu spät. Er hatte viele Chancen gehabt, die Dinge wieder in Ordnung zu bringen, um in die Gemeinschaft zurückkommen zu können. Aber er war zu oft zu weit gegangen, und die Entscheidung war gefallen. Als ich ihm das sagte, fing er an zu *grisha.*« Zu schreien. »Und zu *fluchvadda.*« Und zu fluchen.

»Hat er Sie auf irgendeine Weise bedroht?«, frage ich.

Der alte Mann rutscht unruhig auf seinem Stuhl herum. »Er hat alle möglichen verrückten Dinge gesagt. Aber so war Milan eben, hat Sachen gesagt, die er nicht so gemeint hat.«

»Mr. Hershberger, was genau hat er gesagt?«

»Er hat allen anderen die Schuld gegeben, nur nicht sich selbst.« Der alte Mann wirft seiner Frau einen Blick zu, schaut auf die Tasse in seinen Händen und dann wieder zu mir. »Milan sagte, er würde sich an uns rächen, für das, was wir ihm angetan haben. Dass wir nichts verstanden und sein Leben ruiniert hätten. Es war ein trauriger Anblick, wirklich.«

»Hat er gesagt, wie er sich rächen würde?«, frage ich.

»Nein. Ich glaube, ihm war gar nicht klar, was er da gesagt hat. Es waren die Worte eines wütenden Mannes.« Aber er senkt den Blick, was mich stutzig macht. »Ich glaube nicht, dass er irgendetwas davon wirklich gemeint hat«, fügt er hinzu.

Er verstummt, und einen Moment lang ist nur das leise Prasseln des Schnees am Fenster und das Zischen der Petroleumlampe zu hören. Je länger ich die beiden ansehe, desto stärker wird mein Verdacht, dass da mehr ist. Dass sie mit sich ringen, es mir zu erzählen, weil sie über einen toten amischen Mann nicht schlecht reden wollen. Nicht mit mir, weil ich für sie trotz meiner Geburt als Amische eine *Englische* bin.

Schließlich stößt auch Ada einen Seufzer aus und ergreift zum ersten Mal das Wort. »Erzähl ihr den Rest, Monny.«

Der alte Mann wirft ihr einen säuerlichen Blick zu. »Ich wüsste nicht, was das bringen sollte«, fährt er sie an. »Milan ist jetzt bei Gott. Es ist vorbei.«

»Mr. Hershberger, es geht hier nicht um Milan, sondern darum, die Person zu finden, die Milan ermordet hat. Es geht darum zu verhindern, dass sie noch anderen Menschen etwas antut.« Ich halte inne. »Wenn etwas vorgefallen ist, muss ich das wissen.«

Das nachfolgende Schweigen hält so lange an, dass ich schon nicht mehr glaube, dass sie sich mir gegenüber öffnen werden. Aber dann blickt Monroe auf seine Tasse und schüttelt den Kopf. »Vor ein paar Monaten hatten wir Probleme hier auf der Farm.«

»Was für Probleme?«, frage ich.

»Jemand war mit einem Auto in unserem Maisfeld herumgefahren«, sagt er. »Nur so zum Vergnügen, immer im Kreis. Die Tage davor hatte es stark geregnet, und alles war sehr matschig. Das Feld sah hinterher schlimm aus. Ich hab nur etwa dreizehn Hektar Land, und wer immer das war, hat den größten Teil meiner Ernte vernichtet.«

»Wir haben alles verloren«, fügt Ada hinzu. »Das Sojafeld hat er auch zerstört.«

»War das Milan?«, frage ich.

»Das wissen wir nicht sicher«, erwidert der Diakon. »Niemand hat ihn gesehen.«

»Aber wir haben den Verdacht«, sagt Ada.

Einen Vorfall von Vandalismus dieses Ausmaßes hätte ich bestimmt nicht vergessen. »Die Polizei haben Sie nicht eingeschaltet?«

»Nun.« Verlegen blickt der amische Mann wieder weg. »Nein.«

Ada legt die Hand auf den Arm ihres Mannes. »Erzähl ihr von den Schweinen.«

»Schweinen?« Ich sehe ihn mit hochgezogenen Augenbrauen an.

Sein Blick ist düster, der Gesichtsausdruck störrisch und gequält, als wüsste er, dass er sich dem Unvermeidlichen stellen muss. »Wir züchten Schweine, es ist ein ziemlich gutes Geschäft.« Er seufzt. »Ein paar Wochen, nachdem die Felder zerstört worden waren, hat jemand nachts die Schweine aus dem Pferch gelassen. Zweiundzwanzig insgesamt. Sie waren alle im Garten.«

Ada presst die Lippen zusammen. »Jemand hat das Tor aufgemacht«, sagt sie. »Hat sie reingetrieben und das Tor wieder zugemacht. Die Schweine haben alles zerstört.«

»Und Sie glauben, dass Milan Swanz das war?«, frage ich.

Monroe blickt hinab auf seine Hände.

»Herrgott nochmal!« Die amische Frau schüttelt den Kopf. »Ich war oben und hab aus dem Fenster geguckt, als ich den Krach gehört habe. Und ich bin ziemlich sicher, dass es Milan Swanz war, der in seinen englischen Wagen gestiegen und weggefahren ist.«

»Mit dem Mustang?«

»Ja«, antwortet Monroe.

»War noch jemand dabei?«, frage ich.

»Sonst hab ich niemanden gesehen«, antwortet sie. »Der Mann hatte nicht mehr viele Freunde. Genau genommen kenne ich keinen Einzigen, der noch etwas mit ihm zu tun haben wollte. Milan Swanz gehörte zu den Menschen, von denen man sich lieber fernhielt, wenn man bei Verstand war.«

11. KAPITEL

Bevor ich Polizeichefin in Painters Mill geworden bin, war ich zwei Jahre lang Detective bei der Mordkommission in Columbus. In dieser Zeit habe ich mit zahlreichen Polizisten zusammengearbeitet, und die meisten von ihnen waren wesentlich erfahrener als ich. Es war eine schwierige und intensive Zeit, aber auch eine Zeit, in der ich mich beruflich schnell weiterentwickelt habe. In diesen zwei Jahren habe ich mehr gelernt als in den ganzen sechs Jahren davor als Streifenpolizistin. Einer der Detectives, mit dem ich in dieser Zeit zusammengearbeitet habe, war Bud Lawrence. Er hatte dreißig Jahre Berufserfahrung auf dem Buckel und noch sechs Monate bis zum Ruhestand. Das Letzte, womit er sich rumschlagen wollte, war eine Anfängerin, die seine Tochter hätte sein können und glaubte, mehr zu wissen als er. Diese junge Anfängerin war ich.

Ich mochte Bud vom ersten Tag an nicht. Er war schonungslos, schroff und schien alles daranzusetzen, mir das Leben schwerzumachen. Wenn ich etwas vermasselte, machte er sich lustig über mich, und das nicht auf nette Art und Weise. Zu der Zeit konnte ich nicht wissen, dass von allen Menschen, die mir als Mentoren zur Seite standen, Bud derjenige sein würde, dessen Lehren ich am meisten zu schätzen lernen würde. Nach ein paar heftigen Wochen und viel Stress lernte ich, den Mund zu halten und auf die richtigen Dinge zu achten. Ich begann – zu begreifen. Bud ließ mich an etwas teilhaben, das wichtiger ist als alles, was man im Klassenzimmer lernt, und verdammt viel wertvoller: an seiner Erfahrung. Er lehrte mich, wie ein Polizist zu denken, durchzuhalten, selbst wenn man keine Kraft mehr zu haben glaubt, und über den Tellerrand zu schauen.

Es ist dreiundzwanzig Uhr, und ich sitze in meinem Büro. Die Telefone klingeln nur noch selten, und der letzte Deputy des Sheriffs ist vor einer Stunde gegangen. Ich bin allein mit Jodie, die die Abendschicht in der Telefonzentrale hat, und dem Wissen, keinen Verdächtigen zu haben. Mein Gehirn quält sich damit, einen klaren Gedanken zu fassen, aber ich bin geistig ausgepowert und zu müde für irgendeine zündende Idee.

Wenn du an eine Mauer stößt, bring die Stimme in deinem Kopf zu Papier und lass das verdammte Ding sprechen.

Das war einer von Buds beliebtesten Leitsätzen, und bis heute habe ich einen Vorrat an Notizblöcken in meiner Schreibtischschublade. Heute Nacht, ratlos und auf dem Nullpunkt, hole ich einen heraus und fange an zu schreiben.

Symbolik des Mordes – auf dem Scheiterhaufen verbrannt – Bezug zu Märtyrerspiegel?
Opfer: Swanz' Leben war voller Probleme. Geschieden, Verurteilungen wegen Ordnungswidrigkeiten, Alkoholmissbrauch, exkommuniziert, unbeliebt. Exfrau – lügt bezüglich Liebhaber? Eltern – sind nicht eng mit ihm. Was stimmt da nicht?
Streit mit Nachbar – niedergebranntes Maisfeld.
Bischof Troyer – weicht aus. Hat etwas zu verbergen?
Stutzman's Schreinerei – Brand – hat alles verloren.
Rache? Noah Stutzman?
Monroe Hershberger – Ernte und Garten zerstört – zögert, schlecht über amischen Mitmenschen zu reden?
Muss noch mit bestem Freund sprechen – Clarence Raber.

Ich schreibe alles mit der Hand auf, schnell, ohne innezuhalten. Es fließt aus mir heraus, und als ich zwei Seiten gefüllt habe, finde ich in einen Rhythmus, mein Cop-Verstand fängt wieder an zu funktionieren, und ich grabe tiefer.

Adressenliste. Relevant? Bischof Troyer – Bann/Exkommunizierung. Noah Stutzman – Kündigung. Monroe Hershberger – Exkommunizierung. Lester Yoder – Nachbar – niedergebranntes Maisfeld.
Jacob? Hatte Swanz Streit mit meinem Bruder? Stammgast bei McNarie's. Exzessives Trinken. Unbekannter Mann? Hat mit ihm geredet. Sah amisch aus. Muss herausfinden, wer das war!!!

Ich höre auf zu schreiben, blicke auf meine Notizen, lese sie von Anfang bis Ende durch, unterstreiche Jacob und unbekannter Mann.

Du hast nichts, Kate, mahnt eine kleine Stimme. *Geh nach Hause und schlaf dich aus, sonst bist du morgen zu nichts zu gebrauchen.*

»Halt den Mund«, flüstere ich.

Aber ich klappe den Block zu, stecke ihn in meine Tasche und mache für heute Schluss.

***

Alles, was ich über den Fall weiß, geistert mir im Kopf herum, als ich vom Parkplatz nach Norden in Richtung Farm abbiege. Ich bin müde und beunruhigt, und ich brauche eine Dusche und ein paar Stunden ungestörten Schlaf. Ich habe fest vor, auf die Landstraße abzubiegen, die nach Millersburg und Wooster führt.

Doch ich biege nicht ab. Nach zwei Meilen fahre ich auf den Parkplatz von McNarie's Bar. Kurz überlege ich, hineinzugehen und mir ein paar Drinks zu genehmigen, um eine Weile alles zu vergessen. Immerhin kann ich stolz darauf sein, das destruktive Verhalten meines jüngeren Ichs hinter mir gelassen zu haben. Ich betrachte die abgestellten Fahrzeuge – es sind sechs –, fahre einmal über den Parkplatz und halte dann an der Ausfahrt, stelle den Motor ab und steige aus.

Die Nacht um mich herum ist diesig, kalt und so still, dass ich aus der fünfzig Meter entfernten Bar die Bässe der Musik höre. Ich bleibe einen Moment stehen, lausche, denke nach, versuche, mich in Swanz' hineinzuversetzen. Ich gehe zum Seitenstreifen und blicke in Richtung seines etwa zwei Meilen entfernten Wohnwagens. Ein langer Weg, besonders, wenn man betrunken ist, aber machbar.

Es ist noch keine vierundzwanzig Stunden her, dass Milan Swanz in der Bar gesessen und getrunken hat. Laut der Zeugenaussagen kam er üblicherweise ohne Auto. Wenn er in der Bar niemanden gefunden hatte, bei dem er mitfahren konnte, musste er laufen und genau hier vorbeikommen, wo ich jetzt stehe.

»Bist du nach Hause gelaufen?«, flüstere ich mit einer Stimme, die in der Stille der Nacht seltsam klingt. »Oder hat dich jemand mitgenommen?«

In der Bar konnte sich niemand erinnern, ob er allein oder in Begleitung rausgegangen war. Aber mir geht der mysteriöse Mann nicht aus dem Kopf, mit dem er am Tisch gesessen und geredet hat. Ist er zusammen mit Milan weggegangen? Hat der ihn nach Hause gefahren? Falls ja, was ist auf der kurzen Fahrt passiert?

Die Fragen lassen mir auf dem Weg zurück zum Explorer keine Ruhe. Ich starte den Wagen und fahre im Schritttempo die Straße entlang, die er genommen haben muss. Ich öffne das Fenster, und kalte Luft schlägt mir entgegen. Es muss ein kalter

Fußmarsch gewesen sein, denke ich. Wenn ihm jemand eine Mitfahrgelegenheit angeboten hätte, wäre ein betrunkener Milan, ohne zu zögern, eingestiegen.

Gedankenverloren lege ich meinen Sicherheitsgurt an, schaue auf den Gurt hinunter … *hatte auch ein gebrochenes Zungenbein* … Doc Coblentz' Worte dringen aus den Tiefen meines Gehirns zu mir durch.

»Hat es einen Kampf gegeben?«, sage ich laut. »Im Auto? Oder am Straßenrand?«

Milan Swanz war nicht klein, sondern muskulös, groß und schwer. Wie konnte jemand einen so starken Mann überwältigen? Ich starre auf den Gurt, werfe einen Blick auf den Beifahrersitz.

»Er war betrunken«, flüstere ich. »Oder sie waren zu zweit.«

Diese Möglichkeit hatte ich schon einmal in Betracht gezogen, und vor meinem inneren Auge spielt sich ein Szenario ab. Eine verlassene Nebenstraße in der Nacht. Ein betrunkener Swanz, der zu Fuß auf dem Weg nach Hause ist und eine Mitfahrgelegenheit angeboten bekommt. Er steigt ein. Der Fahrer unterhält sich mit ihm, hinten im Wagen hält sich eine zweite Person versteckt. Als der richtige Zeitpunkt gekommen ist, schlingt er Swanz einen Strick oder Riemen um den Hals und zieht ihn so fest zu, bis er bewusstlos ist.

Und dabei ist das Zungenbein gebrochen …

Ich fahre mit offenem Fenster langsam die Straße entlang, lasse den Blick über den Straßengraben, die Zäune und die Bäume dahinter wandern. Im gelben Licht meiner Scheinwerfer sehe ich, wie sporadisch Schnee aus dem schwarzen Himmel fällt.

Ich erreiche die Stelle an der Straße, wo der Weg in den Wald hineinführt, und halte an. Seitenstreifen und Fahrbahn sind von Reifenspuren durchfurcht. Ich parke auf dem Seitenstreifen, nehme meine Maglite vom Beifahrersitz und steige aus. Einen Moment bleibe ich ruhig stehen, lausche dem Ein- und Ausatmen des Waldes, nehme es in mir auf, präge es mir ein. Ich versuche, mir vorzustellen, was passiert sein könnte, und sauge die Erinnerung an diesen Ort in mich auf.

Links von mir sehe ich, wo der Zaun durchtrennt wurde, beide Teile sind für die Rettungssanitäter zur Seite gedrückt worden. Ich trete durch die Öffnung. Die dünne Schneedecke ist nass und weich, meine Schritte sind lautlos, als ich zwischen die Bäume trete. Ich bin nicht sicher, wonach ich eigentlich suche, habe nach Entdeckung der Leiche schon viele Stunden hier verbracht und jeden Zentimeter gesehen. Trotzdem hat es mich wieder hierhergezogen. Bis vor kurzem hat es hier noch von Polizisten, Ermittlern und Technikern der Spurensicherung gewimmelt, nicht zu vergessen die Journalisten an der Straße. Jetzt, allein und im Dunkeln, kann ich mir besser vorstellen, wie es in der Nacht war, als Swanz getötet wurde.

Ich folge dem zertrampelten Pfad durch den Wald zu der Stelle, an der die Leiche gefunden wurde. Der Holzpfahl wurde ausgegraben und zur Untersuchung ins Labor gebracht, ebenso Proben des Brennholzes und der Asche. Neuschnee bedeckt alles, was übrig geblieben ist. Drei Meter vor dem verbliebenen Haufen aus Asche und Holz bleibe ich stehen, dann umrunde ich ihn, versuche, mir den Tathergang vorzustellen – und gleichzeitig auch nicht. Ich hole meinen Notizblock aus der Jackentasche und schreibe: *Woher kamen die Paletten?*

Ich habe die Feuerstelle ein zweites Mal umrundet, als ein Geräusch aus dem Wald mich aufschrecken lässt. Es ist nicht das Knacken eines Zweiges, eher ein dumpfer Schlag. Ein seltsames Geräusch in einem Wald. Ich bleibe stehen und sehe in die Richtung, spüre, wie sich meine Nackenhaare aufstellen. Es gibt viele Rehe in dieser Gegend, auch Opossums und Waschbären, Kaninchen und Kojoten, alles nachtaktive Tiere. Auch ein Mörder ist auf freiem Fuß, und selbst wenn es ein Klischee ist, dass Verbrecher immer an den Ort ihrer Tat zurückkehren, so ist auch etwas Wahres dran.

Ohne mein Schritttempo zu verändern, gehe ich in Richtung des Geräusches in dem Bewusstsein, unter dem Parka meine .38er im Holster zu haben. Beiläufig mache ich den Reißverschluss auf, um sie schnell greifen zu können, leuchte mit der Maglite entlang der Bäume, durchdringe mit dem Blick alles, was die Lampe erhellt. Keine Bewegung. Da ist nichts zu sehen.

Und warum stellen sich dir dann die Nackenhaare auf, Kate?

Ich fange an, in einem lockeren Tempo zu rennen, leuchte mit der Lampe nach rechts und links, bleibe nach fünfzig Metern stehen, lausche. Trotz meines heftig schlagenden Herzens höre ich links von mir das kratzende Geräusch eines Zweigs über Stoff.

»Stehen bleiben!«, rufe ich und laufe schneller. »Polizei Painters Mill!«

Ich halte das Tempo für weitere hundert Meter, dann bleibe ich stehen und lausche wieder, atme keuchend, stehe regungslos da, leuchte tief in die Dunkelheit um mich herum. Die ganze Zeit über versuche ich, nicht an die Gerüchte über eine teufelsanbetende Sekte zu denken, die in diesen Wäldern abseits der Gesellschaft lebt.

»Ist da jemand?«, rufe ich.

Doch außer meinem eigenen keuchenden Atem und dem Hämmern meines Herzens höre ich nichts.

12. KAPITEL

Es ist kurz nach sieben Uhr morgens, als ich wieder das Revier betrete. Margaret, die als Springerin in der Telefonzentrale arbeitet, verrichtet ihre Arbeit mit dem kühlen Kopf einer erfahrenen Kriegsreporterin. Als ich an ihr vorbeigehe, drückt sie mir ein Dutzend Zettel mit Telefonnachrichten in die Hand.

»Besorgen Sie mir alles, was Sie über Clarence Raber finden können.« Ich buchstabiere den Nachnamen. »Background, mit wem er verkehrt, ob ein Haftbefehl gegen ihn vorliegt.«

Sie notiert alles auf einem Block. »Wird gemacht.«

»Wer hat Dienst?«, frage ich.

»Glock.«

»Sagen Sie ihm, dass –«

»Ich bin hier, Chief.«

Ich drehe mich um und sehe, wie er aus seiner Arbeitsnische heraustritt. Obwohl er die Nacht wahrscheinlich durchgearbeitet hat, wirkt seine Uniform sauber und frisch, der Blick aus seinen Augen ist klar und konzentriert. »Haben Sie überhaupt geschlafen?«, frage ich.

»So viel wie nötig«, sagt er.

Ich erzähle ihm von Clarence Raber. »Swanz' Exfrau sagt, sie waren beste Freunde. Er arbeitet in der Firma, die den Getreidespeicher in Coshocton betreibt. Ich wollte jetzt hinfahren.«

»Soll ich mitkommen?«

Ich lächele. »Okay, ich fahre.«

***

Sweet Feed and Seed liegt an der County Road 8, gegenüber einem abgeernteten Maisfeld, dessen gelbe, mit Schnee bedeckte Halme im Wind zittern. Entlang der Westseite des Grundstücks befindet sich ein Sammelsurium aus Wellblechgebäuden, weiter vorn ragt ein maroder Getreidespeicher zwanzig Meter hoch in den dunstigen Winterhimmel. Auf dem Schotterparkplatz stehen ein halbes Dutzend Pick-ups, an der Straße parkt ein Sattelzug, und überall ist der dreckige Schnee von tiefen Reifenspuren zerfurcht.

Glock und ich stapfen durch Schneematsch zu einem flachen Gebäude, über dessen Tür ein Schild mit der Aufschrift *BÜRO* hängt. Ein alter Alan-Jackson-Song tönt aus einer 1990er-Jahre-Boombox auf dem Schreibtisch, an dem eine Frau in einem gefütterten Overall sitzt und über das Display ihres Handys wischt.

»Guten Morgen.« Ich gehe zu ihr hin, dankbar für die Wärme im Raum, und zeige ihr meine Dienstmarke. »Wir suchen Clarence Raber.«

Als ihr klarwird, dass ich Polizistin bin, wirkt sie augenblicklich nicht mehr gelangweilt, sondern erschrocken. »Oh.«

»Ist er da?«, frage ich, während Glock an der Tür stehenbleibt und den Parkplatz im Auge behält.

»Geht es um den seltsamen Mord in Painters Mill?«, fragt sie.

»Es geht um ein Gespräch mit Clarence Raber«, sage ich freundlich, aber sie versteht die Botschaft.

»Ich glaube, heute Morgen arbeitet er draußen im Getreidespeicher.« Sie greift nach einem altmodischen Tischtelefon, das offensichtlich Teil einer Durchsageanlage ist. »Das haben wir gleich.«

Ich hebe die Hand, halte sie auf, bevor sie ins Telefon sprechen kann. »Wenn Sie uns einfach nur zeigen, in welche Richtung wir laufen müssen, sind Sie uns sofort wieder los.«

Sie hievt sich auf die Füße und zeigt nach draußen. »Vermutlich ölt er gerade die Lager vom Aufzug. Gehen Sie geradeaus, dann links. Sie können ihn nicht verfehlen.«

»Danke.«

Glock nickt ihr zu, öffnet die Tür, und wir gehen hinaus.

»Ich verwette meine Farm, dass sie ihn in dieser Minute anruft«, sagt er, als wir die wenigen Meter zu dem größeren Gebäude zurücklegen.

»Ich wette, Sie haben recht.«

Wir sehen uns an und grinsen.

Der Getreidespeicher ist eine massive Konstruktion aus stark verrostetem Wellblech. Trotz der Kälte ist das Rolltor etwa anderthalb Meter hochgezogen. Aus dem Inneren ertönt das Rumpeln eines Generators. Ich ducke mich unter dem Tor hindurch und stehe in einem höhlenartigen Raum voller Geräte und Maschinen. Weiter vorn neigt sich das Förderband des Silos in einem Winkel von ungefähr dreißig Grad in Richtung Decke. Ein junger Mann, auf den die Beschreibung von Raber passt, steht auf einem Arbeitsgerüst in sechs Meter Höhe und hantiert mit einem Schraubenschlüssel von der Größe eines männlichen Unterarms.

»Clarence Raber?«, rufe ich.

Er lässt den Schraubenschlüssel sinken und sieht zu uns herunter. »Was kann ich für Sie tun?«

Ich halte meine Dienstmarke hoch und stelle mich vor. »Ich möchte mit Ihnen über Milan Swanz reden.«

Sein Blick schnellt von mir zu Glock und wieder zu mir, dann wirft er den Schraubenschlüssel in die offene Werkzeugkiste neben sich und kommt langsam die Gitterrosttreppe herunter. »Ich hab mich schon gefragt, wann ihr kommt, um mit mir zu reden.«

Er trägt eine gefütterte Jacke über einem Overall aus grobem

Stoff, der gerade so weit geöffnet ist, dass ich das blaue Arbeitshemd und die Hosenträger darunter sehen kann. Nicht wirklich amisch, aber nahe dran, so als wäre er selbst nicht ganz sicher, wo er hingehört. Er ist blond, hat blaue Augen und den noch kaum nennenswerten Bart eines frisch verheirateten amischen Mannes.

»Ja?«, frage ich freundlich. »Warum das?«

»Weil Milan und ich einmal Freunde waren.« Schulterzuckend kommt er zu uns. »Echt verrückt, was ihm passiert ist. Hab es heute Morgen in den Nachrichten gehört. Ich kann es immer noch nicht fassen.«

Als er uns erreicht, geben wir uns die Hand. »Haben Sie schon herausgefunden, wer es war?«

»Wir arbeiten daran.« Sein Händedruck ist warm, schwielig und stark. »Wir haben gehofft, Sie könnten etwas Licht ins Dunkel bringen.«

»Sicher, was wollen Sie wissen?«

Ich hole meinen Notizblock hervor. »Erzählen Sie uns von Ihrer Beziehung zu Milan.«

»Wir kannten uns schon als kleine Kinder. Sind praktisch zusammen aufgewachsen, haben immer in der alten Scheune seiner Eltern gespielt.« Er lächelt beschämt. »Als Teenager haben wir ziemlich viel Mist gebaut.«

»Was für welchen?«, frage ich.

»Nichts Ernstes.« Er lacht. Mister Unbekümmert. »Nur der übliche *Rumspringa*-Kram. Saufen und Krawall machen.« Sein Gesichtsausdruck wird weicher, als würden die Worte schöne Erinnerungen wachrufen. »Die Mädchen terrorisieren, so wie zwei idiotische Teenager das eben tun.«

Seine *deitsche* Aussprache von *Rumspringa* verrät, dass er amisch ist oder zumindest amisch aufgewachsen ist. »Wann haben Sie Swanz das letzte Mal gesehen?«

Etwas flackert in seinen Augen auf, das ich aber nicht identifizieren kann. »Ist jetzt vier oder fünf Monate her«, sagt er.

Meine Neugier ist geweckt. »Haben Sie sich gestritten?«

»Na ja.« Er streicht mit der Hand über seinen Bart und blickt zum Arbeitsgerüst, als würde er jetzt lieber dort oben die Lager ölen, statt mit uns reden. »Dass Sie das jetzt fragen, ist wahrscheinlich logisch, oder?« Er lächelt verlegen.

»Clarence«, sage ich bestimmt, warte, dass er aufhört rumzudrucksen und mich wieder ansieht. »Wir versuchen herauszufinden, wer Milan Swanz umgebracht hat, und Sie verschwenden unsere Zeit. Wenn zwischen Ihnen beiden etwas vorgefallen ist, müssen Sie das sagen, und zwar sofort.«

»Ja, wir hatten damals eine Auseinandersetzung.« Als würde ihm bewusst, dass diese Aussage falsch verstanden werden könnte, hebt er die Hände und stößt ein Lachen aus. »Nicht diese Art von Auseinandersetzung! Ich meine, ich hab ihn nicht umgebracht.«

»Welche Art von Auseinandersetzung?«, frage ich.

»Hören Sie, die Probleme zwischen Milan und mir haben nichts mit dem zu tun, was ihm passiert ist. Können wir es einfach dabei belassen?«

»Lassen Sie mich es so sagen, Mr. Raber, wir können hier ganz freundlich darüber reden, oder wir nehmen Sie mit aufs Revier und setzen das Gespräch im Verhörraum fort. Ihre Entscheidung.«

Er seufzt, schüttelt den Kopf. »Milan hat schnell überreagiert, wenn ihm etwas nicht gepasst hat. Als Kind war das alles nur Spiel und Spaß, und alle dachten, es würde besser werden, wenn er älter ist. Aber stattdessen wurde es schlimmer.«

»Wie hat sich das geäußert?«

»Er war jähzornig. Alles war eine persönliche Kränkung, verstehen Sie? Er konnte nicht davon ablassen und ist ewig drauf rumgeritten. Wenn er wütend wurde, musste man echt aufpassen, denn er hatte sich nicht gut unter Kontrolle. Manchmal wurde er richtig bösartig.« Er schüttelt den Kopf. »Besonders, wenn er getrunken hatte.«

»Gab es Probleme mit jemand Bestimmtem?«, frage ich.

»Ich weiß, dass er Schwierigkeiten mit den Leuten hatte, für die er arbeitete.« Er erzählt die Geschichte vom Brand in Stutzmans Schreinerei, die mit der übereinstimmt, die ich schon kenne. »Milan hat es schwer getroffen, als sie ihn gefeuert haben. Meinte, sie hätten ihn gedemütigt. Und für den Sohn vom alten Stutzman hatte er noch nie viel übrig.«

»Noah Stutzman?«

Er nickt.

»Hat Milan das Feuer gelegt?«

»Er hat gesagt, er hätte es nicht getan. Ich hab ihm geglaubt, aber alle anderen hatten ihn bestimmt in Verdacht.«

»Gab es sonst noch jemanden, mit dem Milan Probleme hatte?«

»Das ist alles, was ich weiß.« Er zuckt mit den Schultern. »Einmal hab ich ihn in einer Bar oben in Canton von einem Typ weggezerrt, aber das ist schon lange her.«

Zum ersten Mal ergreift Glock das Wort. »Worum ging es bei Ihrer Auseinandersetzung?«

»Das war wirklich übel.« Er schüttelt heftig den Kopf, flucht leise vor sich hin. »Verdammt, ich will wirklich nicht schlecht über ihn reden, jetzt wo er tot ist. Das fühlt sich einfach nicht richtig an.«

»Falls es Sie tröstet«, sage ich. »Sie haben keine Wahl.«

»Gut.« Er schiebt die Hände in die Jackentaschen. »Es war an einem Nachmittag, ich war bei ihm zu Hause, und wir haben Bier getrunken wie schon hundertmal zuvor. Seine Frau war da, die Kinder auch.« Er stößt einen Seufzer aus. »Sein Sohn kam in die Küche gerannt und hat aus Versehen etwas umgestoßen, machte eine Sauerei.« Rabers Kiefer spannt an, als hätte er auf etwas Ungenießbares gebissen. »Bis dahin hatte Milan gechillt dagesessen, doch in dem Moment hat er den Jungen gepackt und … einfach brutal rumgeschleudert. Der Kleine hat gebrüllt und angefangen zu weinen. Ich bin wirklich kein Draufgänger, aber ich schwöre bei Gott, ich hätte Milan fast verprügelt.«

Ich schreibe es auf. »Wie heißt das Kind?«

»Aaron. Er ist der Mittlere.«

»Hat jemand die Polizei gerufen?«

»Nein.«

»Hat Milan seine Kinder misshandelt?«

»Das hab ich nie gedacht. Ich meine, ich hatte das nie gesehen. Als ich die Familie ein paar Tage später beim Gottesdienst gesehen habe, hatte der Kleine einen Gips am Arm.«

Ein Anflug von Wut steigt in mir hoch, doch ich unterdrücke ihn, frage weiter. »Also hat Milan seinem Sohn den Arm gebrochen?«

»Ja. Als ich ihn darauf angesprochen habe, meinte er, es wäre ein Unfall gewesen. Aber ich bin doch verdammt nochmal dabei gewesen! Ich hab's mitgekriegt, und es hat mir nicht gefallen.« Jetzt wirkt Clarence Raber zum ersten Mal nicht mehr so unbekümmert. »Das war das letzte Mal, dass ich mit ihm gesprochen habe. Ich bin nie mehr in seinem Haus gewesen und hab auch nie auf seine Anrufe reagiert. Für mich hat er nicht mehr existiert.«

»Wie hat seine Frau darauf reagiert, dass er ihren Sohn verletzt hat?«, frage ich.

»Sie hat kurz danach die Scheidung eingereicht. Ich meine, sie ist zwar amisch und so, aber das kann man ihr wirklich nicht verdenken.«

Ich erinnere mich, dass Bertha Swanz mir erzählt hat, Milan

hätte die Scheidung gewollt. »Sind Sie sicher, dass Mrs. Swanz die Scheidung eingereicht hat?«, frage ich. »Nicht Milan?«

»Mir hat sie erzählt, sie wäre es gewesen.«

Ich denke kurz darüber nach. »Wissen Sie, ob sie einen Freund hat?«

»Das letzte, was ich gehört habe, ist, dass sie mit diesem Yoder zusammen ist, dem Typ von der Farm nebenan.«

»Ihrem Nachbarn?« Ich bin überrascht. »Dessen Feld abgebrannt ist?«

»Genau der.«

»Mr. Raber, wo waren Sie vorgestern Nacht?«, frage ich.

Er glotzt mich an, als hätte ich ihm gerade einen Schlag in die Magengrube versetzt, schüttelt dann aber einfach den Kopf. »Ich war zu Hause mit meiner Frau und unserem neugeborenen Baby. Sie können sie fragen.«

»Die ganze Nacht?«

»Ja, Ma'am, die ganze Nacht.«

»Ihnen ist klar, dass wir das überprüfen werden, oder?«, merkt Glock an.

»Tun Sie, was Sie nicht lassen können«, sagt er. »Ich muss zurück an die Arbeit.«

Mit diesen Worten dreht er sich um und geht.

***

Wenn man als Polizistin Informationen von Amischen braucht, sind Tabus eine heikle Angelegenheit. Über bestimmte Themen will die Mehrheit der Amischen schlichtweg nicht sprechen – Homosexualität, sexuelle Gewalt, Kindesmisshandlung. Wenn man amisch ist und schließlich doch den Mut aufbringt, sich anzuvertrauen oder um Hilfe zu bitten, dann spricht man lediglich heimlich und leise mit einem engen Freund, aber niemals mit einem Außenstehenden, schon gar nicht mit der Polizei.

Verbrechen wie häusliche Gewalt, sexuelle Übergriffe und Kindesmisshandlung kommen bei Amischen nicht häufiger vor als in anderen Kulturen oder Gruppen. Doch wegen der Mauer des Schweigens zwischen Amischen und Englischen ist es weniger wahrscheinlich, dass die Polizei davon erfährt. Viel wahrscheinlicher ist, dass die Opfer im Stillen leiden, ohne dass ihnen jemals geholfen wird.

Als ich in die Einfahrt der Farm einbiege, auf der Milan Swanz' Exfrau lebt, frage ich mich nicht, warum sie mir verschwiegen hat, dass ihr Ex ihrem Sohn den Arm gebrochen hatte. Weil ich die Antwort schon kenne. Ich verstehe ihr Zögern, denn ich bin mit amischen Tabus gut vertraut. Was natürlich nicht rechtfertigt, dass sie mir bei meinen Mordermittlungen Informationen vorenthält.

Es hat aufgehört zu schneien, doch die Luft ist kalt und feucht auf dem Weg zur Veranda. In der Ferne stößt ein herannahender Zug Pfeifsignale aus, ein durchdringendes Getöse, bei dem ich mich frage, wie oft am Tag dieses Haus wohl von vorbeirasenden Eisenbahnwaggons erschüttert wird.

Die Tür öffnet sich knarrend. Bertha Swanz starrt mich durch den einen Fuß breiten Spalt an wie eine lauernde Katze, die einen Pitbull fixiert, der sie attackieren will. »Also ich weiß wirklich nicht, warum Sie schon wieder hier sind«, sagt sie.

»Ich bin hier, um herauszufinden, warum Sie mich beim letzten Gespräch belogen haben«, erwidere ich ruhig.

Ich sehe ihr an, dass sie genau weiß, wovon ich spreche. Sie will nicht mit mir reden, aber ihr ist klar, dass sie keine andere Wahl hat. »Was vermutlich heißt, dass Sie hereinkommen wollen.«

»Richtig.«

Mit gerunzelter Stirn dreht sie sich um und geht zur Küche. »Ich kann Ihnen Kaffee anbieten.«

Ich folge ihr. »Die Wahrheit wäre mir lieber.«

Sie schnalzt verärgert mit der Zunge.

Schon auf dem Weg zur Küche riecht die zu warme Luft nach Holzrauch und Petroleum. Neben der Spüle stapelt sich das schmutzige Geschirr vom Frühstück, auf dem Holzofen steht eine gusseiserne Bratpfanne, in der eine dünne Fettschicht ist.

»Die Kinder sind in der Schule?«, frage ich.

»Natürlich sind sie in der Schule.« Bertha nimmt den gasgeschwärzten Perkolator vom Ofen und schenkt Kaffee in zwei ungleiche Tassen ein.

Ich setze mich unaufgefordert auf einen Stuhl am Tisch. »Warum haben Sie mir nichts davon gesagt, dass Ihr Exmann Ihrem Sohn den Arm gebrochen hat?«

Als sie mit den Tassen zum Tisch kommt, wirkt sie äußerlich ruhig, doch als sie mir meine Tasse reicht, schwappt der Kaffee über. »Ich wusste nicht, dass das wichtig ist.« Sie zuckt mit den Schultern. »Sie haben nicht gefragt.«

»Stimmt, und ich frage jetzt.«

Sie setzt sich auf den Stuhl mir gegenüber. »Milan hat manchmal die Beherrschung verloren. Mit den Kindern, wissen Sie. Ich glaube nicht, dass er ihm den Arm brechen wollte.«

»Hat er die Kinder auch manchmal geschlagen?«

»Nein.«

»Er hat Ihrem Sohn den Arm gebrochen, Ma'am.«

»Nur das eine Mal«, stößt sie aus. »Hat ihn zu fest angepackt. Mehr nicht.«

»Und was ist mit Ihnen?«, frage ich. »Hat er auch Sie manchmal zu fest angepackt?«

Sie senkt kurz den Blick, sieht mich dann aber wieder an. »Er hat mich geschlagen, vielleicht ein- oder zweimal.«

»Gesicht? Körper?«

»Ins Gesicht.«

»Wie schlimm?«

»Schlimm genug.«

Ich starre sie an, mein Herz schlägt zu schnell, und ich spüre Wut in mir hochkochen. »Sie wissen, dass es gegen das Gesetz ist, jemanden zu schlagen.«

»Gefallen hat es mir natürlich nicht, aber ich habe versucht, die Situation zu beruhigen.«

»Sie hätten die Polizei rufen sollen. Wir hätten Ihnen geholfen.«

Ihr Lachen hat einen bitteren Unterton. »Sie haben ja keine Ahnung.«

Wir starren uns schweigend an.

»Haben Sie deshalb die Scheidung eingereicht?«, frage ich schließlich.

Sie zuckt zusammen, als wäre es schlimmer, die Scheidung einzureichen, als einem kleinen Jungen den Arm zu brechen. Die Tasse in ihrer Hand zittert, und sie setzt sie ab. »Ich hab Ihnen doch gesagt, dass Milan sie eingereicht hat.«

»Lügen Sie mich nicht an«, sage ich gereizt.

Sie blickt hinab auf ihre Tasse, umschließt sie mit beiden Händen, wie um sie zu wärmen.

»Bertha, ich bin nicht hier, um über Sie zu urteilen. Mir ist egal, wer die Scheidung eingereicht hat. Aber ich muss die Wahrheit wissen, um herausfinden zu können, wer Ihren Exmann umgebracht hat. Je mehr ich über ihn weiß, desto besser. Verstehen Sie das?«

»Ich will nicht, dass sie es erfahren«, flüstert sie.

Sie meint natürlich die Amischen.

Ich gebe ihr einen Moment, denke über mögliche Reaktionen auf häusliche Gewalt nach. An einen schützenden Bruder oder

Vater. »Haben Sie jemandem erzählt, was in Ihrer Ehe passiert ist?«, frage ich. »Dass Milan Sie geschlagen hat? Dass er Ihren Sohn verletzt hat?«

»Niemandem.«

»Auch nicht Ihrer Familie? Weiß jemand von ihnen, was vor sich ging?«

Als würde ihr gerade bewusst, worauf ich mit meinen Fragen hinauswill, seufzt sie und sagt: »Über so etwas reden wir nicht.«

Ich lege den Schalter um, gehe sie hart und schnell an. »Warum haben Sie mir nichts von Ihrer Beziehung mit Lester Yoder erzählt?«

Sie macht den Mund auf, und der Laut, der ihm entkommt, klingt wie das Würgen eines Hundes, der sich an einem Hühnerknochen verschluckt hat. »Weil es eine private Angelegenheit ist«, sagt sie.

»Als ich das letzte Mal hier war, habe ich Sie ausdrücklich danach gefragt, ob Sie mit jemandem liiert sind.«

Sie schüttelt den Kopf. »Dass ich so bald nach der Scheidung mit Lester zusammen bin, hätten alle verurteilt. Sie waren doch selber mal amisch, Sie wissen doch, wie das ist.«

»Wie lange sind Sie schon zusammen?«

Sie scheint innerlich zusammenzusacken, als sie mich ansieht, Tränen in den Augen. »Seit sieben Monaten. Er ist Witwer, schon seit zwei Jahren.«

Also vor der Scheidung. »Ist es eine sexuelle Beziehung?«

Die Röte, die ihr vom Nacken in die Wangen steigt, ist nicht zu übersehen. »Anfangs nicht.« Sie senkt den Blick. »Ich hatte so viele Probleme mit Milan. Eines Morgens hat Lester gesehen, dass ich geweint habe und eine aufgeplatzte Lippe hatte. Milan hatte hart zugeschlagen und dann das Haus verlassen. Ich war draußen in der Scheune, damit die Kinder mich nicht so sehen würden, und Lester war vorbeigekommen, um den alten Fuchsschwanz zu leihen.«

»Was haben Sie ihm gesagt?«

Sie presst die Lippen zusammen, als wolle sie nicht antworten. Aber sie weiß, dass sie keine Wahl hat. »Er hat meine Lippe gesehen und nachgefragt. Und da ist alles nur so aus mir rausgeflossen. Ich hab mich ihm anvertraut … und über die nächsten Wochen … hat eins zum anderen geführt.«

»Beschützt Lester Sie?«

Sie kneift die Augen zusammen. »Nicht wirklich.«

»Hat er etwas mit Milans Tod zu tun?«

»Herr im Himmel, nein!« Ein gequälter Laut entfährt ihr, und sie presst sich die Hand auf den Mund. »So was können Sie unmöglich denken. Der Mann kann keiner Fliege etwas zuleide tun.«

»Wo waren Sie in der Nacht, als Ihr Exmann umgebracht worden ist?«, frage ich.

»Hier«, sagt sie, »bei den Kindern. Wie immer.«

Ich trinke den Rest meines Kaffees, hole aus der Jackentasche eine Visitenkarte und schreibe meinen Handynummer auf die Rückseite. »Wenn Ihnen noch etwas einfällt, rufen Sie mich dann an?«

Sie starrt mich einen Moment lang an, dann zeigt sie zur Tür. »Ich glaube, wir sind hier fertig.«

***

Ich grübele noch über die Unterhaltung mit Bertha Swanz nach und bin nicht mehr weit vom Revier entfernt, als Sheriff Mike Rasmussen anruft. Ich höre seine Stimme und weiß sofort, dass er keine guten Nachrichten hat.

»Sie müssen herkommen«, sagt er.

»Was ist los?«, frage ich.

»Kate, ich habe einen Zeugen hier, der behauptet, dass Ihr Bruder vier Tage vor Swanz' Ermordung eine heftige Auseinandersetzung mit ihm hatte.«

Sekundenlang bin ich so fassungslos, dass ich kein Wort herausbringe. Ich habe gerade erst mit Jacob gesprochen, und er hat nichts davon gesagt.

»Sind Sie sicher?«, frage ich

»Ja, verdammt, ich bin sicher.«

»Wer ist der Zeuge?«

»Ein Nachbar«, sagt er. »Heißt Jim Bogart.«

Das Herz rutscht mir in die Hose und fühlt sich an wie ein Brocken, der auf den Grund eines tiefen Sees sinkt. Ich habe Jim Bogart schon zweimal wegen Trunkenheit am Steuer festgenommen. Das zweite Mal wurde er verurteilt, landete im Gefängnis, bezahlte eine dicke Strafe und verlor seinen Führerschein für ein Jahr.

»Sie wissen, dass es zwischen ihm und mir eine Vorgeschichte gibt?«, frage ich.

»Ja.« Rasmussen senkt die Stimme. »Bogart hat zuerst das BCI angerufen und dann erst mich. Ihr Name ist gefallen, und ich hab jetzt den Mann vom BCI an der Backe. Bogart hat offensichtlich schon mit der Presse geredet, und die hat sich gleich draufgestürzt.«

»Gibt wohl gerade eine Nachrichtenflaute«, murmele ich.

»Wie immer, wenn etwas so heikel ist.« Er seufzt. »Hören Sie, der BCI-Agent ist schon hier, Auggie auch. Sie wollen mit Ihnen reden.«

»Ich bin in zehn Minuten da«, sage ich und beende das Gespräch mit einem Schlag auf die Trenntaste.

13. KAPITEL

In einem Moment, in dem die Mordermittlungen gerade auf Hochtouren laufen, habe ich wirklich weder Zeit noch Lust, mich mit den Vergeltungsgelüsten eines verärgerten Bürgers rumzuschlagen. Da ich aber bei der Polizei, also im öffentlichen Dienst arbeite, hat die Wahrnehmung der Gesellschaft großes Gewicht. Was bedeutet, dass selbst dann, wenn man nichts Falsches getan hat, das ansonsten geltende Grundprinzip der Unschuldsvermutung sofort unwirksam ist. Denn sobald etwas in den Augen der Öffentlichkeit verdächtig erscheint, ist man schuldig, und die Karriere ist in Gefahr. Deshalb sollte man die Dinge tunlichst richtigstellen, bevor die Situation außer Kontrolle gerät.

Ich brauche acht Minuten bis zum Revier. Als ich schließlich einparke, mache ich mir echt Sorgen. Und als ich dann zu Lois an den Empfangstresen gehe und ihren Gesichtsausdruck sehe, weiß ich, dass es noch schlimmer ist, als ich dachte.

»Hi, Chief!«, sagt sie viel zu enthusiastisch und mit einem Seitenblick zu den beiden Männern im Flur vor meinem Büro.

Mike Rassmussen hat sich an die Wand gelehnt und tippt etwas in sein Handy. Den anderen Mann – der Kleidung und dem Aussehen nach ist er der BCI-Agent –, der Rasmussen gegenübersteht und ebenfalls in sein Handy tippt, habe ich noch nie gesehen. Jim Bogart fläzt sich breitbeinig auf dem verschlissenen Sofa im Wartebereich und bedenkt mich mit einem Dich-krieg-ich-dran-Miststück-Lächeln.

Lois versucht, mir etwas mit der Hand zu signalisieren, was ich aber nicht verstehe.

»Nachrichten?«, frage ich.

Sie nimmt ein Bündel Zettel mit Telefonnachrichten aus dem Fach. Oben drauf haftet eine handgeschriebene Notiz:

Bogart behauptet, Ihr Bruder ist involviert,
und beschuldigt Sie, ihn zu decken!!!

Ach du meine Güte.

»Chief?«

Ich drehe mich um und sehe, wie Rasmussen sein Handy in die Jackentasche steckt und auf mich zukommt. »Wenn Sie ein paar Minuten Zeit haben, würden wir gerne mit Ihnen sprechen.«

»Sicher, Mike.« Meine Worte klingen erstaunlich gefasst. Ich lasse Lois' Notiz in meiner Jackentasche verschwinden, blicke über die Schulter und sehe den zweiten Mann näher kommen. Er trägt keine sichtbaren Dienstgradabzeichen, hat den Blick auf mich fokussiert und den Mund zu einer Grimasse verzogen, die ich nicht deuten kann.

Aus dem Augenwinkel sehe ich, dass Bogart aufsteht. »Soll ich auch mit reinkommen?«, fragt er etwas zu eifrig.

»Sie bleiben hier. Wir rufen Sie, wenn wir Sie brauchen«, lässt Rasmussen ihn schon fast barsch wissen.

Bogart sinkt sichtlich enttäuscht zurück aufs Sofa.

»Im Verhörraum ist etwas mehr Platz.« Ich sehe am Sheriff vorbei den BCI-Agenten an und halte ihm die Hand hin. »Ich glaube nicht, dass wir uns kennen.«

»Agent Chambers«, sagt er, drückt meine Hand zu fest. »BCI. Nennen Sie mich Neil.«

»Gut, dass Sie hier sind.« Ich zeige in Richtung Verhörraum und gehe voraus. »Wir können jede Hilfe brauchen.«

Rasmussen räuspert sich leise. »Es dauert nur ein paar Minuten«, versichert er mir.

Ich weiß, dass ich in einen Hinterhalt laufe, gehe trotzdem forsch den Flur entlang, stoße die Tür auf und knipse das Licht an. »Haben Sie mit dem Büro des Brandinspektors über das Feuer in Stutzmans Schreinerei gesprochen?«, frage ich den Sheriff.

»Die sehen sich die Fallakte noch mal an«, erwidert Rasmussen. »Schicken uns Kopien von allem. Bislang wurde das Feuer nicht als Brandstiftung eingestuft. Kein Brandbeschleuniger. Und dass die Jacke zu nahe am Ofen hing, wurde als Zufall gewertet.«

Ich setze mich auf den Stuhl ans Kopfende des Tisches, Rasmussen nimmt zwei Stühle entfernt Platz. Er wirkt, als wäre er lieber überall anders als hier. Chambers schließt die Tür hinter sich und setzt sich neben den Sheriff.

Symbolik, denke ich und wende mich an Rasmussen. »Worum geht es denn?«

»Der Mann draußen im Vorraum, ein Bürger der Stadt, Jim …« Er sucht in seinen Notizen.

»Bogart«, ergänze ich.

»Richtig.« Er stößt einen Seufzer aus. »Kate, er hat heute Morgen Agent Chambers angerufen und behauptet, gesehen zu haben, dass Ihr Bruder, Jacob Burkholder, sich ein paar Tage vor Swanz' Ermordung mit dem Opfer gestritten hat.«

Ich starre ihn an. Mein Puls schlägt schneller, denn mir wird klar, dass ich bereits einen Fehler gemacht habe: Zwar hatte ich meinem Team gegenüber erwähnt, in Swanz' Haus eine Liste mit Adressen gefunden zu haben, ihnen aber nicht die dazugehörigen Namen genannt und die Liste auch nicht in der Fallakte protokolliert. »Okay.«

»Wussten Sie das?«, fragt Chambers.

»Nein«, sage ich ehrlich.

»Haben Sie mit Ihrem Bruder über den Fall gesprochen?«, fragt Chambers.

Ohne zu zögern, antworte ich, weil ich sicher bin, dass sie es bereits wissen. »Ja.«

»Wann war das?«, fragt Chambers.

»Gestern.«

»Interessant, dass er die Auseinandersetzung nicht erwähnt hat«, sagt Chambers.

Ich denke an die Adressenliste in meiner Schreibtischschublade, und Schweiß bricht in meinem Nacken aus. »Mein Bruder hat mir gesagt, dass Swanz ein paar Arbeiten für ihn erledigt hat«, erwidere ich.

»Haben Sie das Gespräch dokumentiert, Chief Burkholder?«, fragt Chambers, obwohl er die Antwort schon kennt.

»Noch nicht«, sage ich. »Bei allem Respekt, wir haben alle Hände voll zu tun, und ich hatte noch keine Gelegenheit dazu.«

Chambers legt den Kopf schief, fragt: »Warum haben Sie Ihren Bruder überhaupt aufgesucht?«

Es ist so weit, denke ich, und wage den Sprung. »Ich hatte in Swanz' Haus eine Liste mit Adressen gefunden«, sage ich.

Chambers sieht Rasmussen an, hebt die Augenbrauen. »Wissen Sie irgendetwas von einer Adressenliste?«

»Chief Burkholder hat sie bei unserem ersten Briefing erwähnt«, sagt der Sheriff.

Chambers wendet sich wieder an mich. »Gibt es einen Grund, warum die Liste nicht in der Beweismittel-Akte aufgeführt ist?«

»Weil ich sie nicht für ein Beweismittel gehalten habe«, sage ich.

»Und warum nicht?«

»Zum einen, weil sie nicht am Tatort gefunden wurde«, sage ich, zucke mit den Schultern. »Zum anderen, weil ich die Liste nicht für wichtig oder relevant gehalten habe, als ich sie in Swanz' Haus fand.«

»Weil Sie so viele andere Spuren haben?«, sagt er. Seine Frage trieft vor Sarkasmus.

»Weil es eine Liste mit Adressen ist«, sage ich ruhig. »Es war bekannt, dass Swanz gelegentlich Jobs für andere verrichtet hat. Deshalb schien es mir keineswegs ungewöhnlich, dass er die Adressen aufgeschrieben hat. Trotzdem habe ich nachgesehen, wer dort wohnt, und die jeweiligen Personen aufgesucht.«

»Obwohl die Liste in Ihren Augen kein ›Beweis‹ war«, er malt Anführungszeichen in die Luft, »haben Sie sie wie einen Beweis behandelt, ist das korrekt?«

»Ich habe nachgesehen, wer dort wohnt«, sage ich.

»Wer ist auf der Liste?«, fragt Rasmussen.

Ich sage es ihm.

»Sie sind alle amisch?«, fragt er.

Ich nicke. »Ich habe mit allen Personen auf der Liste gesprochen und herausgefunden, dass jeder in irgendeiner Form Kontakt mit Swanz hatte.«

»Nun, das ist wirklich interessant.« Chambers lehnt sich auf seinem Stuhl zurück. »Und trotzdem hielten Sie es nicht für angebracht, die Informationen mit anderen Ermittlungsbehörden zu teilen? Oder zumindest zu dokumentieren?«

Da ich die Frage bereits beantwortet habe, sehe ich ihn einfach nur an, sage nichts.

Chambers zuckt theatralisch mit den Schultern. »Zu welchem Zeitpunkt, Chief Burkholder, hatten Sie vor, die Informationen an den Rest von uns weiterzugeben?«

»Ich hätte der Taskforce die Namen heute mitgeteilt. Gegenwärtig versuche ich noch herauszufinden, ob eine der Personen auf der Liste für den Fall relevant ist.«

Chambers nickt langsam, als würde er darüber nachdenken, ob meine Worte logisch und ehrlich sind. »Der Zeuge behauptet ebenfalls, Ihr Auto gestern auf der Farm Ihres Bruders gesehen zu haben. Noch mal zum Mitschreiben, hat Mr. Burkholder erwähnt, dass er sich mit Swanz gestritten hat?«

»Wie ich bereits gesagt habe, hat Swanz einige Arbeiten für ihn erledigt. Von einem Streit hat er nichts gesagt.«

Ich sehe ihm an, dass er mein Unbehagen genießt. »Halten Sie das für verdächtig? Ich meine, dass Ihr Bruder so etwas nicht erwähnt?«

»Ich denke, es ist sicher sinnvoll, ihn danach zu fragen«, sage ich.

Chambers wirft Rasmussen einen Blick zu, den ich nicht deuten kann, und mein Herz schlägt heftig.

»Hat Ihr Bruder ein Alibi für die Nacht, in der Swanz ermordet wurde, Chief Burkholder?«, fragt Chambers.

»Als ich mit meinem Bruder gesprochen habe, wusste ich noch nichts von einem Streit und habe ihn deshalb auch nicht nach einem Alibi gefragt«, sage ich. »Ich möchte Sie daran erinnern, dass keine der Personen auf der Liste verdächtig oder auch nur von Interesse ist.«

Chambers lacht, wirft Rasmussen einen Ich-hab's-ja-gesagt-Blick zu und hebt die Hände, als würde er kapitulieren. »Na bitte.«

»Kate, wie ich bereits gesagt habe, hat Bogart die Presse informiert.« Rasmussen beugt sich vor, knurrt leise und stützt sich mit den Ellbogen auf dem Tisch ab. »Er unterstellt Ihnen, Ihren Bruder zu decken.«

»Vielleicht ist Bogart aber auch sauer, weil ich ihn wegen Trunkenheit am Steuer verhaftet habe und er verurteilt wurde«, sage ich. »Vielleicht nutzt er jetzt die Gelegenheit, um mir eins auszuwischen.«

»Er behauptet, Sie decken nicht nur Ihren Bruder, sondern die ganze Amischgemeinde«, fügt Rasmussen hinzu.

»Ich würde Ihnen sagen, dass das lächerlich ist, aber ich glaube, das wissen Sie bereits«, erwidere ich.

»Wenn eine nicht eben schmeichelhafte Geschichte von der Presse verbreitet wird, Chief Burkholder« – Chambers ändert seinen Ton und macht einen auf Verbündeten, der den Advocatus Diaboli spielt –, »wird das für keinen von uns gut ausgehen. Und für Sie erst recht nicht.«

Rasmussen blickt den BCI-Agenten stirnrunzelnd an. »Neil, das ist generell das Problem, wenn man Polizist in einer Kleinstadt wie Painters Mill ist. Jeder kennt jeden, und manchmal kreuzen sich Wege, die es besser nicht sollten.«

»Okay.« Chambers nickt. »Und wir haben John Tomasetti den Fall übertragen. Auch hier kreuzen sich die Wege an einem Punkt, der besser nicht von der Presse aufgegriffen würde.«

»Agent Chambers«, sage ich langsam. »Wenn Sie mir etwas mitteilen wollen, schlage ich vor, Sie tun das hier und jetzt.«

»In der heutigen Zeit, in der Gesetzeshüter mit Argusaugen beobachtet werden, ist der äußere Eindruck besonders wichtig, Chief Burkholder. Ich denke, wir sind uns alle einig darin, dass Sie ein mangelhaftes Urteilsvermögen bewiesen haben, was von der breiten Öffentlichkeit leicht missverstanden werden kann.«

»Ich verstehe Ihre Sorge, aber um meinen Ruf müssen Sie sich keine Gedanken machen, er spricht für sich selbst.«

»In jedem anderen Zuständigkeitsbereich würde Ihnen der Fall entzogen«, sagt Chambers. »Garantiert. Tomasetti auch. Sie haben Glück, dass ich das nicht zu entscheiden habe.«

»Immer mit der Ruhe«, wirft der Sheriff diplomatisch ein. »Es ist ja weiß Gott nicht so, dass wir hier in Personal schwimmen.«

»Es mag schwer zu schlucken sein, aber meine Bedenken sind gerechtfertigt«, wendet Chambers ein.

Rasmussen stöhnt. »Kate, Neil hat schon recht.«

»Das bestreite ich auch nicht«, sage ich. »Allerdings ist bis jetzt nichts davon nachgewiesen. Ich finde nicht, dass wir an einem Punkt sind, an dem ich den Fall wegen Befangenheit abgeben sollte.«

Der Sheriff wendet sich an Chambers. »Sie hat einen makellosen Ruf und arbeitet mit der Gemeinde und den ansässigen Amischen gut zusammen. Sie vertrauen ihr. Allein deshalb ist sie in einzigartiger Weise wertvoll für die Ermittlungen.«

»Eine gute Ermittlerin ist eine gute Ermittlerin«, erwidert Chambers. »Ob sie es mit Amischen zu tun hat oder nicht.«

Stirnrunzelnd lehne ich mich auf dem Stuhl zurück und verschränke die Arme vor der Brust.

»Ich sage es mal so«, beginnt Rasmussen ungewöhnlich gereizt. »Wenn Sie auf einer amischen Farm auftauchen und Fragen zu einem Mord stellen, werden Sie so schnell abgewimmelt, dass Ihnen schwindelig wird.«

Chambers ist kurz davor, mit den Augen zu rollen.

»Kate ist eine gute Polizeichefin und eine der besten Ermittlerinnen, die ich kenne«, fährt Rasmussen fort. »Ich vertraue ihr, und wir brauchen sie.«

»Danke für Ihr Vertrauensvotum, Mike, aber die Entscheidung, ob ich weiter an dem Fall arbeite, liegt allein bei Bürgermeister Brock.« Ich stehe auf, starre Chambers wütend an. »In der Zwischenzeit wäre uns allen besser gedient, wenn wir uns auf den Fall konzentrieren würden.«

Zorn blitzt in den Augen des Agenten auf.

Bevor er antworten kann, drücke ich den Knopf der Gegensprechanlage in der Mitte des Tisches. »Lois?«

»Ja, Chief?«

»Schicken Sie bitte Mr. Bogart ins Verhörzimmer.«

»Wird gemacht.«

Chambers richtet sich im Stuhl auf. »Was haben Sie vor?«

»Ich möchte hören, was der Zeuge zu sagen hat«, erwidere ich und wende mich dann Sheriff Rasmussen zu. »Da Agent

Chambers den Eindruck hat, dass ich in den Fall persönlich involviert und somit befangen bin, würden Sie bitte die Befragung übernehmen?«

Er nickt. »Sicher.«

Chambers murmelt etwas Unverständliches.

Weil ich mich nicht gerade wohl dabei fühle, mich selbst ins Aus geschossen zu haben, hole ich mein Notizbuch hervor.

Ein Klopfen, dann geht die Tür auf, und Jim Bogart kommt herein, wirkt wesentlich weniger großspurig als draußen im Empfangsbereich. Er ist zweiundfünfzig Jahre alt, hat einen graumelierten Kinnbart und die kräftige Statur eines Mannes, der den größten Teil seines Lebens körperlich gearbeitet hat.

»Hi, Jim.« Rasmussen zeigt auf den Stuhl, der der Tür am nächsten ist. »Kommen Sie herein. Wir danken Ihnen, dass Sie sich heute gemeldet haben.«

Bogart wirft mir einen misstrauischen Blick zu und setzt sich. Ich sehe ihn an, tue mein Bestes, um einen möglichst neutralen Gesichtsausdruck zu wahren.

»Sie behaupten also, für uns Informationen zum Fall Milan Swanz zu besitzen«, beginnt der Sheriff. »Können Sie uns sagen, was Sie zwischen Jacob Burkholder und Milan Swanz beobachtet haben?«

Bogart rückt näher an den Tisch heran. »Also Swanz war dabei, an der Grundstücksgrenze zwischen meiner und Jacob Burkholders Farm einen Kreuzzaun zu errichten. Meine Scheune steht nicht weit von dem Abschnitt entfernt, an dem er an dem Tag gearbeitet hat. Ich war auf dem Heuboden und hab gerade den Futterraum in Ordnung gebracht, da hab ich laute Stimmen gehört und bin zum Fenster gegangen.« Mit einem selbstgefälligen Lächeln sieht er mich an, macht eine dramatische Pause. »Und da hab ich Burkholder mit Swanz streiten sehen.«

»Welcher Tag war das genau?«, fragt der Sheriff.

»Vor fünf Tagen«, sagt er. »Gegen zwei Uhr nachmittags.«

»Worüber haben sie sich gestritten?«

»Den Anfang hab ich nicht gehört. Als ich dann zum Fenster kam, hat Burkholder ihn angeschrien, ich glaube, es ging um den Bischof.« Er schüttelt den Kopf. »Eins sage ich Ihnen, Burkholder war stinksauer. Ich hab noch nie einen Amischen so sauer gesehen. Ich wohne schon mein ganzes Leben in Holmes County und hab kein einziges Mal einen von ihnen auch nur laut werden hören. Ich dachte, gleich prügeln sie sich.«

»Und haben sie sich geprügelt?«, fragt Rasmussen.

»Wenn, dann hab ich's nicht gesehen.«

»Hat einer von beiden dem anderen gedroht?«, fragt Chambers.

»Gehört hab ich nichts«, erwidert Bogart.

»War sonst noch jemand dabei?«, fragt wieder Rasmussen.

»Nur die beiden. Und ich.«

Mit wachsender Sorge notiere ich alles.

»Wie lange hat der Streit gedauert?«, fragt Rasmussen.

»Nur ein paar Minuten«, erwidert Bogart. »Wie ich gesagt hab, den Anfang hab ich nicht mitgekriegt. Aber sie haben sich die Seele aus dem Leib gebrüllt.«

»Und was ist dann passiert?«

»Burkholder hat mit dem Daumen zum Haus gezeigt und Swanz befohlen, sein Grundstück zu verlassen. Der war so was von stinksauer, und Swanz hat geflucht wie ein Bierkutscher. Und dann hat Burkholder eine Latte vom Pfosten gerissen. Einen Moment lang dachte ich, er würde damit auf Swanz einschlagen, aber er hat sie auf den Boden geschmissen. Dann hat er Swanz angeschrien, dass er von seinem Grundstück verschwinden und nie mehr wiederkommen solle. Da hat sich Swanz schnell davongemacht.«

Chambers stellt die nächste Frage. »Was hat Sie dazu bewogen, das jetzt zu melden?«

»Ich hatte es nicht für wichtig gehalten, bis ich dann das mit Swanz gehört hab. Ich dachte, ach du Scheiße, und hab angerufen.«

***

Zehn Minuten später sitzen Sheriff Rasmussen und ich allein im Verhörraum am Tisch. Chambers ist kommentarlos gegangen, aber ich weiß, dass er zurückkommen wird. Menschen wie er verschwinden nicht einfach und gehen normalerweise auch nicht freiwillig. Ein unbehagliches Schweigen herrscht im Raum, kalt wie Eis auf einem Wintersee.

»Das ist echt eine Riesenkacke«, sagt der Sheriff schließlich.

»Ich könnt's nicht treffender sagen«, erwidere ich.

Angst kriecht mir den Rücken hinauf. Ich will den Fall auf keinen Fall wegen Befangenheit abgeben. Dass ich aber letztlich keinen Einfluss auf die Entscheidung habe, bereitet mir ein ungutes Gefühl im Magen. »Mike, finden Sie, ich sollte den Fall abgeben?«

»Das habe ich nicht zu entscheiden.«

»Das habe ich Sie nicht gefragt.«

»Im Moment weiß ich nur, dass Sie sich, falls Ihr Bruder wirklich involviert ist, auch wenn es nur am Rande ist, auf einem schmalen Grat bewegen.«

»Haben Sie schon mit Auggie darüber gesprochen?«, frage ich, denn offiziell ist der Bürgermeister mein Boss.

Jetzt blickt er noch finsterer drein. »Das liegt nicht in meiner Zuständigkeit.«

»Hat Chambers mit ihm gesprochen?«

»Das weiß ich nicht.« Er streicht sich mit der Hand übers

Kinn, sieht mich besorgt an. »Aber wir sollten darauf vorbereitet sein.«

»Vorbereitet worauf?«, frage ich.

»Sie wissen genauso gut wie ich, dass Chambers' Vorbehalt berechtigt ist. Den können wir nicht ignorieren. Was nicht heißt, dass ich allem, was er gesagt hat, zustimme. Doch wir dürfen nicht vergessen, dass wir im Blickpunkt der Öffentlichkeit stehen und transparent sein müssen bei allem, was wir tun.«

Ein Dutzend Fragen liegen mir auf der Zunge, doch ich stelle sie nicht. Ich kenne die Antworten schon, weiß, was er sagen wird. Und auch, dass sie, einmal ausgesprochen, nicht mehr zurückgenommen werden können.

Ich sehe Rasmussen an, sehe ihn richtig an, gebe meine Deckung auf. Damit er sieht, was wirklich ist, weil das, was ich jetzt sagen werde, aus vollem Herzen kommt. »Wie lange kennen wir uns schon, Mike? Acht, neun Jahre?«

»Wir kennen uns schon zu lange, um so eine Unterhaltung zu führen«, murmelt er.

»Misstrauen ist für einen Cop der Todeskuss.«

»Hier geht es nicht um Vertrauen.«

Ich nicke, verspüre jedoch einen Hauch von Zweifel, was mehr schmerzt, als ich zugeben möchte. »Ich muss mit meinem Bruder reden.«

Rasmussen stöhnt. »Sie wissen, dass das keine gute Idee ist.«

»Ich weiß aber auch, dass er nicht mit Ihnen reden wird. Und ganz bestimmt nicht mit Chambers.«

»Ich sage es wirklich nicht gern, Kate, aber wenn Sie beim Stand der Dinge mit Jacob reden, wird das Probleme nach sich ziehen. Für ihn und für uns alle.«

»Zählt er zu den Verdächtigen?«

»Er ist jetzt eine Person von besonderem polizeilichem Interesse.«

»Er hat Swanz nicht umgebracht.«

»Sagen Sie das als Schwester, Kate, oder als Polizistin?«

»Beides«, erwidere ich. »Das eine schließt das andere nicht aus.«

Er seufzt unglücklich. »Was schlagen Sie vor?«

»Dass Sie mich meine Arbeit machen lassen.«

»Wenn Sie meinen Segen haben wollen, warten Sie vergeblich. Tut mir leid.«

Wieder der Schmerz in meiner Brust. »Sie wissen ebenso gut wie ich, dass ich größere Chancen habe als Sie oder Chambers, zu erfahren, was tatsächlich zwischen meinem Bruder und Swanz vorgefallen ist.«

Alle Freundlichkeit ist verflogen, als er mir jetzt fest in die Augen sieht. »Wollen Sie einen freundschaftlichen Rat, Kate?«

Ich halte seinem Blick stand, aber mein Herz schlägt heftig, und mein Magen verknotet sich.

»Wenn Sie vorhaben, mit Ihrem Bruder zu reden, will ich nichts davon wissen.« Ohne den Blick von mir zu nehmen, lehnt er sich auf dem Stuhl zurück. »Wenn sich die Vorwürfe wegen Fehlverhaltens zuspitzen und die Kacke am Dampfen ist, sind Sie auf sich selbst gestellt. Ist das klar?«

»Hab's kapiert.« Ich stehe auf, schiebe den Stuhl unter den Tisch und verlasse den Raum.

14. KAPITEL

Während ich den Weg zur Farm meines Bruders entlangfahre, nehme ich das schneebedeckte Feld und die Rinder, die sich um den runden Heuballen scharen, kaum wahr. Das Gespräch mit Rasmussen und Chambers habe ich auf der kurzen Fahrt noch viele Male durchlebt. Ich habe es auseinandergenommen, jedes Wort analysiert und jede meiner Antworten kritisiert. Nichts davon fühlt sich gut an. Ein Gedanke, zu dem ich immer wieder zurückkehre, betrifft den schmalen Grat zwischen richtig und falsch und wie schnell er verwischen kann. Aus professioneller Sicht weiß ich, dass mein eigenmächtiges Handeln der Sache nicht zuträglich ist. Auf persönlicher Ebene tut es mir weh, dass Mike Rasmussen, den ich als Freund betrachte, nicht bereit ist, mich dabei zu unterstützen.

Der Schmerz pocht noch immer heftig in meiner Brust, als ich den Wagen neben dem Hühnerstall parke und aussteige. Das Scheunentor steht einen Meter weit offen. In der Hoffnung, Jacob dort allein anzutreffen, gehe ich hinein.

Er mistet gerade eine der Pferdeboxen aus. Ich bleibe einen Moment lang stehen und beobachte ihn, erinnere mich daran, dass ich das in meiner Kindheit Hunderte Male selbst gemacht habe. Und auch, dass Jacob und ich früher einmal – vor dem Sommer, in dem Daniel Lapp unser Leben, wie es war, zerstörte – so eng miteinander verbunden waren, wie Bruder und Schwester es nur sein können.

»Manche Dinge verändern sich nie«, sage ich.

Er richtet sich auf, sieht mich an, schiebt mit der behandschuhten Hand den Rand seines Hutes hoch und lächelt. Für einen Augenblick sieht er so aus wie der Bruder, den ich einst vergöttert habe, und ich spüre ein Stechen im Herz.

»Das konntest du immer besser als ich«, sagt er.

»Ich war froh, die Fackel an dich weiterzureichen.«

Er macht sich wieder an die Arbeit, und ein paar Minuten lang genießen wir einfach die Gegenwart des anderen, den erdigen Geruch in der Scheune. Die Erinnerung an die Zeit ohne die Komplikationen des Erwachsenenlebens tut uns gut.

»Ich muss wissen, was zwischen dir und Milan Swanz passiert ist«, sage ich jetzt.

Die Mistgabel verharrt mitten in der Bewegung, dann leert er die Zinken und wirft mir einen düsteren Blick zu, als wüsste er nicht, wovon ich rede. »Das hab ich dir schon erzählt«, sagt er. »Milan hat für mich gearbeitet. Am Zaun entlang des Grundstücks. Ich habe ihn bezahlt, und damit war es erledigt.«

»Ich weiß, dass du dich mit ihm gestritten hast, Jacob. Ich weiß, dass es eine heftige Auseinandersetzung war. Ich muss wissen, worum es dabei ging.«

Er starrt mich an, als versuche er herauszufinden, wie ich das überhaupt wissen kann.

»Ein Zeuge hat sich gemeldet«, sage ich. »Er hat euren Streit gehört und dich mit Swanz gesehen. Und nachdem ich mit dir gesprochen habe, ist er zum BCI gegangen und behauptet, ich würde dich decken. Du musst mir sagen, was passiert ist.«

Es ist nicht leicht, meinen Bruder zornig zu machen. Aber nicht, weil er grundsätzlich entspannt ist, sondern weil er alle seine *un*-amischen Gefühle verstecken und unter Verschluss halten kann. In den ganzen sechsunddreißig Jahren meines Lebens habe ich ihn nur wenige Male so richtig wütend gesehen. Als ich jetzt im Stallgang stehe und ihn durch die Boxentür anschaue, sehe ich, wie die Wut in ihm aufflammt.

Ohne etwas zu sagen, stellt er die Mistgabel an die Trennwand zwischen den Boxen und kommt zu mir. »Es tut mir leid, dass du dadurch Ärger in deinem Polizeijob hast«, sagt er. »Das wollte ich nicht. Aber ich werde weder dir noch sonst irgendjemandem sagen, was vorgefallen ist.«

»Du hast keine Wahl«, sage ich. »Und ich hab keine andere Wahl, als dich zu fragen.«

»Mein Streit mit Swanz hat nichts mit dem zu tun, was ihm passiert ist.«

»Die Antwort reicht mir nicht.«

»Das muss sie aber.«

Er will an mir vorbeigehen, aber ich halte ihn am Arm fest. »Jacob, Milan Swanz ist tot. Du hast dich nur vier Tage vor seiner Ermordung mit ihm gestritten. Kannst du dir vorstellen, wie das aussieht?«

»Mir ist egal, was die Englischen denken«, sagt er gereizt.

»Und was ist mit der Polizei?«, sage ich mit gleicher Vehemenz.

Er blickt hinunter auf meine Hand, die seinen Oberarm umklammert. »Ich habe nichts mit Swanz' Tod zu tun.«

»Das weiß ich, verdammt nochmal!« Ich lasse seinen Arm los, gebe ihm dabei einen kleinen Stoß. »Aber ich verstehe nicht, warum du mich angelogen hat. Was verheimlichst du mir?«

Er blickt weg, sein Kinn bewegt sich heftig, als würde er mit den Zähnen knirschen. »Ich finde, du solltest gehen.«

»Ich gehe erst, wenn du mir gesagt hast, was los war.«

Er geht zurück, nimmt die Mistgabel und läuft zurück zur Schubkarre. Zum ersten Mal wirkt er in einem Maß verärgert, die ich nicht von ihm kenne. »Ich kann nicht mit dir darüber reden, Katie.«

»Worüber?«, stoße ich aus. »Was passiert ist? Wenn du nichts zu verbergen hast, warum kannst du dann nicht mit mir darüber reden?«

Er presst die Lippen zusammen, gabelt Mist auf, wirft ihn in die Schubkarre.

»Schützt du jemanden?«, frage ich.

Keine Antwort.

Ohne groß zu diskutieren, gehe ich zu ihm und packe die Mistgabel. Er hält sie fest, und kurz kämpfen wir darum, doch schließlich entwinde ich sie ihm und werfe sie wie einen Speer ans Ende des Ganges.

Als ich mich ihm wieder zuwende, atme ich heftig. Nicht wegen der körperlichen Anstrengung, sondern weil ich kurz davor bin auszuflippen. »Red mit mir«, sage ich.

Er blickt auf seine Stiefel, schüttelt den Kopf. »Es gibt Dinge, die besser ungesagt bleiben. Das weißt du. Einige Dinge sind … persönlich und sollten es auch bleiben.«

»Jacob, wenn die Polizei zu dir kommt, kann ich dich nicht schützen.«

»Ich brauche deinen Schutz nicht.«

»Für die Polizei bist du jetzt eine Person von besonderem Interesse in einem Mordfall. Ganz zu schweigen davon, dass hier ein Mörder frei herumläuft«, zische ich ihn an. »Ich weiß, wozu er fähig ist, ich habe Swanz' Leiche gesehen. Wenn er noch jemanden umbringt, trägst du eine Mitschuld.«

Er steckt die Hände in die Jackentaschen, schließt die Augen und stößt einen langen, schmerzlichen Laut aus. Sein Gesicht zeigt den Ausdruck allergrößten Elends, und in dem Moment weiß ich, dass es bei dem Ganzen nicht um ihn geht, sondern um jemanden, den er liebt.

»Wen schützt du?«, frage ich.

»Es ist … James«, sagt er nach einem Moment.

Ich sehe ihn überrascht an. »James?« Sein elfjähriger Sohn. Mein Neffe. Ich kenne den Jungen nicht so gut, wie ich sollte, wir stehen uns nicht nahe. Aber ich weiß, dass er ein süßes, fröhliches Kind ist mit Sommersprossen auf der Nase, Hundeblick und einem ansteckenden Grinsen, in dessen einnehmendes Wesen ich mich schon auf den ersten Blick verliebt habe.

»James.« Wie eine Idiotin wiederhole ich den Namen und spüre, wie ich mich innerlich wappne. Nicht als Polizistin, sondern als Frau, die zu viel über die Welt weiß. Und als Tante, die den Schmerz kommen sieht, den sie gleich spüren wird.

»Was ist passiert?«, frage ich.

Jacobs Miene verfinstert sich, er verzieht das Gesicht, sieht zu Boden. Dann senkt er den Kopf, fährt sich mit der Hand übers Gesicht. »James wollte mit dem Zaun helfen, als Swanz hier war. Er arbeitet gern mit den Händen, wie alle Jungen. Also hab ich ihm meine Zange gegeben, ein paar Klemmen für die T-Pfosten und gesagt, er soll Swanz helfen und sich anstrengen.«

Ich nicke.

Mein Bruder hebt den Kopf, sieht mich an. »Zwei Tage lang haben sie an dem Zaun gearbeitet. Am zweiten Tag ist James nicht zum Abendessen gekommen.« Er hört auf zu sprechen, als wäre er außer Atem. Einen unbehaglichen Moment lang ringt er um Fassung. »An dem Tag hatten sie bei der alten Scheune gearbeitet. Als ich hingegangen bin, um ihn zu holen, waren sie nirgends zu sehen. Aber Swanz' Auto stand noch in der Einfahrt.« Er spannt den Kiefer an. »Ich bin in die Scheune gegangen und hab sie auf dem Dachboden gefunden.«

Die Worte treffen mich wie Schläge. Unwillkürlich mache ich einen Schritt zurück, presse meine Hand auf den Bauch, fühle mich krank. Ich bin schockiert. Ein Teil von mir will den Rest nicht hören, aber ich habe keine Wahl und frage trotzdem. »Jacob … hat er …« Ich kann die Frage nicht stellen.

»Nein.« Jacob schüttelt den Kopf. »Das nicht. Aber ich glaube, wenn ich nicht aufgetaucht wäre … wäre etwas Schlimmes passiert, Katie.«

»James ist okay?«

»Er ist elf Jahre alt. Unschuldig. Er war … erschrocken. Beschämt und durcheinander. Er ist ein kluger Junge. Er wusste, dass ein Unrecht geschah.«

»Und Swanz?«

»Er ist die Treppe runter, bevor ich ihn aufhalten konnte. Aber ich bin hinter ihm her und hab ihn am Zaun eingeholt. Direkt am Nachbargrundstück.« Sein Blick verdüstert sich, was mir sagt, dass er den Namen des ungenannten Zeugen kennt. »Ich hab seit meiner Kindheit keinen Menschen mehr geschlagen. Amische schlagen nicht. *Ich* schlage nicht.« Er zuckt mit den Schultern. »Und ganz bestimmt sollte mein Sohn so etwas nicht sehen. Um ein Haar hätte ich Swanz verprügelt, aber Gott hat mich daran erinnert, dass das unrecht ist.«

»Was ist passiert?«, frage ich.

»Ich hab gesagt, dass ich dem Bischof davon berichte. Dann hab ich ihn bezahlt und ihn aufgefordert, mein Grundstück zu verlassen. Ich hab gesagt, er soll sich nie wieder blicken lassen. Und er ist gegangen.«

Jacobs Beschreibung der Umstände stimmt mit der Geschichte überein, die Bogart erzählt hat, und ich bete im Stillen, denn ich glaube ihm.

Wir schweigen eine ganze Weile. Die einzigen Geräusche sind das Gurren einer Taube in den Dachsparren und das Pfeifen des Windes, der durch die Tür dringt.

»Bist du zum Bischof gegangen?«, frage ich schließlich.

»Noch am gleichen Abend.«

»Was hat der Bischof gesagt?«

»Er hat hauptsächlich zugehört, doch ich hab gesehen, dass er beunruhigt war.«

Ich nicke. »Jacob, ich weiß, dass du Swanz nicht getötet hast.

Aber ich muss dich fragen, ob du in irgendeiner Form etwas mit seinem Tod zu tun hast.«

»Nein«, sagt er.

»Hast du vielleicht eine Idee, wer es getan haben könnte?«

»Swanz war *veesht,* ist alles, was ich dir über ihn sagen kann.« Von Grund auf böse. »Keinem der Amischen hier tut es leid, dass er tot ist, auch mir nicht.«

***

Zutiefst beunruhigt klopfe ich an die Tür des Hauses, in dem Bertha Swanz mit ihren Kindern wohnt. Ich zerbreche mir noch immer den Kopf darüber, was ich mit der Information meines Bruders anfangen soll, als Berthas ältester Sohn mir mitteilt, dass seine Mutter arbeitet und erst um zehn Uhr heute Abend zurück sein wird. Ich danke ihm und gehe zurück zum Explorer. An meinem Job als Polizistin einer Kleinstadt gefällt mir, dass ich eine Menge über die Menschen weiß, denen ich diene und die ich schütze. Deshalb weiß ich auch, dass Bertha Swanz Kellnerin in LaDonna's Diner ist. Und ich weiß auch, dass es dort guten Kaffee gibt und ich viel Koffein brauchen werde, bis alles getan ist.

Der Diner, direkt an der Main Street, befindet sich in einem niedrigen Gebäude, in dem in den 1970er Jahren ein Billigwarenhaus war. Zur Frühstücks- und Mittagszeit ist er proppenvoll mit Touristen, Händlern und Farmern aus der Umgebung, und selbst Amische essen hier ihre Portion Fleisch mit Kartoffeln. Abends, wenn die meisten Geschäfte im Ortskern geschlossen sind, ist nicht mehr viel los.

Beim Betreten empfängt mich ein Hauch warmer Luft. In dem schmalen Innenraum gibt es nur eine Reihe Nischen, einen Tresen mit den obligatorischen verchromten Hockern aus rotem Kunstleder und ein paar Tische entlang der Fensterfront mit Blick auf die Main Street. Die Beleuchtung ist zu hell, die Countrymusik zu laut und der unangenehme Geruch von Fett und gebratenem Fleisch zu stark. Bertha Swanz nimmt in einer der Nischen gerade eine Bestellung auf, ich setze mich auf einen Hocker am Tresen und drehe die bereitgestellte Tasse auf dem Unterteller mit der Öffnung nach oben.

»Hi, Chief Burkholder!« Eine andere Kellnerin in einer rosafarbenen Uniform kommt zum Tresen geeilt. »Kaffee?«

»Ja, Ma'am«, sage ich. »Danke.«

»Brauchen Sie die Speisekarte?«

»Nicht heute Abend«, sage ich.

Mit einem Augenzwinkern verschwindet sie durch die Schwingtür in die Küche.

Ich habe gerade den ersten Schluck Kaffee getrunken, als Bertha zur Durchreiche hinter der Theke geht, den Zettel mit der Bestellung hinlegt und mit der Handfläche auf die Klingel schlägt.

»Mrs. Swanz?«, sage ich, da sie mich nicht beachtet.

Sie wischt sich die Hände am Geschirrtuch ab, das im Bund ihrer Servierschürze steckt, und nähert sich mir mit dem Enthusiasmus einer Frau, die kurz davor ist, sich in die Fluten zu stürzen. »Sind Sie zum Abendessen hier?«, fragt sie.

»Ich bin hier, um mit Ihnen zu reden.«

»Ich arbeite, und ich brauche das Trinkgeld«, sagt sie freundlich, aber mit einem gereizten Unterton, der beim letzten Mal nicht da war. »Hat das nicht bis morgen Zeit?«

»Mrs. Swanz, wir reden jetzt sofort. Entweder hier im Diner oder auf dem Polizeirevier«, sage ich. »Es ist Ihre Entscheidung.«

Die amische Frau wirft mir einen vernichtenden Blick zu.

Ich zeige auf ihre Kollegin. »Sagen Sie ihr, dass Sie fünfzehn

Minuten Pause machen. Nehmen Sie Ihren Mantel, wir können draußen reden.«

Ein paar Minuten später stehen wir am Hinterausgang des Diners mit Blick auf zwei verrostete Müllcontainer und einen alten Pick-up. Alles ist mit Schnee bedeckt.

»Haben Sie herausgefunden, wer ihn umgebracht hat?«, fragt sie, stellt den Mantelkragen hoch und hält ihn am Kinn zusammen.

»Wir sind noch dabei«, sage ich.

»Ich verstehe nicht, warum Sie mich wieder belästigen.«

Ich denke an meinen Bruder, meinen kleinen Neffen und die beunruhigende Beschreibung des Vorfalls in der Scheune. »Sind Sie sich da sicher, Mrs. Swanz? Sind Sie sicher, dass es nicht noch etwas gibt, was Sie mir über Ihren Exmann sagen wollen?«

»Ich habe Ihnen alles gesagt, was ich weiß«, fährt sie mich an.

»Auch alles, was Sie über Ihre Kinder wissen?«

»Ich weiß nicht, wovon Sie reden.«

Aber ihr Gesichtsausdruck straft sie Lügen. Ich trete ganz dicht an sie heran. »Das glaube ich Ihnen nicht.«

Sie macht einen Schritt zurück, bringt Abstand zwischen uns und weicht meinem Blick aus.

»Hat sich Ihr Exmann jemals unzüchtig gegenüber Ihren Kindern verhalten?«, frage ich.

Sie greift in ihre Schürzentasche und holt ein Päckchen Camel heraus. Rauchen gilt als »weltlich« und wird deshalb von den meisten Amischen missbilligt. Aber einige weniger konservative Gruppen rauchen trotzdem, besonders die Männer.

Mit zittrigen Händen klopft sie eine Zigarette aus dem Päckchen, bietet mir auch eine an. »Das ist nicht gegen die *Ordnung*«, murmelt sie.

Wider besseres Wissen nehme ich die Zigarette, und wir zünden sie an. »Ihr Geheimnis ist bei mir sicher aufgehoben.« Es ist eine kleine, intime Verbindung, die wir jetzt haben.

Einen Moment lang rauchen wir schweigend, ich sehe den Schnee fallen und beobachte die Reflexion des Ampellichts auf der Steinfassade des Gebäudes. Doch ich spüre, dass die Zeit drängt.

»Bertha.« Ich greife meine Frage wieder auf. »Hat er sich gegenüber Ihren Kindern unzüchtig verhalten?«

»Nein. Hat er nicht.« Sie spricht so leise, dass ich näher an sie herantreten muss, um sie zu hören. »Aber ich habe beobachtet, wie er sie ansieht. Nachts haben sie bei mir im Zimmer geschlafen.«

Ich denke im Zusammenhang mit dem Mord an Swanz darüber nach und frage mich, ob er irgendwann zu weit gegangen ist. Ob vielleicht jemand Wind davon bekommen hat – jemand, der ihr nahesteht, ein Onkel, ein Großvater oder ein Freund der Familie. Der dann beschlossen hat, etwas dagegen zu tun.

»Sind Sie sicher?«, frage ich.

»Ich bin mir sicher.«

Eine ganze Minute lang schweigen wir. Ich sehe ihr beim Rauchen zu, sehe ihre Hand zittern und wie es in ihrem Kopf arbeitet. Etwas ist da, denke ich und dränge weiter.

»Bertha, können Sie mir noch irgendetwas sagen, das mir bei der Suche nach dem Mörder Ihres Exmannes helfen kann?«

»Ich habe Gerüchte gehört«, flüstert sie. »Ist schon eine ganze Weile her. Über Milan. Ich weiß nicht, ob was dran ist, aber ich habe davon gehört.«

»Was für Gerüchte?«

»Vor ein paar Monaten beim Gottesdienst – alle haben bemerkt, dass die Haare des Bischofs irgendwie komisch waren.«

»Komisch? Seine Haare? Wie denn?«

»So als wäre ein Stück rausgeschnitten worden. Oder eher

abgesäbelt.« Sie zuckt mit den Schultern. »Wir Frauen haben uns darüber unterhalten. Zuerst dachten wir, dass vielleicht eine Krebsstelle von seiner Kopfhaut entfernt wurde, so was in der Art. Aber als wir an dem Tag nach dem Gottesdienst aufgeräumt haben, verhielten sich einige Frauen merkwürdig. So als wüssten sie etwas über mich und wollten nicht darüber reden. Zuerst war ich gekränkt und hab mich ausgeschlossen gefühlt. Ich meine, wir stehen uns nahe.« Sie zuckt mit den Schultern. »Ein paar Tage danach habe ich Erma Miller besucht, um mir ihr neues Baby anzusehen. Wir haben Kaffee getrunken, und da habe ich die verrückte Geschichte gehört, was wirklich mit dem Bischof passiert war.«

Als die amische Frau weiterspricht, ist sie den Tränen nahe. »Milan war bereits exkommuniziert und richtig sauer auf den Bischof. Eigentlich war er auf alle sauer, um ehrlich zu sein. Er hing ständig bei Clarence Raber zu Hause rum und hat sich mit ihm zusammen sinnlos betrunken.«

Sie schnaubt verächtlich. »Jedenfalls hab ich gehört, wie Erma den anderen Frauen erzählt hat, dass Clarence und Milan eines Nachts zum Haus des Bischofs gefahren sind.« Sie drückt die Hand auf den Unterleib, wie um einen Krampf zu mildern. »Sie sagte, dort hätten sich Milan und der Bischof gestritten und irgendwie wäre der Bischof auf dem Boden gelandet. Milan hätte ein Messer dabeigehabt und hätte dem Bischof ein Stück vom Bart abgesäbelt und auch von seinen Haaren. Als Freda dann mit ihrer Gerte gekommen wäre – die sie ja immer rausholt, wenn sich jemand danebenbenimmt –, hätte er sie auch auf den Boden gestoßen, ihr die *Kapp* vom Kopf gerissen und ihr auch die Haare abgeschnitten.«

Bei den Amischen sind die Haare ein Ausdruck von Gehorsam und Gottgefälligkeit. Ein Mann hört am Tag der Hochzeit auf, sich zu rasieren, sein Bart symbolisiert seinen Familienstand und sein Ansehen in der Gemeinde. Eine amische Frau hört nach der Hochzeit auf, sich die Haare zu schneiden. So etwas Persönliches gestohlen zu bekommen ist nicht nur ein Angriff auf die Identität eines Menschen, sondern auch auf seinen Glauben.

»Das ist das Schrecklichste, was ich je gehört habe.« Bertha zieht tief an ihrer Zigarette. »Ich habe mich so sehr geschämt.«

»Niemand hat die Polizei gerufen.« Ich formuliere den Satz nicht als Frage.

»Nein. Es war einfach zu viel. Allein der Gedanke, dass ein amischer Mann einen Glaubensbruder so beschämen würde. Den Bischof. Können Sie sich das vorstellen?« Sie schüttelt den Kopf, als wolle sie das Bild darin aus ihrem Gedächtnis löschen. »Niemand sollte davon erfahren. Und vor allem kein *Englischer.*«

Sie wirft die Zigarette auf den Boden, tritt drauf und zermalmt sie mit der Schuhsohle. »Mehr hab ich dazu nicht zu sagen«, fügt sie hinzu. »Allein daran zu denken erfüllt mich wieder mit Scham.«

»Mrs. Swanz, haben Sie irgendeine Idee, wer Ihren Exmann ermordet haben könnte?«

»Nein, Ma'am.«

»Waren Sie in irgendeiner Weise daran beteiligt?«

Ihr bitteres Lachen ist voller Schmerz. »Obwohl ich eine Lügnerin und eine Sünderin bin, Kate Burkholder, bin ich trotzdem keine Mörderin. Auch wenn dieser Dreckskerl sein Schicksal verdient hat.«

15. KAPITEL

Fast alle Menschen haben etwas zu verbergen, von einer kleinen Notlüge, die man macht, um die Gefühle eines anderen nicht zu verletzen, bis hin zu den Geheimnissen, mit denen man Leben zerstört. Ich denke darüber nach, wie weit Menschen gehen würden, um bestimmte Informationen nicht preiszugeben. Und ich weiß nur zu gut, dass einige wenige meinen, es gäbe Geheimnisse, für die es wert ist zu töten.

Es ist elf Uhr nachts, ich sitze am Steuer meines Explorers und versuche, nicht an meine eigenen Leichen im Keller zu denken. Es war ein langer, unproduktiver Tag. Ich bin völlig erschöpft, aber gleichzeitig zu aufgekratzt, um nach Hause zu fahren. Und so biege ich nicht auf den Highway in Richtung unserer Farm ab, sondern nach links in Richtung Dogleg Road.

Die meisten Morde haben nicht einmal annähernd etwas mit denen gemein, die in Filmen gezeigt werden. Sie sind weder besonders komplex noch durchdacht oder intelligent. Meistens sind es hirnlose Akte von Dummheit oder Wut oder aus einem Impuls heraus, begangen von Psychopathen oder Idioten aus irgendeinem blödsinnigen Grund, der niemanden interessiert. Es gibt scheinbar keinen Anlass oder eine vermeintliche Rechtfertigung. Einfach nur ein ausgelöschtes Leben und viele weitere sind zerstört. Und weshalb? Aus Eifersucht? Gier? Bosheit?

In Bezug auf Mordermittlungen habe ich immer geglaubt, dass, wenn man das Warum verstanden hat, sich das Wer normalerweise von alleine erschließt. Aber dieser Fall liegt anders.

Was ich inzwischen über Swanz weiß, zeigt ihn auch dann in keinem guten Licht, selbst wenn man sich bemüht. Er hat seine Frau und Kinder körperlich und emotional misshandelt. Wenn er das Gefühl hatte, ihm wurde Unrecht getan, hat er sich gerächt. Laut meinem Bruder war er ein Kinderschänder. Sein ehemaliger Arbeitgeber verdächtigte ihn der Brandstiftung. Seine Exfrau behauptet, er hätte den bejahrten Bischof und dessen Frau angegriffen. All das sind Taten eines Mannes ohne moralischen Kompass und ohne Selbstkontrolle, aber mit soziopathischen Tendenzen. Mehr als eine Person mag den Drang verspürt haben, Swanz zu beseitigen. Und trotzdem habe ich jetzt, am Ende des zweiten Tages nach dem Mord, nicht die geringsten Ermittlungsergebnisse vorzuweisen.

Ich bin hundert Meter vom Tatort entfernt und wegen der Gedanken über meinen Bruder so abgelenkt, dass ich das Auto im Straßengraben erst in dem Moment registriere, als ich schon daran vorbeigefahren bin und eine Vollbremsung machen muss. Sofort lege ich den Rückwärtsgang ein, um einen Blick darauf zu werfen. Es ist eine viertürige, dunkle Limousine mit einem Nummernschild aus Pennsylvania. Soweit ich sehen kann, befindet sich niemand darin. Der Wagen hängt mit der Schnauze über dem Graben, die Vorderränder stecken mehrere Zentimeter tief im Matsch, und die Hinterräder stehen auf dem Schotterstreifen. Es sieht nicht nach einem Unfall aus, und der Motor ist auch nicht mehr an.

Ich greife nach dem montierten Scheinwerfer, richte den Strahl aufs Fahrzeug und aktiviere das Funkgerät. »Zehn-fünfundachtzig.« Der Code für ein herrenloses Fahrzeug. »Jodie, bitte Zehn-achtundzwanzig.« Fahrzeughalter feststellen.

»Geht klar.«

»Pennsylvania Kennzeichen.« Ich nenne ihr die Nummer und meinen Standort. »Ich sehe mich kurz hier um.«

»Verstanden.«

Ich nehme die Maglite aus der Halterung, steige aus dem Explorer und leuchte in einem Radius von dreihundertsechzig Grad um mich herum. Es ist niemand zu sehen oder zu hören, und es bewegt sich nichts. Hier herrscht die totale Stille, und aus einer nördlichen Brise rieselt Schnee herab.

Ich leuchte mit der Lampe zur Tür der Fahrerseite und gehe darauf zu. Im Wagen, ein neueres BMW-Modell, sitzt niemand, weder vorne noch hinten. Der Innenraum ist sauber, Motorhaube und Kofferraum sind fest verschlossen. Ich lege die Hand auf die Motorhaube. Sie ist warm, der Motor also noch vor kurzem gelaufen. Keiner der Reifen ist platt. In dem Moment bemerke ich die Fußspuren, teilweise von frischem Schnee bedeckt. Als wäre jemand kürzlich aus dem Wagen gestiegen. Ich leuchte entlang der Spuren, die zu dem Zaun führen und dahinter weiter in den Wald.

In Richtung Tatort.

Ich stehe etwa fünfzig Meter von der Stelle entfernt, an der Milan Swanz umgebracht worden ist. Die Spurensicherung ist längst abgezogen, der Tatort freigegeben, und es wäre keineswegs ungewöhnlich, dass neugierige Bürger, Krimifans oder gelangweilte Teenager herkommen, um sich umzugucken. Andererseits ist es schon spät und kalt und – was vielleicht am wichtigsten ist – das Kennzeichen ist aus einem anderen Bundesstaat, der Fahrer also wahrscheinlich auch.

»Polizei Painters Mill!«, rufe ich, nähere mich dem Zaun, leuchte mit der Lampe in den Wald dahinter. »Hallo? Ist hier jemand?«

Der Zaun ist inzwischen repariert. Ich suche nach einer Stelle, an der ich drüberklettern kann, als sich links von mir etwas bewegt. Adrenalin durchflutet meinen Körper, ich wirbele herum, bemerke den Mann erst in dem Augenblick, in dem er mir mit voller Wucht einen Stoß versetzt, ich fliege nach hinten. Noch im Fallen greife ich zum Ansteckmikro, dann knalle ich rücklings auf dem Boden. Mein Kopf schlägt so hart auf, dass mir schwindlig ist, dann wirft er sich auf mich.

»Ich bin Polizistin!«, schreie ich ihn an. »Lassen sie mich los!«

Mein Befehl zeigt keine Wirkung. Mein Angreifer ist groß und stark. Und schnell. Kein Zögern. Er setzt sich rittlings auf mich. Ich will gerade mein Ansteckmikro aktivieren, als er es mir vom Revers reißt.

»Runter von mir, verdammt nochmal!«, fauche ich, taste nach der .38er unter meinem Parka. Mist. *Mist!* Eine Hand umschließt fest meinen Hals, Daumen und Finger drücken mir wie eine Schraubklemme die Blutzufuhr zum Kopf ab.

Ich hole mit dem Arm aus, treffe ihn am Körper. Er stöhnt, wehrt einen zweiten Schlag ab. Als ich ihm mit der Faust einen Kinnhaken versetze, schmerzt mein Handgelenk. Ich winde mich unter ihm, hebe das Knie und ramme es ihm in den Rücken. Einmal, zweimal. Bei dem Versuch zu schreien, bringe ich nur einen kläglichen Laut hervor, weil er mir auf den Kehlkopf drückt. Ich krümme mich, hebe meine Hüfte, um ihn abzuwerfen. Mein Überlebensinstinkt übernimmt die Kontrolle, ich schlage erneut zu, lande einen Treffer mitten in seinem Gesicht. Seine Nase knackt unter meinen Knöcheln.

Seine Finger krallen sich tiefer in meinen Hals, Panik überkommt mich, denn wenn ich das Bewusstsein verliere, bin ich erledigt. Ich will mit beiden Fäusten auf sein Gesicht einschlagen, doch er ist schnell und wendet es ab. Auch mein Versuch, den Fuß über seinen Kopf zu heben und seinen Oberkörper mit dem Bein nach hinten wegzudrücken, gelingt nicht.

Sein erster Schlag landet wie ein Presslufthammer auf meiner Stirn, erschüttert mein Hirn, hinterlässt mich benommen und blind. Der zweite Schlag trifft mein linkes Wangenbein, ich sehe Sterne und spüre, wie mein Körper erschlafft.

Vage nehme ich wahr, wie der Mann meine Handgelenke packt und seine Knie auf meine Arme drückt. Er reißt mir die .38er aus dem Holster, zieht mein Handy aus der Gürteltasche. Ich atme tief ein, blinzele den Nebel vor meinen Augen weg, erhasche den ersten guten Blick auf ihn. Die untere Gesichtshälfte ist mit einem schwarzen Schal bedeckt. Darüber sehe ich dicke Augenbrauen, dunkle Augen. Entschlossen, ruhig. Dann bemerke ich meinen Revolver in seiner Hand.

»Ich bin Polizistin«, krächze ich.

»Pssst.« Er beugt sich über mich, drückt die Mündung des Revolvers auf meinen Mund, schiebt sie zwischen meine Lippen. Ich werfe den Kopf hin und her, die Mündung kratzt über meine Zähne, und als ich den Mund öffne, schiebt er sie tief hinein, drückt meine Zunge nieder.

»Nicht sprechen«, flüstert er. »Dann musst du auch keine Kugel essen.«

Ich rühre mich nicht. Mein Herz rast, ich atme keuchend, schmecke Waffenöl, verbiete mir zu würgen. Die Angst rinnt meine Kehle hinunter wie Galle.

»Ich sage das jetzt nur einmal, also hör gut zu. Hast du verstanden?«

Ich rucke den Kopf, starre ihn an, will mir so viele Details merken wie möglich.

Weiße Haut.

Dunkle Haare. Braun.

Etwa vierzig Jahre alt.

Von weither höre ich mein Funkgerät knistern, die Stimme meiner Rezeptionistin.

»Milan Swanz war ein Abtrünniger«, sagt er. »Er war mit dem Teufel im Bunde. Er hat Gott verschmäht. Er hat die Amischen verachtet. Er hat Menschen weh getan und hätte noch Schlimmeres verbrochen.«

Tiefe Stimme.

Tonfall kann ich nicht zuordnen.

Ich versuche zu sprechen, doch er stößt mir die Waffe tiefer in den Mund, so dass ich würge.

»Pssst.« Ein Lehrer, der seinen übereifrigen Schüler auffordert, still zu sein. »Nicht sprechen.« Er legt den Kopf zur Seite, mustert mich genau, als wäre ich eine Art Apparat, dessen Innenleben ihn verwirrt.

Durchschnittliche Statur.

Athletisch.

Viele Muskeln.

»Sein Tod lastet auf meiner Seele«, sagt er. »Aber es ist ein Opfer, das ich bringen musste.« Er hebt die Hand. »Das ich mit mir in die Hölle nehmen werde, wenn es so weit ist.«

Ich zucke zusammen, erwarte einen weiteren Schlag, aber er legt die behandschuhte Hand auf meine Wange, fährt mit den Fingern sanft von meiner Schläfe bis zum Kinn, berührt mich beinahe mit Ehrfurcht.

»Dein Schweigen ist das Opfer, das du bringen musst, Kate Burkholder«, flüstert er. »Vergiss das nicht.«

Den Blick auf meine Augen geheftet, streckt er die Hand nach meinem Ausrüstungsgürtel aus. Kurz glaube ich, er will die Schnalle aufmachen und mich vergewaltigen. Doch er öffnet den Clip mit den Handschellen, studiert sie einen Moment lang.

»Nicht bewegen«, flüstert er.

Mein Instinkt sagt mir, ich sollte kämpfen. Wenn er mir die Handschellen anlegt, bin ich hilflos. Aber mit der Mündung meiner .38er im Mund, seinem Finger am Abzug, tue ich, was er sagt.

Mit der freien Hand legt er die Handschelle um mein rechtes Handgelenk. »Ich ziehe jetzt die Waffe aus deinem Mund«, sagt er. »Wenn du dabei einen Ton von dir gibst, bringe ich dich um. Hast du das verstanden?«

Wieder rucke ich mit dem Kopf.

Er zieht die Mündung aus meinem Mund, ich drehe den Kopf zur Seite und spucke aus.

Mühelos erhebt er sich, beugt sich zu mir und zieht mich an der Handschelle auf die Füße.

»Wer sind Sie?«, frage ich.

Er blickt mir in die Augen, legt den Finger auf die Lippen. »Pssst.«

»Ich bin Polizistin«, sage ich. »Sie können nicht – «

Ich mache einen Satz nach vorn, doch er weicht seitlich aus, packt mich und zerrt mich zum Stacheldrahtzaun. Schwungvoll wirbelt er mich herum und wirft mich zu Boden. Ich lande auf den Knien.

»Damit kommen Sie nicht durch«, fauche ich.

»Vielleicht doch.« Er beugt sich vor, lässt die zweite Handschelle um den Draht zuschnappen, schließt mich daran fest. »Das wird sich zeigen.«

»Sie haben Milan Swanz umgebracht«, sage ich.

Schwarze Jacke.

Schwarze Hose.

Er beachtet mich kaum mehr, öffnet die Trommel meiner .38er, leert die Munition in seine Hand und schleudert die Patronen im hohen Bogen in den Wald. Dann lässt er meine Waffe in den Schnee fallen.

»Sagen Sie mir, warum«, sage ich.

Er wirft mir einen letzten Blick zu, das Gesicht unergründlich, dreht sich um und geht zum Wagen.

Blauer Audi.

Viertürig.

Grauer Innenraum.

»*Halt!*« Ich zerre an den Handschellen. »*Halt!*«

Der Draht hält. Obwohl der Zaun alt und rostig ist, wird eine Drahtschere nötig sein, um mich zu befreien.

Verdammt.

Aus den Augenwinkeln sehe ich ihn in den Wagen steigen.

»Wer sind Sie?«, rufe ich. »Warum haben Sie Swanz getötet?«

Ohne mich noch eines Blickes zu würdigen, lässt er den Motor an, setzt zurück und fährt davon.

***

Ganz gleich wie hart man trainiert, wie strikt man sich an die Richtlinien und Verfahren der Dienststelle hält und wie sehr man sein gottgegebenes Urteilsvermögen gebraucht, irgendwann ist man als Polizistin mit einer Situation konfrontiert, in der das alles nichts nützt. Der heutige Abend ist ein gutes Beispiel dafür.

Es ist Mitternacht. Ich bin an einer wenig befahrenen ländlichen Straße mit Handschellen an einen Drahtzaun gefesselt. Ich habe kein Funkgerät, keine Dienstwaffe und kein Handy. Ich friere mir den Hintern ab, und es gibt verdammt nochmal nichts, was ich tun kann. Vor über einer Stunde habe ich meiner Mitarbeiterin meinen Standort durchgegeben. Da ich den Einsatz hier aber nicht als beendet gemeldet habe, kann ich nur hoffen, dass Jodie das aufgefallen ist und sie den Officer der Nachtschicht informiert.

Während ich meine Handschelle am Zaun hin und her reibe, um den Draht zu brechen, läuft vor meinem inneren Auge zum hundertsten Mal der Überfall auf mich ab.

Milan Swanz war ein Abtrünniger.

Er war mit dem Teufel im Bunde.

Mein Angreifer hat nicht mit dem in Holmes County üblichen amischen Akzent gesprochen, aber mit einem sehr ähnlichen. Seine Worte enthalten unbestreitbar ein religiöses Element, das mir bekannt vorkommt. Ein altes amisches Sprichwort geht mir durch den Kopf.

Wer mit dem Teufel im Bunde ist, hört bald seinen Flügelschlag.

»Der Mistkerl ist amisch«, flüstere ich, Atemwölkchen vor dem Mund.

Aber kann das wirklich sein? Amische sind Pazifisten, Gewalt ist verboten. Sie verteidigen weder sich selbst noch ihr Eigentum und betrachten sich als wehrlose Christen. In Kriegszeiten verweigern sie aus Gewissensgründen den Dienst an der Waffe. Wie ist es dann möglich, dass dieser Mann, der mehr oder weniger zugegeben hat, Milan Swanz ermordet zu haben, und der gedroht hat, mich zu töten, ein Amischer ist?

Er ist früher ein Amischer gewesen, korrigiert mich eine kleine Stimme.

Ich kauere im Schnee an der Stelle, wo die Handschelle am Zaun festgemacht ist, und bearbeite immer noch den Draht, als Autoscheinwerfer zwischen den Bäumen auftauchen. Im ersten Moment frage ich mich, ob mein Angreifer zurückkommt, um mich zu töten. Doch als das Fahrzeug in mein Blickfeld kommt, erkenne ich die Umrisse des Streifenwagens.

Ich stelle mich auf, etwas gebeugt, weil die Fessel mir nicht erlaubt, mich ganz aufzurichten, und winke mit der freien Hand. »Skid! Ich bin hier!«

Der Streifenwagen kommt hinter dem Explorer zum Stehen. Der Suchscheinwerfer geht an, der Strahl streift über meinen Wagen, den Straßengraben und schließlich über mich. Sekunden später leuchtet das Blaulicht auf, und Skid steigt aus.

»Chief?« Seine Maglite geht an.

»Ich bin hier am Zaun festgemacht«, rufe ich.

»Was zum Teufel …?« Den Blick auf mich geheftet, läuft er zu seinem Kofferraum, öffnet ihn und holt den Werkzeugkasten heraus. Dann eilt er mit einer Zange zu mir. »Was ist passiert?«, fragt er. »Sind Sie okay?«

»Ich wurde aus dem Hinterhalt überfallen«, sage ich. »Von einem Mann, er ist flüchtig. Skid, das Sheriff's Department soll herkommen.«

Als er dichter vor mich tritt, zuckt er kurz beim Anblick meines Gesichts zusammen, und zum x-ten Mal in der letzten Stunde fühle ich mich wie eine Idiotin. »Chief, Sie bluten ziemlich heftig. Brauchen Sie einen Arzt?«

»Jemand vom Sheriff's Department soll kommen, mehr nicht.«

Ohne etwas zu sagen, geht er neben mir in die Hocke.

»Geben Sie mir Ihren Handschellenschlüssel«, sage ich.

Er greift in die Tasche seines Ausrüstungsgürtels und reicht mir den Schlüssel. Während ich die Handschelle aufschließe, neigt er den Kopf zu seinem Ansteckmikro und ersucht das Sheriff's Department um Unterstützung.

16. KAPITEL

Zwei Stunden später sitze ich im Verhörzimmer des Holmes County Sheriffs, angeblich für eine sogenannte Nachbesprechung. Ich weiß, dass es eher ein Anschiss von allen maßgeblichen Seiten werden wird, habe Chambers Dienstwagen draußen auf dem Parkplatz gesehen, neben dem Cadillac von Bürgermeister Auggie Brock.

Meine erste Aussage habe ich gleich vor Ort gegenüber dem Chief Deputy des Sheriffbüros gemacht. Skid hat mein Funkgerät, meine .38er und mein Handy gefunden, von denen die Fingerabdrücke genommen und die mir dann zurückgegeben wurden. Eine Fahndung nach dem Fahrzeug und der Nummer des Kennzeichens sowie die Beschreibung des Verdächtigen wurden herausgegeben. Die Informationen wurden an alle Polizeidienststellen in der Region übermittelt, einschließlich der Ohio State Highway Patrol.

Es ist jetzt nach ein Uhr morgens. Sheriff Mike Rasmussen sitzt mir gegenüber und sieht aus, als wäre er aus einem Albtraum gerissen worden und hätte keine Gelegenheit gehabt, einen Kaffee zu trinken, bevor er von Zuhause los ist. Er gibt sich allergrößte Mühe, mir nicht in die Augen zu sehen, was mich noch nervöser macht, als ich sowieso schon bin. Neben ihm tippt Chambers in der Geschwindigkeit eines Highschool-Schülers etwas in sein Handy. Sein zufriedener Gesichtsausdruck verrät seine Genugtuung, mich zurück auf dem heißen Stuhl sitzen zu sehen. Auggie Brock hat sich neben dem Sheriff niedergelassen.

Von allen Leuten im Raum fällt es mir am schwersten, Tomasetti anzusehen. Er steht neben der Tür an der Wand, die Arme vor der Brust verschränkt. Ich sehe ihm an, dass er sich Sorgen macht, nicht nur wegen der Situation hier, sondern auch wegen der Verletzungen in meinem Gesicht. Er kann zwar seine widerstreitenden Gefühle meisterhaft verbergen, doch ich kenne ihn gut genug, um hinter die Fassade zu blicken.

Auggie starrt mich an, aber er sucht keinen Blickkontakt, sondern konzentriert sich auf mein lädiertes Gesicht. Ich gebe mir Mühe, ihn nicht wütend anzufunkeln, was mir jedoch kaum gelingt.

»Kate, haben Sie sich selbst aus dem Krankenhaus entlassen?«, fragt er.

»Der Rettungssanitäter hat mich am Tatort untersucht«, sage ich. »Ich bin okay.«

»Trotzdem«, sagt Tomasetti mit Blick auf die Uhr, »bin ich sicher, dass Chief Burkholder dankbar wäre, wenn wir uns beeilen würden.«

»Dann fangen wir gleich an.« Chambers tippt auf eine Taste seines Handys, legt es vor mich auf den Tisch. Dann lässt er den Blick durch den Raum wandern, um allen klarzumachen, wer hier das Sagen hat und dass wir, seine Untergebenen, ihm sowieso nicht das Wasser reichen können. »Fahndung ist draußen, Beschreibung des Verdächtigen und des Fahrzeugs ebenso.«

»Hat die Überprüfung des Kennzeichens etwas ergeben?«, frage ich.

»Ist gefälscht.« Chambers reibt die Hände zusammen, als hätte er sich gerade zu seinem Lieblingsessen niedergelassen, und sieht mich an. »Erzählen Sie uns noch mal, was passiert ist.«

Fünfzehn Minuten lang wiederhole ich den ganzen Vorfall von Anfang bis Ende, jedes einzelne Detail, das ich mir gemerkt habe.

»Sie haben ihn also nicht erkannt?«, fragt Chambers.

»Nein, denn wie ich schon sagte, war die untere Hälfte seines Gesichts durch einen Schal verdeckt.«

»Aber er hat Sie gekannt?«

»Er hat mich beim Namen genannt.«

»Was genau wollte er von Ihnen?«, fragt Chambers weiter, aber nicht, weil er sich nicht an meinen früheren Bericht erinnert, sondern weil er will, dass die anderen – besonders Auggie – es noch einmal hören.

»Er sagte etwas in der Art, dass mein Schweigen das Opfer sei, das ich bringen müsse.«

»Verstehen Sie, was er damit meint?«, fragt Rasmussen.

»Kein bisschen.«

»Sie haben zuvor erwähnt«, sagt Rasmussen, »dass er entweder amisch ist oder es einmal war.«

Ich nicke. »Er hat einen amischen Akzent, aber nicht den von hier.«

»Haben Sie eine Idee, aus welcher Gegend er sonst sein könnte?«, fragt der Sheriff.

»Wegen des Kennzeichens aus Pennsylvania, vielleicht Lancaster County«, erwidere ich. »Schwer zu sagen.«

Chambers gelingt es nur mäßig, sein Grinsen zu verbergen. »Und Sie sind sicher, dass es nicht Ihr Bruder war?«

Das ist nicht nur ein schlechter Witz, sondern auch der Versuch, mich zu provozieren. Ich bewahre die Ruhe, weiß aber, worauf er hinauswill. Ich weiß, warum wir hier sind und warum der Bürgermeister hier ist. Ich weiß, warum ich Informationen wiederholen soll, die alle schon beim ersten Mal verstanden haben.

»Wie ich bereits sagte, ich habe ihn nicht erkannt«, sage ich.

Mit blasiertem Gesichtsausdruck wirft Chambers dem Sheriff einen Blick zu.

Der Sheriff schaut grimmig drein. »Nur damit Sie es wissen, Kate, morgen reden wir mit Ihrem Bruder.«

»Das ist Ihr gutes Recht.« Wenn sie darauf bestehen, etwas zu tun, was ich bereits getan habe, ist das natürlich eine deutliche Ansage. Sie misstrauen mir, meine Arbeit korrekt gemacht zu haben.

Als hätte er meine Gedanken gelesen, fügt er hinzu: »Wir haben keine andere Wahl, Kate. Ihr Bruder ist jetzt eine Person von besonderem polizeilichem Interesse. In Anbetracht des angeblichen Streits hat er ein Motiv, Swanz zu töten.«

Der Drang, dagegen zu argumentieren, ist groß, aber ich halte den Mund.

»Es ist spät«, sagt Tomasetti von seinem Platz an der Wand aus. »Wir sind müde. Ich glaube, wir sind hier fertig.«

»Noch eine Sache.« Chambers räuspert sich, blickt demonstrativ den Bürgermeister an.

»Bürgermeister Brock?«

In dem Moment wird mir klar, dass im Vorfeld alle – außer Tomasetti – bereits darüber gesprochen haben, wie die Sache hier ausgehen soll, und ich spüre einen Anflug von Angst.

Als Auggie ihn bloß weiter anstarrt, setzt Chambers sich auf seinem Stuhl aufrecht hin. »Bürgermeister Brock«, sagt er. »Ich habe Ihnen einen Vorschlag unterbreitet. Mehr kann ich an diesem Punkt nicht tun. Der Rest ist Ihre Sache. In aller Fairness möchte ich aber betonen, dass die Maßnahme, die wir besprochen haben, der vorliegenden Situation angemessen ist.«

Sichtlich unwohl, rückt Auggie mit seinem Stuhl ein Stück vor, faltet die Hände auf dem Tisch und sieht mir schließlich in die Augen. »Ich möchte vorausschicken, dass nichts von alledem etwas über Ihre Kompetenz, Ihre Führungsqualität und Ihren Charakter aussagt, Chief Burkholder.«

»Und was heißt das, Auggie?« Meine Stimme ist überraschend fest und klar. Ich weiß nicht, wie ich das geschafft habe, denn innerlich zittere ich.

Der Bürgermeister sieht zu den anderen, als erhoffe er sich von ihnen ein zustimmendes Nicken. Der Einzige, der ihm den Gefallen tut, ist Chambers. »Wir glauben, dass es das Beste für die Ermittlungen und die Gemeinde ist, wenn Sie eine Auszeit von dem Fall nehmen, Kate.«

»Eine Auszeit nehmen?«, wiederhole ich verständnislos. »Was zum Teufel soll das heißen?«

Der Bürgermeister hebt die Hand, um den Eindruck zu erwecken, als führe er das Kommando. Doch er wirkt einfach nur lächerlich und schwach, und alle im Raum wissen, dass er nicht den Mumm hat zu sagen, was von ihm verlangt wird.

»Hier geht es nicht um Sie persönlich oder Ihre Professionalität«, fährt Auggie fort, »es geht um die öffentliche Wahrnehmung. Die Bürger von Painters Mill sind verunsichert durch diesen Mord, und das ist verständlich. Wegen der möglichen Verwicklung Ihres Bruders und Ihrer Verbindung zu den Amischen –«

»Es wurde nicht festgestellt, dass mein Bruder etwas damit zu tun hat, und –«, sage ich.

Er schneidet mir das Wort ab. »Wie ich bereits sagte, es geht um die öffentliche Wahrnehmung. Nicht um Sie und Ihre Fähigkeiten.«

»Kates Leistungen und Ruf sprechen für sich selbst«, schaltet Tomasetti sich ein. »Sie ist eine gute Polizistin und eine verdammt gute Ermittlerin. Und sie ist der einzige Mensch, mit dem die Amischen reden werden. Sie vertrauen ihr, und das ist die wertvollste Ressource, die wir haben.«

Chambers sieht ihn an. »Sie sind auch nicht gerade unparteiisch.«

Tomasettis Gesichtsausdruck verdüstert sich. Ich sehe, wie

seine Finger zucken, ganz leicht nur, als kämpfe er dagegen an, seine Hände zu Fäusten zu ballen. »Wenn es hier um den Fall geht – und das ist ein verdammt großes Wenn –, dann ist Chief Burkholder am besten geeignet für den Job, und alle hier im Raum wissen das.«

Auggie Brock schluckt schwer. »Eine Auszeit zu fordern fällt uns nicht leicht, Agent Tomasetti.«

Die Arme vor der Brust verschränkt, starrt Tomasetti ihn an, sagt nichts.

Auggie räuspert sich, sieht mich an. »Es ist nur vorübergehend, Kate. Sobald sich die Dinge beruhigt haben, werden wir Ihre Hilfe brauchen, da bin ich sicher. Aber bis wir uns ein besseres Bild von der Sache gemacht haben, möchte ich, dass Sie sich zurückziehen.«

Ich muss mich sehr bemühen, die Beherrschung nicht zu verlieren. »Und in welchem Umfang soll das Ihrer Vorstellung nach geschehen, Auggie?«, frage ich, die Stimme angespannt.

»Vollständig«, mischt Chambers sich ein.

»Eingeschränkter Dienst«, erklärt Auggie. »Natürlich bei vollem Gehalt«, fügt er eilig hinzu. »Wir wollen nur, dass Sie die Sache ein paar Tage lang aussitzen. Dass Sie den administrativen Teil erledigen, bis wir herausgefunden haben, ob oder wie Ihr Bruder in den Fall involviert ist. Das verstehen Sie doch, oder?«

Eine Weile rühre ich mich nicht, dann nicke ich. »Aber sicher, ich verstehe vollkommen«, sage ich.

Ich nehme mir Zeit, jedem Mann im Raum in die Augen zu sehen, dann stehe ich auf und gehe hinaus, ohne die Tür hinter mir zu schließen.

***

Es ist drei Uhr morgens, ich sitze in meinem gemütlichen Farmhaus am Küchentisch und versuche, nicht in Selbstmitleid zu versinken, was völlig misslingt. Diese Farm – dieses Haus – ist schon immer der Ort, an dem ich dem Druck meiner Arbeit entfliehen kann. Er ist meine Zuflucht, meine Rettung, und ich gebe mir große Mühe, die Dämonen meines Jobs nicht zur Tür hereinzulassen.

Ich habe das Revier verlassen, ohne auf Tomasetti zu warten. Als ich wegfahren bin, habe ich im Rückspiegel gesehen, wie er aus dem Gebäude gekommen ist und mir hinterhergeblickt hat. Obwohl ich mir seiner Unterstützung sicher sein kann, war ich zu aufgebracht, um mit ihm zu reden. Denn ich will keinesfalls ausfällig werden oder, schlimmer noch, losheulen.

Ich habe gerade zwei Fingerbreit Bourbon in ein Glas eingeschenkt, als die Hintertür aufgeht. Tomasetti kommt herein, einen kalten Luftzug im Gefolge, und sieht mich ausdruckslos an.

Er hängt seine Jacke an die Garderobe, wobei sein Blick zu meinem Glas huscht, und er runzelt die Stirn.

»Nur ein Glas?«

»Ich dachte, zwei sind vielleicht übertrieben«, sage ich.

Den Hauch eines Lächelns im Gesicht, geht er zum Schrank, nimmt sich ein Glas heraus und schenkt sich ebenfalls etwas ein. Hier auf der Farm ist es immer sehr ruhig, doch heute Nacht ist die Stille so allumfassend, dass ich die Schneeflocken ans Fenster über der Spüle prasseln höre.

Mit dem Glas in der Hand kommt Tomasetti an den Tisch und setzt sich mir gegenüber. »Soll ich dir das Messer aus dem Rücken ziehen?«

»Du bist der einzige Mensch auf der Welt, der mich zum Lachen bringen kann, wenn ich total in Selbstmitleid versunken bin.«

»Falls du es nicht bemerkt haben solltest, Neil Chambers ist ein Arschloch.«

»Hab ich auch schon bemerkt.« Ich schüttele den Kopf. »Das Problem ist nur, dass sein Einwand berechtigt ist.«

»Ja, das ist richtig.«

Ich nehme mein Glas und nippe daran. »Von Auggie und Rasmussen habe ich allerdings mehr erwartet.«

»Sei ihnen gegenüber nicht zu hart«, sagt er. »Chambers wollte, dass du beurlaubt wirst.«

»Das war doch klar«, murmele ich, mag den bitteren Geschmack nicht, den die Worte auf meiner Zunge hinterlassen.

»Auggie und Rasmussen waren dagegen und sind nicht eingeknickt.«

»Jedenfalls nicht völlig.«

Er zuckt mit den Schultern. »Was heißt, dass du nicht offiziell von den Ermittlungen ausgeschlossen bist.«

»Bloß zum Schreibtischdienst verdonnert.«

Wir schweigen, lauschen dem Wind, der an der Tür rüttelt, dem brummenden Kühlschrank und der warmen Luft, die durch die Lüftungsschlitze der Heizung bläst.

Nachdenklich schwenkt er den Bourbon in seinem Glas. »Hat Milan Swanz deinen Neffen sexuell belästigt?«

Und schon hat das Gespräch eine andere Richtung genommen.

Ich sehe ihn an, überlege, den Bourbon in einem Schluck runterzukippen und mir einen weiteren zu genehmigen. Doch ich tue es nicht. »Jacob hat Swanz nicht umgebracht.«

»Sie holen ihn bei Anbruch des Tages ab und bringen ihn aufs Revier. Sie werden ihn ins Kreuzverhör nehmen.«

»Er wird nicht mit ihnen sprechen. Nicht über seinen Sohn«, sage ich. »Nicht über das, was passiert ist.«

»Das wird ein Problem sein. Für Jacob.«

»Das weiß ich, verdammt nochmal.« Ich schlage mit der Hand auf den Tisch, hasse es, dass mein Bruder in diese Situation geraten ist.

»Wenn Jacob nicht kooperiert, gehen sie davon aus, dass er lügt.«

»Ist mir klar.« Ich erzähle ihm, was zwischen Swanz und meinem Neffen passiert ist. »Jacob hat sie gestört, bevor etwas passiert ist.«

»Glaubst du ihm?«

»Ja.«

»In Ordnung.« Er wird nachdenklich. »Der Vorteil ist, dass es Rasmussen und Chambers guttun wird, eine Vorstellung von der amischen Mauer des Schweigens zu bekommen.«

Ich sehe das nicht ganz so optimistisch und sage nichts.

Tomasetti zuckt mit den Schultern. »Wer weiß, was du in der Zwischenzeit herausfindest.«

Ich horche auf, sehe ihn an. »Wie meinst du das?«

»Ich meine, es ist jetzt vier Uhr morgens, und Amische sind Frühaufsteher, was sich für uns, die wir an Schlaflosigkeit leiden, als Glücksfall erweist.«

Meine Erschöpfung verliert ein wenig an Gewicht. Ich blicke auf mein Glas Bourbon, seufze und schiebe es beiseite. »Ich glaube nicht, dass wir mit Jacob reden sollten.«

»Sehe ich genauso«, sagt er. »Überlassen wir es Chambers und Rasmussen, sich ein paar Stunden lang die Köpfe an dieser Wand einzuschlagen.« Er hält inne. »Wen gibt es sonst noch?«

So etwas wie eine vage Hoffnung erfüllt mein Herz. »Vielleicht hat der Bischof uns etwas zu sagen.«

Er hebt die Augenbrauen.

Ich erzähle ihm von meinem Gespräch mit Bertha Swanz. »Milan Swanz und Clarence Raber sind zu Troyers Farm gefahren, sind ins Haus eingedrungen und haben den Bischof und seine Frau tätlich angegriffen. Bei dem Gespräch, das ich nach dem Mord an Swanz mit dem Bischof geführt habe, hat er das verschwiegen.«

Tomasetti kneift die Augen zusammen. »Der Bischof ist bei den Amischen hoch angesehen.«

»Obwohl er ein Griesgram ist«, sage ich, »wird Bischof Troyer sehr geachtet.«

»Klingt, als hätte Swanz damit eine Menge Leute verärgert.«

»Und viele Grenzen überschritten.« Ich denke kurz darüber nach. »Wenn jemand herausgefunden hat, dass Swanz den Bischof angegriffen hat … Wenn jemand dahintergekommen ist, dass Swanz sich gegenüber einem kleinen Jungen unzüchtig verhalten hat … «

»Der Bischof wusste das mit dem Jungen?«, fragt Tomasetti.

Ich nicke. »Schon möglich, dass jemand nicht anders konnte, als ein wenig Gerechtigkeit walten zu lassen.«

»Klingt, als wären der Bischof und seine Frau ein guter Ansatzpunkt und einen Besuch wert.«

»Ich glaube nicht, dass er mit uns sprechen wird.«

»Du unterschätzt deine Überzeugungskraft.«

Ich lächele halbherzig.

»Kopf hoch, Chief. Wir haben ein paar Dinge auf unserer Seite.«

»Ich kann mir wirklich nicht vorstellen, welche das sein sollten.«

Er zuckt mit den Schultern. »Du kannst dich zum Beispiel darauf verlassen, dass die Amischen dich nicht an die englische Polizei verpfeifen.«

Jetzt muss ich wirklich lachen. »Und was noch?«

Er blickt zur Uhr. »Wann steht ein amischer Bischof auf?«

»Ungefähr um vier.«

Grinsend greift er zum Autoschlüssel. »Hat dir schon mal jemand gesagt, dass du ein hervorragendes Timing hast?«

»Du bist der Allererste.«

***

Eine halbe Stunde später stehen Tomasetti und ich auf der vorderen Veranda des Farmhauses, in dem Bischof Troyer und Freda, seine Frau, wohnen. Diesmal lässt sie mich nicht warten. Die Scharniere quietschen, und die Tür geht ein paar Zentimeter auf.

Die amische Frau späht mich durch den Spalt an, wobei ihre Brille mit den dicken Gläsern ihre Augen riesig erscheinen lassen. »*Ach du lieva*«, sagt sie mit rauer Stimme. Ach du meine Güte. »Du schon wieder.«

Ihr Blick wandert zu Tomasetti. »*Was der Schinner is letz?*« Was ist denn passiert?

Sie ist zwar ausgesprochen zierlich, aber ihre starke Persönlichkeit macht den Mangel an körperlicher Größe mehr als wett. Niemand, weder Amische noch Englische – vielleicht nicht einmal der Bischof selbst –, macht gegenüber Freda Troyer eine unpassende Bemerkung, ohne eine verbale Tracht Prügel zu kassieren, oder einen Schlag mit der Pferdepeitsche, die angeblich griffbereit in der Küche auf der Anrichte liegt.

»Es tut mir leid, dass wir Sie so früh am Morgen belästigen müssen, Mrs. Troyer«, sage ich auf *Deitsch*. »Ich muss mit dem Bischof sprechen.«

Sie öffnet die Tür nicht weiter, weicht keinen Zentimeter zurück, weder wörtlich noch hinsichtlich ihrer Haltung. Ihr Blick wandert zu Tomasetti und zurück zu mir. »Wenn du glaubst, er hätte noch etwas über einen toten Mann zu sagen, hast du dich getäuscht.«

»Das werden wir sehen«, sage ich.

Verdruss huscht über ihr Gesicht, ein kurzes Zögern, dann geht knarrend die Tür auf. Wortlos dreht sie sich um und geht in die Küche.

Nach einem raschen Blickwechsel folgen Tomasetti und ich ihr dorthin, wo der Duft von Pancakes und Frühstücksfleisch in der Luft hängt.

»*Sitz dich anne.*« Setz dich. »*Witt du kaffi?*« Willst du Kaffee?

»*Danki.*« Ich setze mich auf einen der sechs Stühle an den rechteckigen Tisch mit der karierten Tischdecke. Tomasetti lässt sich mir gegenüber nieder. Zwischen uns flackert eine Laterne, daneben stehen Salz- und Pfefferstreuer in Form von Katzen.

Freda schenkt gerade Kaffee aus einem altmodischen Perkolator ein, als die Hintertür aufgeht. Bischof Troyer kommt herein, begleitet von einem Windstoß und Schneegestöber, und sieht mich düster an.

»Dann war das also dein Auto, das ich auf der Straße gesehen habe.« Seine Stimme klingt wie das Knurren eines Hundes unter einer Wolldecke.

»*Guder mariye*«, sage ich. Guten Morgen.

Er sieht seine Frau an, sagt: »Es ist nie ein gutes Zeichen, wenn Probleme zur Tür hereinschneien, bevor die Kühe gefüttert sind.«

»Es war nicht meine Entscheidung.« Verärgert bringt sie die Tassen zum Tisch und stellt sie ab. »Jetzt komm her und rede mit dem *druvvel-machah,* bevor sie es sich hier gemütlich macht.« Mit der Unruhestifterin.

17. KAPITEL

»Was ist so wichtig, dass ihr um vier Uhr morgens in unser Haus kommt?«

Bischof Troyer setzt sich ans Kopfende des Tisches. Tomasetti und ich nehmen rechts und links von ihm Platz, Freda macht sich an der Anrichte zu schaffen und hört zu.

»Als ich das letzte Mal hier war, habe ich Sie ausdrücklich gefragt, ob Sie Probleme mit Milan Swanz hatten«, sage ich. »Sie haben mich belogen.«

Er nimmt die Beschuldigung gelassen hin. »Milan Swanz ist tot. Er hat ein böses Ende genommen. Ich werde nicht schlecht über ihn sprechen, und du solltest das auch nicht tun.«

Ungeduld steigt in mir hoch, doch ich halte sie nieder, konzentriere mich auf das, was ich wissen will. »Erzählen Sie mir von der Nacht, in der Milan Swanz und Clarence Raber zu Ihnen ins Haus gekommen sind und Sie und Ihre Frau misshandelt haben.«

Hinter mir höre ich, wie Freda tief Luft holt.

Der Bischof starrt mich seelenruhig aus wässrigen Augen an, hart und kalt wie draußen die Nacht. »Ich habe nichts zu sagen über Milan Swanz.«

»Ich weiß, was er Ihnen angetan hat«, sage ich. »Und auch, was er Ihrer Frau angetan hat.«

Der alte Mann tut es mit einer Handbewegung ab. »Schon als Mädchen hast du immer gemeint, schlauer zu sei, als du wirklich bist.«

»Bischof, hier geht es nicht um mich. Es geht im Prinzip

nicht einmal um Milan Swanz und seine Fehler. Es geht darum, den Menschen zu finden, der für seinen Tod verantwortlich ist.«

»Das ist der Weg, den du gehen musst, Kate Burkholder, nicht ich.«

Ich schlage so fest auf den Tisch, dass die Salz- und Pfefferstreuer scheppern.

Aus dem Augenwinkel sehe ich, wie Freda einen Satz macht. Tomasetti zieht die Augenbrauen hoch.

»Hören Sie auf, mir so einen Mist zu erzählen«, fahre ich ihn an. »Hören Sie auf mit Ihren Spielchen. Ein Mann ist tot. Er wurde auf die schlimmste Weise getötet, die man sich vorstellen kann. Sein Mörder läuft noch immer frei herum. Wenn er noch einmal tötet, wenn er ein weiteres Leben nimmt, sind Sie schuld, Bischof.«

Der alte Mann reagiert nicht. Nichts scheint ihn zu erschüttern, nichts berührt ihn. »Es liegt in Gottes Hand. Nicht in deiner, nicht in meiner.«

Freda tritt an den Tisch. Tomasetti und mich ignorierend, stellt sie eine dampfende Tasse vor ihren Mann, sagt zu ihm: »Milan Swanz war kein Freund der *Amischen*.«

Der Gesichtsausdruck des Bischofs ist schwer zu deuten, aber er widerspricht ihrer Behauptung nicht. Etwas in ihm kommt in Bewegung.

Mit einem leisen Grummeln geht Freda zurück zur Anrichte.

Das nachfolgende Schweigen hält so lange an, dass ich schon nicht mehr an eine Erwiderung des Bischofs glaube. Als er schließlich doch spricht, ist seine Stimme so leise, dass ich näher zu ihm heranrücken muss, um ihn zu verstehen.

»Milan ist mitten in der Nacht aufgetaucht«, beginnt der Bischof. »Als ich die Treppe runterkam, stand er schon in der Küche. Er war seit einigen Wochen exkommuniziert und wollte, dass es rückgängig gemacht wird. Er war betrunken, hat geweint und geschrien. Ich habe ihm gesagt, dass die Kirchengemeinde es beschlossen hat und die Entscheidung einstimmig und endgültig war.«

»Und was hat er dann gemacht?«, frage ich schnell.

Der Bischof sieht auf seine Hände vor sich auf dem Tisch. »Er hat meinen Gehstock genommen und mich zu Boden gestoßen. Er hat ein Messer aus seiner Tasche gezogen und damit meinen Bart abgesäbelt, und ein Stück von meinen Haaren. Ein großes Stück.«

»Ich dachte, Milan würde ihm den Hals durchschneiden«, sagt Freda von ihrem Platz an der Anrichte aus.

Der Bischof winkt mit der Hand in ihre Richtung ab.

»War Clarence Raber bei ihm?«, frage ich.

»Ja.«

»Hat Clarence sich an dem Angriff beteiligt?«, frage ich.

»Nein.«

»Hat aber auch nichts getan, um ihn aufzuhalten«, wirft Freda ein.

Ich sehe sie an. »Hat Milan Sie auch angegriffen?«

»Er hat mich zu Boden gestoßen«, sagt sie ärgerlich, »mir die *Kapp* vom Kopf gerissen und auch Haare abgeschnitten.«

Ich nicke, versuche, mir die Szene vorzustellen. Ein betagtes amisches Ehepaar wird mitten in der Nacht überfallen. Ich überlege, was das für Swanz' Schicksal bedeutet haben könnte – wenn es jemand herausgefunden hätte …

»Mr. und Mrs. Troyer, weiß jemand, was in jener Nacht passiert ist?«, frage ich. »Haben Sie mit jemandem darüber gesprochen?«

Doch die Frage ist irrelevant. Berta Swanz wusste davon. Die Frauen, die es ihr gesagt haben, wussten es. Trotzdem lasse ich die Frage im Raum stehen, um zu sehen, wohin sie führt.

Das Paar sieht sich an. »Die *Diener*«, sagt der Bischof. »Ich habe es ihnen erzählt. Ich fand, sie sollten es wissen.«

Die *Diener* sind die gewählten Amtsträger einer Kirchengemeinde. In Painters Mill sind das der Bischof, der Diakon und der Prediger. Monroe Hershberger ist der Diakon, und sein Maisfeld wurde zerstört. Ich nehme mir vor, noch einmal mit ihm zu reden.

»Fällt Ihnen sonst noch jemand ein, dem Milan Unrecht getan hat?«, schaltet Tomasetti sich ein. »Jemand, den er verletzt oder vielleicht auch nur verärgert hat?«

»Amische sind nicht gewalttätig«, erwidert der Bischof entschieden, dann sieht er mich an. »Du weißt das.«

»Warum haben Sie, die Diener und die Gemeinde am Ende entschieden, Milan zu exkommunizieren?«, frage ich.

Kurzes Zögern, dann schüttelt der Bischof den Kopf. »Es gab viele Gründe. Zu viele. Milan war ein Dummkopf und sein eigener schlimmster Feind.«

Es entgeht mir nicht, dass er meine Frage unbeantwortet lässt.

Als könne sie nicht länger aushalten zu schweigen, wirft sich Freda das Geschirrtuch über die Schulter und kommt zurück zum Tisch, die Hände in die Hüfte gestemmt. »Eine Zeitlang war ich mit seiner *Mamm* befreundet. Wir dachten, Milans schlechtes Benehmen würde sich bessern, wenn er getauft ist, heiratet und Kinder hat, also Verantwortung trägt.« Sie schüttelt den Kopf. »Aber es wurde nicht besser, und wir haben immer wieder Dinge gehört.«

Der Bischof sieht zu ihr hoch, der Blick düster. »Die Ehe eines Mannes geht niemanden etwas an.«

»Aber wenn ein Kind verletzt wird, schon«, erwidert Freda gereizt.

»Was für Dinge haben Sie gehört«, frage ich.

Sie presst die Lippen zusammen. »Einmal ist der kleine Aaron mit einem Gips am Arm in den Gottesdienst gekommen. Dann ist mir aufgefallen, dass Bertha mir aus dem Weg geht, und ich hab ein- oder zweimal ein blaues Auge an ihr bemerkt. Sie sagte, sie wäre die Treppe runtergefallen.« Freda schüttelt angewidert den Kopf. »Als wär ich von gestern. Sie wollte nicht drüber reden, aber ich wusste es. Wir alle wussten es.«

»Das geht sie alles nichts an«, sagt der Bischof grollend auf *Deitsch*.

»*Sei ruich*«, erwidert die amische Frau sanft, legt die Hand auf seine Schulter und tätschelt sie. »Ein paar Tage danach kam Bertha zu mir. Sie war mit ihren Nerven am Ende und musste reden. Mit einer der Kirchenältesten. Und ich hab meinen Ohren nicht getraut.«

»Freda«, sagt der Bischof warnend.

Seine Frau ignoriert ihn. »Er hat sie geschlagen. Und auch die Kleinen – und nicht nur einen Klaps, wenn sie es mal verdient hatten.«

Der Bischof nimmt seinen Löffel und klopft damit heftig auf den Tisch. »Genug.«

Ich sehe vom Bischof zu Freda. »Wusste sonst noch jemand, dass Bertha und die Kinder geschlagen wurden?«, frage ich. »Der Vater, ein Bruder oder Onkel? Jemand, der sie vielleicht beschützen wollte? Oder der Milan darauf angesprochen hat?«

»Wir haben alles Nötige gesagt«, sagt der Bischof grollend. »Den Rest musst du Bertha selber fragen.«

»Mr. und Mrs. Troyer.« Tomasettis Stimme klingt laut und tief in der Stille des alten Farmhauses. »Hat einer von Ihnen eine Ahnung, wer Milan Swanz getötet haben könnte?«

Der Bischof starrt ihn lange an. Seine klugen, intelligenten Augen lassen seinen schwächelnden Körper vergessen, und nicht zum ersten Mal bin ich daran erinnert, dass David Troyer weit davon entfernt ist, gebrechlich zu sein.

»Nein«, sagt er schlicht.

Ich blicke Freda an, aber sie geht, ohne mich anzusehen, zurück zur Anrichte.

Ich stehe auf. »Danke für den Kaffee.« Ohne auf eine Antwort zu warten, gehe ich zur Tür.

Im Wohnzimmer höre ich Tomasettis Schritte hinter mir, das Zischen des Kanonenofens in der Ecke, das Klirren der Eiskristalle ans Nordfenster.

Frustriert, weil wir keine neuen Informationen bekommen haben, reiße ich die Tür auf, gehe auf die Veranda und atme die kalte Luft tief ein.

»Das war Zeitverschwendung«, murmele ich.

»Der alte Mann ist ein harter Brocken.« Tomasetti schließt die Tür hinter uns, blickt hinaus in die Dunkelheit. »Warum habe ich den Eindruck, dass sie mehr wissen, als sie uns verraten haben?«

»Willkommen bei den Amischen.«

Wir gehen gerade die Treppe hinunter, als ich die Haustür knarren höre. Ich drehe mich um und sehe, wie Freda sie hinter sich schließt und uns die Treppe hinunter folgt.

»Ich wusste, dass er nicht mit euch redet«, sagt sie.

»Wirklich nett, dass Sie herauskommen, um uns das zu sagen.« Ich will weiter die Treppe hinuntergehen, aber sie hält mich auf.

»Katie. Warte.« Ihr Gesicht ist ein Mosaik aus widerstreitenden Gefühlen und einer Loyalität, der sie sich verpflichtet fühlt.

Weil ich das verstehe, weil ich all das selbst gefühlt habe, als ich noch amisch war, warte ich.

»Es gibt Gerede über eine Gruppe Männer«, sagt die Frau leise, »hauptsächlich ehemalige Amische, aber vielleicht auch Mennoniten und Hutterer. Also Täufer.«

»Was sagt man?«

»Diese Männer … Katie, ich weiß nicht, ob du das verstehen kannst. Die Dinge, die sie tun … Es verstößt gegen alles, was wir kennen, gegen alles, woran wir glauben. Es ist gegen Gottes Willen.« Sie kämpft kurz mit sich, dann gibt sie sich einen Ruck. »Diese Männer … Ihre Seelen sind dunkel. Sie wissen, dass sie nicht in den Himmel kommen, wenn sie sterben. Sie leben mit diesem Wissen und akzeptieren es. Irgendwie begreifen sie das Gottlose darin als die Freiheit, die sie brauchen, um Dinge zu tun, die ein frommer Mann nicht tun kann.«

Ich starre sie verblüfft an, gleichzeitig habe ich eine vage Erinnerung an eine Geschichte oder ein Gerücht, das ich in meiner Jugend gehört, jedoch über die Jahre vergessen habe.

»Was hat diese Gruppe mit dem zu tun, was Milan Swanz passiert ist?«, frage ich.

»Diese Männer haben ihre Seele *da deivel* gegeben«, sagt sie. Dem Teufel. »Sie tun schlimme Dinge, sehr schlimme Dinge, aber für einen größeren Gott. Wenn das überhaupt möglich ist. Dinge, die ein guter Amischer nicht tun kann und will.«

»Wollen Sie mir damit sagen, dass diese Gruppe Männer etwas mit dem Mord zu tun hat?«

»Das weiß ich nicht.« Sie zuckt mit den Schultern. »Ich dachte immer, es wäre ein Gerücht. Ein *Shtoahri.*« Eine Geschichte. Sie senkt die Stimme. »Aber jetzt, nach alledem, bin ich mir nicht mehr sicher. Vielleicht ist ja etwas Wahres daran.«

Ich kann kaum glauben, was ich gerade gehört habe. Und dann noch von der Frau des Bischofs. Die Vorstellung, dass so eine Gruppe existiert, ist so verrückt, dass sie mir nicht in den Kopf will. »Freda, woher wissen Sie überhaupt von diesen Männern?«

»Das weiß ich nicht. Aber ich kann dir sagen, was ich weiß.« Sie hält inne, als durchforste sie ihre Erinnerung. »Ich habe Verwandte in Shipshewana und als Kind dort viele glückliche

Zeiten mit meinen Cousins und Cousinen verbracht. Einmal, als meine Nichte geboren wurde, war ich einen ganzen Sommer lang bei ihnen. Jedenfalls ist in dem letzten Sommer, den ich dort war, ein amischer Mann umgebracht worden. Ein *druvvelmachah* namens Marvin Lengacher. Ein Unruhestifter. Es war schlimm. Er hat sich in der Scheune erhängt, jedenfalls haben das alle geglaubt.«

»Wie meinen Sie das?«, frage ich.

»Es kam heraus, dass man ihm das angetan hatte. Jemand hatte ihn gefesselt und dann aufgehängt. Ich war dreizehn Jahre alt in dem Sommer, und es hat mir und meinen kleinen Cousinen eine Riesenangst gemacht.«

»Und wer hat das getan?«, frage ich.

»Alle haben über die Schwertler geredet. Sogar die Kirchenältesten haben hinter vorgehaltener Hand erzählt, dass sie ihn geholt und so zugerichtet haben. Aber der Polizei haben sie nichts davon gesagt.«

Ich notiere den Namen in meinem Notizblock. »Wer sind die Schwertler?«

»Das weiß ich nicht.«

»Freda, in welchem Jahr war das?«

»Nun, ich werde im Herbst sechsundachtzig. Meine Güte, das ist dann schon über siebzig Jahre her, aber ich erinnere mich daran, als wäre es gestern gewesen.«

»Kennen Sie den Namen von irgendeinem der Männer?«

»Niemand kennt ihre Namen.«

»Wie viele Leute sind in der Gruppe?«

»Das weiß auch keiner, Katie,« sagt sie ungeduldig, als müsste ich das eigentlich wissen.

Ich sehe auf meine Notizen. »Freda, wenn das vor über siebzig Jahren passiert ist, sind die Mitglieder der Gruppe jetzt sehr alt und die meisten wohl schon tot.«

»Es sei denn, es gibt für jede Generation frisches Blut. Es gibt eine Menge gefallene Männer da draußen, die bereit sind zu tun, was sie tun müssen.«

»Wollen Sie damit sagen, dass so eine Gruppe Männer auch hier in Painters Mill existiert?«

»Es gibt sie überall«, flüstert sie.

»Wie finde ich sie?«

Freda wirft einen Blick zurück über die Schulter zur Tür, scheint beruhigt, da sie geschlossen ist. Im Stillen frage ich mich, ob sie sich überhaupt vorstellen kann, wie verrückt ihre Geschichte klingt. Wie unwahrscheinlich es ist, dass irgendetwas von dem, was sie uns erzählt, real sein kann.

»Ich weiß es nicht«, sagt sie.

»Gibt es jemanden, mit dem ich reden kann, der sie kennt?«

»Ich habe gehört, dass es einen Hutterer gibt.« Sie flüstert jetzt eilig, als sollten die Worte nicht laut ausgesprochen oder von anderen gehört werden. »Er wohnt auf einem Stück Land drüben in Dundee.«

Erneut eine vage Erinnerung an etwas, was ich gehört hatte …

»Wie heißt er?«, schaltet Tomasetti sich das erste Mal ein.

»Nachname ist Hofer. Mehr weiß ich nicht.« Sie schüttelt den Kopf. »Ich sollte nicht einmal mit euch darüber reden. Die meisten Amischen glauben nicht, dass diese Gruppe existiert. Nennen es eine Legende. Aber ich bin alt genug, um mich daran zu erinnern.«

Die Tür knarrt, und ich sehe hin. Bischof Troyer steht im Türrahmen und blickt zu uns herüber. »Die Zeit *fer kumma inseid is nau.*« Es ist Zeit, ins Haus zu kommen.

»Findet ihn«, flüstert die alte Frau, dreht sich um und geht.

Ich rufe ihren Namen.

Sie bleibt nicht stehen und blickt auch nicht zurück.

18. KAPITEL

»Hast du irgendeine Vorstellung, wovon sie gesprochen hat?« Das ist die Hunderttausend-Dollar-Frage, und Tomasetti ist derjenige, der sie stellt.

Wir sitzen vor dem Revier im Explorer. Seit wir von der Farm der Troyers weggefahren sind, haben wir nicht viel geredet. Weder Tomasetti noch ich wissen, was von Freda Troyers Behauptung, dass es eine Gruppe männliche Täufer gibt, die Frevler um die Ecke bringen, zu halten ist.

»Sie ist alt«, sagt er langsam, »es ist möglich …«

»Ich weiß, das klingt jetzt seltsam, aber ich meine, schon davon gehört zu haben.«

Er sieht mich ungläubig an. »Willst du damit sagen, du glaubst, dass diese Gruppe wirklich existiert?«

»Ich sage nur, dass ich mich erinnere, so eine Geschichte in meiner Kindheit gehört zu haben. So wie das mit Geistergeschichten ist, die immer wieder erzählt werden, auch wenn niemand sie wirklich glaubt.«

Er sieht mich zweifelnd an.

»Ich kann dir nicht verdenken, dass du skeptisch bist. Mir geht es nicht anders.«

Ich denke noch einmal über die Szene vor der Farm der Troyers nach. »Ich halte es für bedeutsam, dass der Bischof im Haus geblieben ist, als Freda mit uns gesprochen hat. Wenn er dagegen gewesen wäre, hätte er sie daran gehindert, da bin ich mir sicher.«

»Dann hat sie es mit seinem Segen getan?«

»Wenn ich es nicht besser wüsste, würde ich glauben, er wollte, dass wir die Information bekommen.«

»Wenn wir es überhaupt als Information betrachten können.«

Ich bedenke ihn mit einem düsteren Blick. »Ich werde mal ein bisschen herumstochern. Mal sehen, worauf ich stoße. Und ich lasse den Namen durch die Datenbanken laufen, vielleicht kommt ja was dabei heraus.«

»Wenn ich in der Zwischenzeit ein paar charakteristische Merkmale in ViCAP eingeben würde, was für welche sollten das denn sein?«

ViCAP ist eine FBI-Datenbank, in der sämtliche aufgeklärte und unaufgeklärte Morde gesammelt und auf Gemeinsamkeiten hin analysiert werden. Ich zucke mit den Schultern. »Amisch, Mord, Selbstmord, religiös motiviert, Verbrennen, Waldgebiet, Scheune, Ritual.« Ich spüre, wie sich bei einer Erinnerung meine Augenbrauen kräuseln. »Tomasetti, ich erinnere mich, von einer Hutterer-Gemeinde gelesen zu haben, die in Tuscarawas County ein Unternehmen gegründet hat. Sie leben da seit einigen Jahren.«

»Wenn ich fragen darf, was genau ist eine Hutterer-Gemeinde?«

»Die Hutterer gehören wie die Amischen zu den Täufern oder Wiedertäufern, aber das ist auch alles, was sie gemeinsam haben. Hutterer benutzen mehr Technik wie Fahrzeuge und Strom und scheinen eher industriell geprägte Unternehmen zu haben. Der größte Unterschied ist vermutlich, dass sie in einer Art Kommune leben.«

»Es gibt also eine Gruppe Amische, die etwas mit den Hippies von Haight-Ashbury gemeinsam haben?«

Ich muss lächeln. »Ohne die Friedenssymbole und das Dope.«

In der Gürteltasche surrt sein Handy. Er zieht es heraus, knurrt seinen Namen. Als er die Stirn runzelt, verbiete ich mir, es zu deuten. »Ich bin in ein paar Minuten da«, lässt er den Anrufer wissen.

Kurzes Schweigen, dann stößt er einen Seufzer aus und beendet den Anruf, offensichtlich ohne zu antworten, und wendet sich mir zu. »Ich fürchte, wir wussten, dass das kommen wird.«

»Sie haben dich einbestellt?«

Er nickt. »Chambers will mich abziehen.«

»Das hat er gesagt?«

»Ich lese nur zwischen den Zeilen.«

In dem Moment fährt Glock auf seinen reservierten Parkplatz. Als er den Explorer auf der Straße parken sieht, winkt er. Ich winke zurück.

»Ich bringe dich zurück zu deinem Auto«, sage ich und lasse den Motor an, »damit du hinfahren und dir einen Tritt in den Hintern abholen kannst.«

Er seufzt. »Was willst du wegen Hofer machen?«

»Rumstochern«, sage ich. »Das ist das Einzige, was ich noch alleine machen kann.«

***

Ich setze Tomasetti an der Farm ab. Es ist noch immer früh am Morgen, normalerweise würde ich aufs Revier fahren und mich kurz mit meinem Team besprechen, aber da ich zum Schreibtischdienst verdonnert bin, verzichte ich darauf und rufe auf dem Weg nach Dundee in der Telefonzentrale an. Zu meiner Erleichterung ist Mona nach ihrer Nachtschicht noch immer da.

»Ich muss Sie um einen Gefallen bitten«, sage ich.

»Ich bin bereit.«

»Finden Sie alles heraus über einen Mann namens Hofer in

und um Dundee, Tuscarawas County.« Ich buchstabiere den Namen.

»Vorname?«

»Keine Ahnung.«

»Weiß? Schwarz?«

»Weiß, glaube ich.«

»Damit kann ich was anfangen«, sagt sie. »Wie schnell brauchen Sie es?«

»Vor einer Stunde?«

Sie kichert, aber im Hintergrund höre ich bereits das Klappern ihrer Tastatur. »Ich werfe jetzt meine Zeitmaschine an.« Einen Moment Stille, dann: »Chief?«

»Ja?«

»Ich finde, Sie sollten es wissen … Es ist irgendwie komisch hier.«

Ich atme tief ein. »Wie meinen Sie das?«

»Na ja, es ist beinahe so, als hätte das Sheriffbüro die Ermittlungen übernommen.«

Einerseits will ich sie auf keinen Fall in die politischen Spielchen, die mit meiner Position als Chief zu tun haben, involvieren. Andererseits kann Mona verschwiegen sein, wenn es nötig ist. Und ich brauche sie auf meiner Seite. Also erzähle ich ihr von der Situation mit meinem Bruder und dass ich mich von dem Fall fernzuhalten habe.

»Meine Nachforschungen über Hofer sind also inoffiziell, okay?«, beende ich meine Erklärung.

»Inoffiziell ist meine Spezialität, Chief. Ich rufe Sie an, sobald ich etwas weiß.«

Dundee ist ein sehr kleines, hübsches Dorf eine halbe Stunde nordöstlich von Painters Mill. Auf dem Weg dorthin habe ich das Tuscarawas County Sheriffbüro angerufen und mit einem der Deputys gesprochen, die in der Gegend Streife fahren. Er nannte mir die Adresse der Hutterer-Gemeinde, die ich in mein Navi eingegeben habe. Mona hat sich auch schon gemeldet, und zu meiner Erleichterung gibt es nicht viele Hofers im County. Sie hat sie nach Alter und Geschlecht eingegrenzt, und am Ende ist der Name Isaiah Hofer übrig geblieben, sechsundvierzig Jahre alt. Keine Vorstrafen, es liegt kein Haftbefehl vor, und die Adresse stimmt mit der überein, die mir der Deputy gegeben hatte. Volltreffer.

Ich fahre von Süden her die Durchfahrtsstraße entlang, passiere eine Methodisten-Kirche, ein Postamt und ein Restaurant, das mit einem großen Schild für sein *Big Meal am Donnerstag* wirbt. Ich bin am Ende des Ortes angekommen, als mir klarwird, dass ich den Abzweig verpasst habe. Ich suche nach einer Stelle, wo ich eine Kehrtwende machen kann, als mein Navi mich instruiert, nach links auf die Walnut Creek Bottom Road abzubiegen.

Die Straße macht ihrem Namen alle Ehre. Walnussbäume und verschiedene einheimische Laubbäume ragen hoch über die schmale asphaltierte Fahrbahn auf. Zu beiden Straßenseiten gibt es Stellen mit flachem Sumpf und wintertotem Schilfrohr. Nach vier Meilen überquere ich einen Bach und komme an einer uralten deutschen Hangscheune vorbei. Kurz darauf taucht zu meiner Linken ein kaum sichtbarer Schotterweg auf, ich trete auf die Bremse, biege dort ein und holpere mit dem Explorer entlang tiefer Spurrillen über mehr Erde als Schotter. Bäume und Sträucher kratzen über meine Türen wie Finger auf der Suche nach der Wärme im Inneren. Nach einer Viertelmeile frage ich mich, ob ich falsch abgebogen bin, zweifle an meinem Navi und hoffe auf eine passende Stelle, um zu wenden, als sich vor mir die Bäume teilen.

»Ziel erreicht«, vermeldet die blecherne Navi-Stimme.

Ich komme auf einen großen Schotterplatz, dessen Rand mit

massiven Steinbrocken markiert ist. Rechts von mir warnt eine große Hinweistafel mit einem aufgemalten Stoppschild:

SUGARCREEK COLONY
BETRETEN VERBOTEN

Ich rolle langsam an dem Schild vorbei, wobei mein Blick auf eine Reihe von sechs identischen Gebäuden fällt, die in einiger Entfernung mit der Rückseite an den Wald angrenzen. Sie sind in etwa so groß wie Wohnwagen, ihre Fassaden sind alle identisch, die Türen und Fenster an exakt der gleichen Stelle, und in jedem Vorgarten stehen die exakt gleichen Bäumchen. Weiter geradeaus steht ein größeres zweistöckiges Gebäude mit Säuleneingang und etwa einem Dutzend Fenstern. Links von mir und ein paar Meter abseits des Schotterplatzes befindet sich eine Scheune aus Wellblech, dahinter sehe ich Viehkoben sowie eine kleine Herde schwarze Angus-Rinder, die mit schneebedeckten Rücken um einen runden Heuballen stehen.

Ich lasse den Blick wandern, aber nichts regt sich, keine Menschenseele ist zu sehen. Ich frage mich, ob es sich so anfühlen würde, der letzte Mensch auf Erden zu sein, und parke ein Stück entfernt vor dem zweistöckigen Haus. Inzwischen schneit es heftig, und wegen der Kaltfront, die zuvor durchgezogen ist, ist die Temperatur gesunken, und die weißen Flocken bleiben liegen.

Als ich aussteige und zum Haus laufe, bläst mir ein frischer Wind um die Ohren. Der Geruch von Holzrauch, Stallmist und Schnee liegt in der Luft. Ich bin nicht sicher, wohin ich gehen soll, also laufe ich weiter zu dem großen Gebäude. Auf halbem Weg dorthin entdecke ich an der Fassade ein Schild mit dem Hinweis, dass die Gemeinschaftshalle rechts ist. Ich folge dem überdachten Pfad zu einem offiziell wirkenden Gebäude mit verglasten Fenstern und Bretterverschalung. An der Tür steht *Sand-&-Gravel-Company-Büro*, und da im Inneren Licht brennt, trete ich ein.

Die Frau am Empfangsschalter ist um die dreißig Jahre alt. Sie hat ein blau-schwarzes Trägerkleid an, darunter eine hochgeschlossene weiße Bluse und auf dem Kopf ein schwarz-weißgetupftes Tuch, unter dem ein Stück ihres dunklen, in der Mitte gescheitelten Haars sichtbar ist. *Eine Hutterin*, wird mir klar, oder zumindest eine Art davon.

»Hi.« Ich zeige ihr meine Dienstmarke. »Ich bin Polizeichefin in Painters Mill«, sage ich, »und suche einen Mr. Hofer.«

Bei der näheren Betrachtung meiner Marke macht sie große Augen. »Hm.« Den Kopf zur Seite geneigt, blickt sie mich fragend an. »Gibt es ein Problem?«

»Nein, Ma'am«, sage ich. »Ich wollte ihm nur ein paar Fragen stellen.«

»Was immer sie verkauft, wir nehmen nichts!«, erklingt eine heitere Stimme im Hintergrund. »Außer es sind Kekse von Pfadfinderinnen, dann nehme ich zwei!«

Die Frau und ich lächeln.

Ein Mann erscheint im Eingang zum Flur, der in den hinteren Teil des Gebäudes führt. Beim Anblick meines Parkas mit dem Painters-Mill-Polizei-Abzeichen zieht er die Augenbrauen hoch und verlangsamt den Schritt. Er legt die Hand auf die Brust, als hätte mein Anblick ihn erschreckt. Laut Mona ist Isaiah Hofer sechsundvierzig Jahre alt, weiß, ein Meter achtzig groß und fünfundachtzig Kilo schwer. Braune Haare und Augen. Auf den Mann, der vor mir steht, passt die Beschreibung haargenau.

»Isaiah Hofer?«, frage ich.

Er sieht mich eingehend an, das Gesicht unergründlich.

»Wenn ich gewusst hätte, dass Sie die Kekse der Pfadfinderinnen mögen, hätte ich welche mitgebracht«, sage ich.

»Einfache Pfefferminzbonbons tun es auch.« Ohne verunsichert zu sein, liest er die Aufschrift des Abzeichens an meinem Parka. »Painters Mill ist nicht gerade um die Ecke.«

Er wirkt eher älter. Nicht, weil er gebrechlich scheint, denn seine muskulöse Statur ist kantig und schlank, sondern weil er die Ausstrahlung eines reifen Mannes besitzt. Er ist fast vollständig schwarz gekleidet – Jackett ohne Kragen, kariertes Hemd und Hosenträger. Sein gepflegter dichter Bart ist grau durchwirkt.

»Ich arbeite an einem Fall in Painters Mill«, sage ich. »Wenn Sie einen Moment Zeit haben, würde ich Ihnen gern ein paar Fragen stellen.«

Er hat ein interessantes Gesicht mit klassisch schönen Zügen, einen direkten Blick, und sein Mund scheint jederzeit zum Lächeln bereit. Aber er hat auch etwas von einem Pokerface, und obwohl ich nahe genug stehe, um den Duft von Kiefer und Leder seines Aftershaves zu riechen, kann ich nicht sagen, ob meine Gegenwart willkommen ist oder ob er mir gleich eine Abfuhr erteilen wird.

»Natürlich«, sagt er. »Tatsächlich muss ich zugeben, dass ich neugierig bin, um welchen Fall es sich handelt.«

»Um den Fall Milan Swanz in Painters Mill«, sage ich.

»Den Mord?« Er zieht die Augenbrauen hoch, als ob er überrascht sei. »Ich habe davon gelesen. Schrecklich, gelinde gesagt, besonders für eine Kleinstadt in Amish County. Gibt es schon einen Verdächtigen?«

»Wir arbeiten noch daran.«

»Haben Sie etwas dagegen, wenn wir ein bisschen laufen?« Erst in dem Moment registriere ich die Jacke unter seinem Arm. Er blickt hinab auf meine Füße. »Es tut mir leid um Ihre sauberen Stiefel, aber ich war gerade auf dem Weg zum Maschinenhof.«

»Kein Problem.«

Er schlüpft in seine Jacke. »Ich notiere nur schnell die Fahrgestellnummer vom hinteren Kipplaster, Elisabeth«, sagt er der Frau am Schreibtisch. »Wir sind gleich wieder da.«

»Danke, Mr. Hofer.« Ihr Blick huscht zu mir, dann wendet sie sich wieder ihrem Computer zu.

Er geht zur Tür, hält sie mir auf, und wir gehen hinaus. »Es ist kalt geworden«, sagt er im Plauderton.

»Es soll noch mehr Schnee geben«, sage ich.

Wir bleiben kurz auf der Veranda stehen, um Schal und Handschuhe anzuziehen. Da ich jetzt näher bei ihm stehe, sehe ich, dass er ein blaues und ein braunes Auge hat.

»Waren Sie schon einmal in Painters Mill?«, frage ich.

»Ich bin wohl schon einige Male durchgefahren. Letzten Sommer habe ich dort den guten amischen Käse gekauft, und ein paar Eier.«

»Sind Sie Milan Swanz jemals begegnet?«

»Den Namen hab ich zum ersten Mal heute Morgen in dem schlimmen Bericht im *The Budget* gelesen.«

Wir sind am Ende des Gehwegs angelangt, der rund um das Gebäude führt. »Der Weg hier ist jetzt ziemlich matschig, aber nur für ein kurzes Stück, ist das okay?«

»Sicher.«

Wir verlassen den Gehweg und gehen in Richtung eines bewaldeten Geländes, wo ein vielbenutzter Pfad zwischen den Bäumen hindurchführt.

»Ich habe gehört, Sie sind ein Hutterer«, sage ich.

»Das bin ich. Das hier ist eine hutterische Gemeinschaft. Sechzehn Menschen leben und arbeiten hier. Wir betreiben die Kiesgrube schon seit fast acht Jahren.«

Er betrachtet mich forschend. »Burkholder ist ein amischer Name.«

»Ich bin als Amische geboren«, sage ich. »Mit achtzehn habe ich die Gemeinschaft verlassen.«

»Aha.« Er nickt nachdenklich. »Einige Menschen halten den Pazifismus für unvereinbar mit der Polizeiarbeit.«

Ich bin nicht hier, um über meine amischen Wurzeln zu reden, deshalb sage ich nichts dazu. »Die Hutterer auch?«

Ein Lächeln huscht über sein Gesicht. »Wir sind natürlich auch wehrlose Christen.«

Der Pfad ist breit genug, um nebeneinander herzugehen, doch seine Nähe, seine Größe und Stärke sind mir ebenso bewusst wie die .38er im Schulterholster unter meiner Jacke. Weiter vorn sind die Geräusche von schwerem Gerät zu hören, und zwischen den Bäumen hindurch sehe ich einen großen Laster. Hofer geht leichten Schrittes, Kälte und Matsch scheinen ihm genauso wenig auszumachen wie belangloses Geplauder und ein Gespräch über Mord.

In der Ferne ertönt das Tremolo eines Eistauchers. Er bleibt stehen, sieht mich an und lächelt. »Zweifellos auf dem Weg nach Kanada.«

»Es ist ungewöhnlich, ihn so weit südlich zu hören«, sage ich.

»Besonders so spät im Jahr! Es ist einer der Gründe, warum die Schönheit seines Rufs von Menschen, die ihm Beachtung schenken, so geschätzt wird. Wir wissen, wie rar das ist.«

Wir kommen an einem Schild mit der Aufschrift SUGARCREEK SAND & GRAVEL vorbei, kurz darauf öffnet sich der Pfad zu einem großen Bereich mit ausgehobenem Boden. Dutzende Bäume wurden gefällt, die Stämme hoch aufgestapelt. Am entfernten Ende der Lichtung ziehen zwei Männer gemeinsam Äste zu einem Haufen. Ein Kipplaster und ein John-Deere-Bagger stehen mehrere Meter entfernt von einem Hügel frisch ausgehobener Erde. Dahinter fällt das entstellte Gelände ab zu einer so tiefen Grube, dass ich den Boden nicht sehen kann.

»Das ist unsere wichtigste Kiesgrube hier in Sugarcreek.« Er verlässt den Pfad und geht zum Kipplaster. »Uns gehört noch eine stillgelegte Grube eine Viertel Meile weiter nördlich. Leider ist auch diese Grube hier bald erschöpft.«

Ich folge ihm, versuche, dem Matsch, so gut es geht, auszuweichen. »Scheint ein rentables Geschäft in diesem Teil von Ohio zu sein.«

»Das war es einmal«, sagt er. »Aber da die zweite Grube auch schon fast nichts mehr bringt, werden wir wohl im Laufe des Jahres schließen müssen.«

Wir kommen zu einem alten Kenworth-Lastwagen mit einem grünen Fahrerhaus und verbeulter Kippmulde. Hofer watet durch den Schlamm zur Tür auf der Fahrerseite, öffnet sie und beugt sich zum vorderen Rand des Türrahmens vor. Ich beobachte, wie er einen Block hervorzieht und die Fahrgestellnummer notiert.

»Mr. Hofer, was können Sie mir über die Schwertler-Täufer sagen?«, frage ich.

Er blickt mich über die Schulter hinweg an. »Nur wenige Leute haben je von ihnen gehört.«

»Gibt es sie überhaupt?«, frage ich. »Hat es sie jemals gegeben?«

Er nimmt eine Lesebrille aus seiner Tasche, setzt sie auf und blickt wieder auf die Stelle mit der Fahrgestellnummer. »Kommt drauf an, wen Sie fragen. Wo Sie suchen.«

»Kann es sein, dass es eine Verbindung gibt zwischen dieser Gruppe und dem, was Milan Swanz zugestoßen ist?«

Er lässt sich Zeit, die notierte Nummer mit der auf dem Türrahmen zu vergleichen, richtet sich schließlich auf und schiebt den Block in die Jackentasche. »Stimmt es, was in der Zeitung steht, Chief Burkholder? Dass Milan Swanz auf dem Scheiterhaufen verbrannt wurde?«

»Ich glaube, das ist korrekt.«

»Ihnen ist sicher bewusst, dass die Täufer während der Reformation verfolgt und viele von ihnen auf dem Scheiterhaufen verbrannt wurden.« Für den Bruchteil einer Sekunde verschwindet die Freundlichkeit aus seinem Gesicht, und etwas Düsteres blitzt unter der sorgfältig gepflegten Oberfläche auf.

»*Märtyrerspiegel*«, sage ich.

Er nickt. »Ist das die Art Verbindung, die Sie suchen?«

»Nein.«

»Dann sagen Sie mir eines, Chief Burkholder, was für ein Mann war Milan Swanz?«

»Ich habe ihn nicht persönlich gekannt«, sage ich ausweichend, halte es extra vage. »Einige meinten, er hätte viele Probleme gehabt.«

»War er amisch?«

»Exkommuniziert.«

»Wissen Sie, warum?«

»Vermutlich hat er die Regeln einmal zu oft gebrochen.«

Hofers Augen haben etwas Stechendes, trotz der Falten in den Winkeln. Und obwohl er auf den ersten Blick wie eine freundliche Vaterfigur wirkt, passt das nicht zu der Energie, die von ihm ausgeht.

»War Swanz gewalttätig?«, fragt er.

»Gelegentlich.«

»Hat er jemals jemandem weh getan?«, fragt er. »Einem Menschen in seinem Umfeld? Einem geliebten Menschen?«

»Mr. Hofer, warum fragen Sie das?«

Er zuckt mit den Schultern. »Gestörte Menschen tun verstörende Dinge. Und manchmal tun sie widerliche Dinge. Sie machen Fehler. Sie machen sich Feinde, nicht wahr?«

Als ich nicht antworte, mustert er mein Gesicht eingehend. »Glauben Sie an Märchen, Chief Burkholder? An Legenden? Sagen?«

Der Themenwechsel ärgert mich, aber ich bin trotzdem neugierig. »Nein, tue ich nicht.«

»Und wie gut kennen Sie Ihre Märchen?«

»Gut genug, um zu wissen, dass sie nichts mit meinem Fall oder dieser Unterhaltung zu tun haben. Nichts für ungut.«

»Schon gut.« Er lächelt wie ein Vater, der sich über sein altkluges Kind amüsiert.

»Mr. Hofer, wissen Sie irgendetwas über die Schwertler-Täufer? Haben sie jemals existiert? Und wenn ja, existieren sie noch?«

»Sind Sie bereit, mir noch einen Moment Ihre Aufmerksamkeit zu schenken?«

Ich starre ihn an, nehme die Intensität seiner Augen wahr, die merkwürdige Energie, die von ihm ausgeht, und mir wird klar, dass er auf etwas hinauswill.

»Ich höre«, sage ich und hoffe, es hat etwas mit dem Fall zu tun.

»Sie wissen sicher, dass die meisten Märchen ursprünglich sehr düster waren. Sogar monströs. Geschichten über Kannibalismus, Folter, Vergewaltigung, Verstümmelung, Mord. Einige dieser Märchen oder Legenden, wenn man so will, enthalten einen Funken Wahrheit, der jedoch über die Jahre verlorengegangen ist. Wir Menschen sind ziemlich schwach geworden, finde ich. Wir haben eine Vorliebe für beschönigende Beschreibungen entwickelt.«

»Denken Sie dabei an eine bestimmte Legende oder ein bestimmtes Märchen?«, frage ich.

Die Frage entlockt ihm ein Lächeln. »Als ich ein kleiner Junge war, hat mein Großvater mich mit Geschichten über die Schwertler-Täufer unterhalten.«

»Was waren das für Leute?«, frage ich.

Erneutes Lächeln, diesmal düsterer, wie das eines grausamen

Kindes, das sich daran erfreut, einem Insekt die Flügel auszureißen, seinen Körper mit einer Nadel zu durchstechen. »Meine *Mamm* hat natürlich mit ihm geschimpft und mir versichert, dass es sie nicht gibt. Und sie hat meinem Großvater verboten, weiter von ihnen zu sprechen.«

»Dann sind die Schwertler-Täufer also nichts weiter als ein Märchen«, sage ich.

Die freundliche Vaterfigur kehrt zurück und lächelt mich strahlend an, mit tiefen Krähenfüßen in den Augenwinkeln. »Sie sind bei den Täufern geblieben, ja?«

»Mehr oder weniger«, sage ich, bin mir bewusst, dass wir in einen zu persönlichen Bereich vorgedrungen sind. »Ein mennonitischer Priester hat meine Trauung vollzogen.«

Er nickt zustimmend. »Ich mag Sie, Chief Burkholder. In Ihrem Gesicht lese ich, dass Sie schon viel Leid erlebt haben und Hoffnungslosigkeit. Dass Sie Mut und das Herz einer Löwin haben. Wenn Sie jemandem vertrauen, dann voll und ganz. Sie sind klug, und doch sind Sie hier draußen bei Wind und Wetter, allein mit einem Mann, den Sie nicht kennen und dem Sie vermutlich nicht trauen sollten.«

Ich überlege, ihm zu sagen, dass ich eine .38er unter meiner Jacke trage, tue es aber nicht. »Erzählen Sie mir von den Schwertler-Täufern.«

»Ich fürchte, ich habe Ihnen schon alles erzählt, was ich weiß.« Er tritt zum Kipplaster und schließt die Tür. »Wenn es noch mehr zu erfahren gibt, müssen Sie es wohl selbst herausfinden.«

»Und wie mache ich das?«, frage ich.

Er dreht sich um und bewegt sich in Richtung Gemeinschaftshalle, aber ich strecke die Hand aus und berühre ihn am Arm. »Mr. Hofer, gibt es jemanden, der mir mehr –«

Die Berührung seines Arms war eine harmlose Geste und

sicherlich nicht übergriffig, doch er wirbelt zu mir herum, plötzlich eine enorme Härte im Gesicht und blitzende Augen. Aus den Augenwinkeln sehe ich, wie seine linke Hand sich ballt. Seine rechte kommt auf mich zu, als wollte er mir an die Kehle gehen, doch kurz vor der Berührung hält er inne.

»Hüten Sie sich vor den Monstern, die Ihnen vertraut sind, Kate Burkholder.«

Ich blinzele ihn verblüfft an. »Ich weiß nicht, was Sie meinen.«

»Ich habe alles gesagt.«

»Nennen Sie mir einen Namen«, sage ich. »Ich brauche jemanden, mit dem ich reden kann.«

Mit funkelnden Augen beugt er sich näher zu mir hin. So nahe, dass ich den Tabak und das Menthol in seinem Atem riechen kann, den unangenehmen Geruch von Kaffee. Aber ich widerstehe dem Drang zurückzuweichen. »Sie glauben, hart zu sein, und stark. Sie vertrauen bedingungslos Ihrem Instinkt. Vielleicht ist es an der Zeit, dass Sie nach Hause gehen und alles noch einmal überdenken.«

»Hier geht es nicht um mich«, sage ich, versuche, ruhig zu bleiben. »Ich habe einen Job zu erledigen und werde das mit oder ohne Ihre Hilfe tun.«

»Viel Glück dabei.«

»Mr. Hofer, ich versuche, Milan Swanz' Mörder zu finden«, sage ich. »Mir wurde gesagt, dass möglicherweise die Schwertler-Täufer involviert sind und Sie mir vielleicht helfen können.«

»Zu den Schwertlers kann ich Ihnen nur eines sagen, Chief Burkholder: Wenn Sie ihre Aufmerksamkeit auf sich ziehen, werden Ihnen die Folgen nicht gefallen. Und Sie werden sie nicht kommen sehen.«

»Von wem reden Sie da?«, sage ich aufgebracht.

Er spricht über mich hinweg. »Wenn Sie ihnen in die Quere

kommen, werden sie hinter Ihnen her sein. Sie werden Sie finden, Sie verschlingen und Ihre Reste ausspucken. Und diese Reste werden niemals gefunden werden, es gibt keine Aufklärung, keinen Abschluss. Vergessen Sie das nicht, wenn Sie das nächste Mal den Menschen in die Augen schauen, von denen Sie geliebt werden.«

Mit diesen Worten dreht er sich um und stapft durch Matsch und Schnee zurück zum Pfad. Ich höre, wie die Schneeflocken auf den Kipplaster fallen, auf meine Jacke, und blicke ihm hinterher.

19. KAPITEL

Ich habe schon viel Bizarres erlebt und bin keine Mimose im Umgang mit feindseligen Menschen. Doch als ich mich jetzt hinters Steuer meines Explorers schiebe, zittere ich am ganzen Leib. Und nicht nur aus Wut, sondern weil die Begegnung mich auch ziemlich aus der Fassung gebracht hat. Einen Moment lang sitze ich einfach nur da und versuche, mich zu beruhigen. Was zum Teufel soll ich von Isaiah Hofer und seinen ominösen Drohungen halten?

Obwohl ich nichts wirklich Wissenswertes über die Schwertler-Täufer erfahren habe, ist meine Neugier um ein Vielfaches gewachsen, und ich zermartere mir gerade das Hirn, wer die Lücke füllen könnte. Die Liste ist kurz. Freda Troyer hat mir nur geholfen, Hofer zu finden. Und Hofer har mich mit dem unguten Gefühl zurückgelassen, dass die religiöse Gruppe es zumindest wert ist, näher unter die Lupe genommen zu werden. Aber mir fällt absolut niemand ein, an den ich mich für weitere Informationen wenden könnte.

Die Amischen haben viele lobenswerte Eigenschaften, sie sind gute Nachbarn, sie arbeiten hart und haben einen ausgeprägten Familiensinn. Sie sind generell ruhig, kooperativ und hilfsbereit, wenn man ein Dach auf dem Haus braucht, einen Hühnerstall oder eine neue Scheune. Aber ihre stoische Verschwiegenheit ist zuweilen ein echtes Problem. Besonders wenn es um ihre Glaubensbrüder geht, sind bestimmte Themen tabu. Sie werden nicht über sie reden, und schon gar nicht mit den Englischen, selbst wenn das bedeutet, die Polizei anzulügen.

Ich verfluche die amische Weigerung, Handys zu benutzen, lege den Gang ein und mache mich auf nach Painters Mill.

***

Am späten Nachmittag parke ich in der Einfahrt zur Farm meines Bruders. Ich bin auf halbem Weg zum Haus, als die Hintertür aufgeht und Jacob die Treppe herunterkommt.

Bei meinem Anblick verlangsamt er seinen Schritt, und ich kann buchstäblich sehen, wie er eine Schutzmauer um sich herum hochzieht.

»Ich brauche deine Hilfe«, sage ich ohne lange Vorrede.

»Geht es um Milan Swanz?« Seine Mundwinkel gehen nach unten, als hätte er auf etwas Saures gebissen. »Ich habe dir alles gesagt, was ich weiß.«

»Es geht … um etwas anderes«, sage ich.

»Ich werde mit dir nicht über James reden, Katie.«

»Es geht nicht um James.«

Wir stehen uns auf dem Schotterplatz nahe des Explorers gegenüber, zwei Kontrahenten, die nicht wissen, wer den ersten Schlag ausführen wird. Schnee rieselt auf uns herab, während wir uns zwingen, ruhig zu bleiben.

»In Ordnung.« Er sieht zur Scheune. »Ich muss die Kühe füttern.«

»Ich helfe dir.«

Er wirft mir einen überraschten Blick zu, und wir machen uns auf den Weg zur Scheune. »Du wolltest schon immer ständig reden.« Aber seine Gesichtszüge entspannen sichtlich. »*Mamm* hat dich immer ihre kleine *Shvetzah* genannt. Ihr kleines Plappermaul.«

»Da hat sie wohl richtig gelegen.« Wir gehen im Gleichschritt. »Ist jetzt aber nicht mehr ganz so schlimm wie früher, oder?«

»Na ja. Sagen wir einfach, dein Beruf passt zu dir.« Er sieht mich von der Seite an. »Du stellst noch immer zu viele Fragen.«

In der Scheune gehen wir schnurstracks in den hinteren Teil zu dem erhöhten Holzboden, der direkt über den Ställen liegt. Er reicht mir einen halbvollen Leinensack, und sofort erinnere ich mich an diese frühere Routine und an das Gewicht, während meine Nase den Geruch des Futters wiedererkennt, obwohl ich seit Jahren kein Vieh mehr gefüttert habe.

Jacob hievt sich einen fünfzig Pfund schweren Sack auf die Schulter, und wir bringen die Säcke zu den Futteröffnungen im Boden. Er schiebt die Abdeckung beiseite, und ich schütte den Inhalt meines Sacks in den Trog darunter. Sofort kommen die Kühe von draußen herein, drängelnd und schubsend, um sich eine gute Position zu sichern. Jacob geht zur zweiten Öffnung, nimmt auch da die Abdeckung weg und schüttet das Futter in den Trog darunter.

Ich falte meinen Sack zusammen, und als er fertig ist, gehen wir zurück zu der Stelle, wo ein Dutzend weitere Säcke lagern. »Heute Morgen habe ich mit Bischof Troyer und seiner Frau gesprochen. Freda hat eine Gruppe erwähnt, die sich Schwertler-Täufer nennt. Hast du schon mal von ihnen gehört? Weißt du etwas über sie?«

Bevor er sich abwendet, um die leeren Säcke zu verstauen, sehe ich in seinem Gesicht etwas aufflackern, das ich nicht deuten kann. »Ich weiß nichts über sie«, sagt er.

»Du hast von ihnen gehört?«

Er sieht mich nicht an, konzentriert sich auf die Säcke. »Diese Gruppe … sie ist bloß ein *Shtoahri*, Katie.« Ein Märchen. »Von der Art, wie sie Eltern ihren Teenagern erzählen, die ins *Rumspringa*-Alter kommen. Um sie von Dingen abzuhalten, die sie in Schwierigkeiten bringen können.«

»Sag mir, was du weißt.«

Er wirft mir einen genervten Blick zu und steigt die Treppe hoch, die auf den Speicher führt. »Ich hab doch gesagt, ich weiß nichts über sie.«

In dem Moment wird mir klar, dass er lügt. Aus irgendeinem Grund will er meine Frage nicht beantworten. Was ausgesprochen interessant ist, denn Jacob gehört zu den aufrichtigsten Menschen, die ich kenne, was manchmal von Nachteil ist. Wenn er über etwas nicht reden will, sagt er das auch. Aber diesmal hat er beschlossen zu lügen.

Ich folge ihm die Treppe hinauf. »Ich halte dir zugute, dass du kein besonders guter Lügner bist.«

»Ich hab einfach nur gesagt, dass ich nicht viel über sie weiß. Und das bisschen, was ich gehört habe, ist wahrscheinlich falsch. Nach allem, was man so mitbekommt, bezweifle ich sogar, dass sie existieren. Mehr nicht.«

»Einige Amische gehen aber davon aus, dass sie durchaus existieren.«

»Dann solltest du die befragen und mich meine Arbeit machen lassen.«

Allmählich werde ich sauer, zügele mich jedoch. »Aber ich frage dich.«

Er beugt sich vor, nimmt einen Heuballen und starrt mich über ihn hinweg wütend an. »Warum interessierst du dich überhaupt so für die Gruppe?«

»Jacob, ich glaube, dass sie etwas mit dem Tod von Milan Swanz zu tun hat.«

»Du hast schon immer eine rege Phantasie gehabt.« Ohne mich anzusehen, nimmt er einen weiteren Heuballen und trägt ihn zu der Tür, die den Blick auf die Viehställe darunter freigibt. »Die Schwertler-Täufer sind eine Lügengeschichte, Katie. Ein Märchen. Sie existieren nicht. Du solltest es dabei belassen und dich um etwas anderes kümmern.«

»Du hast mich noch nie angelogen, Jacob. Aber jetzt lügst du. Und das ist der Beweis für mich, dass dein Widerwille, mir etwas über sie zu erzählen, größer ist als die Hemmung, mich anzulügen.«

Er stößt einen Laut aus, halb Lachen, halb Verdruss. »Denk, was du willst.«

Ich nehme einen Heuballen, trage ihn auf die Hüfte gestützt zur Tür und lege ihn daneben ab. »Dann sag mir wenigstens, was du zu wissen glaubst. Oder was du gehört hast. Ich brauche etwas, einen Ansatzpunkt, womit ich arbeiten kann.«

Er lässt den Heuballen in seinen Händen fallen und sieht mich ausdruckslos an. »Wenn du etwas über die Täufer wissen willst, mach, was die englischen Touristen machen, und geh zum Zentrum für kulturelles Erbe. Red mit dem Leiter dort. Ich hab jetzt genug von deinen Fragen.«

Er meint das *Amish and Mennonite Heritage Center* in Berlin, Ohio. »Verdammt nochmal, warum willst du mir nicht helfen?«

»Ich muss jetzt die Schweine füttern.« Er nimmt einen Heuballen, legt ihn auf die anderen nahe der Speichertür. »Wir sind hier fertig.«

Schließlich verliere ich die Beherrschung. »Was ist los mit dir, Jacob? Was ist mit deiner Ehre passiert? Deiner Rechtschaffenheit? Deinem Mut?«

Er wirbelt zu mir herum, die Hände in die Hüften gestemmt. »Dich könnte ich das Gleiche fragen. Und ich bin nicht der Einzige, der so denkt.«

»Ich mache meine Arbeit.«

»Wie immer.« Er dreht sich um und geht zur Treppe.

Ich rufe seinen Namen, doch ich höre nur noch, wie er die Tür zuschlägt.

***

Das *Amish and Mennonite Heritage Center* liegt unweit entfernt von Painters Mill an einer wenig befahrenen Landstraße. Das Museum gehört zu den Sehenswürdigkeiten von Holmes County, wird von Touristen wie von Einwohnern frequentiert und informiert Besucher über die Kultur der Amischen, der Mennoniten und der Hutterer. Obwohl ich schon mein ganzes Leben in dieser Gegend wohne, war ich erst ein einziges Mal dort, und das ist ein paar Jahre her. Aber schon damals fand ich es ansprechend und überraschend aufschlussreich.

Leider schließt das Zentrum im Winter um sechzehn Uhr dreißig, aber ich schaffe es gerade noch rechtzeitig hin. Beim Betreten umfängt mich der Duft von Zitronenöl und altem Papier. Eine amische Frau steht mit einem Schlüsselbund in der Hand am Tresen, an der Wand hinter ihr ist eine große Auswahl typischer religiöser Kopfbedeckungen ausgestellt.

»Wie kann ich Ihnen helfen?«, fragt sie.

Auf dem Weg zu ihr hole ich meine Dienstmarke heraus und stelle mich vor. »Ist der Direktor noch im Haus?«

Ihr Blick huscht zur Wanduhr. »Wir schließen gleich. Morgen früh um neun Uhr dreißig öffnen wir –«

»Das ist tatsächlich ein offizieller Besuch«, sage ich lächelnd, um meiner Feststellung die Schärfe zu nehmen. »Ich wäre Ihnen dankbar, wenn ich jetzt mit ihm sprechen könnte, es dauert auch nicht lange.«

»Ich rufe ihn an.«

Während sie mit gedämpfter Stimme telefoniert, sehe ich mich ein wenig im Souvenirladen um. Eine Minute später erscheint ein Mann in dunklen Hosen, einem Button-down-Hemd und einem Blazer mit Ellbogenflicken in der Tür zum angrenzenden Raum und sieht mich fragend an. »Was kann ich für Sie tun?«

Ich gehe zu ihm hin und stelle mich auch ihm vor. »Sie sind der Direktor?«

»Direktor und Mädchen für alles in Personalunion.« Lächelnd hält er mir die Hand hin. »Daniel Neufeld. Nennen Sie mich Dan. Wie kann ich Ihnen helfen?«

Er trägt einen elegant getrimmten Bart und unter dem Jackett Hosenträger. Vermutlich ist er Mennonit oder gehört einer der eher liberalen amischen Gruppierungen an. »Ich habe gehört, Sie sind Experte für die Kultur der Täufer«, sage ich.

»Meine Frau würde Ihnen sagen, dass ich auf keinem Gebiet Experte bin.« Er grinst. »Allerdings liebe ich Geschichte, und da ganz besonders die der Täufer.«

»Ich brauche Informationen über die Schwertler-Täufer.«

Seine Augenbrauen schnellen hoch. »Wow. Das ist ja wirklich ein interessantes Sujet, um nicht zu sagen ein ungewöhnliches.« Er sieht mich ein wenig genauer an. »Und ich dachte, es ginge um den Strafzettel, den ich das letzte Mal in Painters Mill bekommen und nicht gezahlt habe.«

Ich lächele. »Ich arbeite gerade an einem Fall und wäre Ihnen für Informationen jeder Art sehr dankbar.«

Er blickt an mir vorbei zu der Frau hinter dem Tresen, die uns ansieht, eine Hand in die Hüfte gestemmt. »Anna, Sie können gern Schluss machen«, sagt er. »Und schließen Sie bitte die Tür hinter sich ab.«

»Gute Nacht«, sagt sie.

»Gute Nacht.« Er wendet sich wieder mir zu und zeigt zu der Tür, aus der er aufgetaucht ist. »Wenn Ihnen ein bisschen Staub nichts ausmacht, können wir uns in mein Büro setzen. Ich erzähle Ihnen alles, was ich weiß, aber das ist nicht viel.«

Ich folge ihm durch einen musealen Raum mit einem halben Dutzend beleuchteter Schaukästen an der Wand. Er bemerkt, dass ich mir die uralten Wälzer darin ansehe – Bibeln und eine ledergebundene Ausgabe des *Märtyrerspiegels.*

»Beeindruckend, nicht wahr, Chief Burkholder?«

»Sehr sogar.« Ich nicke. »Sie sehen sehr alt aus.«

»Einige dieser Bibeln sind mehrere hundert Jahre alt. Menschen haben ihr Leben gelassen, um sie zu verstecken und zu schützen.«

Die Verfolgung der Täufer ist ein düsteres Thema für die Amischen, und nicht zum ersten Mal werde ich an die vielen Menschen erinnert, die während der Reformation in Europa wegen ihres Glaubens gejagt, gefoltert und getötet wurden.

Wir kommen in ein kleines, gerammelt volles und doch behagliches Büro, das eher zu einem College-Professor passen würde. Auf dem antik aussehenden Schreibtisch steht eine altmodische Bankerlampe, in einer der Ecken stapeln sich Dutzende Aktenmappen. Ein Computer aus den Nullerjahren steht auf dem Regal daneben, an der Wand hängt ein kunstvoller amischer Quilt. Draußen ist die Sonne untergegangen, leichter Schnee fällt, und durch die Dachtraufe pfeift der Wind.

»Machen Sie es sich bequem.« Dan zeigt auf einen der beiden Besucherstühle neben einem zweiten Schreibtisch voller Papiere, Formulare und Bücher. »Wir haben hier jedes Jahr viele Tausend Besucher, Chief Burkholder, aber ich kann mich nicht erinnern, jemals nach den Schwertler-Täufern gefragt worden zu sein«, sagt er.

»Was sind das für Leute?«

»Es handelt sich um eine obskure Gruppe, die vor Hunderten von Jahren existiert hat. Nicht viele Menschen – einschließlich der Amischen – wissen überhaupt von ihrer Existenz. Darf ich fragen, warum Sie etwas über sie wissen wollen?«

»Ich kann nur so viel sagen, dass ich gerade an einem Fall arbeite, der möglicherweise etwas mit dieser Gruppe zu tun haben könnte.«

»Das klingt ja sehr mysteriös.« Er mustert mich aufmerksam. »Sie sprechen vermutlich von dem Mord an Milan Swanz.«

Ich lächele. »Vermuten Sie, dass es sich um den Mord an Swanz handelt, oder wissen Sie etwas, das ich nicht weiß?«

»Nun, es war ein sehr ungewöhnliches Verbrechen. Painters Mill ist eine kleine Stadt, und Milan Swanz war amisch.« Er zuckt mit den Schultern. »Ich gebe zu, der Mord hat meine Neugier geweckt.«

»Dann wissen Sie, wie er getötet wurde?«

»Natürlich. Schauderhaft, gelinde gesagt. Aber ich war auch fasziniert.« Er lehnt sich im Stuhl zurück, faltet die Hände vor seinem Bauch. »Jemanden auf dem Scheiterhaufen zu verbrennen hat einen gewissen symbolischen Charakter, wenn man so will.«

Da ich den Eindruck habe, dieser charmante Mann könnte den ganzen Tag über die Geschichte der Täufer reden, komme ich zurück auf das eigentliche Thema. »Was können Sie mir über die Schwertler-Täufer sagen?«

»Da ist mein Wissen leider begrenzt. Aber es gibt viele Quellen hier im Zentrum.« Er zuckt wieder mit den Schultern. »Ich weiß lediglich, dass die Schwertler während der Reformation gegründet wurden und zu der Zeit eine ausgesprochen ungewöhnliche Gruppe waren.« Er kräuselt die Augenbrauen. »Mal sehen, was ich darüber finden kann.« Er dreht sich zum Bücherregal hinter sich, zieht einen dicken Schinken heraus und pustet den Staub weg. »Sorry, Ordnung und Sauberkeit gehören ebenso wenig zu meinen Fähigkeiten wie nicht vom Thema abzuschweifen.«

Er legt das Buch vor sich auf den Schreibtisch, zieht eine Nickelbrille aus der Brusttasche, schlägt das Buch auf und blättert mehrmals um. »Aha, hier steht etwas. Balthasar Hubmaier spielte während der Reformation eine Rolle in der Täuferbewegung.« Er blättert um. »Er wurde um 1480 in Bayern, Deutschland, geboren, promovierte an der Universität von Ingolstadt und war eine Zeitlang Priester.« Er blättert weiter. »1524 heiratete Hubmaier seine Frau Elsbeth. Kurz darauf zogen sie nach Zürich, und er machte die Bekanntschaft von Heinrich Glarean. Dort vollzog Hubmaier einen Sinneswandel, wenn man so will, und sprach sich gegen die katholische Doktrin der Säuglingstaufe aus. Was zu jener Zeit extrem radikal war – und natürlich riskant. In dieser Zeit wurde Hubmaier ein angesehener Theologe des frühen Täufertums. Aber es war eine gewalttätige Zeit, und die Menschen waren abgehärtet. Später half er, ein gewalttätiges Pogrom gegen die Regensburger Juden zu organisieren.«

»Das klingt nicht sehr pazifistisch«, bemerke ich trocken.

Er blickt mich über den Rand seiner Brille hinweg an. »Zu Ihrer Information, *Schwertler* heißt frei übersetzt ›des Schwertes‹. Hubmaier verfasste in dieser Zeit sogar eine Schrift mit dem Titel *Über das Schwert*, in der er die gewaltfreie Haltung der Täufer in Frage stellte. Sie wissen sicher, dass die Reformation eine gefährliche Zeit für religiöse Abweichler war. Und wegen seiner Überzeugung fiel er bei Ferdinand, seinerzeit Kaiser des Heiligen Römischen Reiches, in Ungnade. Ferdinand war ein mächtiger Mann und ein grausamer Verfolger aller Ketzer. Hubmaier wurde zweimal verhaftet und gefoltert. Er schwor seinem Glauben nicht ab und wurde 1528 in Wien hingerichtet – auf dem Scheiterhaufen verbrannt.«

Er hebt den Blick und sieht mich an, und mehrere Sekunden lang hallen die Worte zwischen uns nach.

Auf dem Scheiterhaufen verbrannt.

»Drei Tage danach«, liest der Direktor weiter vor, »wurde seine Frau mit einem Stein um den Hals von einer Brücke in die Donau geworfen und ertränkt.«

Da ich amisch aufgewachsen bin, sind mir die Grausamkeiten, die den frühen europäischen Täufern wegen ihrer religiösen Überzeugung angetan wurden, nicht fremd. Als Kind habe ich viel im *Märtyrerspiegel* gelesen, und die Berichte über Folterungen und Morde hinterließen unauslöschliche Spuren in meinem kindlichen Gemüt. Selbst jetzt, als Erwachsene und als Polizistin, läuft es mir bei diesen Geschichten eiskalt den Rücken hinunter.

»Was genau bedeutet eigentlich ›des Schwertes‹?«, frage ich.

»Meine Interpretation?« Dan denkt über die Frage nach, wägt die Antwort sorgfältig ab. »Hubmaier war dafür, Gewalt für einen guten Zweck anzuwenden. So sollte die Regierung unschuldige Christen mit Gewalt verteidigen dürfen. Aber er war dagegen, dass Einzelpersonen Gewalt anwenden, um sich selbst, die Familie, andere Christen oder das Eigentum zu verteidigen. Er glaubte zudem an eine wohlwollende Regierung.«

»Aber die Regierung war offensichtlich nicht so wohlwollend«, sage ich.

»Ironisch, oder?«

»Und unbarmherzig.«

Einen Moment lang schweigen wir beide, als wären wir in diesen beunruhigenden Zeiten vor fast fünfhundert Jahren gefangen. Ich denke an Milan Swanz und versuche, eine überzeugende Verbindung zwischen dem Mord und den Schwertler-Täufern zu finden, was mir aber nicht gelingt.

»Ich bin ein neugieriger Mann, Chief Burkholder.« Trotz des grausigen Themas lächelt der Direktor. »Und als solcher finde ich es ausgesprochen interessant, dass ein amischer Mann auf dem Scheiterhaufen verbrannt wurde und Sie ein paar Tage später in meinem Büro sitzen und etwas über die Schwertler-Täufer wissen wollen. Das finde ich unglaublich faszinierend!«

Ermittler sollten gegenüber Zivilisten niemals zu viel über einen laufenden Fall preisgeben. Die Leute reden, und die Polizei will sicher nicht mit sensationslüsternen Schlagzeilen aufgrund eines Gesprächs konfrontiert werden, das niemals hätte stattfinden dürfen. Diese Unterhaltung – genau genommen die Aussicht auf relevante Informationen – ist es jedoch wert, das Risiko einzugehen, solange ich keine vertraulichen Informationen preisgebe.

»Mr. Neufeld, könnten Sie dieses Gespräch für sich behalten?« Selbst wenn er es verspricht, gibt es keine Garantie, dass er Wort hält. Trotzdem ist es gut, ihn zu fragen, damit ihm die Bedeutung dieser Unterhaltung bewusst wird.

»Natürlich.«

»Danke.« Ich nehme mir einen Moment Zeit, um meine Gedanken zu sortieren. »Im Rahmen des Falls habe ich eine amische Person befragt, und sie hat die Schwertler-Täufer erwähnt. Ich weiß nicht, ob es eine Verbindung gibt, doch ich halte es für angebracht, dem nachzugehen.«

Er nickt. »Das Verbrennen eines Mannes auf dem Scheiterhaufen ist tatsächlich symbolisch für die Verfolgung der Täufer«, sagt er. »Allerdings ist es nicht symbolisch für die Schwertler-Täufer.«

»Weil die Schwertler nur dann an die Philosophie des Schwertes glaubten, wenn es in den Händen einer gütigen Regierung war.«

»Genau.«

Während ich die Information zu verarbeiten versuche, ergründe ich gedanklich all die düsteren Ecken einer mörderischen Mentalität. »Kann es sein, dass wir es hier mit einer degenerierten Version der Schwertler zu tun haben?«

Beunruhigung zeigt sich im Gesicht des Direktors, als hätten wir einen Bereich betreten, in dem er sich nicht mehr wohlfühlt. Er überspielt sein Unbehagen mit einem Kichern. »Das ist dann doch etwas außerhalb meines Fachgebietes.«

»Sind Sie bei Ihren Täufer-Studien jemals auf Informationen

über rituelle oder symbolische Morde gestoßen?«, frage ich. »Aktuell oder historisch?«

Er seufzt. »Ich bin ein religiöser Mensch, Chief Burkholder. Studierter Historiker. Und so brutal ein Teil unserer Geschichte auch ist, bin ich in Bezug auf wahre Verbrechen doch ein Weichei.« Er lacht. »Das Zeug ist mir zu düster. Aber offensichtlich gibt es auch Zeiten, in denen sich Geschichte und aktuelle Verbrechen überschneiden, und dann kann ich meine Neugier nicht mehr zügeln.« Er blickt auf seinen Schreibtisch. »Ich erinnere mich, etwas über einen Mord in einer amischen Gemeinde in Kanada gelesen zu haben. In Milverton, Ontario, glaube ich.«

Ich schreibe es auf. »Was ist dort passiert?«

»Es war in den 1950er Jahren. Ein amischer Mann wurde beschuldigt, zwei seiner Kinder getötet zu haben. An die Einzelheiten des Falls erinnere ich mich nicht, aber die Polizei war involviert. Und irgendwann während der Ermittlungen war der Mann verschwunden.«

»Und wo sehen Sie da eine Verbindung zu den Schwertler-Täufern?«, frage ich.

»Alle gingen davon aus, dass der Mann abgehauen war, um einer Gefängnisstrafe zu entgehen. Aber im nächsten Frühjahr wurde in einem See nur wenige Meilen entfernt von seiner Farm seine Leiche gefunden. Um seinen Hals hing ein Stein.«

»War es Mord?«, frage ich, »oder Selbstmord?«

»Wenn ich mich recht erinnere, starb er mitten im Winter. Der See war zugefroren, und die Polizei vermutete, dass ein Loch ins Eis gehackt worden war. Die meisten Amischen glaubten an Selbstmord.«

»Scheint mir eine merkwürdige Art, sich umzubringen.«

»Richtig.« Unsere Blicke treffen sich. »Ich glaube nicht, dass die Polizei es jemals herausgefunden hat. Aber Sie sehen jetzt sicher den Zusammenhang.«

»Elsbeth Hubmaier.«

Er nickt.

»Dann existierten Ihrer Meinung nach die Schwertler-Täufer?«

»Eine gewisse Zeit lang zumindest.«

»Wie lange?«

Er belächelt müde die Frage, auf die es keine Antwort gibt. »Auch das übersteigt mein Fachwissen, Chief Burkholder. Die Geschichte, die wir kennen, basiert auf dokumentierten und verifizierten Ereignissen.«

»Ist es möglich, dass die Schwertler-Täufer noch existieren?«

»Kann ich mir nicht vorstellen. Wie Sie wissen, haben alle Täufer der Gewalt abgeschworen, besonders die Amischen. Selbst in Kriegszeiten verweigern sie den Dienst an der Waffe.« Er zuckt mit den Schultern. »Ich glaube, wir können davon ausgehen, dass die Schwertler-Täufer nur noch ein dunkles Kapitel in unserer Vergangenheit sind – zum Glück.«

20. KAPITEL

Als ich das Zentrum verlasse, ist es stockdunkel. Gedankenverloren gehe ich über den Parkplatz zum Explorer, öffne die Fahrertür und steige ein. Die Worte des Direktors wirbeln mir durch den Kopf wie ein düsterer Film übers Mittelalter.

Schwertler *heißt frei übersetzt ›des Schwertes‹.*

… verfasste eine Schrift mit dem Titel Über das Schwert.

… half er, ein gewalttätiges Pogrom gegen die Regensburger Juden zu organisieren.

Doch der Versuch, irgendeine Parallele oder Verbindung zum Mord an Milan Swanz zu finden, kommt mir vor, wie einen eckigen Pflock in ein rundes Loch stecken zu wollen. Gleichzeitig gehen mir die Gespräche mit Bertha Swanz nicht aus dem Kopf.

»Er hat Ihrem Sohn den Arm gebrochen, Ma'am.«

»Nur das eine Mal.«

»… hätte ein Messer dabeigehabt und dem Bischof ein Stück vom Bart abgesäbelt …«

»Swanz war gewalttätig«, murmele ich, wobei meine Stimme in der Stille des Autos wie die einer Fremden klingt.

Du beschuldigst das Opfer, Kate, flüstert meine Vernunft.

»Und jetzt sprichst du mit dir selbst.« Seufzend lege ich den Sicherheitsgurt an und fahre los. Ein Blick aufs Armaturenbrett sagt mir, dass ich längst zu Hause sein sollte. Tomasetti und ich wollten zusammen zu Abend essen. Eine Flasche Wein, eine Unterhaltung … Ich bin vierzig Minuten zu spät und brauche eine halbe Stunde zur Farm. Wenn ich mich beeile, kann ich noch immer ein wenig Zeit mit ihm verbringen.

Ich fahre mit leicht überhöhter Geschwindigkeit auf dem Highway 77 Richtung Norden, es ist kaum Verkehr, und die Nacht ist ruhig. Schnee fällt keiner mehr, aber die Luft ist neblig. Als ich an *Heini's Cheese Chalet* und dem Haushaltswarenladen *77 Housewares* vorbeikomme, geht mir noch immer das Gespräch mit Neufeld durch den Kopf. Ich bin gerade auf den County Highway 207 abgebogen, als sich etwas auf dem Rücksitz bewegt. Zuerst denke ich, meine Laptop-Tasche wäre vom Sitz auf den Boden gerutscht, doch als ich dann einen Blick über die Schulter werfe, nehme ich einen Schatten wahr.

»Was – «

Hochgradig alarmiert, taste ich nach meiner .38er, als mir etwas über den Kopf geschlungen und auf meine Kehle gedrückt wird. Ich hebe die Hand, will die Schlinge wegzerren, aber ich bin nicht schnell genug, sie presst schon fest auf meinen Hals. Eine Hand am Steuer, fasse ich mit der anderen den Griff meiner .38er, ziehe sie aus dem Holster, lege den Finger an den Abzug und drehe mich, will den Angreifer sehen. Aber am Rande meines Sehfelds taucht nur eine dunkle Gestalt auf, ich versuche zu sprechen, doch bekomme keinen Laut heraus.

Ich feuere blind einen Schuss ab. Die Explosion macht mich taub, der Rückstoß reißt meine Hand hoch, und die Kugel bohrt ein Loch ins Dach. Der Angreifer packt mein Handgelenk, stößt es zurück, ich schieße ein zweites Mal, dann entreißt er mir die Waffe. Ich trete voll aufs Gaspedal, der Motor heult auf, ich reiße das Lenkrad nach rechts, die Vorderfront sackt ab, das Scheinwerferlicht flackert über Baumstämme, der Unterboden schrammt über den Boden. Der Explorer schlingert vorwärts, prallt heftig auf. Ich blicke in den Nachthimmel, die Scheinwerfer beleuchten die Baumkronen. Mein Kopf droht zu platzen.

Ich sehe den Baumstamm, Sekunden bevor der Explorer dagegenknallt. Der Sicherheitsgurt gräbt sich in mein Becken, der

Airbag wird ausgelöst und schlägt mir wie ein riesiger Boxhandschuh in Gesicht und Brust. Der Angreifer fliegt zwischen die Rücklehnen der Vordersitze, prallt gegen meine rechte Schulter. Ich stoße ihn mit dem Ellbogen, einmal, zweimal, hebe die linke Hand und schlage blind zu, was nichts bringt, denn mein Hals ist an der Kopfstütze fixiert.

Er trifft meine rechte Wange, aber nicht hart, der Aufprall hat ihm offensichtlich zugesetzt. Knurrend wie ein wildes Tier, zwängt er sich zwischen den Vorderlehnen durch auf den Beifahrersitz, ich versuche wieder, einen Blick auf ihn zu werfen, aber es ist zu dunkel, und ich kann meinen Kopf kaum bewegen. Die Beifahrertür fliegt auf, und er ist draußen.

Ich drücke den platten Airbag zur Seite, schiebe die Finger beider Hände unter die Schlinge am Hals, aber sie sitzt zu fest.

Mist. Mist.

Blut pocht in meinem Gesicht, mein Mund ist weit offen, meine Zunge hängt raus. Keine Luft in der Lunge und das Hirn vernebelt.

»Letzte Warnung«, sagt eine raue Stimme.

Ich blicke nach links, wo eine Gestalt am Wagen steht. Meine Tür ist offen, ich sehe seinen Oberkörper, aber nicht sein Gesicht. Ich weiß nicht, wo meine Waffe ist, und eine Schrecksekunde lang stelle ich sie mir in seiner Hand vor, stelle mir vor, wie eine Kugel sich in meine Schläfe bohrt. Ich zerre an der Schlinge. Warum lockert sie sich nicht? Meine Sicht verschwimmt, das Blut hämmert in meinem Kopf, Panik steigt in mir auf. Unwillkürlich will ich meine Hüfte anheben, aber der Sicherheitsgurt drückt mich in den Sitz, und ich strample hilflos mit den Beinen.

Ich muss an mein Gerber-Klappmesser am Hosenbund kommen, ertaste es mit der rechten Hand, während sich die Finger der linken tief in die Haut meines Halses graben.

Nicht ohnmächtig werden. Nicht ohnmächtig werden.

Ich ziehe das Messer am Clip vom Bund, löse mit dem Daumen die Sicherung, drücke den Knopf, und es springt auf. Mit zittriger Hand setze ich die Schneide bei der Kopfstütze an die Schlinge. Ein Gürtel, denke ich, aus Leder. Und in diesem Moment bin ich verdammt froh, dass ich meine Werkzeuge immer scharf halte, denn er ist im Nu durch.

Ich sacke gegen das Lenkrad, würge und warte darauf, dass das Blut wieder anfängt zu zirkulieren. Sitze da, mit der Stirn am Lenkrad, sabbere und keuche und bin einfach nur froh, dass der Mistkerl mich nicht umgebracht hat.

Schließlich löse ich den Sicherheitsgurt, stolpere aus dem Wagen, falle auf die Knie und spucke etwas in den Schnee, was nach Blut schmeckt. Der Explorer hängt mit der Schnauze im Straßengraben. Bäume auf beiden Seiten der Straße.

Ich drücke aufs Ansteckmikro. »Zehn-dreiunddreißig«, Officer in Schwierigkeiten, und krächze meinen Standort. »Verdächtiger auf freiem Fuß.«

***

Sechs Minuten vergehen, dann kommt Blaulicht in meine Richtung. Da der Täter noch frei herumläuft und mein Fahrzeug im Grunde ein Tatort ist, fasse ich so wenig wie möglich an, streife Schutzhandschuhe über und hole die Maglite heraus. Ich leuchte durch den Innenraum und entdecke meine .38er hinterm Sitz auf dem Boden, nehme sie an mich und warte.

Erleichterung durchströmt mich, als Glocks Streifenwagen hinter meinem Explorer hält. Seine Tür geht auf, er kommt zu mir gelaufen, Waffe und Taschenlampe in den Händen, den Wald im Blick.

»Chief!«

»Ich bin okay«, sage ich.
»Verdächtiger?«
»Zu Fuß unterwegs.«
»Bewaffnet?«
»Weiß ich nicht.«

Erst dann registriert er mein Aussehen und reißt die Augen auf, sagt aber nichts. Stattdessen meldet er der Zentrale sein Eintreffen am Zielort, dass der Täter auf freiem Fuß und möglicherweise bewaffnet ist und ein Krankenwagen gebraucht wird.

»Vom Sheriffbüro soll auch jemand kommen«, sagt er zum Schluss und beendet das Gespräch.

Danach suchen wir ein paar Minuten lang die nähere Umgebung ab, leuchten mit den Taschenlampen über den Boden und gelegentlich in den Wald auf beiden Straßenseiten.

»Sieht aus, als könnte er in diese Richtung verschwunden sein.«

Ich gehe zur anderen Straßenseite, wo Glock im Schnee kniet. Tatsächlich befindet sich zwischen dem Explorer und den Bäumen im Schnee der Schuhabdruck eines Mannes.

»Netter Abdruck«, sage ich.

»Wird den Gipsern von der Spurensicherung gefallen.«

Wir sehen uns an, und obwohl ich noch immer zittere, lächeln wir.

»Was zum Teufel ist passiert?«, fragt er.

Ich gebe ihm eine gekürzte Version der Ereignisse. »Ich bin sicher, dass ich den Explorer abgeschlossen habe.«

Den Blick auf mich gerichtet, holt er sein Handy heraus und stellt es auf Lautsprecher. »Mona?«

»Was gibt's?«

»Fahr zum *Amish and Mennonite Heritage Center*, und riegel den Parkplatz ab. Niemand darf mehr rein oder raus.«

»Wird gemacht.« Pause, und dann: »Ist der Chief okay?«

»Mir geht's gut«, schalte ich mich ein.

»Freut mich zu hören, Chief. Ich mach mich jetzt auf den Weg.«

***

In der Notaufnahme des Pomerene Hospital ist es heute Abend ruhig. Ich gehöre hier schon zu den Stammkunden, entweder wegen Verletzungen, die sich meine Officer im Dienst zuziehen, wegen meiner eigenen Torheiten oder aufgrund von Vorfällen, bei denen eine Person verletzt wird und ich mit ihr reden muss. Inzwischen kenne ich den Großteil der Belegschaft und habe ein freundschaftliches Verhältnis zu den Mitarbeitern, Mitarbeiterinnen, den Ärzten und Ärztinnen. Und es sind dann die kleinen Dinge, die einen aufbauen, wenn man mit blutiger Bluse und so richtig mitgenommen dort ankommt, es aber nicht zeigen will, weil man ja auch ein professionelles Image zu wahren hat.

»Waren Sie während des Vorfalls zu irgendeiner Zeit bewusstlos, Chief Burkholder?«

Ich sitze auf einer Liege in einer mit Vorhängen abgetrennten Behandlungsnische der Notaufnahme. Der junge Arzt fragt mir Löcher in den Bauch und tippt meine Antworten in ein elektronisches Gerät. Er ist vermutlich kaum über dreißig, trägt den üblichen Ärztekittel mit Peanuts-Motiven und hat nicht eine Falte im Gesicht.

»Nein«, sage ich.

Er sieht mich über den Rand seiner Brille hinweg an, als wollte er sich vergewissern, dass ich die Wahrheit sage. »Also, die Röntgenaufnahmen sind alle okay«, sagt er. »Und Ihr Nasenbluten scheint auch aufgehört zu haben.« Sein Blick wandert zu meinem Hals. »An der Kehle haben Sie einen neuen Bluterguss, also einen Bluterguss auf dem Bluterguss von letzter Nacht. Morgen wird das alles schön bunt sein.«

»Ich wollte sowieso den neuen Rollkragenpulli tragen, den ich mir vor ein paar Wochen gekauft habe«, sage ich trocken.

Grinsend schüttelt er den Kopf. »Heute Abend eine Paracetamol gegen die Schmerzen und falls nötig einen Eisbeutel, dann können Sie jetzt gehen.«

»Danke«, sage ich und reiche ihm die Hand.

Auf dem Weg nach draußen dreht er sich noch einmal um und zeigt mit dem Finger auf mich, das Gesicht ernst. »Nehmen Sie's nicht persönlich, aber so schnell möchte ich Sie hier nicht wiedersehen.«

»Ich werde mich bemühen.«

Und dann ist er weg.

Ich überlege gerade, ob ich meine Jacke übers Krankenhaushemd ziehen oder lieber in die blutige Uniformbluse schlüpfen soll, als der Vorhang schwungvoll aufgezogen wird und Tomasetti vor mir steht. Es fällt mir nicht leicht, mich unter seinem Blick nicht zu winden und dem Drang zu widerstehen, meinen Hals mit der Hand zu bedecken. Aber seinem Gesichtsausdruck zufolge hat er den Schaden bereits registriert.

»Haben sie ihn erwischt?«, frage ich.

»Im Wald haben die Hunde seine Spur verloren«, sagt er. »Wir haben Autospuren gefunden, vermutlich hat ihn jemand abgeholt.«

»Dann sind zwei Leute beteiligt.« Eine Feststellung, keine Frage.

»Offensichtlich.«

»Tomasetti, er hatte unmöglich Zeit, jemanden anzurufen. Und genauso unmöglich konnte jemand so schnell dort hinkommen. Es muss geplant gewesen sein.«

Tomasetti hört mir nicht zu. Den Blick auf mein Gesicht geheftet, tritt er kopfschüttelnd vor mich, nicht wütend, aber auch nicht gerade erfreut. »Kate, was zum Teufel …«

»Mir geht's gut.«

»Das sehe ich«, erwidert er. Doch sobald er die Blutergüsse und das Blut an meiner Hose richtig in Augenschein nimmt, zeigt sich auch sein Zorn.

Dass ich seinem Blick kaum standhalten kann, ärgert mich. Als wäre das alles irgendwie meine Schuld.

Ich versuche, meine zittrigen Hände in den Griff zu bekommen, doch ich muss immer wieder daran denken, was passiert wäre, wenn ich mein Messer nicht gehabt hätte. Oder wenn der Mistkerl meine .38er benutzt hätte, anstatt sich aus dem Staub zu machen. Dann hätte Tomasetti statt in die Notaufnahme vielleicht in die Leichenhalle gehen müssen.

»Tut mir leid«, bringe ich schließlich heraus.

»Das weiß ich.« Seine Wut ist nicht zu überhören.

»Ich wollte nicht –«

Er schneidet mir das Wort ab. »Wie oft soll ich noch in die Notaufnahme kommen, wo du verprügelt und blutverschmiert Witze reißt wie eine zwanzigjährige Anfängerin?«

»Hör auf damit«, fahre ich ihn erbost an.

Ich weiß, dass er mich liebt und mich nicht durch eine Gewalttat verlieren will, so wie er vor vielen Jahren seine erste Frau und die Kinder verloren hatte. Aber ich muss ihm klarmachen, dass ich in diesem Fall nicht unbedacht gehandelt, sondern einfach meine Arbeit gemacht habe. So etwas passiert eben manchmal.

Im nachfolgenden Schweigen scheinen sich unsere Gemüter etwas zu beruhigen.

»Hast du ihn erkannt?«, fragt er schließlich.

»Er hatte sich auf dem Rücksitz versteckt und mir aufgelauert. Als ich ihn bemerkt habe, ging alles sehr schnell.« Ich weiß nicht, was es bedeutet, dass es uns leichter fällt, in Bezug auf unsere Jobs mit dem Vorfall umzugehen als in Bezug auf unsere Rollen als Ehefrau und Ehemann. Vielleicht können wir daraus ja etwas lernen.

»Besteht die Chance, dass er verletzt wurde, als du auf ihn geschossen hast?«

»Er hat nicht so reagiert«, sage ich. »Also eher nicht.«

»Derselbe Mann wie davor?«, fragt er.

»Ich weiß es nicht«, sage ich. »Aber ich weiß, dass ich den Explorer abgeschlossen habe, als ich ins *Heritage Center* gegangen bin.«

»Das weiß ich.«

Diese Antwort hatte ich nicht erwartet. »Wirklich?«

Er nickt. »Mona hat einen sogenannten Luftkeil auf dem Parkplatz gefunden.«

»Ich hab keine Ahnung, was das ist.«

»Er wird zum Aufbrechen von Autos benutzt. Es sieht aus wie ein flacher, fester Ballon, der in die Öffnung zwischen Tür und Rahmen geschoben wird. Man pumpt den Ballon so weit auf, dass der Spalt groß genug für ein Werkzeug ist, mit dem man die Tür öffnen oder das Fenster runterlassen kann.«

»Schwer vorzustellen, dass der gewöhnliche Bürger ein so seltsames Werkzeug mit sich herumträgt.«

»Er ist entweder ein Dieb, oder das Ganze war geplant.« Er sieht mich düster an. »Erzähl mir genau, wie's abgelaufen ist.«

Als ich ihm berichte, was im Explorer passiert ist, spüre ich noch immer den enormen Druck des Gürtels auf meiner Kehle, durch den auch die Blutzufuhr zu meinem Kopf abgeschnitten war. »Als ich gegen den Baum geknallt bin, wurde er zwischen die Sitze und nach vorne geschleudert.«

Beinahe hätte ich mir an den Hals gegriffen, besinne mich aber eines Besseren und blicke auf meine Hände. »Das ist alles.«

»Hat er irgendetwas gesagt?«

»Er sagte so etwas wie: ›Das ist deine letzte Warnung‹.«

»Echt originell.« Tomasettis Gesichtsausdruck ist eisig. »Er hat in Kauf genommen, dass du erstickst.«

Ich erschaudere. »Ich bin an mein Messer gekommen und hab den verdammten Gürtel durchgeschnitten.«

»Den Gürtel haben wir gefunden«, sagt er. »Er hatte ihn hinten zugeschnallt. Ohne das Messer wärst du jetzt tot.«

Er sagt es mit brutaler Ehrlichkeit.

»Sonst noch etwas?«, fragt er.

»Ich bin mit ziemlicher Wucht gegen den Baum geknallt«, sage ich. »Möglicherweise hat er sich verletzt.«

»Den Explorer hat es jedenfalls ordentlich erwischt.« Er sieht mir in die Augen, dann nimmt er sein Smartphone und tippt etwas hinein. »Wir überprüfen die Krankenhäuser und Praxen in der Umgebung, man kann ja nie wissen.«

Ich blicke zu dem schmalen Schrank neben dem Bett, in dem meine Jacke und Uniformbluse hängen. Tomasetti sieht auch hin, schüttelt den Kopf. »Was soll ich nur mit dir machen?«

»Du könntest mich zum Beispiel aufs Revier fahren. Dann kann ich wenigstens meinen Bericht schreiben, mir einen Mietwagen besorgen – «

»Sagt eine Frau, die nicht weiß, wann sie aufhören soll.« Er geht zum Schrank, holt meine Sachen raus und reicht sie mir. »Du gehst jetzt nirgendwo anders hin als nach Hause.«

21. KAPITEL

Menschen waren berechenbar. Im Prinzip waren sie Schafe, die sich von ihren Gefühlen und niederen Bedürfnissen beherrschen ließen. Ihr Handeln basierte auf einem Mangel an Mut oder einer fanatischen Überzeugung, die für den richtigen Preis verhandelbar war. Zum Leidwesen aller Beteiligten war Kate Burkholder eine Ausnahme und deshalb zum unerwarteten Problem geworden. Und ihm fielen kaum noch Möglichkeiten ein.

»Was sollen wir mit der Polizistin machen?«, fragte der Mann auf dem Beifahrersitz.

Er blickte zu ihm hinüber, nahm sich einen Moment Zeit, um über die Frage und ihre entsprechenden Schlussfolgerungen nachzudenken. »Ich hab's noch nicht entschieden. Wir haben immer noch etwas Zeit.«

In der letzten Stunde waren sie dreimal an der Farm südlich von Wooster vorbeigefahren. Inzwischen war es nach ein Uhr morgens, und die Lichter im Haus waren ausgegangen. Normalerweise wäre jetzt die ideale Zeit, um die Angelegenheit über die Bühne zu bringen, sauber und endgültig. Leider war es diesmal nicht so einfach.

Er hatte Burkholder unterschätzt. Ein schwerer Fehler, der ihn wahrscheinlich teuer zu stehen kommen würde. Sie würde ihn zum Handeln zwingen. Das hätte er voraussehen und dem schon längst hätte entgegenwirken müssen.

»Sie wird nicht aufhören«, sagte der Mann auf dem Beifahrersitz.

Vor dem Farmhaus hielt er auf der Straße an und machte die Scheinwerfer aus. Mehrere Minuten lang ließen sie den Blick über Haus und Grundstück wandern, machten sich ein Bild von den Ein- und Ausgängen, der Beleuchtung, davon, wo sie Deckung haben würden und wie sie am schnellsten ins Haus rein- und wieder rauskämen.

»Ich weiß«, sagte er. »Das Problem ist, dass sie nicht in unseren Zuständigkeitsbereich fällt.«

»Und doch weißt du, was zu tun ist.«

»Ja.« Sein Blick wanderte vom Haus zum Mann neben ihm. »Trotzdem ist es ein Risiko.«

»Es ist riskanter, nichts zu tun. Wir haben keine Wahl.«

»Ich werde darüber nachdenken.«

»Lass dir nicht zu viel Zeit. Menschen wie sie hören nicht auf. Sie ist uns schon zu nah und kommt immer näher.«

Er nickte zustimmend und fuhr los. Burkholder zu töten war der letzte Ausweg – und das Einzige, was er nicht tun wollte. Es würde nicht nur eine Menge ungewollte Aufmerksamkeit erregen, es ging auch gegen die wenigen ethischen Grundsätze, die er noch hatte. Aber er war schließlich kein Dummkopf. Burkholder würde sie in die Enge treiben und ihnen letztlich keine andere Wahl lassen.

Diese blinde, dumme Frau glaubte noch immer, dass die Menschen grundsätzlich gut wären. Was für eine Närrin sie doch war.

Dank dieser ehemals amischen Polizistin lag das weitere Vorgehen nicht mehr in ihren Händen – Hände, die bald mit dem Blut einer Unschuldigen besudelt sein würden.

22. KAPITEL

Es geht nichts über eine Nahtoderfahrung, um das Leben in einem neuen Licht zu sehen. Wenn man zudem noch Polizistin ist und die Person, die man verfolgt, einen töten will, spricht viel dafür, dass man auf der richtigen Spur ist.

Als ich aufwache, ist es draußen schon hell. Ich rolle mich auf die andere Seite, nehme mein Handy, checke die Zeit und bin sauer, weil das Display acht Uhr eins anzeigt. Ich hatte den Alarm auf sieben Uhr gestellt. Tomasetti muss ihn ausgestellt haben, während ich geschlafen habe. Er wollte mir etwas Gutes tun, aber ich weiß nicht, was ich davon halten soll.

Ich richte mich auf, schiebe die Beine über die Bettkante. Als ich aufstehe und meine Jogginghose vom Schaukelstuhl nehme, schmerzt jeder Muskel in meinem Körper. Es ist kalt im Haus heute Morgen, und ich ziehe die alte Jacke über mein T-Shirt. Als ich in die Pantoffeln schlüpfe, erinnere ich mich vage, dass Tomasetti vor Sonnenaufgang aufgestanden ist. Er hat mir einen sanften Kuss auf die Wange gegeben, mich eine Weile betrachtet und ist dann gegangen.

All das gemahnt mich daran, dass es in meinem Leben nicht mehr nur um mich geht, wir sind verheiratet, und das muss ich berücksichtigen, besonders im Hinblick auf die Gefahren, die mein Beruf mit sich bringt. Wegen seiner Vergangenheit stellt der Umgang damit für Tomasetti eine besondere Herausforderung dar. Aber letzte Nacht haben wir alles richtig gemacht. Wir haben miteinander geschlafen, was immer gut ist, aber unsere Gefühle sind noch aufgewühlt.

Was sind deine Prioritäten, Kate?

Bin ich in erster Linie Ehefrau? Oder Polizistin? Eine Frau? Wie passt Tomasetti da hinein? Und wie eine potenzielle Zukunft als Mutter und eine Familie? Ich war immer davon ausgegangen, dass ich das wüsste, wenn die Zeit dazu reif sein würde. Jetzt bin ich sechsunddreißig und höre meine biologische Uhr mit jedem Jahr lauter ticken. Heute Morgen habe ich das Gefühl, zwischen allem hin und her gerissen zu sein.

In der Küche stecke ich eine Kapsel Dark Roast in die Kaffeemaschine, drücke den Deckel runter. Vor dem Fenster über der Spüle gießt es aus einem dunkelgrauen Himmel in Strömen. Der Regen hat den meisten Schnee weggespült und die Farm in eine kalte, düstere Atmosphäre gehüllt. Ich schiebe die Gedanken über die offenen Fragen in meinem Leben beiseite und konzentriere mich auf die Ermittlungen. Ob richtig oder falsch oder irgendwo dazwischen, trotz der Tatsache, dass ich von dem Fall so gut wie suspendiert bin, will ich den Mörder finden und aufhalten.

Im Arbeitszimmer gehe ich zum Schreibtisch, nehme meinen Laptop, die Akte mit allen Informationen, die ich bislang zusammengetragen habe, Notizblock und Kugelschreiber und bringe alles in die Küche. Bewaffnet mit einem Kaffee, ziehe ich einen Stuhl unterm Tisch hervor und mache mich an die Arbeit.

Ich tauche in eine fast fünfhundertjährige Geschichte ein, die sich von Österreich und der Schweiz bis nach Deutschland und das heutige Tschechien erstreckt. Ich erfahre etwas über eine Geheimpolizei, genannt »die Täuferjäger«, deren Aufgabe es war, Ketzer zu finden und zu verhaften. Dabei fällt es mir schwer, eine Parallele zwischen den Schwertlern und dem Mord an Swanz zu finden.

Nichts fällt mir auf.

Die frühen Täufer, die getötet und zu Märtyrern wurden, hatten sich keiner Verbrechen schuldig gemacht. Sie waren wegen ihres Glaubens umgebracht worden. Milan Swanz wurde nicht wegen seines Glaubens getötet.

»Wo zum Teufel ist die Verbindung?«, sage ich laut.

Den Stift in der Hand, schreibe ich: *Gewalt. Mord. Schwertler = »des Schwertes«.*

Kann es sein, dass die einzige Gemeinsamkeit die Akzeptanz von Gewalt ist? Haben wir es hier mit einer degenerierten Version der Schwertler-Täufer zu tun? Hat jemand diesen Aspekt der Geschichte genommen und verfälscht, um einen Mord zu rechtfertigen? Jemand, für den Milan Swanz ein Ketzer war?

Frustriert lasse ich den Stift fallen. »Mist.«

Ich lese gerade die Notizen von meiner Befragung des Bischofs, als es an der Tür klopft und ich hochschrecke.

Spontan greife ich zur .38er auf dem Tisch neben meinem Laptop. Die Hand am Griff und den Finger am Abzug, blicke ich zur Hintertür und sehe meinen Bruder davorstehen. Meine Gedanken wirbeln in meinem Kopf umher, ich kann mich nicht daran erinnern, wann mein Bruder das letzte Mal hier war.

Ich entriegele die Tür, öffne sie. Jacob steht auf der schmalen hinteren Veranda und sieht mich an. Er wirkt nicht glücklich. Seine schwarze Kleidung ist triefnass, und Wasser tropft vom Rand seines Hutes.

»*Kumma inseid*«, sage ich.

»Ich kann nicht bleiben.«

Ich sehe ihn stirnrunzelnd an. »Ist alles in Ordnung?«

Er geht an mir vorbei ins Haus, sieht mich an. »Ich hab gehört, was letzte Nacht passiert ist«, sagt er. »Bist du verletzt?«

»Ich bin okay.« Ich tue seine Sorge mit einer Handbewegung ab, kämpfe jedoch gegen das Bedürfnis, meine Blutergüsse am Hals zu verdecken. »Woher weißt du davon?«

»Vom Mann im Futterladen.«

Ich schüttele den Kopf, erstaunt, wie schnell Neuigkeiten in einer kleinen Stadt die Runde machen. Andererseits ist es natürlich eine große Sache, wenn jemand versucht, die Polizeichefin umzubringen, Kleinstadt hin oder her.

»Er meinte, du wärst verletzt«, sagt er. »Und dass du den Fall an den Sheriff übergeben hast.«

Ich spüre Wut hochkommen, aber ich zügele sie, bevor sie ausbricht. »Ganz so ist es nicht.«

Er hebt die Augenbrauen.

»Meine Vorgesetzten«, beginne ich, »unter anderem der Bürgermeister, wollen, dass ich den Fall abgebe.«

»Warum das?«

Ich erkläre es ihm. »Sie glauben, dass ich die Amischen schütze. Dass ich dich schütze.«

»Das tut mir leid.« Sein Blick huscht zum Laptop und den Papieren, die auf dem Tisch verstreut liegen, und zurück zu mir. »Sie kennen dich nicht besonders gut, oder?«

Ich lache trotz meiner düsteren Stimmung. »Offensichtlich nicht.«

Da er vollkommen durchnässt ist, hole ich aus dem Wäscheschrank am Ende des Flurs ein Handtuch. Zurück in der Küche, reiche ich es ihm, gehe zur Kaffeemaschine und mache einen weiteren Kaffee, während er sich abtrocknet und das Handtuch über die Stuhllehne hängt.

»Dich habe ich heute Morgen jedenfalls nicht erwartet«, sage ich und halte ihm die Tasse hin.

»*Danki.*« Er trinkt einen Schluck. »Es hat mir nicht gefallen, wie wir auseinandergegangen sind.«

»Geht es um Milan Swanz?«

»Das weißt du doch.«

Ich nippe am Kaffee. Warte. Als er aber nur weiter auf den

Boden starrt, ziehe ich noch einen Stuhl unterm Tisch hervor. »Setz dich.«

Seufzend folgt er meiner Aufforderung. Ich setze mich auf den Stuhl ihm gegenüber. »Ich werde die Person finden, die Swanz getötet hat, mit oder ohne deine Hilfe. Aber wenn du etwas weißt, was mir weiterhelfen kann, sag es mir bitte.«

Während Jacob stumm auf seine Tasse blickt, lausche ich der tickenden Wanduhr, dem summenden Laptop und dem knarrenden Gebälk des alten Farmhauses, was in der Stille des Raumes unmäßig laut erscheint.

Schließlich beginnt er zu reden, den Blick weiter auf die Tasse geheftet. »Ich hab dir nicht die Wahrheit von dem Zwischenfall mit Swanz gesagt. Jedenfalls nicht die ganze. Katie, es gibt Dinge, die in diesem Leben nie passieren dürften. Einige sind so schlimm, dass man nicht einmal darüber reden sollte.«

»Das weiß ich.«

Er sieht mich bedächtig an, den Mund zusammengekniffen, als wäre er plötzlich voller Galle. »An dem Tag, als ich Swanz mit James in der Scheune erwischt habe …« Jacob erzählt mir, was passiert ist.

Wie vermutet, hatte Swanz eindeutig die Absicht gehabt, Sex mit James zu haben. Mir dreht sich der Magen um. »Das tut mir leid.«

»Ich bin zu James gegangen, hab ihn mir kurz angesehen und ihn ins Haus geschickt.« Die angespannten Muskeln seines Kiefers mahlen. »Ich war blind vor Wut«, sagt er kopfschüttelnd, »es war, als hätte Gott mich geblendet, und beinahe hätte ich etwas getan, was mich … verändert hätte. Jedenfalls rannte Swanz aus der Scheune, ich rannte hinter ihm her und hab ihn am Zaun zum Nachbargrundstück eingeholt. Ich erinnere mich nicht mehr, was ich zu ihm gesagt habe. Es war, als kämen die

Worte nicht von mir.« Wieder schüttelt er den Kopf. »Swanz ist dann weggegangen.«

»Bist du handgreiflich geworden?«, frage ich.

»Ich hab ihn gestoßen. Zwei Mal.«

Ich nicke. »Jacob, hast du irgendetwas mit seinem Tod zu tun?« Die Worte kommen aus meinem Mund wie Gift.

»Nein.«

»Was hast du danach gemacht?«

»Ich hab die Pferde angespannt und bin zu Bischof Troyer gefahren. Ich hab ihm alles erzählt. Der Bischof … Er ist ein alter Mann. Über die Jahre hab ich oft mit ihm gesprochen. An dem Tag hab ich etwas in seinem Gesicht gesehen, was ich nie zuvor gesehen hatte.«

»Und was?«

»Ich bin nicht sicher. Es war nicht … Hass oder Wut. Es war eher … Entschlossenheit. Als hätte er eine schwere Entscheidung getroffen, die er eigentlich nicht hatte treffen wollen.«

»Hast du eine Idee, was für eine Entscheidung das gewesen sein könnte?«

»Nein.«

Ich wähle meine nächsten Worte sorgfältig. »Glaubst du, der Bischof hat etwas mit Swanz' Tod zu tun?«

»Nein«, sagt er nachdrücklich. »Natürlich nicht.«

Erneutes unbehagliches Schweigen. Beide starren wir auf unsere Tassen, lauschen dem Rauschen des Regens. Ich versuche, mich trotz der quälenden Gedanken zu beruhigen, aber es will mir nicht gelingen.

»Ich bin froh, dass James okay ist«, sage ich.

»Gott hat auf ihn aufgepasst. Ich glaube, an dem Tag hat er auf uns alle aufgepasst, auch auf mich.«

»Jacob, warum bist du heute Morgen hergekommen?«

Er sieht mich an. »An dem Sonntag kam Irene nach dem

Gottesdienst zu mir. Sie hat mir erzählt, dass sie sich vor einer Weile mit Bertha Swanz unterhalten hat. Irgendwann waren sie auf Milan zu sprechen gekommen, und da meinte Bertha, sie glaube, dass ihm etwas Schlimmes zustoßen würde.«

»Was?« Ich setze mich aufrecht hin. »Warum hat sie so etwas geglaubt?«

»Das hat sie nicht gesagt, aber Irene fand es seltsam.«

»Und Bertha hat nicht gesagt, was es sein könnte?«

Er schüttelt den Kopf. »Und Irene hat auch nicht gefragt. Sie dachte, Bertha würde nur so daherreden, weil sie wütend auf ihren nichtsnutzigen Exmann war. Nachdem Milan dann umgebracht wurde, kam sie zu mir und hat mir das erzählt.«

»Jacob, warum hast du mir das nicht schon früher gesagt?«

»Nach allem, was passiert ist, bereue ich, es nicht getan zu haben, Katie. Es tut mir leid.«

***

Nachdem mein Bruder gegangen ist, sitze ich noch lange in der Küche. Ich bin zutiefst beunruhigt und versuche, mir einen Reim auf alles zu machen.

Irgendwann waren sie auf Milan zu sprechen gekommen, und da meinte Bertha, sie glaube, dass ihm etwas Schlimmes zustoßen würde.

Wusste Bertha Swanz, dass ihr Exmann ermordet werden sollte? Hat sie etwas damit zu tun? Hat sie es geplant? Hat sie ihren Liebhaber überredet, ihn zu töten? Die Fragen hämmern auf mein Gehirn ein wie Faustschläge.

Inzwischen habe ich Bertha dreimal befragt, und jedes Mal auch gezielt nach dem Leben und dem Tod ihres Exmannes. Hat sie mich angelogen? Genug Gründe, ihn loswerden zu wollen, hatte sie durchaus. Er hat sie misshandelt, sie betrogen, ihrem Sohn den Arm gebrochen. Und nicht zu vergessen ihre Affäre mit Lester Yoder, ihrem Nachbarn. Alles überzeugende Mordmotive.

Ich blicke zur Wanduhr – fast zehn Uhr – und an mir hinunter auf die Jogginghose und die verschlissene Jacke. Und ich frage mich, wie der Stand der Ermittlungen meiner Kollegen ist. Haben sie Fortschritte gemacht? Oder hat es sogar einen Durchbruch gegeben? Sind sie zum gleichen Ergebnis gekommen wie ich?

Ich bin zwar nicht offiziell vom Fall abgezogen, werde aber auch nicht auf dem Laufenden gehalten, stehe also im Grunde auf der schwarzen Liste.

… bis wir uns ein besseres Bild von der Sache gemacht haben, möchte ich, dass Sie sich zurückziehen.

»Das würde euch so passen«, murmele ich.

Ich überlege, Tomasetti zu fragen, ob er mitkommt, lasse es aber besser sein. Bertha Swanz wird eher bereit sein, offen zu reden, wenn ich alleine bin. Sollte ich bei dem Gespräch etwas Neues erfahren, kann ich mein Team immer noch informieren.

Mit diesem Plan im Kopf gehe ich unter die Dusche.

***

Das einzige Gute an der Fahrt mit unserem alten Transporter ist, dass mich niemand damit erkennt. Was natürlich besonders vorteilhaft ist, wenn ich mich einer Person nähere, die nicht mit mir reden will und mir gegenüber mauert.

Es ist kurz nach elf Uhr, als ich in der Auffahrt von Bertha Swanz' Haus parke und auf dem Plattenweg zur vorderen Veranda gehe. Als ich klopfe, dröhnt das Pfeifen eines herannahenden Zuges in meinen Ohren. Die Tür geht auf, und Bertha Swanz sieht mich an, als würde sie sie am liebsten wieder zuknallen. Sie hatte wahrscheinlich den Transporter gesehen und gedacht, sie könne bedenkenlos öffnen.

Überraschung.

»Haben Sie einen Moment Zeit zum Reden?«

Ihr Mund geht auf und wieder zu. »Ich muss gleich zur Arbeit«, stößt sie schließlich hervor. »Morgen passt besser.«

»Es dauert nicht lange.«

Als sie nicht zur Seite tritt, schiebe ich mich lächelnd an ihr vorbei und gehe ins Wohnzimmer. Sie scheint extrem irritiert. Im Kamin lodert ein Feuer, ich spüre die Hitze aus drei Metern Entfernung. Aus der offenen Küchentür fällt Licht herein, und es duftet nach Kaffee und Frühstück. Ich blicke hin und sehe auf dem Tisch zwei dampfende Tassen.

Interessant.

»Ich hab schon gehört, dass Sie eine sehr zielstrebige Person sind«, murmelt sie und schließt die Tür. »Ich glaube nicht, dass Sie so einfach hier eindringen dürfen.«

Auf halbem Weg zur Küche bleibe ich stehen und drehe mich zu ihr um. »Mir war nicht bewusst, dass Sie Gesellschaft haben, draußen stand gar kein Buggy«, sage ich.

Es braucht nicht viel Phantasie, um sich vorzustellen, mit wem sie heute Morgen Kaffee trinkt. Und ihrem Gesichtsausdruck zufolge ist ihr das auch klar. Sie starrt mich wütend an, zieht die beiden Hälften ihrer offenen Strickjacke zusammen und verschränkt die Arme vor der Brust. »Von Ihrer unverschämten Art hab ich auch gehört und kann das nur bestätigen.«

»Mal abgesehen von meinem schlechten Benehmen, wie konnten Sie bereits vor Milans Ermordung wissen, dass ihm etwas Schlimmes passieren würde?«

»Ich hab keine Ahnung, wovon Sie reden«, stößt sie aus.

»Wussten Sie, dass jemand ihn umbringen würde?«

»Natürlich nicht.«

»Lügen Sie mich nicht an«, sage ich. »Es gibt einen Zeugen.«

Sie besitzt die Unverfrorenheit, eine beleidigte Miene aufzusetzen. »Ich habe Sie nie angelogen. Kein einziges Mal!«

»Sie haben durch Unterlassung gelogen«, sage ich ruhig. »Das ist das Gleiche. Und ehrlich gesagt, frage ich mich inzwischen, was Sie mir sonst noch alles verheimlichen.«

»Ich habe nichts zu verheimlichen.«

Ich werfe einen Blick zur Küchentür hinter mir. »Wer ist in der Küche?«

»Niemand. Die Kinder sind in der Schule.«

Ich schenke ihr ein bemühtes Lächeln, drehe mich um und gehe zur Küche. Kurz bevor ich die Tür erreiche, höre ich leise Schritte. Als ich dann eintrete, ist niemand da.

Bertha folgt mir, wirkt unsicher und zunehmend wütend. »Ich hab gehört, dass man Sie auf dem Revier gefeuert hat. Vermutlich haben Sie es verdient. Sie können nicht einfach so hier reinplatzen. Vielleicht sollte ich zur Telefonzelle laufen und den Sheriff anrufen.«

Ich sehe demonstrativ zu den zwei Tassen auf dem Tisch, aus denen noch Dampf steigt. Kaum angerührt. Ich drehe mich zu Bertha um. »Wirkt gemütlich.«

Sie wirft mir einen vernichtenden Blick zu. »Ich mag Sie nicht, Kate Burkholder.«

»Woher wussten Sie, dass Milan etwas Schlimmes passieren würde?«, frage ich.

»Ich möchte, dass Sie gehen«, sagt sie gereizt. »Sofort. Verschwinden Sie, auf der Stelle.«

Es gibt eine Grenze, die ich nicht überschreiten darf, und mir ist klar, dass ich kurz davor bin, es zu tun. Jeder Bürger hat gottgegebene Rechte, die nicht angetastet werden dürfen. Das gilt umso mehr, als ich ohne Durchsuchungsbeschluss hier bin – ganz zu schweigen vom fehlenden Rückhalt meiner Kollegen. Gleichwohl scheue ich nicht davor zurück, alle mir zur Verfügung stehenden Mittel zu nutzen, um sie zum Reden zu bringen.

»Also gut, Bertha. Ich werde gehen.« Ich sage es ruhig, mit ernster Miene und Blick in ihre Augen. »Aber wenn Sie wussten, dass Ihrem Exmann etwas passieren würde, sollten Sie wissen, dass Sie damit Beihilfe zum Mord geleistet haben. Und wenn das der Fall ist, können Sie Ihre Farm darauf verwetten, dass bald jemand mit einem Haftbefehl auftauchen wird.«

Ohne Vorwarnung stürmt die amische Frau auf mich zu, stößt einen Laut aus, halb Wimmern, halb Schluchzen, und boxt mir so heftig gegen die Brust, dass ich zurücktaumele. Ich stolpere über meine eigenen Füße und gehe fast zu Boden, pralle jedoch mit dem Hinterteil an die Anrichte, wodurch mein Sturz gebremst wird und ich das Gleichgewicht wiedergewinne.

»Hören Sie auf!«, schreie ich. »Bertha! Ich bin Polizistin!«

Aber sie ist mit ihren Nerven am Ende und kommt wutschäumend erneut auf mich zu, doch diesmal bin ich gewappnet. Ich packe sie an beiden Oberarmen, wirbele sie herum und drücke sie zu Boden. Sie ist kräftig, aber körperlich nicht fit, was es mir leichter macht.

Ich drehe sie auf den Bauch und presse ihr ein Knie in den Rücken. »Beruhigen Sie sich!«

Ein Schrei, halb Wut, halb Panik, zerreißt die Luft. »Erzählen Sie mir nicht, ich soll mich beruhigen!«

Aus den Augenwinkeln sehe ich jemanden im Vorraum. Ich will gerade meine .38er ziehen, als Lester Yoder durch die Tür kommt. An seinem Gesichtsausdruck erkenne ich, dass er keine Bedrohung darstellt.

»Bertha!«, ruft er. »*Was der schinner is kshicht?*« Was in aller Welt ist hier los?

Ich zeige auf ihn. »Bleiben Sie zurück!«

Der amische Mann bleibt wie vom Donner gerührt stehen und hebt beide Hände, als hätte ich eine Waffe auf ihn gerichtet.

Unter mir legt Bertha die Wange auf den Boden und beginnt zu weinen. »Sie sind so grausam, Kate Burkholder. Kein Wunder, dass Sie die Gemeinschaft verlassen haben, keiner von uns hätte Sie haben wollen. *Fagunna*!« Das ist der *deitsche* Ausdruck für »sei verflucht«.

Ohne Yoder aus den Augen zu lassen, nehme ich die Handschellen vom Ausrüstungsgürtel. »Mrs. Swanz, ich will Ihnen keine Handschellen anlegen und Sie auch nicht verhaften, haben Sie das verstanden?«

»Ich verstehe überhaupt nichts mehr«, sagt sie weinend. »Ich habe nichts verbrochen.«

Ich sehe Yoder an, der mit großen Augen von mir zu Bertha und wieder zu mir blickt. Ratlos zuckt er mit den Schultern.

»Bertha, verhalten Sie sich ruhig, wenn ich Sie aufsetze?«, frage ich die amische Frau.

»Bitte«, schluchzt sie. »Können Sie nicht einfach gehen?«

»Tut mir leid, aber das ist unmöglich.« Ich stecke die Handschellen zurück an ihren Platz, stehe auf und halte ihr die Hand hin.

Aus ein paar Metern Entfernung starrt Yoder uns mit offenem Mund an, die Hände noch immer erhoben.

Die amische Frau ergreift meine Hand und setzt sich auf, ihre Beine sind ausgestreckt.

»Sind Sie okay?«, frage ich.

Weinend schüttelt sie den Kopf.

Ich nicke Yoder zu, und gemeinsam helfen wir ihr auf die Füße. »Mrs. Swanz, ich gehe mal davon aus, dass Sie gestolpert sind«, sage ich. »Der Grund, warum ich das so interpretiere, ist, dass Sie vier schulpflichtige Kinder zu versorgen haben. Aber wenn Sie mich weiterhin belügen oder auch nur etwas verschweigen, werde ich Sie nicht noch einmal verschonen. Haben Sie das verstanden?«

Tränen in den Augen, blickt sie weg und konzentriert sich darauf, nichtexistierenden Staub von ihrem Kleid zu streichen. »Ich hab's verstanden.«

Ich sehe Yoder an, zeige auf einen der Stühle. »Nehmen Sie die Hände runter, und setzen Sie sich.«

Wortlos folgt er meiner Anweisung.

Die amische Frau holt ein verknülltes Papiertaschentuch aus der Tasche und wischt sich die Tränen von den Wangen.

»Ich glaube, es ist an der Zeit, dass wir drei ein ehrliches Gespräch über Milan Swanz führen«, sage ich.

Einen unglücklichen Ausdruck im Gesicht, geht die Frau zum Hängeschrank und holt eine Tasse heraus. »Setzen Sie sich«, sagt sie auf *Deitsch.* »Ich erzähle Ihnen alles, was ich weiß.«

23. KAPITEL

»Milan war nie ganz richtig im Kopf. Es fiel ihm schwer, richtig von falsch zu unterscheiden, und es schien, als würde er immer das Falsche dem Richtigen vorziehen.«

Bertha Swanz, Lester Yoder und ich sitzen am Küchentisch. Nur das Knistern und Knacken im Holzofen im Wohnzimmer, die Petroleumlampe an der Decke und das Ticken des abkühlenden Herdes sind zu hören.

»Wenn er etwas wollte, war es ihm egal, ob er jemanden verletzte, um es zu bekommen.« Berthas Augenbrauen runzeln sich, als hätte sie Mühe, die Teile eines schwierigen Puzzles zusammenzufügen.

»Wenn man das alles bedenkt, war es klar, dass er überall Ärger bekam, wohin er auch ging.«

Sie verzieht den Mund zu einem melancholischen Lächeln. »Als er jünger war, schien es nicht so schlimm zu sein. Er war witzig und charmant, und alle seine Fehltritte schienen harmlos. *Datt* mochte ihn, schließlich war Milan ein ziemlich guter Möbelschreiner. Außerdem sah er gut aus, was auch viele Mädchen bemerkt haben.« Sie seufzt. »Ich war ein dummes, naives Ding, das von nichts eine Ahnung hatte. Als wir dann verheiratet waren, kamen schnell die Kinder, und damit auch die Probleme.«

Yoder nimmt seine Tasse, nippt daran mit gesenktem Blick.

Ich habe unzählige Fragen, aber ich halte mich erst einmal zurück und lasse sie erzählen.

»Es gab permanent Ärger«, fährt sie fort, »bei allem, was er machte, und mit jedem, mit dem er zu tun hatte. Wegen nichts und wieder nichts hat er mit Leuten gestritten. Mit allen hat er sich angelegt. Je älter er wurde, umso schlimmer wurde es.« Sie zuckt mit den Schultern. »Und dann die Kinder. Ich bin wirklich auch für Disziplin, aber Milan war jähzornig und hat es mit dem Prügeln übertrieben. Es kam mir vor, als wäre alles, was er tat, eine Überreaktion.«

Sie stößt einen Seufzer aus und spricht weiter, als laufe sie sich gerade erst warm. »Und dann fing er an, mich zu schlagen. Anfangs nicht so schlimm, eine Ohrfeige hier und da. Aber ich wusste, es war nicht in Ordnung, und es wurde immer schlimmer. Als Nächstes bekam er Probleme auf der Arbeit und wurde gefeuert. O Mann, war er wütend. Er konnte die Dinge nicht auf sich beruhen lassen und wollte sich für jede kleine Kränkung rächen, obwohl er selber schuld daran war.

Über die Jahre hat Bischof Troyer ihn ein halbes Dutzend Mal mit dem Bann belegt, aber Milan hat es jedes Mal wieder hingebogen. Er hat vor der Kirchengemeinde gebeichtet und um Vergebung gebeten, und sie haben ihn wieder aufgenommen. Aber wie oft kann man das machen?« Sie schüttelt den Kopf. »Inzwischen wussten fast alle Amischen, dass mit ihm etwas nicht stimmte. Alle wussten, dass er ein schlechter Kerl war. Niemand hat darüber geredet, niemand hat etwas getan, ich schon gar nicht. Und es wurde immer schlimmer.«

»Wie das?«, frage ich.

Sie schweigt, schaut hinab auf die Tischplatte. »Eines Nachmittags kam Milan nach Hause, Clarence Raber war dabei. Sie hatten beide getrunken. Er hat den Arm meines Jungen gebrochen und gesagt, es wäre ein Unfall gewesen. Aber ich war ja dabei, ich hab gesehen, wie es passiert ist. Und ich hab sein Gesicht gesehen.« Sie blickt mich an, die Augen voller Schmerz. »Das hat mir furchtbar weh getan, und am nächsten Tag bin ich zum Bischof gegangen. Ich hab ihm alles erzählt. Danach hat der Bischof es den *Dienern* gesagt und später dann der ganzen Gemeinde. Und Milan wurde endgültig exkommuniziert.«

Die amische Frau sieht hinab auf ihre Hände. »Ich hab die Scheidung eingereicht und allen erzählt, er hätte es getan.« Sie presst die Lippen zusammen. »Das hat Milan überhaupt nicht gefallen. Kurz nachdem er die Scheidungspapiere bekommen hat, hat er sich am Bischof und seiner Frau gerächt.«

»Wenn ich davon gewusst hätte«, sage ich, »hätte ich Milan verhaftet.«

»Mein Gott, Sie kennen doch die Amischen.« Sie winkt ab. »Dass die englische Polizei sich einmischt, kam nicht in Frage.«

Sie schüttelt den Kopf. »Nachdem wir geschieden waren, hab ich eine Zeitlang nichts von Milan gehört. Ich dachte, alles würde gut werden.«

Sie schließt die Augen, die Atmosphäre im Raum verändert sich. Lester senkt den Kopf, das Kinn an die Brust gedrückt, und starrt auf den Tisch.

»Milan kam hier ins Haus«, sagt die amische Frau. »Mitten in der Nacht. Die Kinder haben geschlafen. Er hat mich geweckt, aus dem Bett gezerrt und an den Haaren die Treppe hinuntergezogen. Er hatte schlimme Dinge im Kopf und redete irres Zeug. Gab mir die Schuld an allen seinen Problemen, und dass ich ihn und unser Ehegelübde verraten hätte.« Sie presst die Lippen zusammen. »Hier in der Küche hat er mich genommen, auf dem Boden, als wären wir Tiere.«

Ich richte mich auf dem Stuhl auf, entsetzt von der Geschichte, die sie erzählt. »Er hat Sie vergewaltigt?«

»Oh, er sagte, das wäre etwas ganz anderes, weil ich ja immer noch seine Frau sei und er vor Gott das Recht dazu hätte.« Sie zuckt mit den Schultern. »Ich war total geschockt. Ich erinnere mich noch, wie ich da auf dem Boden lag.« Sie zeigt zu einer Stelle hinter meinem Stuhl. »Seine Hände um meinen Hals.«

Ihr Atem geht schneller, als bekomme sie nicht genug Luft. »Ich weiß nicht mehr, wie lange das ging. Ein- oder zweimal bin ich wohl ohnmächtig geworden. Und dann standen plötzlich zwei Fremde in meiner Küche. Große, kräftige Männer, ganz in Schwarz gekleidet. An ihrem Blick konnte man sehen, dass sie es ernst meinten. Es war total verrückt. Einer von ihnen half mir auf und setzte mich auf einen Stuhl hier am Tisch. Er hat kein Wort gesagt, aber er war … nett, behutsam. Dann haben sie Milan mitgenommen …«

»Wo haben sie ihn hingebracht?«

»Ich weiß es nicht.«

»Haben Sie die Männer erkannt?«, frage ich.

»Nein. Die hatte ich noch nie gesehen.«

»Waren sie amisch?«

Sie runzelt die Stirn. »Jedenfalls keine Amischen aus Holmes County. Ihre Bärte waren gestutzt. Und gepflegt, so wie bei einigen der Beachy-Amischen. Ehrlich gesagt, hatte ich solche Amische noch nie gesehen.«

Die Beachy-Amischen sind eine progressive Untergruppe, und einige ihrer Gemeindemitglieder benutzen auch Elektronik, benzinbetriebene Traktoren und Transporter.

»War Milan mal ein Beachy?«, frage ich.

»Nein.«

»Kannte er die Männer?«

»Ich glaube nicht.« Sie überlegt kurz. »Ich hatte eher den Eindruck, dass er über ihr Auftauchen genauso überrascht war wie ich.«

»Wissen Sie, was sie wollten?«

»Keine Ahnung.«

»Wann ist das passiert?«, frage ich.

Sie verzieht das Gesicht, als müsse sie nachdenken. »Ein bis zwei Wochen vor Milans Tod.«

Ich denke über den Vorfall nach, während ich mir Notizen mache. »Diese Männer«, sage ich, »sind sie mit einem Auto gekommen?«

»Ich bin mir nicht sicher. Ich war ja in der Küche und hab nicht aus dem Fenster gesehen.« Sie kräuselt die Brauen. »Aber ich erinnere mich, Licht gesehen zu haben.« Sie blickt mich an. »Helles Licht, vielleicht Scheinwerfer von einem Auto oder Lastwagen.«

Ich schreibe es auf. »Was ist dann passiert?«

»Sie haben Milan nach draußen gebracht.«

»Ist Milan freiwillig mit ihnen mitgegangen?«

»Kam mir so vor.«

»Gab es einen Wortwechsel, hat Milan mit ihnen gestritten?«

»Keiner hat was gesagt. Aber etwas hatten diese Männer an sich, Chief Burkholder. So wie Milan sich verhalten hat, scheint er gedacht zu haben, dass er keine andere Wahl hat.«

»Können Sie das Aussehen der Männer beschreiben?«

Sie denkt einen Moment nach. »Also, sie hatten schwarze Jacken an, irgendwie schlicht, so wie Amische. Weißes Hemd, Hosenträger.«

»Größe? Gewicht?«

»Größer als ich, durchschnittliche Statur.«

»Augenfarbe? Haare?«

Sie schüttelt den Kopf. »Daran erinnere ich mich nicht mehr. Ich stand in der Nacht total unter Schock.«

»Haben die Männer überhaupt geredet?«, frage ich.

»Nur miteinander und leise, so dass ich das meiste nicht verstanden habe.«

»*Deitsch* oder englisch?«

»Englisch.«

»Wann haben Sie Milan das letzte Mal gesehen?«

Sie presst die Lippen zusammen. »Ein paar Tage vor seinem Tod. Er kam her, um ein paar Werkzeuge zu holen, aber er war nervös und ganz verschwitzt. Er sagte, er hätte gerade auf der Farm Ihres Bruders gearbeitet.«

»Hat er sonst noch irgendetwas gesagt?«, frage ich.

Mir gegenüber rutscht Lester unruhig auf seinem Stuhl hin und her. Er räuspert sich und wirft einen sehnsüchtigen Blick zur Hintertür, als würde er am liebsten aufstehen und verschwinden, tut es aber nicht.

Bertha nickt. »Ja, dass er mit Ihrem Bruder wegen der Bezahlung gestritten hat und dass Jacob ein Betrüger sei.« Sie runzelt die Brauen. »Er hat behauptet, Jacob hätte ihn für etwas beschuldigt, was er nicht getan hätte.«

»Hat er gesagt für was?«

»Ich hab nicht gefragt, und er hat nichts gesagt. Um die Wahrheit zu sagen, Chief Burkholder, ich wollte es auch gar nicht wissen.«

Ich denke über den Zeitpunkt nach, an dem die beiden Männer aufgetaucht sind und an dem der Mord an Milan Swanz passiert ist, und mir wird klar, dass die zeitliche Abfolge nicht passt.

Ich sehe von Bertha zu Lester und wieder zu ihr. »Wusste Milan von Ihnen beiden?«

Die Hand auf die Brust gedrückt, stößt Bertha ein nervöses Lachen aus. »Wir haben es nie jemandem erzählt. Wir waren … vorsichtig, verstehen Sie? Wir haben uns auch erst nach der Scheidung zusammen in der Öffentlichkeit gezeigt.«

»Wo waren Sie beide in der Nacht, in der Milan umgebracht wurde?«, frage ich.

Sichtlich unwohl, blickt Lester zu Bertha. »Ich war nebenan in meinem Haus. Allein.«

Ich sehe Bertha an. »Ich war hier mit den Kindern. Wie immer.«

***

Wenn die Polizei an einem Fall arbeitet, ist Zeitdruck der schlimmste Feind – oder der beste Freund. Meine persönliche Philosophie lautet in etwa so: Alles muss gestern erledigt werden und zwar am besten richtig gut, sonst vermasselt man den Fall und riskiert, dass der oder die Schuldige ungestraft davonkommt. Es steht viel auf dem Spiel, der Stress ist enorm hoch, und es gibt null Spielraum für Fehler.

Als ich aus Bertha Swanz' Einfahrt biege und Richtung Stadt fahre, sortiere ich im Kopf den Berg an Informationen, den sie mir serviert hat. Vieles von dem, was ich erfahren habe, geht als Motiv durch. Häusliche Gewalt, Vergewaltigung, eine verbotene Affäre. Weder Lester noch Bertha haben ein überprüfbares Alibi. Aber die naheliegendste Frage ist: Wollten sie Milan Swanz aus dem Weg räumen, um zusammen sein zu können? Damit Bertha und ihre Kinder dem Kreislauf der Gewalt entkommen konnten?

Ich denke über ihre Behauptung nach, dass in der Nacht ihrer Vergewaltigung plötzlich zwei fremde Männer aufgetaucht seien. Hat sie die Wahrheit gesagt? Oder hat sie zwei fremde Schurken erfunden, in der Hoffnung, meinen Verdacht in eine andere Richtung zu lenken?

Noch als ich mich mit dem Gedanken beschäftige, geht mir die Beschreibung der Männer durch den Kopf.

Ganz in Schwarz gekleidet.

An ihrem Blick konnte man sehen, dass sie es ernst meinten.

Irgendwie schlicht, so wie Amische.

In Gedanken vergleiche ich die Informationen mit Britney

Gainers Beschreibung des mysteriösen Mannes, mit dem sie Swanz in der Nacht seines Todes in der Bar gesehen hat.

… schwarzes Hemd und schwarze Hose

… weil er irgendwie amisch aussah.

Der Mann, der mich überfallen hat, trug eine schwarze Jacke und Hose.

Sind die Ähnlichkeiten rein zufällig?

Die Antwort darauf ist ein klares Nein.

Ich speichere die Informationen für später im Hinterkopf und drücke die Kurzwahltaste für Auggie Brock. Es klingelt sechsmal, siebenmal. Er geht mir aus dem Weg, denke ich und will gerade auflegen, als er abnimmt und Atemlosigkeit vortäuscht.

»Ich wollte Sie auch gerade anrufen, um mich zu vergewissern, dass Sie über den Fall auf dem Laufenden gehalten werden«, beginnt er.

Ich kenne Auggie ziemlich gut. Ich verstehe ihn. Er ist ein guter Bürgermeister, und als Mensch mag ich ihn sogar. Aber ich weiß, dass er in erster Linie Politiker ist und erst in zweiter mein Freund. Selbst wenn er mich auf eine Art mag, hat er ganz bestimmt keine Lust, mit mir zu reden. Oder, Gott bewahre, die politisch motivierte Entscheidung zu rechtfertigen, die mich in eine Situation gezwungen hat, in der ich nicht frei agieren kann. Vermutlich kennt er mich gut genug, um zu wissen, dass ich das nicht einfach hinnehmen werde.

»Ich bin auf dem Weg ins Revier«, sage ich.

»Was? Warum? Ich dachte –«

»Ich berufe ein Meeting ein.«

»Aber Kate, Sie sind von den aktiven Ermittlungen abgezogen. Glauben Sie wirklich, das ist klug?«

»Ich möchte nur eines von Ihnen heute Morgen, Auggie. Sie sind mein Boss, und ich muss wissen, ob Sie meinem Urteil vertrauen und ob Sie mir Rückendeckung geben.«

»Na ja … äh, natürlich haben Sie meine Rückendeckung. Ich meine, Kate, wir sind Freunde, Sie sind noch immer Polizeichefin. Sie sind nicht beurlaubt – «

»Gut«, unterbreche ich ihn. »Ich habe neue Informationen über den Fall und möchte alle auf den neuesten Stand bringen.«

Ein Ton zwischen Stöhnen und Keuchen dringt in mein Ohr. »Kate, Chambers hat so ziemlich jeden davon überzeugt, dass Sie persönlich zu stark involviert sind. Dass Sie Ihren Bruder schützen und – «

»Sie sind der Bürgermeister und wissen es doch besser, oder?«

Mehrere Sekunden lang höre ich nur Rauschen in der Leitung, dann räuspert er sich, hüstelt und sagt genau das, was ich erwartet habe. »Natürlich tue ich das.«

»Ich bin in zehn Minuten im Revier.«

Erneute Stille, dann: »Kate, kann ich Sie um eines bitten?«

»Ich höre.«

Selbst sein Lachen klingt angespannt. »Gehen Sie Chambers nicht allzu hart an.«

»Ich gebe mir Mühe.« Ohne aufzulegen, drücke ich die Kurzwahltaste für Mona.

»Chief, ich bin ja so froh, dass Sie sich melden. Alle sagen, Sie hätten den Fall abgegeben, weil Ihr Bruder – «

»Er war's nicht«, schneide ich ihr das Wort ab, »und ich hab den Fall auch nicht abgegeben. Ich bin auf dem Weg ins Revier, ich brauche alle für ein Briefing.« Ich werfe einen Blick auf die Uhr am Armaturenbrett. »In zwanzig Minuten. Kommandozentrale. Sagen Sie ihnen, sie sollen alles stehen und liegen lassen und kommen. Zuletzt rufen Sie Rasmussen an.«

Eine winzige Pause, dann: »Was ist mit Chambers?«

»Rufen Sie ihn an, nachdem Sie mit Rasmussen gesprochen haben.«

»Mit Vergnügen.« Ich kann ihr Lächeln beinahe hören. »Sonst noch etwas?«

»Sie sollten vielleicht Ihre Schutzweste tragen.«

»Sehr gerne!« Beim Auflegen höre ich, wie Sie einen Jubelschrei ausstößt.

24. KAPITEL

Auf dem kurzen Weg zum Revier ruft Mike Rasmussen zweimal an, und beide Male lasse ich die Mailbox antworten. Offensichtlich will er wissen, was ich vorhabe. Ich wünschte, ich wüsste das selbst so genau. Im besten Fall gibt mir das Briefing die Gelegenheit, alles, was ich über die Schwertler-Täufer gelernt habe, weiterzugeben und zu erreichen, dass Isaiah Hofers Name auf die Liste der Verdächtigen gesetzt wird. Da ich weiterhin nur eingeschränkt agieren darf, liegt der Rest bei ihnen.

Als ich auf meinen Parkplatz fahre, schicke ich Mona ein stilles Dankeschön, denn die Mehrzahl meiner Mitarbeiter ist bereits hier. Den SUV des Sheriffs und Tomasettis Tahoe sehe ich allerdings nicht. Beklemmung überkommt mich beim Betreten des Gebäudes, und ich habe kaum die Tür hinter mir geschlossen, als jemand nach mir ruft.

»Chief!«

Margaret steht am Empfang und winkt heftig mit einem Stapel Telefonnachrichten. Ihrem Gesichtsausdruck zufolge sind die Nachrichten nicht so wichtig wie das, was sie mir zu sagen hat. Ich gehe zu ihr hin.

»Gott sei Dank sind Sie wieder da«, murmelt sie.

»Ich weiß wirklich zu schätzen, dass Sie und Mona dafür gesorgt haben, dass alle so schnell hier sind«, sage ich und nehme die Zettel entgegen.

»Tomasetti hat geholfen.«

Im Stillen lächele ich. Margaret ist nicht von gestern. »Schön, das zu hören«, sage ich.

»Ihre Officer sind alle fit im Kopf, Chief. Aber so ziemlich alle anderen hier denken mit dem Arsch.« Ihr Mund zuckt. »Nichts für ungut.«

»Kein Problem.«

Mit Blick auf die Tür, senkt sie die Stimme. »Rasmussen, Chambers und Tomasetti sind in fünf Minuten da.«

»Auggie?«

»Hab eben mit ihm gesprochen. Er parkt gerade ein.« Sie verzieht das Gesicht. »Es heißt, Chambers ist auf Kriegspfad. Irgendetwas ist im Busch.«

»Haben Sie eine Idee, was?«, frage ich.

»Keine Ahnung, aber es gefällt mir nicht.«

»Mir dann auch nicht.« Ich mache mich auf zu meinem Büro. »Berufen Sie das Meeting ein.«

Sie grinst.

Ein paar Meter entfernt erscheint Glocks Kopf über der halbhohen Trennwand seiner Arbeitskabine. »Soll ich alle zusammentrommeln, Chief?«

»Ich bin froh, dass Ihr Gehör so gut ist«, sage ich über die Schulter hinweg, schließe mein Büro auf und schnappe mir die Akte und die Notizen vom Schreibtisch. Zurück im Flur, kommen Skid und Pickles um die Ecke.

»Hab gerade mit Mona gesprochen«, sagt T. J. »Sie ist in einer Minute da.«

»Offensichtlich hat Tomasetti Chambers vorhin abgeholt«, sagt Skid leise.

Pickles grinst. »Tomasetti wollte anscheinend dann noch bei Mocha Joe's haltmachen, um sich einen Kaffee zu holen.«

»Bei Mocha Joe's ist immer eine Schlange.« Glock stellt sich hinter mich. »Das dauert, bis sie hier sind.«

»Der Kaffee ist die Warterei wert«, sagt T. J. grinsend. »Chambers wird die Verzögerung bestimmt nicht gefallen.«

»Wenn Tomasetti mit ihm fertig ist, wird der Mistkerl bestens vorbereitet sein«, murmelt Pickles.

Im Besprechungszimmer gehe ich schnurstracks zum Pult am Kopfende des Tisches, die Männer lassen sich auf den Stühlen nieder. Beim Blick auf meine Notizen wird mir bewusst, dass mein Puls schneller schlägt. Ich bin nervös und aufgeregt, und nichts davon kann ich in dem bevorstehenden Meeting brauchen.

Die Tür geht auf, und mein Puls steigt weiter. Nicht Chambers, sondern eine atemlose Mona kommt herein. »Sorry, Kühe auf der Hogpath Road. Mr. Cline hat mir ein Ohr abgekaut.« Sie setzt sich auf den nächsten Stuhl.

Ich gehe sofort *in medias res.* »Milan Swanz war zwar amisch«, sage ich, »aber er war ein gewalttätiger Mann mit vielen Problemen. Er misshandelte seine Frau und seine Kinder, einem Sohn hat er sogar den Arm gebrochen. Er hat sich unangemessen gegenüber einem minderjährigen Kind verhalten. Das sind die Dinge, die wir über ihn wissen. Ich glaube, dass diese Art von Verhalten ein Muster darstellen, das am Ende möglicherweise zu seinem Tod geführt hat.«

Glock richtet sich auf seinem Stuhl auf, hört aufmerksam zu.

Ich fahre fort. »Er hat das Maisfeld seines Nachbarn abgefackelt, die Maisernte und den Garten des Diakons zerstört. Nachdem Swanz Probleme mit seinem Boss bekommen hatte, brannte die Schreinerei nieder. Ich habe auch herausgefunden, dass Swanz den amischen Bischof und dessen Frau angegriffen hat. All das fällt ins gleiche Verhaltensmuster.«

Skid stößt einen Pfiff aus. »Da war der Mistkerl ja ziemlich beschäftigt.«

»Etwas, das wir bei einer laufenden Ermittlung niemals tun, ist, dem Opfer die Schuld zu geben«, sage ich. »Allerdings nehmen wir sein Leben unter die Lupe, seinen Lebensstil und die

Menschen, die ihm nahestanden. Ob er mit jemandem Streit hatte. Ob jemand so wütend auf ihn war, dass er ihn ein für alle Mal loswerden wollte.«

»Dafür scheint es reichlich Motive zu geben«, sagt Glock.

»Um es vorsichtig auszudrücken. Und genau an dem Punkt spielt sein Verhaltensmuster eine Rolle.« Ich nehme mir den Whiteboard-Marker und drehe mich um. »Personen von besonderem Interesse«, sage ich und fange an, sie auf das Whiteboard hinter mir zu schreiben. »Seine Exfrau, Bertha Swanz. Er hat sie misshandelt, vergewaltigt, ihren Sohn ernsthaft verletzt.« Ich gebe eine kurze Zusammenfassung meiner Unterhaltung mit ihr. »Lester Yoder. Er und Bertha Swanz hatten schon eine Beziehung, bevor die Scheidung durch war. Beide hatten einen Grund, Swanz aus dem Weg zu räumen. Keiner von beiden hat ein Alibi für die Nacht, in der Swanz getötet wurde.«

Die Tür geht auf. Tomasetti betritt den Raum, als gehöre er ihm. Cool wie ein Kater, der sich um Mitternacht aus der Tür schleicht. Sein Blick wandert von mir zu meinen Officern und zurück zu mir. Genugtuung blitzt in seinen Augen auf, als er sich auf den Stuhl neben Mona setzt. Chambers ist weniger subtil. Er wirft mir einen vernichtenden Blick zu und lehnt sich nahe der Tür an die Wand wie ein widerwilliger Teenager, der ein langweiliges Dinner über sich ergehen lassen muss. Auggie Brock kommt als Letzter, sein Unbehagen ist offensichtlich.

»Schön, dass Sie es zum Briefing geschafft haben, meine Herren.« Ich wende mich wieder dem Whiteboard zu und fasse die bisher besprochenen Punkte kurz zusammen. Dann mache ich weiter. »Noah Stutzman und seinem Vater gehörte die Schreinerei, die abgebrannt ist. Bei dem Feuer haben sie alles verloren. Sie hatten keine Versicherung. Sie – insbesondere Noah – glauben, dass Swanz für den Brand verantwortlich ist, aber Swanz wurde nie offiziell beschuldigt.«

Ich notiere den nächsten Namen. »Jacob Burkholder.«

»Jetzt wird's spannend«, murmelt Chambers leise vor sich hin.

Ich ignoriere ihn, aber mein Herz schlägt heftig. »Jacob Burkholder sagt, dass Swanz sich unzüchtig gegenüber seinem elfjährigen Sohn verhalten hat – «

»Wir haben Jacob Burkholder befragt«, unterbricht mich Chambers. »Er hat kein unzüchtiges Verhalten von Swanz erwähnt.«

»Klingt, als hätte Chief Burkholder mehr als Sie aus ihm rausbekommen«, sagt Pickles.

Chambers runzelt die Stirn. »Nur um das klarzustellen, Chief Burkholder, Ihr Dienst wurde eingeschränkt, und dennoch waren Sie bei Ihrem Bruder, der zufällig eine Person von besonderem Interesse bei den Ermittlungen ist – «

Jetzt schneide ich ihm das Wort ab. »Er ist zu mir gekommen«, sage ich. »Ich habe ihm zugehört und bringe Sie hier auf den neuesten Stand.« Ich lasse meinen Blick durch den Raum wandern. »Da ich mit Jacob verwandt bin, ist es wohl angemessen, dass alle zukünftigen Kontakte mit ihm – Verhöre, Telefonate, Haftbefehle und was sonst noch – vom Sheriffbüro oder BCI abgewickelt werden. Ich hoffe, das geht in Ordnung.«

Ruhiger und mit dem Gefühl, wieder Boden unter den Füßen zu haben, wende ich mich wieder dem Whiteboard zu und schreibe: *Mysteriöser Mann in McNarie's Bar*. Ich wende mich meinem Team zu. »Laut dreier Gäste, die in der Mordnacht in der Bar waren, hat Swanz bei einem Mann mittleren Alters gesessen und sich eine Weile mit ihm unterhalten. Unklar ist, ob dieser unbekannte Mann amisch war oder nicht.«

»Wenn er von hier ist, hätte ihn doch sicher jemand erkannt«, bemerkt Glock.

»Keiner hat ihn erkannt«, sage ich.

»Gibt es eine Beschreibung von ihm?«, fragt Pickles.

»Eine vage.« Ich blicke auf meine Notizen. »Weiß, um die vierzig, schwarze Kleidung, Hut. Möglicherweise amisch oder ehemals amisch.«

Täufer, flüstert eine kleine Stimme in mein Ohr, und ich notiere das Wort in meinem Gedächtnis.

»Das trifft auf die halbe männliche Bevölkerung von Holmes County zu«, sagt T. J.

»Vielleicht war es Ihr Bruder«, murmelt Chambers.

Ich ignoriere ihn, mache weiter, improvisiere. Ich kenne mein Material, weiß aber nicht genau, wie alles zusammenpasst. »Im Gespräch mit den Troyers kamen wir auch auf das Phänomen des Verbrennens auf dem Scheiterhaufen zu sprechen und in welchem Zusammenhang es zur Geschichte der Täufer steht. Freda Troyer erwähnte einen Mann namens Isaiah Hofer.« Ich füge den Namen der Liste hinzu und gebe eine Zusammenfassung meiner Unterhaltung mit Hofer. »Er ist ein Hutterer und besitzt eine Kiesgrube in Dundee.«

»Hat er eine Akte?«, fragt Skid.

»Er ist sauber.«

Chambers hat alle Mühe, die Augen nicht zu verdrehen.

»Könnte er der mysteriöse Mann in der Bar gewesen sein, mit dem Swanz geredet hat?«, fragt Glock.

»Hofer behauptet, in der Mordnacht zu Hause gewesen zu sein.« Ich zucke mit den Schultern. »Allein. Aber grundsätzlich passen seine Statur und die Kleidung, die er bei meinem Besuch getragen hat, zu der Beschreibung.«

»Irgendeine Verbindung zu Swanz?«, fragt T. J.

»Ich bin noch auf der Suche.« Ich halte inne. »Interessanterweise haben die beiden Fremden, die angeblich bei Bertha Swanz in der Nacht aufgetaucht sind, in der sie vergewaltigt wurde, die gleiche Kleidung getragen wie der Mann in McNarie's Bar.«

»Könnte einer von ihnen der Mann gewesen sein?«, fragt Glock.

»Ich weiß es nicht«, antworte ich ehrlich, »halte es aber für erwähnenswert.«

Pickles blickt zu Chambers und Rasmussen. »Das meiste davon haben wir bis jetzt nicht gewusst.«

Chambers wirft Tomasetti einen Blick zu, der besagt, dass er das alles für Schwachsinn hält, aber Tomasetti ignoriert ihn.

Er räuspert sich, hat offensichtlich genug. »Chief Burkholder, bei allem gebotenen Respekt, Ma'am, Sie wissen bestimmt, dass wir inzwischen eine aktualisierte Liste der Personen haben, die bei unseren Ermittlungen von Interesse sind. Wir haben mit deren Befragung begonnen und waren de facto auf dem Weg zu den Troyers, als der Anruf uns erreichte, dass Sie dieses sogenannte Briefing einberufen haben.«

Ich wende mich ihm zu. »Sie wussten nichts von Hofer.«

»Das hätte sich offensichtlich im Gespräch mit den Troyers geändert, was wir allerdings nicht führen konnten, weil wir unsere Zeit hier verschwenden und Ihnen zuhören müssen.«

»Weder Freda noch der Bischof werden offen mit Ihnen sprechen«, merke ich an.

»Das bleibt abzuwarten«, sagt er.

»Nur um das einmal festzuhalten«, sagt Tomasetti, »Chief Burkholders Argument ist überzeugend. Sie hat eine gute Beziehung zu den Amischen, sie vertrauen ihr und respektieren sie.«

»Ist zur Kenntnis genommen«, sagt Chambers, dann lässt er den Blick durch den Raum wandern, ein König, der gezwungen ist, seine widerspenstigen Untertanen in die Schranken zu weisen. »Bei allem Respekt gegenüber den hier Anwesenden muss doch festgestellt werden, dass Chief Burkholders persönliche Verbindung zu diesem Fall – wie sich jetzt durch den unglücklichen Vorfall zeigt, der ihren Bruder und minderjährigen Neffen involviert – sie disqualifiziert, die Ermittlungen weiterhin zu leiten.«

Er sieht mich an. »Ich finde, es wäre klug von Ihnen, sich wegen Befangenheit von dem Fall zurückzuziehen.«

Ich hatte noch nie Probleme mit einem Beamten einer anderen Behörde wegen der Zuständigkeit bei einem Verbrechen. So etwas ist kontraproduktiv und schlechter Stil. Mein Revier arbeitet eng zusammen mit dem Sheriffbüro, und manchmal überschneiden sich unsere Zuständigkeiten. Meistens bin ich diejenige, die um Amtshilfe bittet und dankbar für jede personelle Unterstützung ist. Chambers' Argument ist zwar begründet, aber trifft nicht den Kern der Ermittlungen. Wenn ich den Respekt meines Teams behalten will, kann ich das nicht unwidersprochen lassen.

Ich zeige auf ihn, froh, dass mein Finger nicht zittert. »Dies ist mein Briefing. Ich habe einige Zusatzinformationen, die ich mitteilen möchte, also setzen Sie sich und seien Sie still.«

Aus den Augenwinkeln sehe ich Auggies Mund aufgehen, aber ich schaue ihn nicht an. Rasmussen krümmt sich auf dem Stuhl, als wäre ihm das Frühstück nicht bekommen. Tomasetti sieht mir in die Augen, und ich fühle mich gestärkt durch die Zustimmung, die ich in seinem Blick erkenne.

Chambers besitzt die Unverfrorenheit, amüsiert dreinzublicken, und hebt kapitulierend die Hände. »Okay okay, es ist Ihre Show.«

Innerlich bebend, sehe ich auf meine Notizen. »Ich muss nicht betonen, dass es extrem ungewöhnlich ist, einen Menschen auf dem Scheiterhaufen zu verbrennen. Es ist riskant und eine schmutzige Angelegenheit, außerdem birgt es eine Menge Unwägbarkeiten, die nach hinten losgehen und dazu führen können, dass der Mörder gefasst wird. Und doch war dieser Mensch bereit, dieses Risiko einzugehen. Ich glaube, das ist der Schlüssel. Ich glaube, dieser Mord hat symbolischen Charakter. Und ich glaube ebenfalls, dass wir das Warum verstehen müssen, um eine bessere Chance zu haben, den Täter zu überführen.«

Mit diesem Statement begebe ich mich auf unbekanntes Terrain. Ich bin mir bewusst, dass diese Behauptung auf mich zurückfallen und mich wie eine Idiotin dastehen lassen kann. Die Theorie, die ich gleich präsentieren werde, stößt an die Grenzen der Glaubhaftigkeit – selbst ich habe Zweifel –, und nicht alle in diesem Raum sind dafür, dass ich überhaupt noch in dem Fall ermittele.

»Während meines Gesprächs mit Freda Troyer«, beginne ich, »erfuhr ich von einer obskuren Gruppe, die in der Geschichte der Täufer eine untergeordnete Rolle gespielt hat. Kurz gesagt, entstand während der Reformation eine Sekte von Täufern, die als Schwertler bekannt ist. Wie die meisten von Ihnen wissen, gehört zu den wesentlichen Merkmalen der Amischen und der großen Mehrheit der Täufer insgesamt der Grundsatz des Pazifismus. Die Schwertler-Täufer unterscheiden sich hingegen darin, dass sie – und ich zitiere – ›des Schwertes‹ waren.«

»Heißt das, diese Gruppe billigte Gewalt?«, fragt Mona.

Im Raum ist es plötzlich so still, dass aus dem Empfangsbereich das Klingeln des Telefons und Margarets Stimme, die mit einem Anrufer spricht, zu hören sind. Sogar Chambers scheint interessiert an dem zu sein, was noch kommt. Ich blicke auf meine Notizen, lasse mir einen Moment Zeit, um meine Gedanken zu ordnen.

»Die Schwertler-Täufer glaubten, dass die Regierung eine göttliche Institution sei und somit dazu verpflichtet, hilflose Christen zu verteidigen. Was auch bedeutete, zu den Waffen zu greifen.«

Sheriff Rasmussen erhebt zum ersten Mal die Stimme und stellt die offensichtliche Frage. »Was ist die Verbindung zwischen dem Mord an Milan Swanz und dieser mysteriösen Gruppe?«

»Ich bin nicht sicher, dass es eine Verbindung gibt. Aber ich weiß, dass Freda Troyer und Isaiah Hofer beide die Schwertler-Täufer erwähnten, als ich mit ihnen über den Fall Swanz sprach.«

»In welchem Zusammenhang?«, fragt Rasmussen.

»Die Existenz dieser Gruppe ist größtenteils Legende. Aber auf der Suche nach Parallelen habe ich herausgefunden, dass einer der frühen Anführer der Täuferbewegung auf dem Scheiterhaufen verbrannt wurde. Und auch, dass diese Gruppe Gewalt nicht nur billigt, sondern auch ausübt. Meiner Meinung nach lohnt es sich, diesen Aspekt genauer zu betrachten.«

»Kate, bei allem Respekt«, sagt Rasmussen, »das scheint mir eine äußerst gewagte Verbindung.«

Da sich auch in den Gesichtern der anderen Zweifel zeigen, fahre ich fort. »Berücksichtigen Sie alles, was wir über Milan Swanz wissen – er hat Menschen verletzt, Kinder misshandelt, sich unmoralisch verhalten. Das ist ein Verhaltensmuster«, sage ich mit Nachdruck. »Was ist, wenn wir es hier mit einer degenerierten Version der Schwertler-Täufer zu tun haben? Was ist, wenn diese Gruppe es sich zur Aufgabe gemacht hat, die amische Gemeinde vor solchen Mitgliedern zu schützen?«

Chambers, der gerade eine SMS schreibt, blickt von seinem Handy auf und stößt ein ungläubiges Schnauben aus. »Sie meinen, eine Art amische Mafia?«

Ich bin dankbar, dass niemand lacht.

»Kate, nur damit ich es richtig verstehe«, sagt der Sheriff. »Wollen Sie damit sagen, dass diese Schwertler-Täufer in oder nahe Holmes County leben? Dass sie den Mord an Swanz geplant und ausgeführt haben, weil er eine Bedrohung für die amische Gemeinde war?«

»Ich stelle eine Theorie auf, die eine genauere Betrachtung verdient«, sage ich. »Jeder kann sich als Schwertler-Täufer bezeichnen. Hier geht es in erster Linie um das Motiv.«

»Eine Person?« Die Frage kommt von Skid. »Oder eine Gruppe?«

»Das weiß ich nicht, neige aber zu der Annahme, dass es sich um mindestens zwei Personen handelt.«

Glock stellt die nächste Frage. »Dann glauben Sie also, dass der oder die Täter vermutlich amisch sind?«

»Oder es einmal waren oder einer der anderen Glaubensgemeinschaften der Täufer angehören«, sage ich. »Vergessen wir nicht, dass die Täufer aus drei Kerngruppen bestehen: den Amischen, den Mennoniten und den Hutterern.«

T. J. ergreift das Wort. »Und wie finden diese Leute ihre Opfer?«

Eine Frage, über die ich schon nachgedacht habe, ohne eine klare Antwort zu finden. »Die amische Gemeinde ist eine verschworene Gemeinschaft. Jeder kennt jeden. Dinge sprechen sich herum, und diese Leute bekommen Wind davon.«

»Dann glaubst du also nicht, dass jemand aus Painters Mill die Gruppe kontaktiert hat?«, fragt Tomasetti. »Der Bischof oder einer der Kirchenältesten?«

Ich denke an den Bischof und seine Frau, an die amische Gemeinde als Ganzes und an die Jahre, in denen ich eine von ihnen war, und schüttele den Kopf. »Nein, das kann ich mir nicht vorstellen.«

Chambers stöhnt auf, als hätte er genug gehört. »Chief Burkholder, bei allem Respekt, aber was zum Teufel soll ein Typ, der auf einem Stapel Holzpaletten verbrannt wurde, mit einer mysteriösen Gruppe, die Selbstjustiz übt, und der amischen Geschichte zu tun haben?«

»Auf dem Scheiterhaufen wurden während der Reformation

Täufer hingerichtet. Dafür gibt es viele Fallbeispiele im *Märtyrerspiegel.*«

»*Märtyrerspiegel?*«

»Das ist ein altes Buch aus dem 17. Jahrhundert«, erkläre ich. »Darin werden die Geschichten von der Verfolgung der frühen Täufer erzählt. Viele Amische haben dieses Buch zu Hause.«

Lächelnd kratzt Chambers sich am Kopf, der Gesichtsausdruck eine Mischung aus Skepsis und Belustigung. »Chief Burkholder, bei allem Respekt für Sie und die Amischen, das ist verdammt weit hergeholt.«

Eine Kakophonie von klingelnden Handys durchbricht die angespannte Atmosphäre. Chambers blickt auf sein Display und steht auf. »Einen Moment«, sagt er und verlässt den Raum.

Neben ihm starrt Rasmussen düster aufs Display seines eigenen Telefons und wischt darüber, ohne geantwortet zu haben. Auggie Brock wirft einen Blick auf sein iPhone und schaltet es stumm.

»Mist«, murmelt Tomasetti.

Ich sehe ihn an, verwirrt, aus unerfindlichen Gründen alarmiert, wobei mir bewusst ist, dass weder mein noch Tomasettis Handy geklingelt hat.

Die Tür geht auf, Chambers kommt mit dem Handy in der Hand herein, sagt zu Rasmussen: »Wir haben den Haftbefehl.«

Leise fluchend steht Rasmussen auf. Ich sehe ihn an, aber er blickt in eine andere Richtung.

»Haftbefehl für wen?« Ich richte die Frage an den Sheriff.

»Jacob Burkholder für den Mord an Milan Swanz«, antwortet Chambers ungefragt.

25. KAPITEL

Es ist vierzehn Uhr, ich sitze in meinem Büro und versuche erfolglos, mich nicht verraten zu fühlen. Ich bin wütend wegen der Heimlichtuerei rund um den Haftbefehl für meinen Bruder, weil mir meine Kollegen nicht genug vertraut haben, um mich zu warnen. Und weil ich mit der Nachricht dann auch noch in Gegenwart meines Teams überrumpelt wurde. Aber ich bin nicht einfach nur wütend. Ich bin verletzt – und ich mache mir große Sorgen um meinen Bruder.

Düstere Vorahnungen überkommen mich, wenn ich daran denke, was in den kommenden Stunden und Tagen mit Jacob passieren wird. Ich glaube nicht, dass er Milan Swanz umgebracht hat. Ich kenne ihn – sein Herz und seinen Verstand. Zwar sind die Indizienbeweise gegen ihn erdrückend, aber ich weiß, dass er kein Mörder ist.

Missmutig schaue ich aus dem Fenster auf den fallenden Schnee und frage mich, ob die Deputys des Sheriffs den Haftbefehl schon ausgeführt haben. Ich frage mich, ob Jacob mir die Schuld gibt, ob er glaubt, dass ich sein Vertrauen missbraucht habe. Diese Vorstellung ist kaum zu ertragen.

»Kate.«

Ich drehe mich um. Tomasetti kommt durch die Tür, im Gesicht einen Ausdruck von Mitgefühl, aber auch von Reue über die Art und Weise, wie die Sache gelaufen ist. Ich bin noch nicht bereit, mit ihm zu reden, merke aber, dass ich ihn auf eine Weise brauche, die nichts mit meinem Job und dem Fall zu tun hat.

»Haben sie ihn schon verhaftet?«, frage ich.

Düster dreinschauend, lässt er sich auf den Stuhl mir gegenüber sinken. »Sie sind gerade auf seiner Farm.«

Ich stöhne, stütze die Ellbogen auf den Tisch. »Ich hasse das alles.«

»Ich auch.«

»Hast du es gewusst?«

»Sie haben mir absolut nichts gesagt«, stößt er wütend hervor, hat sich aber schnell wieder im Griff. »Diese beschissene Show hätte ich nicht zugelassen.«

Er spricht von Rasmussen und Chambers, die im Briefing saßen und auf den Haftbefehl gewartet haben, ohne mich in irgendeiner Form vorzuwarnen.

»Und wie ist es abgelaufen?«, frage ich.

»Offensichtlich hat Chambers heute Morgen die eidesstattliche Erklärung für den Haftbefehl aufgesetzt und hat sie dem Richter in Millersburg vorgelegt.«

»Mistkerl.«

»Ich hätte verdammter Scheißkerl gesagt, aber Mistkerl geht auch.«

Ich versuche ein Lächeln, das sich aber künstlich anfühlt. »Was haben sie gegen Jacob in der Hand?«, frage ich. »Außer dem Vorfall mit meinem Neffen, meine ich. Das kann für einen Haftbefehl kaum reichen.«

»Heute Morgen gab es noch einen anonymen Hinweis. Jemand hat behauptet, Jacob kurz vor dem Mord mit dem Buggy auf der Dogleg Road gesehen zu haben.«

»Er war nicht da«, sage ich. »Das hätte er mir gesagt.« Doch ich spüre, dass es noch mehr schlechte Nachrichten gibt.

»Eine Woche vor dem Mord hat Jacob zwei Dutzend Holzpaletten gekauft.«

Ich starre ihn an, will ihm meine Überraschung nicht zeigen. »Du weißt aber schon, dass das für einen Farmer nicht ungewöhnlich ist. Viele benutzen Paletten zur Lagerung von Heu oder –«

»Am Morgen des Mordes hat er sechs Gallonen Diesel gekauft.«

»Auch das ist nicht ungewöhnlich für einen Farmer, besonders für einen amischen.«

»Aber das Timing ist beschissen«, erwidert Tomasetti. »Die beiden Käufe, der anonyme Hinweis und der Vorfall zwischen Swanz und deinem Bruder – deinem Neffen – sind zusammengenommen als Beweise erdrückend. Damit hat Chambers Motiv, Mittel und Gelegenheit.«

Ich schlage mit der Handfläche auf den Tisch. Weil ich sauer bin, frustriert – und verstört. Weil ich den Hauch des Zweifels, den ich verspüre, nicht leugnen kann. Ich weiß besser als viele andere, dass die Macht der Liebe und das instinktive Bedürfnis, unsere Kinder zu beschützen, uns anfällig machen für unsere menschlichen Schwächen, zu denen auch die Wut gehört.

»Und was ist mit seinem Alibi?«, frage ich.

»Er sagt, er war bei seiner Frau.«

»Jacob ist kein Mörder«, sage ich.

»Ich weiß.«

Seine Bestätigung treibt mir Tränen in die Augen, aber ich blinzele sie weg, stehe auf und gehe zum Fenster, muss mich in den Griff bekommen.

Als ich Papier rascheln höre, drehe ich mich um und sehe, wie Tomasetti mehrere gefaltete Blätter aus seiner Innentasche zieht. »Es gab einige interessante Treffer bei meiner ViCAP-Suche.«

Die hatte ich schon fast vergessen, und mein Herz hüpft, als ich mich wieder an den Schreibtisch setze und die Blätter entgegennehme. »Inwiefern interessant?«

»Es gibt vier Fälle«, sagt er. »Morde. Bei dreien sind Amische involviert, bei einem ein Mennonit.«

Ich überfliege die Angaben, notiere mir die Daten. »Die Fälle sind alle ziemlich kalt«, murmele ich.

»Und eine Verbindung zu unserem Fall entdecke ich auch nirgends.«

Ich sehe ihn eindringlich an. »Wenn du eine bessere Idee hast, bin ich ganz Ohr.«

»Die hab ich nicht.«

Seufzend wende ich mich wieder den Blättern zu und konzentriere mich auf die Untersuchungen des Falls in Pennsylvania. »Welche Stichworte hast du in die Suchmaske eingegeben?«

»Amisch.« Er zuckt mit den Schultern. »Ländlich, Farm, Feld, Wald, Mord durch Feuer, Ritual.«

Ich nicke. »Danke.«

»Kopf hoch, Chief. Wir kriegen das hin.« Ein bemühtes Lächeln im Gesicht, steht er auf. »Ich fahre zur Farm deines Bruders.«

Ich erhebe mich ebenfalls. »Sorg dafür, dass sie ihn anständig behandeln.«

»Das mache ich.« Er kommt um den Schreibtisch herum. »Und du?«

»Ich sehe mir die Fälle noch genauer an und fahre dann nach Hause.« Mein Versuch zu lächeln scheitert kläglich. »Vielleicht mache ich mir was Hochprozentiges auf.«

»Tust du mir einen Gefallen?«, sagt er und beugt sich zu mir. »Da du die Fälle in ViCAP entdeckt hast …«

»Warte auf mich.«

Er gibt mir einen sanften Kuss.

Und dann ist er weg.

***

Der erste der vier ViCAP-Fälle passierte in Lancaster County, Pennsylvania, im Juli 2012. Das Opfer, eine sechsundzwanzig Jahre alte amische Frau, Lena Stoltzfus, wurde mit dem Gesicht nach unten im Teich einer Farm gefunden. Zunächst sah es nach Suizid aus, bei einer zweiten Autopsie stellte sich jedoch heraus, dass sie ermordet wurde. Es werden kaum Details genannt, und ich brauche mehr Informationen, um hier weitermachen zu können. Also markiere ich die wichtigsten Punkte und gehe zum nächsten Fall über.

Der ist aus Cashton, Wisconsin, aus dem Jahr 2005. Daniel Miller, ein zweiundvierzig Jahre alter amischer Mann, umgekommen bei einem Scheunenbrand. Zunächst wurde der Brand als Unfall eingestuft, nach dem Fund eines Brandbeschleunigers hat man jedoch Mordermittlungen eingeleitet. Auch hier gibt es keine weiteren Informationen.

Ich habe mir gerade den nächsten Fall vorgenommen – er ist aus dem Jahr 1999 und liegt somit noch weiter zurück –, als es an der Tür klopft und Margaret von der Rezeption mit einer Tasse Kaffee in der Hand darin auftaucht. »Kaffee, Chief?«, fragt sie. »Hab ihn gerade frisch gekocht.«

Wir beide wissen, dass die Frische des Kaffees auf diesem Revier keine Rolle spielt. Aber ihr Bemühen entlockt mir ein Lächeln. »Sehr gern.«

Sie kommt herein und stellt die Tasse auf meinen Schreibtisch. »Ihr Mietwagen wurde heute Morgen gebracht.«

»Danke.«

Sie tritt einen Schritt zurück, stemmt die Hände in die Hüften. »Tomasetti hat mir erzählt, Sie sind zum Innendienst verdonnert worden.«

»Das ist Vorschrift, weil ich eine persönliche Beziehung zu dem Fall habe.« Ich bemühe mich, die Erklärung so vage und professionell wie möglich zu halten, was nicht einfach ist.

»Vermutlich überschreite ich meine Kompetenzen, Chief, aber Sie sollen wissen, dass wir das alle hier für Bullshit halten«, sagt sie. »Tomasettis Ausdruck, nicht meiner.«

Ich runzele die Stirn. »Also …«

Sie zeigt auf die ViCAP-Berichte. »Er hat mich gebeten, die für Sie auszudrucken. Er meinte, wenn man Sie schon zum Innendienst verdonnert hätte, könnten Sie verdammt nochmal auch Schreibtischdienst machen. Ich halte das für eine gute Idee.«

»Tomasetti hat das gesagt?«

Sie nickt. »Das haben Sie gut gemacht«, sagt sie. »Ihn zu heiraten, meine ich. Er gefällt mir.«

»Mir auch.« Eine blöde Antwort, aber meine Gedanken kreisen gerade um etwas anderes.

»Brauchen Sie Hilfe damit?« Sie blickt zu den ViCAP-Berichten. »Ich arbeite mich zwar noch ein, aber ich bin schon ziemlich gut darin, Dinge herauszufinden.«

Ein verlockendes Angebot, aber ich widerstehe der Versuchung. Ich darf sie nicht in etwas involvieren, mit dem ich mich nicht einmal selbst beschäftigen sollte. Eine klügere Frau würde jetzt Feierabend machen, zurück zur Farm fahren und eine Flasche WhistlePig anbrechen …

Ich reiche ihr die Berichte. »Machen Sie sich Kopien davon und besorgen Sie mir für jeden der Fälle die Kontaktinformationen der Sheriffbüros und der jeweiligen State Police. Vielleicht finden Sie ja auch den Namen der leitenden Ermittler heraus.«

»Mach ich.«

»Das dient natürlich nur Verwaltungszwecken«, füge ich hinzu.

»Hab ich mir schon gedacht.« Sie grinst und nimmt mir die Berichte aus der Hand.

***

Margaret ist zwar nicht so geschickt wie Mona bei der Durchforstung des Internets, aber sie lernt schnell. Kaum hat sie mir die Kontaktdaten der relevanten Dienststellen geliefert, greife ich auch schon zum Hörer. Und während ich am Telefon hänge, dehnt sie die Suche aus und gräbt weiter nach allem, was es sonst noch zu den Fällen zu finden gibt: Zeitungsartikel, Fernsehberichte, Social-Media-Posts und aktuelle Informationen über die Verbrechen.

Nach neun Anrufen und neun Zusicherungen, dass mich jemand zurückrufen würde, hat sich noch kein einziger Ermittler bei mir gemeldet. Einer ist in Urlaub, zwei sind im Ruhestand, und vier haben schon Feierabend gemacht. Keine Ahnung, was mit den beiden anderen ist.

In der ganzen Zeit mache ich mir Sorgen um meinen Bruder. Da mich niemand über den Stand der Dinge auf dem Laufenden hält, muss ich davon ausgehen, dass er verhaftet worden ist. Ich frage mich, ob Irene und die Kinder dabei waren, ob sie gesehen haben, wie er in Handschellen abgeführt und auf den Rücksitz des Streifenwagens gesetzt wurde.

»Hier ist ein weiterer Zeitungsbericht über den Lena-Stoltzfus-Fall.«

Margaret kommt zur Tür herein und reicht mir einen Computerausdruck.

»Danke.« Im Gegenzug gebe ich ihr meine Notizen zu dem Fall in Wisconsin. »Der Detective ist vor zwei Jahren in den Ruhestand gegangen. Versuchen Sie, seine private Telefonnummer herauszufinden. Der Officer in der Pressestelle des Sheriffbüros meinte, er sei vor sechs Monaten nach Florida gezogen.«

»Ich finde ihn.«

Ich konzentriere mich auf den Zeitungsartikel, den Margaret mir gerade gegeben hat. Es geht um die amische Frau, die in Lancaster, Pennsylvania, tot im Teich gefunden wurde. Margaret hat den Namen des leitenden Ermittlers gekennzeichnet. Ich blättere durch die Papiere auf meinem Schreibtisch und wähle die Nummer der Pennsylvania State Police.

»Ich verbinde Sie mit der Pressestelle«, meldet eine weibliche Hochgeschwindigkeitsstimme.

»Moment – «

Zu spät.

Nach drei Klicks höre ich eine andere Stimme und stelle mich blitzschnell vor. »Ich möchte mit Lieutenant Gersch sprechen.«

»Ich verbinde Sie mit der zuständigen Ermittlungsabteilung.«

Ich hänge fast vier Minuten lang in der Warteschleife und hoffe, nicht in die Telefonhölle verbannt worden zu sein, als sich eine höfliche männliche Stimme meldet. »Shulte.«

Ich stelle mich vor. »Ich würde gern mit Lieutenant Gersch sprechen.«

»Tut mir leid, Chief Burkholder, aber Lieutenant Gersch ist vor zwei Jahren verstorben«, sagt er. »Sie müssen mit mir vorliebnehmen.«

Ich erkläre ihm kurz, worum es geht. »Ich habe in Verbindung mit einem Fall, an dem wir hier in Painters Mill arbeiten, einen ViCAP-Treffer zu Ihrem Stoltzfus-Fall von 2012 bekommen.«

»Kleinen Moment, ich rufe den Fall im Computer auf.« Ich höre Geräusche einer Tastatur. »Also, zunächst hatte der Leichenbeschauer von Lancaster County angenommen, es würde sich um Selbstmord handeln. Die amische Frau wurde in einem Teich gefunden. Der Ehemann der Frau erinnerte sich, blaue Flecken an ihrem Hals gesehen zu haben. Daraufhin hatte Lieutenant Gersh eine zweite Autopsie angeordnet, wobei sich herausstellte, dass das Opfer tatsächlich Strangulationsmale am Hals hatte.«

»Dann war die Todesursache Strangulierung?«, frage ich.

»Todesursache war Ertrinken«, korrigiert er mich. »Keiner konnte sich die Strangulationsmale erklären, bis das Sheriff's

Department den Teich von einem Taucher absuchen ließ. Und der fand einen Betonblock und einen Strick. Der Strick passte zu den Strangulierungsmalen. Lieutenant Gersch vermutete, dass der Mörder dem Opfer den Strick um den Hals gebunden hat, den Block daran befestigt und die Frau in den Teich gezwungen hat, wo sie dann ertrunken ist.«

»Und wie kam es, dass Strick und Betonblock nicht mehr mit dem Opfer verbunden waren, als es gefunden wurde?«

»Vermutlich war der Mörder dann selbst im Wasser und hat den Strick abgeschnitten. Wir können nur annehmen, dass er dachte, die Polizei würde zum Schluss kommen, sie hätte Selbstmord begangen.«

Nichts davon stand in dem Bericht, den ich gelesen habe. »Gab es eine Verhaftung?«

»Nein, Ma'am.«

»Wurde gegen jemanden ermittelt?«

»Anfangs gegen den Ehemann. Sie wissen ja, wie das ist. Aber er hatte ein wasserdichtes Alibi. Er war den ganzen Tag beim Nachbarn, um ihm mit dessen krankem Vieh zu helfen.«

»Verdächtige?«

»Kein einziger. Der Fall ist noch nicht geschlossen und wird jedes Jahr überprüft. Leider ohne neue Erkenntnisse.«

»Was ist mit Beweismaterial?«, frage ich. »Gab es Schuhabdrücke am Tatort? Am Ufer des Teichs? Haben Sie die Herkunft des Betonblocks und des Stricks ermittelt?«

»Als schließlich klar war, dass wir es mit einem Mord zu tun haben, waren sämtliche Fußspuren entweder von Ersthelfern zertrampelt oder vom nächtlichen Regen weggespült worden«, sagt er. »Block und Strick waren relativ neu. Wir haben bei den Händlern in der Gegend nachgefragt und Hunderte Stunden die Aufnahmen von Überwachungskameras angesehen, aber absolut ohne jeden Erfolg.«

Wir schweigen, und ich kann spüren, dass ich seine Neugier geweckt habe. »Chief Burkholder, wenn ich fragen darf, wie hängt dieser alte Fall mit Ihren Ermittlungen in Painters Mill zusammen?«

Ich umreiße kurz die wesentlichen Fakten des Mordes an Swanz. »Die ViCAP-Kriterien, also dass es um Amische geht und die Tat sich jeweils in einer ländlichen Gegend ereignet hat, passen zusammen.«

»Dann sitzen wir vermutlich im gleichen Boot. Auch keine Verdächtigen.«

»Noch keine«, verbessere ich ihn.

»Optimistische Cops muss man einfach lieben.« Ich höre sein Lächeln in der Stimme. »Wenn Sie auf eine Verbindung oder eine Spur stoßen, wäre ich für Infos dankbar.«

»Darauf können Sie sich verlassen«, sage ich.

Und wir beenden das Gespräch.

***

Zwanzig Minuten verbringe ich damit, das Internet nach Informationen über den Fall Stoltzfus zu durchforsten und nach einer Verbindung zu Painters Mill, dem *Märtyrerspiegel* oder einem der Namen, der mit unserem Fall in Verbindung steht, zu suchen, aber ohne jeden Erfolg. Ich will diesen alten Fall schon von meiner Liste streichen, als mein Blick auf einen unterstrichenen Link auf einer der Seiten fällt, die Margaret mir zuvor gebracht hatte. *Selbstmord in Amisch Country – oder war es doch keiner?* Die reißerische Schlagzeile stammt von einem beliebten Journalisten aus Lancaster County, der sich auf amische Themen spezialisiert hat und inzwischen auf seiner eigenen Internetseite sehr erfolgreich Beiträge veröffentlicht. Dieser Beitrag wurde im Juli 2012 eingestellt.

War der Tod von Lena Stoltzfus ein Selbstmord, wie die Polizei anfangs glaubte? Oder steckt hinter dem Tod dieser jungen amischen Frau etwas viel Dunkleres? Sehen Sie sich meine Reportage an, und finden Sie es heraus.

Mein Interesse ist geweckt. Ich nehme das Blatt, wende mich meinem Computer zu und rufe seine Internetseite auf und klicke den Beitrag an.

»Hallo allerseits! Ich bin Dan von *AmishWorldUSA*. Willkommen zu meiner Sendung. Gewalttaten sind so ungefähr das Letzte, was einem einfällt, wenn man an die Amischen hier im friedlichen Lancaster County denkt, aber genau darum geht es heute. Und da diese Gewalttat auch düstere Untertöne hat, ist der Bericht für Kinder nicht geeignet. Also Leute, ihr seid vorgewarnt.«

Der junge Journalist hat den idealen Ort für seine Reportage gewählt. Er steht vor einer hübschen amischen Farm mit weißem Bauernhaus, alten Bäumen drum herum, einer roten Hangscheune und einem Silo im Hintergrund. Das Haus befindet sich relativ nah an der Straße, so dass er seinen Zuschauern das Gefühl geben kann, in der ersten Reihe zu sitzen. Die ländliche Idylle bildet den perfekten Kontrast zum blinkenden Blaulicht eines Streifenwagens vom Sheriff's Department, dem gelben Absperrband, den uniformierten Deputys und in Khaki gekleideten Detectives, die im Hintergrund umherlaufen.

»Hinter mir ist die Farm, auf der vor ein paar Stunden die sechsundzwanzig Jahre alte Lena Stoltzfus tot aufgefunden wurde«, beginnt er. »Die amische Frau lebte hier mit ihrem Mann, John, mit dem sie seit sechs Jahren verheiratet war.«

Er setzt eine ernste Miene auf. »Der Polizei zufolge hatte Mr. Stoltzfus einem Nachbarn mit einer kranken Kuh geholfen und die Leiche seiner Frau gefunden, als er nach Hause kam.

Wie die meisten Amischen haben die Stoltzfus' kein Telefon, so dass John eine halbe Meile gerannt ist, um von einem englischen Nachbarn aus die Neun-eins-eins anzurufen.

Ich habe vorhin mit einem der Nachbarn – der anonym bleiben möchte – gesprochen, der sagte, dass Lena in letzter Zeit Probleme gehabt hätte. Ihr Ehemann wusste, dass sie bei Spaziergängen in den Feldern der Umgebung zuweilen Trost fand. Als er seine Frau heute bei seiner Heimkehr nicht zu Hause antraf, ging er sie suchen und fand sie mit dem Gesicht nach unten tot im Teich.« Der junge Mann zeigt auf das Grundstück hinter ihm. »Nur zweihundert Meter von hier, hinter der Scheune.«

In den nächsten Minuten interviewt er mehrere umstehende Personen, alles Amische. Einige sind Nachbarn, Freunde. Einer der Interviewten ist ein Mann, der gerade mit seinem Buggy vorbeikommt und anhält, um herauszufinden, warum so viele Polizeiautos da sind. Bis auf einige wenige zeigen die Amischen, mit denen er spricht, vor der Kamera nicht ihr Gesicht.

»Lena war eine geplagte Seele«, sagt eine amische Frau mittleren Alters mit dem Rücken zur Kamera. »Ich hab noch vor einer Woche nach dem Gottesdienst mit ihr gesprochen. Sie hat sich so sehr eine Familie gewünscht. Aber sie hat ihre drei süßen Babys verloren und ist an ihrer Trauer zerbrochen.«

Als sie geht, sieht der junge Journalist der Frau hinterher, dann wendet er sich wieder der Kamera zu. »Doch nicht jeder hier glaubt, dass Lena Stoltzfus ohne Schuld war.« Er hält das Mikrophon einer jungen amischen Frau hin, die ihn verärgert anblickt und schnell der Kamera den Rücken zudreht. »Ma'am, wie ich höre, haben Sie eine andere Auffassung von dem, was Lena Stoltzfus zugestoßen ist.«

Sie läuft los, aber er hält mit ihr Schritt. »Bei unserem Gespräch vorhin haben Sie Gerüchte erwähnt«, drängt er. »Können Sie uns etwas darüber erzählen?«

Sie geht unbeirrt weiter. »Ich kann nur sagen, dass ich Dinge gehört hab, die nicht so schön waren.«

»Was für Dinge?«

»Zum Beispiel, dass ihre Babys nicht an plötzlichem Kindstod gestorben sind, wie alle sagen.«

»Das ist eine gewagte Behauptung«, sagt er. »Können Sie uns das näher erläutern? Gibt es irgendwas, das ihre Behauptung untermauert?«

»Ich glaube, ich hab genug gesagt.« Die Frau macht eine abwehrende Handbewegung in Richtung Kamera und eilt davon.

Die Kamera schwenkt zurück zum Journalisten, der sich verblüfft und neugierig einer anderen amischen Frau zuwendet. »Ma'am, kannten Sie das Opfer?«

In der nächsten Einstellung ist diese Frau auch wieder nur von hinten zu sehen, der Journalist aber von vorn.

»Lena war das liebevollste Wesen …« Die etwas über fünfzig Jahre alte Frau erzählt, dass die beiden Stoltzfus' rechtschaffen, fleißig und gottesfürchtig waren.

Während ich mir das ansehe und dabei versuche, Parallelen zwischen diesem Fall und meinem in Painters Mill zu finden, läuft hinter dem Journalisten ein Mann durchs Bild. Er blickt höchstens ein, zwei Sekunden lang in die Kamera, aber das reicht, um mich erstarren zu lassen.

»Was zum Teufel …«

Ich greife die Maus, gehe zum Anfang des Videos zurück, sehe es mir noch einmal an und stoppe es so, dass das Gesicht des Mannes zu sehen ist. Es ist kein gutes Standbild, die Details sind verschwommen, und das Gesicht ist von der Kamera abgewandt. Offensichtlich ein Amischer, schwarze Hose, Hosenträger, schwarzer breitkrempiger Filzhut.

»Er trägt ein kariertes Hemd«, flüstere ich.

Die Regeln der *Ordnung* unterscheiden sich von Kirchendistrikt zu Kirchendistrikt. Aber auf eines kann man sich verlassen, nämlich dass amische Männer nichts Kariertes tragen. Dieser Mann ist zu alt, um in der *Rumspringa* zu sein. Und so unwahrscheinlich es auch scheint, aber irgendwie kommt er mir bekannt vor. Aber wie kann das sein? Lancaster County ist über dreihundert Meilen entfernt.

Vage erinnere ich mich, kürzlich einen ähnlich seltsam gekleideten Mann gesehen zu haben, der mir deshalb aufgefallen war. Er war nicht amisch gewesen. Wo habe ich ihn gesehen, und was hat es mit diesem Mann zu tun, der Hunderte Meilen weit weg ist?

Die Erkenntnis trifft mich wie ein Schlag. »Isaiah Hofer. Verdammt!«

Ich schnappe meine Lesebrille vom Schreibtisch, drehe mich wieder zum Monitor, vergrößere das Standfoto. Das Bild wird sehr körnig, und die Details gehen verloren, aber das Hemd kann ich deutlich sehen. Rostrote und rote Karos. Hosenträger. Ein nicht ganz klassischer amischer Hut. Mit einem Mausklick setze ich das Video in Bewegung, beobachte seinen Gang, den Schwung seiner Arme, die langen Beine, die großen Schritte. Die leichte Wölbung der breiten Schultern.

»Was zum Teufel hast du an dem Tag, an dem eine amische Frau umgebracht wurde, in Pennsylvania gemacht?«

Als Antwort bekomme ich nur das leise Rieseln des Schnees gegen das Fenster und die düstere Vorahnung, die fehlende Verbindung zwischen den beiden Morden zwar gefunden zu haben, aber nicht in der Position zu sein, mit dem Wissen etwas anfangen zu können.

26. KAPITEL

Milan Swanz wurde auf dem Scheiterhaufen verbrannt, hingerichtet wie Balthasar Hubmaier während der Reformation vor fünfhundert Jahren. Lena Stoltzfus ertrank mit einem Betonblock um den Hals im Teich auf ihrer Farm. Elsbeth Hubmaier wurde mit einem Stein um den Hals in die Donau geworfen. Beide Hinrichtungsmethoden waren zur Zeit der Reformation üblich, vor allem bei den Täufern. Es gibt keinen eindeutigen Zusammenhang zwischen den historischen und heutigen Verbrechen, aber die Parallelen sind nicht zu übersehen.

Ich habe mir das Video sechsmal angeschaut, ich habe das Bild vergrößert, mit Helligkeit, Kontrast und Auflösung experimentiert – und ich bin fast sicher, dass der Mann Hofer ist.

Fast …

»Warum wurde Milan Swanz auf dem Scheiterhaufen verbrannt?«, flüstere ich.

Ich beantworte meine Frage selbst: »Er war eine Gefahr für die amische Gemeinde.«

»Und warum wurde Lena Stoltzfus ertränkt?«

Ich blicke auf meine Notizen zum Mord an Lena Stoltzfus, die ich mir zum Video des Journalisten gemacht habe.

… haben Sie Gerüchte erwähnt …
Ich kann nur sagen, dass ich Dinge gehört hab, die nicht so schön waren.
»Zum Beispiel, dass ihre Babys nicht an plötzlichem Kindstod gestorben sind, wie alle sagen.«

Mir läuft es kalt den Rücken hinunter. »Jemand glaubt, dass sie ihre Kinder getötet hat?«, murmele ich.

Die Worte hängen wie eine Giftwolke in der Luft.

Ich schlage die Fallakte auf, nehme meine Notizen heraus. Mein Blick bleibt auf dem Gespräch mit Freda Troyer hängen.

Es gibt Gerede über eine Gruppe Männer
… ihre Seelen sind dunkel …
begreifen das Gottlose darin als die Freiheit, die sie brauchen, um Dinge zu tun, die ein frommer Mann nicht tun kann.
… für einen größeren Gott

Ich denke an die Geschichte über ihren Sommer in Shipshewana, als Freda Troyer dreizehn Jahre alt war.

Druvvel-machah …
Er hat sich in der Scheune erhängt …
… kam heraus, dass man ihm das angetan hatte.
Jemand hatte ihn gefesselt und dann aufgehängt.
Alle haben über die Schwertler geredet.
Aber der Polizei haben sie nichts davon gesagt.

Als ich ihr sagte, dass seit 1951 viele Jahre vergangen seien, hatte sie geantwortet:

Es sei denn, es gibt für jede Generation frisches Blut.

Und dann hatte sie mir Hofers Namen genannt.

Ich blättere weiter bis zu den Notizen, die ich nach dem Gespräch mit Hofer gemacht habe.

... Sie werden sie nicht kommen sehen. Wenn Sie ihnen in die Quere kommen, werden sie hinter Ihnen her sein. Sie werden Sie finden, Sie verschlingen und Ihre Reste ausspucken. Und diese Reste werden niemals gefunden werden, es gibt keine Aufklärung, keinen Abschluss. Vergessen Sie das nicht, wenn Sie das nächste Mal den Menschen in die Augen schauen, von denen Sie geliebt werden.

Das war eine Drohung, selbst jetzt noch sträuben sich mir die Nackenhaare. Ist es möglich, dass es tatsächlich eine moderne Version der Schwertler-Täufer gibt? Dass die einzige Gemeinsamkeit der beiden Gruppen die Billigung von Gewalt ist? Wurde Milan Swanz getötet, weil diese Gruppe in ihm einen heutigen Ketzer sah?

Das Letzte, woran ich denken sollte, ist, nach Dundee zu fahren, um mit Isaiah Hofer zu reden. SCHLECHTE IDEE blinkt es in roter Neonschrift vor meinem inneren Auge auf. Wahrscheinlich sieht der Typ im Video einfach nur aus wie Hofer. Und wenn er es tatsächlich ist, dann war er vielleicht wegen etwas so Harmlosem wie einer Hochzeit oder Beerdigung dort. Ganz zu schweigen von dem Umstand, dass ich von den Ermittlungen abgezogen wurde. Wenn ich mich jetzt einschalte, könnte es den ganzen Fall gefährden, vor allem, wenn es zum Prozess kommt.

Das Problem ist nur, dass mein Bruder wegen eines Verbrechens im Gefängnis sitzt, das er nicht begangen hat. Chambers ist es vermutlich egal, ob Jacob schuldig oder unschuldig ist, solange er für sich selbst einen Sieg verbuchen kann. Meine Prinzipien als Polizistin erlauben es mir nicht, das einfach so hinzunehmen. Die Frage ist nur, was ich verdammt nochmal tun kann?

»Absolut nichts«, murmele ich.

Schon während ich diese Worte ausspreche, weiß ich, dass ich meinen eigenen guten Rat nicht befolgen werde. Ohne mir Zeit zum Überlegen zu geben, schnappe ich meinen Autoschlüssel und gehe zur Tür.

Als ich rückwärts aus meiner Parklücke fahre, rufe ich Tomasetti an. Er nimmt umgehend das Gespräch an. »Wo bist du?«, fragt ich ohne lange Vorrede.

»Noch immer im Sheriffbüro. Vor einer Stunde wurde Jacob erkennungsdienstlich behandelt, im Moment wird er vernommen.«

»Sie haben dich ausgeschlossen.« Das ist keine Frage.

»Ich bin sein Schwager, es war also zu erwarten.«

Ich stelle mir meinen Bruder allein im Raum mit Chambers und Rasmussen vor und weiß, dass er nicht über den Vorfall zwischen Swanz und seinem Sohn reden wird. Ich weiß ebenfalls, dass sein Schweigen bestenfalls als unkooperativ ausgelegt wird. Schlimmstenfalls aber als glatte Lüge.

»Hat Jacob einen Anwalt?«, frage ich.

»Ich glaube nicht.«

»Tomasetti, er weiß wahrscheinlich nicht, dass er einen Anspruch darauf hat.«

Ich höre gedämpfte Stimmen im Hintergrund, und Tomasetti spricht leiser. »Ich kenne einen guten Strafverteidiger in Wooster, ich war vor einigen hundert Jahren mit ihm auf dem College. Ich rufe ihn an.«

Ich schließe die Augen gegen das unwillkommene Aufwallen von Gefühlen. »Danke.«

»Bist du auf der Farm?«, fragt er.

»Nicht direkt.« Ich erzähle ihm, dass ich Hofer auf dem Video wiedererkannt habe und von meinem Verdacht. »Tomasetti, ich glaube nicht an einen Zufall.«

»Und was hast du vor?«

»Ich werde mit ihm reden.«

Er stößt leise einen Fluch aus. »Kate, das ist aus so vielen Gründen eine schlechte Idee, dass ich erst gar nicht anfange, sie aufzuzählen.«

»Ich mache es … inoffiziell. Stelle ihm ein paar Fragen, fühle ihm ein bisschen auf den Zahn.«

»Wir beide wissen, dass das Blödsinn ist, oder?«

»Ich bin mir sicher, dass ich richtigliege. Es passt alles zusammen.«

Wieder flucht er leise. »Gib mir Hofers Adresse«, knurrt er. »Wir treffen uns dort.«

Ich nenne ihm die Adresse aus dem Gedächtnis. »Ich danke dir.«

»Wenn wir schon unsere Karrieren beenden, dann können wir das auch mit Stil machen.«

»Wir werden nicht –«

Er legt auf, ohne dass ich den Satz beendet habe.

* * *

Als ich die Stadtgrenze von Dundee erreiche, dämmert es bereits. Der Nieselregen, der schon fast den ganzen Tag fällt, hat sich in Schnee verwandelt. Die Temperaturanzeige an meinem Armaturenbrett pendelt sich um die null Grad ein. Als ich die Schotterstraße entlangfahre, die zur *Sugarcreek Sand and Gravel Company* führt, komme ich an einem gelben Bagger vorbei, der mit seiner Schaufel einen Felsbrocken von der Größe eines Kleinwagens an den Rand des Grundstücks schiebt. Die ganze Zeit über denke ich schon über das bevorstehende Gespräch mit Hofer nach. Ich erwarte nicht, dass er irgendein Fehlverhalten zugibt, dafür ist er zu schlau. Bestenfalls kann ich auf ein paar Informationen hoffen, die es mir möglich machen, meine

Vermutung – und somit seine Beteiligung – entweder zu beweisen oder zu widerlegen.

Ich parke an derselben Stelle wie beim letzten Mal. Auf dem Weg zum Büro kriecht mir die Kälte unter den Kragen meiner Jacke. Ich habe das Gebäude noch nicht ganz erreicht, da sehe ich schon das Schild an der Tür: SUGARCREEK SAND & GRAVEL GESCHLOSSEN. Hofer hatte zwar gesagt, dass die Kiesgrube bald erschöpft wäre, aber das Timing macht mich natürlich stutzig.

Ich klopfe, aber nichts rührt sich. Die Jalousien sind gerade so weit geöffnet, dass ich ins Innere blicken kann. Das Licht brennt, aber der Schreibtisch ist leergeräumt. Ich gehe zurück zur Tür, drehe am Knauf. Da sie aufgeht, trete ich ein.

Ich mache mir bewusst, dass es ja keine Privaträume, sondern Geschäftsräume sind, ich also nicht unbefugt eindringe, sondern einfach nur hereingehe, weil ich Hilfe brauche.

»Hallo?«, rufe ich. »Mr. Hofer? Hier ist Kate Burkholder.«

Der Schreibtisch, an dem die Sekretärin das letzte Mal gesessen hat, ist leer, der Stuhl verschwunden. Nichts liegt mehr herum. Auch der Computer und die Tastatur sind weg. Ich überlege gerade, einen Blick in den hinteren Raum zu werfen, als ich hinter dem Schreibtisch das altmodische Telefon auf der Anrichte entdecke. Ein einzelnes Lämpchen leuchtet, was heißt, dass entweder jemand telefoniert oder der Hörer ausgehängt ist.

»Mr. Hofer?«

Während von draußen das Knattern des Baggermotors zu hören ist, gehe ich den Flur entlang, komme an einer nur angelehnten Tür mit der Aufschrift WC vorbei und gehe weiter zum Büro. Das Licht brennt, es gibt einen Stuhl und einen mit Papieren übersäten Schreibtisch. Auf der Schreibtischunterlage steht eine mit SUGARCREEK SAND & GRAVEL beschriftete

Tasse. Ich trete näher, lege die Rückseite der Finger daran – sie ist warm.

»Mr. Hofer.«

In dem Moment vibriert mein Handy an der Hüfte. Ich ziehe es aus der Gürteltasche, blicke aufs Display, erkenne Tomasettis Nummer. »Wo bist du?«

»Biege gerade in die Einfahrt.« Seiner Stimme höre ich an, dass ihm das alles nicht gefällt. »Und du?«

»Im Hauptgebäude. Sobald du auf den Parkplatz kommst, siehst du es. Der blaue SUV davor ist mein Mietauto.«

»Bis gleich.«

Ich stecke das Handy gerade zurück in die Tasche, als draußen ein gewaltiger Knall ertönt. Alarmiert renne ich den Flur entlang und durch den Empfangsbereich, höre das Aufheulen des Baggermotors. Ich bin schon fast an der Eingangstür, als ich beim Blick durchs Fenster sehe, wie sich die Baggerschaufel in die Beifahrerseite des Tahoe rammt und den Wagen dann vor sich herschiebt.

»Was zum Teufel …?«

Ich reiße die Tür auf und sehe mit an, wie Tomasettis Tahoe im hohen Tempo über den Parkplatz geschoben wird. Die Reifen des Chevrolets pflügen durch Schotter und Schlamm, der Motor heult auf. Das ist kein Unfall.

»Tomasetti!«

Die Hand auf der .38er, springe ich die Stufen hinunter und rase über den Platz. Den Blick auf die Fahrzeuge fokussiert, öffne ich mit dem Daumen den Riemen des Holsters, ziehe die Waffe heraus und richte sie mit dem Finger am Abzug auf die Fahrerkabine des Baggers.

»Halt!«, schreie ich. »Stopp! Polizei!«

In dem Moment wird die Fahrerseite des Tahoes gegen einen riesigen Felsbrocken gedrückt. Mehrere Schüsse fallen, eine

Rauchwolke steigt auf, als eine Kugel das Fenster des Tahoes durchschlägt. Tomasetti, wird mir klar, hat von innen durchs Beifahrerfenster geschossen, um sich zu retten.

»Stopp! Stopp!«

Ich feuere zwei Schüsse auf die Fahrerkabine des Baggers ab. In der Mitte des Parkplatzes und die Waffe auf den Baggerfahrer gerichtet, sehe ich rechts von mir Licht aufleuchten. Ich blicke hinüber und sehe Scheinwerfer auf mich zukommen, ein Motor heult auf, zu nah und zu schnell, ich drehe mich zur Seite und schieße auf den Fahrer.

Das Auto rammt mich, ein messerscharfer Schmerz durchfährt meine Hüfte, und ich werde durch die Luft geschleudert. Wieder heult der Motor auf, alles um mich herum verschwimmt, ich knalle mit Hüfte und Schulter auf den Boden, dann mit dem Kopf, ich sehe Sterne, und dann ist alles dunkel. Undeutlich nehme ich wahr, wie mein Körper über Kies rutscht. Dann fange ich mit flatternden Armen und Beinen an zu rollen.

Das Nächste, was ich weiß, ist, dass ich still daliege. Mein Gesicht ist kalt und nass auf meinem Gesicht, die gleiche Kälte dringt durch meine Kleidung. Ich habe Schmerzen, kann sie aber nicht lokalisieren, weiß nur, dass die Lage ernst ist. Ich hebe meinen rechten Arm, aber die Hand ist leer, meine Waffe weg.

Ich blinzele, um klarer sehen zu können, spucke Kies aus. Nach zwei Sekunden ist die Welt um mich herum wieder scharf, und ich sehe eine schwarz gekleidete Gestalt in knirschenden Lederstiefeln auf mich zukommen. Ich hebe den Kopf, blicke mich um, und kurz dreht sich wieder alles.

Wo zum Teufel ist meine Waffe?

»Nicht bewegen«, sagt eine tiefe Stimme.

Ich höre das Knattern des Baggermotors. Vor meinem geistigen Auge sehe ich, wie Tomasettis Tahoe zerquetscht wird. Adrenalin schießt durch meinen Körper, und ich rolle mich auf den Bauch, versuche, auf die Knie zu kommen und aufzustehen. Aber meine Muskeln spielen nicht mit, mir wird übel, ich hebe den Kopf, spucke aus, sehe Blut. Alles dreht sich, ich lege mich wieder hin, konzentriere mich darauf, wieder klar denken zu können.

Jemand packt meine linke Schulter und dreht mich auf den Rücken, ich möchte vor Schmerz aufschreien, stöhne aber nur. Mein Kopf kippt nach hinten, aus dem grauen Himmel fällt Schnee, der kalt und nass meine Kleidung durchdringt.

»Sie haben eine sehr dumme Entscheidung getroffen, Kate Burkholder.« Isaiah Hofer kniet sich neben mich. Er trägt einen schwarzen Mantel, die Wolle feucht vom schmelzenden Schnee. Schwarze Lederhandschuhe. Mit einem seltsam mitleidigen Gesichtsausdruck steckt er sich meine .38er in den Hosenbund. »Allerdings habe ich auch nichts anderes von Ihnen erwartet.«

Er beugt sich über mich, fährt mit den Händen über meine Bluse und meine Hose, widmet sich äußerst sorgfältig meinen Taschen. Während er mich durchsucht, mache ich innerlich eine Bestandsaufnahme meiner Verletzungen. Der Kopf tut weh, das Hirn ist umnebelt, Schmerzen in der rechten Hüfte, im Rücken. Ich blicke nach links, das Auto, das mich angefahren hat, ist drei Meter entfernt, Scheibenwischer und Scheinwerfer sind an, der Motor läuft. Hofer zieht mein Handfunkgerät aus dem Ausrüstungsgürtel, entfernt das Ansteckmikro von meinem Revers. Ungerührt öffnet er meinen Ausrüstungsgürtel, nimmt ihn ab und legt ihn über seinen Arm.

Ich blinzele, versuche, einen klaren Kopf zu bekommen und die Situation einzuschätzen. Selbst in meinem benommenen Zustand weiß ich, dass sie kaum schlimmer sein könnte.

»Wo ist Tomasetti?«, frage ich krächzend.

»Er hat sich offenbar genauso verkalkuliert wie Sie.« Er blickt nach rechts zum Bagger.

Ich folge seinem Blick, und der Boden scheint unter mir wegzubrechen. Die Baggerschaufel liegt auf dem zertrümmerten Dach des Tahoe, Windschutzscheibe und das Seitenfenster sind zersplittert. Nichts bewegt sich. Keine Spur von Tomasetti, kein Anzeichen von Leben.

Panik erfasst mich, ich setze mich auf, packe Hofer am Hals und drücke mit aller Kraft zu. »Du verdammter Scheißkerl.«

Ich erkenne meine eigene Stimme nicht, die verzerrt ist von Panik, Terror und Wut.

Ich drehe mich, stütze mich auf den Ellbogen, um ihn besser packen zu können, grabe die Fersen in den Matsch für mehr Halt. »Wo ist er?«, schreie ich.

Den Schlag sehe ich nicht kommen, die Wucht, mit der er mich trifft, ist wie Dynamit, das in meinem Kopf explodiert. Meine Hand rutscht von seiner Kehle, ich falle zurück auf den Boden, er beugt sich über mich und legt mir beide Hände um den Hals. Ich packe seine Handgelenke, grabe ihm die Nägel ins Fleisch, kratze, drehe mich, hebe ein Knie, um es ihm in die Seite zu rammen, aber es ist zwecklos. Er ist stärker, und ich bin viel zu angeschlagen, um zu kämpfen.

Tomasetti.

Schatten verdunkeln meine Sicht, die Geräusche um mich herum verstummen, ich höre nur noch mein wild klopfendes Herz. Dunkelheit verdrängt das Licht, es ist, als sähe ich die Welt durch ein winziges Loch. Dumpfe Stimmen, Unruhe, ich werde geschubst, gezogen.

Und dann fühle ich überhaupt nichts mehr.

27. KAPITEL

Ich wache in einem Auto auf, das über unwegsames Gelände holpert. Der Motor schnurrt, aus einem Lüftungsschlitz über mir bläst warme Luft. Ich öffne die Augen, sehe Regentropfen am Fenster, und mir wird klar, dass ich im Kofferraum des gemieteten SUVs liege. Meine Hände sind im Rücken gefesselt.

Ich blicke zum Fahrersitz, sehe Hofers Hinterkopf und richte den Oberkörper etwas auf, um nach draußen schauen zu können. Vor dem Fenster ziehen Bäume vorbei, aber die Gegend erkenne ich nicht. Wir befinden uns abseits der Straße, rundherum ist Wald. Neben mir steht der Ausrüstungskoffer aus meinem Explorer mit kugelsicherer Weste, Erste-Hilfe-Kasten, Wasserflasche und extra Munition. Neben dem Koffer liegt ein mir unbekanntes, wie ein Lasso aufgewickeltes Seil. Nichts davon wird mir helfen, solange ich gefesselt bin. Ich blicke nach vorn und erkenne den Koffer mit meiner Schrotflinte zwischen den Sitzen. Wenn ich die Waffe zu fassen kriege, kann ich Hofer vielleicht stoppen.

Ich betaste die Fesseln um meine Handgelenke. Sie fühlen sich nach Seil an, aber sicher bin ich mir nicht, denn meine Hände sind taub. Meine .38er und das Funkgerät sehe ich nirgends. Ich blicke an mir herunter, kann aber nicht sehen, ob der Clip mit dem Gerber-Messer noch innen im Hosenbund steckt oder ob Hofer es an sich genommen hat.

Mist. Mist. Mist.

Das Bild von Tomasettis Tahoe kommt mir vor Augen. Ich weiß nicht, ob er lebt, tot ist oder verletzt. Das Bedürfnis, bei ihm zu sein, zerreißt mich. Panik kommt hoch, aber ich ringe sie nieder, denn ich weiß, dass ich nicht überleben werde, wenn ich ihr nachgebe.

Ich blicke zu Hofer. Er sieht mich im Rückspiegel an, sein Gesichtsausdruck ist undurchdringlich und kalt.

»Sie sind zurück«, sagt er.

Die zynische Antwort, die mir auf der Zunge liegt, schlucke ich runter.

»Wo ist Tomasetti?«, frage ich.

Ohne mir zu antworten, wendet er seine Aufmerksamkeit wieder dem Weg zu.

Ich schließe die Augen, beiße die Zähne so fest zusammen, dass sie weh tun, und halte einen weiteren Anflug von Panik im Zaum. »Wo zum Teufel ist er?«, zische ich.

Er ignoriert meine Frage.

»So, wir sind da.« Er schiebt den Schalthebel in die Parkposition und stellt den Motor ab. Ich blicke aus dem Fenster, sehe nichts außer Baumkronen, einen grauen Himmel und sanft fallenden Schnee.

Hofer steigt aus, geht um den Wagen herum zur Rückseite und öffnet die Klappe. »Dann hole ich Sie mal da raus.«

»Was haben Sie vor?«, frage ich.

Er beugt sich runter, nimmt das Seil und zieht es sich wie eine Umhängetasche über Kopf und Schulter. Da ich keine Anstalten mache auszusteigen, packt er meinen Arm und zieht mich aus dem SUV. Schmerz durchzuckt meine Hüfte, aber als ich mit den Füßen auf dem Boden stehe, halten meine Beine stand.

Ich sehe mich um: Schotterstraße, bewaldete Umgebung. Der Anblick der Kiesgrube, die nur wenige Meter entfernt ist, löst eine Welle der Angst in mir aus. Die Grube ist etwa zweitausendfünfhundert Quadratmeter groß, mit steilen Felswänden bis runter zum stehenden Gewässer, das schwarz ist wie Glas.

»Gehen wir«, sagt er.

»Wohin?« Ich rühre mich nicht, sehe ihn an, halte seinem Blick stand. Seine Augen zeigen keinerlei Emotion, aber sein Gesichtsausdruck wirkt entschlossen. Während ich ihn ansehe, prüfe ich die Fesseln. Eindeutig ein Seil. Nicht zu fest, aber fest genug. Meine Hände sind nicht mehr ganz so taub, aber meine Beine zittern, und mein Atem geht schnell und flach.

Er nimmt meinen Arm und schiebt mich vorwärts. »Vom ersten Moment an, in dem ich sie kennengelernt habe, wusste ich, dass Sie zum Problem werden würden, Chief Burkholder. Dass Sie das momentan kaum tröstet, ist mir klar, auch, dass Sie Angst haben und sich Sorgen um Ihren Mann machen. Dazu kann ich Ihnen nur sagen, dass ich so ein Ende nicht wollte.«

... so ein Ende.

Wir laufen nebeneinander. Die Kiesgrube liegt zu meiner Rechten, das Wasser etwa drei Meter tiefer. Ich bemühe mich, ruhig zu bleiben, muss einen Plan entwickeln, wie ich ihn zur Vernunft bringen, überlisten und ausmanövrieren kann.

Wie ich den Scheißkerl umbringen kann.

Ich blicke zurück zum SUV. Wenn ich mich befreien und an meine Schrotflinte gelangen könnte ... Wenn Tomasetti in der Lage dazu ist, wird er kommen. Die in der Zentrale wissen, wo ich bin. Allerdings weiß niemand, dass ich in Schwierigkeiten stecke.

»Was heißt das, ›so ein Ende‹?«, frage ich.

Er sieht mich an, als wäre ich ein bockiges Kind, das gezüchtigt werden muss, antwortet aber nicht.

»Ich gehöre nicht mehr zum Ermittlungsteam«, sage ich.

»Die haben Sie gefeuert?« Er hebt die Augenbrauen. »So weit geht also die Loyalität Ihres Arbeitgebers? Oder ist das die Belohnung für gute Arbeit?«

»Sie haben meinen Bruder verhaftet.«

»Oh, verstehe.« Er nickt nachdenklich. »Jacob.«

Seine rechte Hand umfasst fest meinen Oberarm, drängt mich vorwärts.

»Sie wissen, wie er heißt«, sage ich.

»Ich weiß viele Dinge, und das ist nicht immer ein Geschenk.« Er sagt das mit Bedauern in der Stimme. »Ich weiß Dinge, von denen ich wünschte, ich hätte sie nie erfahren. Dinge, von denen ich wünschte, dass ich sie ändern könnte, es aber nicht kann.«

»Wohin gehen wir?«, frage ich.

Keine Antwort.

»Sie müssen das hier nicht tun«, sage ich.

Wir steigen einen Hügel hinauf, die mit Wasser gefüllte Kiesgrube bleibt unter uns zurück. Es ist kein steiler Weg, aber ich merke, wie sich sein Atem durch die Anstrengung beschleunigt.

»Niemand kann irgendetwas beweisen«, sage ich, lasse die Aussage extra vage. »Sie werden nicht gesucht und sind bei den Ermittlungen nicht einmal eine Person von Interesse.«

Er ignoriert mich, geht weiter.

»Es ist noch nicht zu spät aufzuhören«, sage ich. »Sie können immer noch davonkommen. Keiner wird hinter Ihnen her sein, jetzt, wo mein Bruder im Gefängnis sitzt.«

Ich sehe zu ihm hinüber, er schaut mich an, sein Blick ist kalt, skeptisch und leicht amüsiert.

»Niemand?«, fragt er. »Nicht einmal Sie?«

»Man hat mich gefeuert, schon vergessen?« Ich versuche, lässig zu klingen, aber es gelingt mir nur schlecht. »Wieso soll ich jemandem gegenüber loyal sein, der mir in den Rücken gefallen ist?«

»Aber sich selbst gegenüber sind Sie loyal, oder?«

Ich erwidere nichts.

Er schiebt das Seil über seiner Schulter zurecht. »Ich verstehe Sie, weil wir uns in mancher Hinsicht ähnlich sind.«

»Ich bin Ihnen kein bisschen ähnlich.«

»Menschen wie wir … Wir geben nicht auf. Wir wissen nicht, wie aufgeben geht. Wir sind Getriebene. Manchmal von Dämonen, und manchmal ist das eine Stärke, manchmal eine Schwäche.«

Halt ihn am Reden, verwickle ihn in ein Gespräch.

»Ich tue, was ich tun muss, um zu überleben«, sage ich.

Ein Lächeln huscht über sein Gesicht. »Deshalb sind Sie hier, Chief Burkholder. Deshalb sind Sie ein Problem, und deshalb befinden wir beide uns in dieser Situation.«

»Lassen Sie mich gehen«, sage ich. »Ich werde Sie nicht verfolgen, das verspreche ich Ihnen.«

»Sie beleidigen meine Intelligenz«, sagt er spöttisch.

Während wir weiter den Pfad hinauflaufen, überschlagen sich meine Gedanken. Unten ist die Kiesgrube. Die Fesseln schneiden in meine Handgelenke. Wir entfernen uns immer weiter vom SUV – und meiner Schrotflinte. Ich blicke hinunter auf meinen Hosenbund, kann aber nicht sehen, ob mein Messer noch dranhängt.

Wir steigen ein Dutzend Felsstufen hinauf. Beim Blick nach rechts sehe ich, dass das Wasser jetzt sechs Meter weit unter uns ist. Der Pfad wird breiter, und wir kommen zu einer Lichtung, die im Sommer sicher schön ist, voller wilder Himbeeren und Goldruten. Der perfekte Ort für ein Picknick oder ein Foto. Aber heute Abend fühlt er sich an wie eine Todesfalle.

»Ich weiß, dass die Geschichte von den Schwertler-Täufern kein Märchen ist. Dass es sie heute noch gibt«, sage ich.

Er bleibt stehen, dreht sich zu mir, mustert mein Gesicht. Und mir wird klar, dass ich ihn überrascht habe. »Sie haben Ihre Hausaufgaben gemacht.«

»Ich weiß, warum Sie tun, was Sie tun«, sage ich.

Keine Antwort.

Bring ihn zum Reden. Zeig ihm, dass du ihn verstehst. Gewinne sein Vertrauen, er soll glauben, du bist seine Verbündete.

»Milan Swanz hat Leute verletzt«, sage ich. »Körperlich und emotional. Er hat das Leben vieler Menschen zerstört, besonders derjenigen, die sich um ihn gesorgt haben.«

Er nickt, anscheinend durchaus beeindruckt, sagt aber nichts.

»Ich weiß, dass Sie im Juli 2012 in Lancaster County waren«, sage ich.

Keine Antwort.

»Lena Stoltzfus hat ihre Babys getötet. Sie hat sie erstickt. Drei unschuldige Kinder. Sie hat behauptet, alle wären am plötzlichen Kindstod gestorben, und ist ungestraft davongekommen. Sie hätte es wieder getan. Sie haben eingegriffen, weil es die einzige Möglichkeit war, sie aufzuhalten.«

Er hebt die Hand, als wolle er mich zum Schweigen bringen.

Ich rede schneller, durch meinen Kopf wirbelt alles, was ich in den letzten Tagen recherchiert habe, und es sprudelt nur so aus mir heraus.

»Wie viele seid ihr?« Mit dem Blick deute ich in die Richtung, aus der wir gekommen sind. »Der Baggerfahrer? Die Frau am Empfang? Wie viele?«

»Das reicht.« Er sagt das zwar nicht aggressiv, aber ich merke, dass seine Geduld am Ende ist und meine Zeit abläuft.

»Wie haben Sie von Swanz erfahren?«, frage ich leise. »Hat man Sie auf ihn aufmerksam gemacht? Ein Kirchenältester? Der Bischof?«

»Ich habe davon gehört«, erwidert er bloß. »Das ist das Einzige, worin die Amischen gut sind, nicht wahr? Der ganze Klatsch und Tratsch, so eine lebhafte Gerüchteküche.«

»Und bei allem ist Ihnen bewusst, dass Sie nicht in den Himmel kommen werden«, sage ich. »Aber das nehmen Sie hin, weil Ihre Arbeit zu wichtig ist.«

»Und was für eine Arbeit ist das?«, fragt er.

»Sie machen all jene zu Märtyrern, die sonst die Ewigkeit in der Hölle verbringen müssten. Offensichtlich sind Sie gewillt, dieses Opfer zu bringen.«

»Ich muss zugeben, Chief Burkholder, ich bin beeindruckt.«

Mehrere Sekunden lang sehen wir uns nur an. Ich halte seinem Blick stand, spüre die Intensität, die von ihm ausgeht, die Angst, die mich überkommt, weil ich weiß, dass ich in höchster Gefahr bin. Wenn ich leben will, muss ich handeln.

»Lassen Sie mich gehen«, sage ich. »Ich werde Sie nicht verfolgen.«

Er schenkt mir ein mitleidiges Lächeln. »Sie sind eine bezaubernde Frau. Sie sind mutig, Sie wissen, was Sie wollen. Und Sie haben keine Geduld mit Dummköpfen. Unter anderen Umständen …«

Halt ihn am Reden.

Verschaff dir Zeit.

Jemand wird kommen.

»Wie viele Menschen haben Sie schon zu Märtyrern gemacht?«

Sein Lachen lässt mich erschaudern, aber er wird schnell wieder ernst. Er blickt sich suchend um, geht zu einem Stein groß wie ein Basketball, hebt ihn auf, nimmt das umgehängte Seil ab und lässt es zu Boden fallen. Dann kniet er sich hin, nimmt das Seil und wickelt es um den Stein.

»Wenn Sie die Geschichte der Schwertler-Täufer kennen«, sagt er, »dann wissen Sie auch, welches Schicksal Elsbeth Hubmaier beschert war.«

Wie erstarrt sehe ich, dass er einen fachmännischen Knoten knüpft, ihn überprüft und wieder aufsteht.

»Balthasar Hubmaier wurde am 10. März 1528 auf dem Scheiterhaufen verbrannt«, sagt er. »Drei Tage später wurde seine Frau mit einem Stein um den Hals in die Donau geworfen.«

»Weder Hubmaier noch seine Frau hatten Verbrechen begangen«, sage ich.

»Beide sind zu Unrecht gestorben.« Fanatismus flackert in seinen Augen auf. »Aber ihre Henker haben sie zu Märtyrern gemacht und so ihren Eintritt in den Himmel garantiert.«

»Sie haben Milan Swanz zum Märtyrer gemacht«, sage ich. »Sie haben ihm Zutritt zum Himmel verschafft.«

»Die Ironie des Ganzen lässt einem das Herz aufgehen, nicht wahr?«

»In Ohio ist das Töten einer Polizistin ein Kapitalverbrechen«, höre ich mich sagen. »Man wird niemals aufhören, Sie zu verfolgen.«

»Pssst.« Mit erhobener Hand bedeutet er mir zu schweigen und kommt auf mich zu. »Die Amischen, die Ihnen so viel bedeuten, sind sicher, dass Sie nicht in den Himmel kommen, weil Sie die Gemeinschaft verlassen haben. Und ich versichere Ihnen hier und jetzt, dass Sie in den Himmel kommen werden. Ich hoffe, Sie finden darin Trost.«

Er greift nach meinem Arm, aber ich reiße ihn nach hinten, stolpere zurück. Seine Hand schnellt vor, erreicht mich, seine Fingerspitzen streifen meinen Arm. Ich wirbele herum und renne in die Richtung, aus der wir gekommen sind. Was nicht einfach ist mit im Rücken gefesselten Händen. Bei der Felsentreppe nehme ich drei Stufen auf einmal, höre ihn hinter mir, keuchender Atem, stampfende Stiefel, knirschendes Gestein.

Am Fuß der Treppe stolpere ich, kann mich im letzten Moment fangen und einen Sturz abwenden. Und dann sprinte ich los. Während ich renne, versuche ich mir einen Plan zurechtzulegen. Ich weiß, dass der gemietete SUV vor mir ist. Hat er ihn abgeschlossen? Kann ich an meine Schrotflinte kommen? Kann ich sie mit gefesselten Händen benutzen? Ist er bewaffnet? Hängt mein Messer noch am Gürtel?

Und die ganze Zeit über habe ich seine Stiefelschritte im Ohr, das Rascheln seiner Kleidung, seinen keuchenden Atem. Er ist dicht hinter mir, kommt näher, immer näher.

Mit halsbrecherischer Geschwindigkeit nehme ich eine Kurve, blicke nach rechts, er ist nur wenige Meter hinter mir. *Lauf, Kate! Lauf!*

Aus den Augenwinkeln sehe ich, dass er den Arm nach mir ausstreckt, dann spüre ich seine Finger.

Der SUV kommt in Sicht. Ich habe keine Zeit herauszufinden, ob die Tür auf oder zu ist, und werfe mich mit voller Wucht gegen das Fenster der Fahrerseite. Als der Autoalarm losgeht, keimt Hoffnung in mir auf.

Durch den Aufprall wirbele ich herum, kann aber das Gleichgewicht halten und renne weiter. Am Rande meines Blickfelds sehe ich, dass er langsamer wird, den Autoschlüssel herausholt. Und dann verstummt der Alarm. Ich schnappe nach Luft, das Blut rauscht dröhnend durch meine Adern, ich weiß nicht, wie weit ich noch laufen muss, um Hilfe zu bekommen.

Ich überlege gerade, mich durch den Wald zu schlagen, um Deckung zwischen den Bäumen zu finden, als ein Rascheln mich nach links blicken lässt. Sekunden bevor ich nach rechts umschwenken kann, macht Hofer einen Hechtsprung, umfasst meine Hüften, rammt mir die Schulter in den Rücken und wirft mich nach vorne zu Boden. Ich schlage mit dem Bauch auf, bekomme Schnee und Matsch in den Mund.

Er will sich auf mich setzen, aber ich drehe mich, ziehe die Knie an und rolle auf den Rücken.

»Sei ruhig«, zischt er.

Ich sehe in dem Moment auf, als er mit der Faust ausholt, habe keine Chance, mich zu verteidigen, kann nur den Kopf wegdrehen. Seine Faust streift meine Schläfe und knallt Zentimeter neben meinem Gesicht auf den Boden. Ich rolle mich zur Seite, nutze die Kraft meiner Oberschenkel, um mich vom Boden abzudrücken, stemme mich gegen ihn, drehe mich nach links, nach rechts, kann ihn abschütteln.

Sekunden später stürzt er sich wieder auf mich, ich rutsche ein Stück den Berg hinunter, bleibe neben dem Pfad liegen, er beugt sich über mich, drückt meine Schultern mit beiden Händen in den Boden, bohrt seine Finger in mein Fleisch.

»Lass mich los, du Mistkerl!«, schreie ich.

In dem Moment gibt der Boden unter mir nach. Die Kiesgrube. Wir sind zu dicht am Rand. Ich sehe, wie Hofer mit dem Stiefel wegrutscht, wie er mit den Armen rudert. Und dann falle ich ins Leere.

28. KAPITEL

Ich falle kopfüber ins Wasser. Die Kälte schockt mein Hirn, lähmt meinen Körper. Meine Hände sind im Rücken gefesselt, ich kann die Arme nicht bewegen und gerate in Panik.

Das Wasser schnappt nach mir wie ein eisiges Maul, Stiefel und Jacke ziehen mich runter. Kopflos zerre ich an den Fesseln, sinke immer weiter, schlucke Wasser und würge. Als mein Körper verkrampft, übernimmt mein Instinkt das Kommando, und ich strampele mich mit letzter Kraft nach oben, durchstoße mit dem Gesicht die Wasseroberfläche.

Nach Luft schnappend, bekomme ich einen Hustenanfall. Ich halte mühevoll den Kopf über Wasser, blicke mich nach Hofer um, aber er ist nirgends zu sehen. Ich weiß nicht, ober er mit mir ins Wasser gefallen ist oder oben am Rand steht und mit der Pistole auf meinen Kopf zielt.

Die Klippe, von der ich gefallen bin, ist Teil einer Felswand, die fünf Meter von mir entfernt aus dem Wasser ragt. Ich weiß nicht, ob ich dort Halt für meine Füße finden kann. Ich schaffe es zwar, mich über Wasser zu halten, aber die Kälte raubt mir schnell die Kraft. Hände, Füße und Gesicht sind schon taub, meine Glieder beginnen zu schmerzen. Strampelnd krümme ich meinen Körper, um die gefesselten Arme unter dem Unterkörper hindurch nach vorn zu bringen. Wasser schwappt mir übers Gesicht, ich trete noch kräftiger, dann schaffe ich es und schiebe die Finger am Gürtel entlang, taste nach dem Clip mit dem Messer daran.

Bitte sei da. Bitte, lieber Gott …

Ein Schluchzen entfährt meinem Mund, als meine Fingerspitzen über den Griff streichen. Ich bete um genug Kraft, ihn festhalten zu können, und ziehe den Clip vom Hosenbund. Mit dem Daumen ertaste ich den Knopf, rutsche ab, versuche es schluchzend noch einmal, drücke drauf, und das Messer springt auf. Wasser tretend halte ich mit letzter Kraft mein Gesicht über der Oberfläche, während ich mit der Klinge über das Seil fahre. Aber der Winkel ist schlecht, und zweimal rutscht mir das Messer fast aus der Hand. Aber zum Glück ist die Schneide scharf, und meine Hände kommen endlich frei.

Sofort klappe ich das Messer zu und stecke es zurück an den Gürtel. Den Blick auf die Klippe über mir gerichtet, paddele ich zum nächsten Ufer, ziehe mich auf einen Felsvorsprung und kollabiere. Sekundenlang liege ich keuchend in Wasser und Schlamm, kann mich nicht bewegen und zittere heftig. Erst beim Gedanken an Tomasetti hebe ich den Kopf und sehe mich um. Die Dämmerung ist hereingebrochen. Hofer hat meine Taschenlampe, ich habe weder Waffe noch Funkgerät, kann nicht um Hilfe rufen oder mich schützen, wenn er mich findet und wieder über mich herfällt. Ich bin weiß Gott nicht in der Verfassung für eine weitere körperliche Auseinandersetzung.

Ich brauche meine ganze Kraft, um mich hinzuknien, und schaffe es dann sogar aufzustehen. Während ich einen Fuß vor den anderen setze, zittert mein ganzer Körper unkontrolliert. Schließlich erreiche ich das ansteigende Ufer, bahne mir einen Weg über Felsen, durch Schlamm und Gestrüpp.

Als ich oben ankomme, halte ich Ausschau nach Hofer, aber er ist nirgends zu sehen. Ich fühle, wie Kälte und Nässe mir die Körperwärme rauben. Meine Zähne klappern so heftig, dass mein Kiefer schmerzt. Auf wackligen Beinen gehe ich den Pfad zurück, auf dem ich mit Hofer gekommen bin, zwinge mich nach wenigen Metern zu rennen.

Erleichterung überkommt mich, als ich den SUV entdecke. Ich erreiche ihn, will eine Tür öffnen, aber sie ist verschlossen. Am liebsten würde ich mich der nassen Kleidung entledigen, aber ich kenne mich mit Unterkühlung gut genug aus, um zu wissen, dass ich mehr Körperwärme behalte, wenn ich sie anlasse. Ich habe keine Ahnung, wo Hofer ist oder wie weit ich vom Büro der Kiesgrube entfernt bin. Und ich weiß auch nicht, wie gefährlich es ist, dorthin zurückzugehen. Das Einzige, was ich in diesem Moment sicher weiß, ist, dass ich Tomasetti finden muss.

Heftig zitternd gehe ich den Pfad entlang, zuerst mit kleinen, langsamen Schritten, dann renne ich wieder los. Es wird immer dunkler, und ich bete zu Gott, dass ich die Kraft habe, es zurückzuschaffen.

Die Angst um Tomasetti treibt mich an. Wäre er dazu in der Lage gewesen, wäre er mir und Hofer gefolgt, das weiß ich. Warum er es nicht getan hat, verbiete ich mir vorzustellen und konzentriere mich stattdessen darauf, einen Fuß vor den anderen zu setzen.

Ich bin noch keine hundert Meter gelaufen, als in der Ferne eine Gestalt auftaucht. Eine dunkle Silhouette im schwindenden Licht. Zuerst glaube ich, Tomasetti zu erkennen, und mein Herz jauchzt vor Freude. Aber es ist nicht Tomasetti. Ich verlangsame meinen Schritt. Die Gestalt kommt näher. Ein Mann, dunkle Jacke. Der Abstand zwischen uns wird kleiner. Etwas an seinem Gang kommt mir bekannt vor …

»Chief Burkholder? O mein Gott! Was um Himmels willen ist passiert?«

Ich erkenne die Stimme sofort. Clarence Raber. Jetzt ist er nahe genug, dass ich sein Gesicht erkenne, in dem ich Entsetzen und Sorge sehe. Eine so heftige Welle der Erleichterung erfasst mich, dass meine Knie weich werden. Aber was macht er hier draußen an der Kiesgrube?

Ich bleibe stehen, versuche, mir einen Reim darauf zu machen. »Rufen Sie die Neun-eins-eins an.«

»Natürlich.« Er greift in seine Tasche und holt das Handy heraus. »Was ist denn passiert?« Das Handy am Ohr, kommt er weiter auf mich zu, lässt mich nicht aus den Augen. Etwas an seinem Gesichtsausdruck ist komisch. Der Blick?

»Sind Sie verletzt?«, fragt er.

Trotz der Unterkühlung funktioniert mein Verstand noch gut genug, um die drohende Gefahr zu erkennen. Raber hat keinen Grund, hier zu sein.

Außer einem undenkbaren.

»Stopp!« Ich hebe die Hand. »Kommen Sie nicht näher.«

Er blinzelt, als hätte ich ihn verwirrt, verlangsamt seinen Schritt, bleibt aber nicht stehen. Ein barmherziger Samariter, der einer erschöpften Seele helfen will.

»Mein Gott, Sie bluten ja.« Jetzt richtet er seine Aufmerksamkeit auf sein Telefon. »Hallo? Ich möchte einen Notfall melden. Ich glaube, hier hat es einen Unfall gegeben.« Er sieht mich an. »Chief Burkholder, brauchen Sie einen Krankenwagen?«

Er geht in dem Moment zum Angriff über, als ich die Situation einzuschätzen versuche. Ich stolpere zurück, um mehr Abstand zwischen uns zu bringen, aber er ist schnell, und ich erhasche gerade noch einen Blick auf sein Gesicht, bevor er mir die Schulter in den Bauch rammt. Ich falle um und knalle mit dem Rücken so hart auf den Boden, dass mir die Luft wegbleibt. Aus den Augenwinkeln sehe ich, wie er zum Schlag ausholt, hebe den Arm, ziehe gleichzeitig das Messer vom Gürtel, drehe den Kopf beiseite und weiche seiner Faust in letzter Sekunde aus.

»Wo zum Teufel ist Hofer?«, brüllt er.

Ich drücke auf den Knopf, das Messer schnappt auf, und ich stoße ihm die Klinge mit all meiner verbliebenen Kraft in die Seite.

Raber stößt einen Schrei aus. »Du verrückte Schlampe!«

Ich ziehe das Messer raus und steche ein zweites Mal zu, treffe eine Rippe. Nach Luft schnappend, dreht er sich um, greift nach dem Messer, ich hole erneut aus und ramme es ihm in den Oberschenkel.

»Schlampe!«, schreit er wieder, drückt mit beiden Händen auf die Wunde am Bauch und kippt zur Seite. Ich winde mich unter ihm hervor, sehe, dass eine Menge Blut in den Matsch fließt. Er ist verletzt, aber ich weiß nicht, wie schwer. Ich weiß nicht, ob es ihn aufhalten wird. Kurz überlege ich, ihm sein Handy abzunehmen. Aber ich will ihm nicht noch näher kommen und Gefahr laufen, von ihm überwältigt zu werden. Ich habe keine Handschellen, also bleibt mir nichts anderes übrig, als ihn so liegen zu lassen.

Ich zeige mit dem Finger auf ihn. »Bleiben Sie liegen, oder ich bringe Sie um.«

Mit verzerrtem Gesicht hebt er das Bein, tritt nach mir, aber ich weiche ihm mühelos aus.

Mit zusammengekniffenen Augen suche ich in der Dämmerung nach Hofer, kann ihn aber nirgends entdecken. Dann drehe ich mich um, gehe zurück zum Weg, zwinge mich zu rennen. Nach den ersten mühevollen Schritten verfalle ich in ein gleichmäßiges Tempo, keuche wie eine Dampfmaschine und bete, dass das Firmengebäude nicht zu weit entfernt ist.

Nach ein paar hundert Metern lichten sich die Bäume, ich beschleunige das Tempo und renne um eine Kurve. Erleichterung macht sich in mir breit, als das Gebäude in mein Blickfeld kommt. Da ich mich von der Rückseite her nähere, blicke ich jetzt auf einen kleinen Parkplatz, eine schmale Terrasse und eine Mülltonne. Am Rand des Parkplatzes steht eine schwarze, mit einer Schneeschicht überzogene Limousine. In den Fenstern des Gebäudes ist es dunkel, niemand ist zu sehen.

Ich werfe einen Blick zurück. Raber ist mir nicht gefolgt. Und Hofer? Ist er mir zuvorgekommen? Wartet er hier auf mich?

Als ich den Parkplatz überquere, lasse ich das Gebäude und das Auto nicht aus den Augen. Ich gehe um das Gebäude herum, will zur Vorderseite, dorthin, wo ich Tomasettis Tahoe zuletzt gesehen habe, und verfluche die Tatsache, dass ich keine Waffe habe. Als Erstes fällt mein Blick auf den Bagger, der zwanzig Meter von mir entfernt still und unbewegt steht. Seine Schaufel schwebt über dem demolierten Tahoe, dessen Dach so stark eingedrückt ist, dass es fast auf einer Höhe mit der Motorhaube ist.

Der Rest der Welt verschwindet, als ich auf den Wagen zulaufe. Das Ausmaß der Zerstörung ist erschütternd. Die Motorhaube ist verbeult und steht ein Stück offen. Die Windschutzscheibe ist abgeplatzt, das Fenster auf der Beifahrerseite zersplittert. Wenn Tomasetti sich nicht rechtzeitig in den Fußraum retten konnte, ist er zerquetscht worden.

»Tomasetti!«

Ich erkenne meine Stimme kaum wieder. Ich erreiche den Tahoe, versuche mit beiden Händen die Beifahrertür zu öffnen, aber sie klemmt. Ich beuge mich vor und schaue hinein. Die Rückenlehne ist zusammengedrückt, das Armaturenbrett zertrümmert, das eingedrückte Dach behindert meine Sicht.

»Tomasetti!«

»Ich bin hier!«

Meine Erleichterung ist so unermesslich, dass mir ein Schluchzer entfährt. Ich renne um den Wagen herum zur Fahrertür, deren Fenster etwa zehn Zentimeter weit geöffnet ist, beuge mich vor und schaue hinein. Der Airbag wurde ausgelöst, also greife ich hinein, schiebe ihn zur Seite und erhasche einen ersten Blick auf ihn. Er hockt gegen den Sitz gepresst im Fußraum, nur sein Kopf und seine Schultern sind zu sehen.

»Bist du verletzt?«, frage ich.

Ein Blick in sein Gesicht und ich kenne die Antwort. Seine Stirn ist mit Schweißperlen überzogen, sein Mund zusammengekniffen, sein Kiefer angespannt. »Mein Arm ist eingeklemmt. Ich glaube, er ist gebrochen.«

Ich zerre so lange am Airbag, bis ich seinen Arm sehen kann. Er ist zwischen Lenkrad und Autodach eingequetscht, außerdem ist Blut an seinem Hemd und auf dem Sitz.

Ich blicke zum Bagger.

»Wo ist der Baggerführer?«

»Ich glaube, ich hab den Mistkerl erwischt.«

»Warte kurz.« Ich nähere mich vorsichtig dem Bagger, sehe einen Mann im gefütterten Overall, der in sich zusammengesackt im Sitz hängt. Blut ist an der Seite des Polsters heruntergelaufen, hat sich auf dem Boden der Fahrerkabine gesammelt, ist weiter auf die Trittstufe und bis hinunter auf den Erdboden getropft. Vom Gelb des Baggers hebt sich das Rot des Bluts auf schockierende Weise ab, und die große Menge lässt keine Zweifel daran, dass von dem Mann keine Gefahr mehr ausgeht.

Auf dem Weg zurück zu Tomasetti läuft mein Cop-Verstand auf Hochtouren. Ich beuge mich wieder zu ihm hinunter, sehe ihn durch die Seitenscheibe an.

»Er ist tot«, sage ich und ziehe am Griff der Autotür, aber auch die klemmt. »Ich muss dich da rausholen, Tomasetti, aber ich weiß nicht, wo Hofer ist. Clarence Raber gehört auch zu ihnen.«

»Bist du bewaffnet?«

»Nein.«

Fluchend dreht er sich ein Stück, das Gesicht schmerzverzerrt. Sein rechter Arm mit der Waffe in der Hand kommt in mein Blickfeld, ich verstehe, dass er sie mir geben will. Er zwingt seinen Arm und die Kimber an dem ganzen eingedrückten Metall vorbei.

»Vier Kugeln sind noch drin«, sagt er. »Solltest du wissen, falls du sie brauchst.«

Ich nehme die Pistole und schiebe sie in meinen Hosenbund. »Und dein Handy?«

»In der Mittelkonsole«, sagt er. »Komm ich nicht dran.«

»Bist du sonst noch irgendwo verletzt?«

»Nein.«

Ich blicke auf das zerstörte Armaturenbrett, das verbogene Lenkrad und das eingedrückte Dach dicht über ihm. Da ist absolut kein Platz für ihn, um sich zu bewegen und herauszukriechen, und ich habe keine Ahnung, wie ich ihn befreien soll.

»Kate, hinten im Kofferraum ist eine Brechstange im Werkzeugkasten. Vielleicht kommst du dran.«

Während ich zum Heck des Tahoe gehe, lasse ich den Blick über die Bäume am Waldrand schweifen. Von den beiden Männern ist nichts zu sehen, aber meine Nackenhaare sträuben sich trotzdem. Das Heck des Wagens ist nicht so schlimm beschädigt wie die Front, aber die Türsäule und die hinteren Fenstersäulen sind zusammengefaltet wie Ziehharmonikas. Die Heckklappe ist entriegelt, aber als ich sie öffnen will, knirscht Stahl über Stahl.

»Mist.« Ich stelle mich breitbeinig hin, gehe in die Hocke und stemme die Klappe mit ganzer Kraft auf. Zu meiner Erleichterung lässt sie sich so weit öffnen, dass ich den Werkzeugkasten herausziehen kann. Ich stelle ihn auf den Boden und muss einen Moment darin wühlen, bis ich die Brechstange finde. Zurück an der Fahrertür beuge ich mich runter und stelle Blickkontakt mit Tomasetti her. »Du musst hier auf der Fahrerseite rauskriechen«, sage ich. »Viel Platz ist nicht.«

»Wenn du meinen Arm frei kriegst, kriege ich das hin.«

Ich will seinen Arm nicht noch mehr verletzen, aber da ich nicht weiß, wo Hofer und Raber sind und ich nicht mit Hilfe rechnen kann, habe ich keine Wahl. Vorsichtig schiebe ich das lange Ende der Brechstange zwischen Lenkrad und Dach.

»Nicht genug Hebelkraft«, sage ich.

»Ich brauch nur ein kleines bisschen mehr Platz.«

Ich packe die Brechstange mit beiden Händen und drücke sie nach unten, setze mein ganzes Körpergewicht ein. Das Lenkrad knarrt, und das Dach biegt sich ächzend ein Stück nach oben. Mit schmerzverzerrtem Gesicht zieht Tomasetti seinen Arm zurück.

»Versuch, die Tür aufzubrechen«, knurrt er.

»Okay.« Ich trete einen Schritt zurück, schiebe die Stange zwischen Tür und Rahmen. Der Stahl knirscht, als ich die Tür aufstemme. Ich kann einen ersten Blick auf Tomasettis missliche Lage werfen. Mit qualvoll verdrehtem Körper manövriert er seine Arme in Richtung Tür, schiebt sich mit dem unverletzten Arm vorwärts und zwingt Kopf und Schultern durch die unmöglich kleine Öffnung, wobei er einen Fluch knurrt, weil er mit dem verletzten Arm an den Türrahmen stößt. Als seine Schultern frei sind, schiebe ich die Hände unter seine Achseln und ziehe, während er sich mit den Beinen abstößt und so den Rest seines Körpers durch die Öffnung zwingt.

Ich will ihn vorsichtig runterlassen, aber er ist zu schwer und landet unsanft auf dem Boden. Stöhnend benutzt er seinen unverletzten Arm, um den verletzten zu stützen. Mir dreht sich der Magen um, als ich ihn jetzt aus der Nähe betrachten kann – der Unterarm ist in einem unnatürlichen Winkel gebogen, Blut sickert durch sein Hemd. *Ein komplizierter Bruch*, denke ich und knie mich neben ihn.

»Ich mache dir eine Schlinge –«, beginne ich, aber er unterbricht mich.

»Hofer.« Mit schweißnassem Gesicht liegt er ausgestreckt und zitternd am Boden, dann sieht er mich an. »Raber. Wo zum Teufel sind sie?«

»Keine Ahnung.«

Er blickt zum zertrümmerten Innenraum des Tahoes. »Mein Handy ist in der Mittelkonsole, hol es.«

Ich gehe zur Öffnung, beuge mich hinein, kann die Konsole nicht sehen und taste um den Sitz herum, wobei mir die eingedrückte Front und die Reste des Airbags im Weg sind. Ich schiebe den Arm daran vorbei, stoße mit den Fingerspitzen endlich an die Mittelkonsole, zwänge meine Schultern durch die Öffnung, ertaste das Handy, bekomme es zu fassen und winde mich wieder heraus.

Tomasetti ist inzwischen aufgestanden und lehnt am hinteren Kotflügel. Er stützt seinen verletzten Arm, den Blick auf das Gebäude und den Wald dahinter gerichtet. Sein Gesicht ist kreidebleich und trotz der Kälte schweißbedeckt.

»Das war eine verdammt gute Rettungsaktion«, sagt er.

»Danken kannst du mir später.«

Ohne den Blick von ihm zu wenden, wähle ich die Neuneins-eins und erfahre zu meiner großen Erleichterung, dass der nächste Deputy nur sechs Minuten von hier entfernt ist. Ich bitte die Frau am anderen Ende, einen Krankenwagen zu schicken, und lege auf.

Mit der Kimber im Hosenbund gehe ich zu Tomasetti, umfasse sein Gesicht mit beiden Händen. »Tu mir das nie wieder an«, flüstere ich.

»Wenn ich bei dem Thema ein Wörtchen mitzureden habe, kannst du deinen Arsch darauf verwetten, dass ich dir den Wunsch erfülle.«

Ich blinzele die Tränen weg und lege den Kopf an seine Brust. »Tomasetti, ich dachte, du bist – «

»Bin ich nicht.« Er legt den unverletzten Arm um mich und zieht mich an sich. »Ich bin hier bei dir. Und da werde ich noch eine lange Zeit bleiben.«

»Versprich es mir!«

»Versprochen.« Mit einem Lächeln hebt er die Hand und fährt mit den Fingerrücken über meine Wange. »Darauf kannst du dich verlassen.«

»Abgemacht«, sage ich.

Und er drückt mir einen Kuss auf die Stirn.

29. KAPITEL

Meine Beziehung zu Gott ist kompliziert. Das heißt aber nicht, dass sie schlecht ist. Das ist sie nämlich nicht. Ich habe schon Tausende Gespräche mit ihm geführt, in Zeiten, in denen ich wütend, verletzt oder hoffnungslos gewesen bin oder alles auf einmal, aber auch in Zeiten, in denen ich überglücklich und dankbar für seinen Segen war. Aber ich habe ihn auch verflucht. Ich habe ihn angefleht und meinen Glauben in Frage gestellt. Ich habe ihn öfter um Hilfe gebeten, als ich zählen kann. Auch dann, wenn ich sie vermutlich nicht verdient hatte. Ich habe ihn gebeten, über meine Liebsten zu wachen. Ich habe ihn gebeten, mich zu beschützen, wenn ich mich in einer heiklen Situation befand. Doch in all den Jahren, in denen ich mit Gott spreche, bin ich nie so verzweifelt gewesen wie in jenen grauenvollen Minuten, in denen ich nicht wusste, ob Tomasetti lebt oder tot ist.

Unter normalen Umständen hätte John Tomasetti sich geweigert, mit dem Krankenwagen ins Krankenhaus gefahren zu werden. Aber als der Notarzt auf dem Parkplatz von *Sugarcreek Sand & Gravel* eintraf, befand ich mich bereits im Anfangsstadium einer Unterkühlung und war nicht mehr in der Lage zu fahren. Und mit seinem offenen Unterarmbruch war Tomasetti nicht in der Verfassung zu argumentieren.

Der Deputy, der als Erster eintraf, nahm unsere Aussagen auf und verfrachtete uns dann in den Rettungswagen, der uns zum Krankenhaus brachte.

Sobald wir im Pomerene Hospital angekommen waren,

wurde Tomasetti auf einer fahrbaren Krankentrage in die Notaufnahme gebracht. Ich bekam einen heißen Tee, eine Rettungsdecke und trockene Kleidung – einen Krankenhauskittel –, mit der ich in die Toilette ging, um mich umzuziehen. Meine durchnässte Uniform und Unterwäsche stopfte ich in die Plastiktüte, die man mir gegeben hatte, die nassen und dreckigen Stiefel musste ich allerdings wieder anziehen. Als ich damit fertig war, konnte ich nicht anders, als mein Gesicht in den Händen zu vergraben und zu schluchzen. Irgendwann kam eine freundliche Frau in einem pinken Sweatshirt herein und murmelte mir ein paar tröstende Worte zu. Diese freundliche Geste war alles, was ich brauchte, um mich wieder zusammenreißen zu können.

Ich finde Tomasetti in der Notaufnahme von einem Sichtschutzvorhang umgeben auf einem fahrbaren Krankenbett liegend. Er hat einen Krankenhauskittel an, über seine Beine ist eine Decke gebreitet. Sein schiefes Lächeln verrät mir, dass man ihm ein Schmerzmittel verabreicht hat.

Ich gehe zu ihm und lege die Hand auf seine Schulter. »Der Kittel steht dir gut.«

»Das hat die Ärztin auch gesagt.« Er zuckt mit den Schultern. »Ich wollte eigentlich gar nichts anziehen, aber das fand sie irgendwie nicht so gut.«

»Aha.« Ich nicke. »Was haben sie dir gegeben?«

»Morphium.«

Sein verletzter Arm ist auf einem Kissen hochgelagert, locker verbunden und provisorisch geschient. »Und wie lautet der Befund?«

»Ich hab ihr gesagt, dass ich ein glücklich verheirateter Mann bin. Sie war nicht glücklich darüber, aber so ist es nun mal.«

Ich kann nicht anders und muss lachen, spüre, wie der Stress langsam von mir abfällt. Ich tue, als wollte ich mit dem Finger gegen seinen verletzten Arm schnipsen. »Ich meine den Befund wegen deines Arms.«

»Ach, der.« Mit der unverletzten Hand zeigt er auf die Schiene. »Laut Röntgenbild ist die Elle gebrochen. Glatter Bruch, aber kompliziert. Sie wollen einen Stift einsetzen.«

»Dann musst du also operiert werden?«

»Ja, und mehr Morphium brauche ich auch, es tut höllisch weh.«

In Anbetracht seiner schweren Augenlider ist er momentan vielleicht nicht die beste Informationsquelle, und ich nehme mir vor, die Ärztin selbst noch einmal zu fragen.

»Chief?«

Ich blicke zum Vorhang, wo Glock gerade seinen Kopf durch den Spalt schiebt. »Darf ich?«

»Aber sicher«, sage ich. »Treten Sie näher.«

Er kommt herein und nickt Tomasetti zu. »Ich hab gehört, was passiert ist.« Er stößt einen Pfiff aus. »Klingt, als wäre es ziemlich heftig gewesen. Ich bin froh, dass Sie beide okay sind.«

»Danke«, sage ich.

Als Tomasetti und ich den Tatort vor ein paar Stunden im Krankenwagen verlassen haben, waren die Deputys von Tuscarawas County gerade erst eingetroffen. Die Situation war hektisch und unübersichtlich, so dass wir nur kurz ein paar Fragen beantwortet und berichtet haben, was passiert ist. In den nächsten Tagen werden wir sicher noch weitere Fragen beantworten müssen.

»Was ist am Tatort los?«, frage ich.

»Skid und ich sind sofort hingefahren, als wir über Funk davon erfahren haben«, sagt Glock. »Der Fahrer des Baggers ist tot. Der Leichenbeschauer war gerade eingetroffen. Die Spurensicherung vom BCI und eine Menge Polizei ist auch vor Ort.«

»Haben sie Hofer gefunden?«, frage ich. »Clarence Raber?«

Er nickt. »Ein Deputy hat Raber weiter hinten auf dem Grundstück dabei erwischt, wie er versucht hat, Ihren Mietwagen aufzubrechen. War vermutlich auf Ihre Schrotflinte aus. Sie haben ihn verhaftet und auf einer Bahre abtransportiert, er war offensichtlich verwundet. Und was Hofer betrifft … Es ist noch nicht offiziell, aber einer der Deputys sagte mir, sie hätten eine männliche Leiche in der Kiesgrube gefunden. Komplett bekleidet, dunkle Haare. Sie haben ihn aus dem Wasser geholt und sind gerade dabei, ihn zu identifizieren.«

»Weiß man schon, wie er gestorben ist?«, fragt Tomasetti.

»Der Deputy meinte, es sah aus, als wäre er bei einem Sturz mit dem Kopf aufgeschlagen und entweder daran gestorben oder ertrunken.«

Ich muss über die chaotische Wendung der Ereignisse an der Kiesgrube nachdenken – und darüber, was Hofers Tod für den Fall bedeutet. »Das heißt also, dass eine Menge Fragen unbeantwortet bleiben werden«, sage ich.

»Ich hätte noch gern mit ihm geredet«, sagt Tomasetti. »Und ihm womöglich ein paar Fausthiebe verpasst.«

»Vielleicht kann Raber einige Lücken füllen.« Ich sehe Glock an. »War sonst noch jemand beteiligt?«

»Keine Ahnung.« Glock zieht die Brauen zusammen. »Die Cops vor Ort waren ziemlich wortkarg.«

»Diese BCI-Typen sind Arschlöcher«, murmelt Tomasetti, der selbst einer von ihnen ist.

Glock lacht schallend.

»Chief?«, ertönt eine vertraute Stimme hinter dem Vorhang. »Jemand zu Hause?«

Sheriff Rasmussen späht durch den Spalt im Vorhang. »Bei diesem Anblick wird mir ganz warm ums Herz.«

»Ich dachte immer, in diesem Bereich wäre nur eine begrenzte Anzahl an Leuten zugelassen«, murmelt Tomasetti.

»Die Dienstmarke öffnet alle Türen.« Rasmussen, den unser Anblick aufrichtig freut, geht zu Tomasetti und reicht ihm die Hand. »Hab gehört, Sie sind mit einem Bagger aneinandergeraten.«

»Mein Tahoe hat leider den Kürzeren gezogen.« Tomasetti schenkt uns ein weiteres von Morphium beseeltes Lächeln.

»Wörtlich und im übertragenen Sinn«, füge ich hinzu.

»Wird bestimmt lustig, das der Versicherung zu erklären«, wirft Glock ein.

»Wenigstens war diesmal der Explorer nicht involviert«, lautet Tomasettis trockener Kommentar.

Rasmussen, wieder ganz sachlich, wendet sich mir zu. »Ich bin jedenfalls froh, dass Sie beide nicht schlimmer verletzt sind. Der Deputy, mit dem ich gesprochen habe, sagte, es hätte verheerend ausgesehen.«

»Gibt's schon irgendetwas Neues?«, frage ich.

»Die Spurensicherung wird wohl noch eine Weile am Tatort brauchen, und Raber ist auf dem Weg ins Krankenhaus. Uns bleibt noch eine Menge zu klären.« Er sieht mich an und seufzt. »Kate, ich möchte der Erste sein, der sich bei Ihnen entschuldigt. Sie hatten mit allem recht. Wir hatten unrecht und haben Sie beschissen behandelt. Es tut mir leid.«

Er reicht mir die Hand, und ich ergreife sie. »Angenommen«, sage ich.

»Nicht schlecht für einen Politiker.« Tomasetti sieht mich an, zieht die Brauen hoch. »Mir gefällt besonders der Teil: ›Wir haben Sie beschissen behandelt‹.«

Glock räuspert sich.

Rasmussen zeigt auf Tomasetti. »Was zum Teufel haben die ihm gegeben?«

Alle lachen, wodurch sich die Anspannung im Raum auflöst. Jeder hier weiß, dass die Situation an der Kiesgrube zwar schlimm war, aber noch viel schlimmer hätte sein können, und dass zwei der hier Anwesenden Glück haben, noch am Leben zu sein.

Aus den Augenwinkeln sehe ich, dass Glock die Hand hebt, um sich zu verabschieden. »Bis morgen, Chief.« Und an Tomasetti gewandt, sagt er: »Alles Gute mit dem Arm.«

»Halten Sie mich auf dem Laufenden«, sage ich.

»Wird gemacht.«

Kaum ist Glock durch den Vorhang, wird er auch schon wieder zur Seite geschoben, und Neil Chambers tritt zu uns. Bei seinem Anblick schnellt mein Blutdruck in die Höhe, und ich bin gespannt, wie er alles so drehen wird, dass sein übereifriges Bemühen, mich vom Fall abzuziehen, gerechtfertigt erscheint.

»Sie sagten gerade etwas von einer Entschuldigung«, wendet Tomasetti sich an Rasmussen, aber sein Blick ist dabei auf Chambers gerichtet.

Chambers lächelt selbstironisch, sieht uns beide nacheinander an und hebt die Hände wie zum Gebet. »Nur zu, reden Sie es sich von der Seele, haben Sie Ihren Spaß. Ich verdiene es.«

»Haben Sie meinen Bruder aus dem Gefängnis entlassen?«, frage ich.

»Ich habe die Papiere vor einer halben Stunde fertig gemacht. Mr. Burkholder sollte innerhalb der nächsten Stunde draußen sein.«

»Hab ich die Entschuldigung überhört?« Tomasetti macht einen auf verwirrt, blickt von Rasmussen zu mir und dann wieder zu Chambers. »Bin ich wirklich so taub?«

Chambers tritt auf mich zu, sieht mir fest in die Augen und hält mir die Hand hin. »Ich habe Mist gebaut, Chief Burkholder. Ich hab übertrieben und lag völlig daneben. Einem egoistischen Kerl wie mir fällt es nicht leicht, das zuzugeben, aber das tue ich hiermit. Ich hoffe, Sie akzeptieren meine ehrliche Entschuldigung.«

Ich warte einen Moment, bevor ich seine Hand ergreife. »Entschuldigung angenommen.«

»Beim Bürgermeister werde ich mich ebenfalls offiziell entschuldigen«, sagt er. »Und bei Ihrem Team. Ich werde dafür sorgen, dass alle erfahren, dass Sie richtiglagen.«

»Das weiß ich zu schätzen«, sage ich.

Rasmussen räuspert sich. »Offensichtlich gibt es noch eine Menge offene Fragen, bevor wir diesen Fall ad acta legen können.«

»Konnte Clarence Raber schon verhört werden?«, frage ich.

Chambers schüttelt den Kopf. »Sie haben ihn nach Canton ins Mercy Hospital geflogen, wo er gerade operiert wird.«

»Kommt er durch?«, fragt Tomasetti.

Er nickt. »Der Arzt meint, wir können morgen früh mit ihm reden.«

Der Sheriff sieht mich an. »Kate, was wissen Sie über diesen Isaiah Hofer?«

Die letzten Minuten, die ich mit Hofer verbracht habe, erscheinen blitzartig vor meinem geistigen Auge: Der Marsch zur Kiesgrube, mein Versuch zu entkommen, der Sturz ins Wasser … Und die ganze Zeit über wusste ich nicht, ob Tomasetti noch am Leben war.

Obwohl mir inzwischen warm genug ist, durchfährt mich ein Schauer. »Nicht viel. Ich vermute, dass er einmal amisch gewesen ist und einige Zeit in Lancaster County, Pennsylvania, verbracht hat.«

»Wir haben keinen Ausweis bei der Leiche gefunden«, sagt Rasmussen. »Wir überprüfen gerade seine Fingerabdrücke.«

»Die Ermittler sind dabei, das Büro von *Sand and Gravel* zu durchsuchen«, fügt Chambers hinzu. »Hofers Wohnhaus ist auch auf dem Grundstück. Wir haben den Durchsuchungsbeschluss und werden in den nächsten Stunden das gesamte Gelände unter die Lupe nehmen. Für Rabers Wohnung haben wir ebenfalls einen Durchsuchungsbeschluss erwirkt.«

»Welche Rolle spielt Raber bei dem Ganzen?«, fragt Tomasetti.

»Milan Swanz ist der gemeinsame Nenner.« Ich erinnere sie an meine Theorie über die Schwertler-Täufer und erzähle ihnen von dem Gespräch, das ich mit Hofer auf dem Weg zur Kiesgrube hatte. »Womöglich hatte die Gruppe Raber ins Visier genommen, ihn rekrutiert und ausgebildet. Und ihn benutzt, um an Swanz heranzukommen.«

Rasmussen schüttelt den Kopf. »Hört sich fast nach einer Sekte an.«

Ich nicke. »Ich hab keine Beweise – noch nicht –, aber ich glaube, es gibt eine kleine Gemeinschaft religiöser Fanatiker, die im Untergrund agiert und die historischen Ereignisse zur Rechtfertigung ihrer Morde benutzt.«

»Bei uns in Holmes County?«, fragt der Sheriff.

»Wie es aussieht, gibt es sie nicht nur hier.« Ich erzähle ihnen vom Lena-Stoltzfus-Fall in Lancaster County. »Ich glaube nicht, dass Swanz und Stoltzfus ihre einzigen Opfer sind. Und ich glaube auch nicht, dass Hofer allein gehandelt hat.«

Der Sheriff sieht mich an. »Wir sprechen mit mehreren Personen, die in der hiesigen Gemeinschaft leben«, sagt er. »Sobald wir die Frau ausfindig gemacht haben, die im Büro gearbeitet hat, bringen wir sie zur Befragung aufs Revier.«

»Das klingt, als wäre die Gruppe schon seit langem aktiv«, sagt Tomasetti.

Ich nicke.

»Wenn die Täufer – und da besonders die Amischen – eines wirklich gut können, dann ist es, die Tradition an die nächste

Generation weiterzugeben. Und das, selbst wenn diese Tradition, wie in diesem Fall, eine degenerierte Version ihres Glaubenssystems ist.«

Chambers nickt, hört aufmerksam zu. »Wir haben übrigens Hofers Handy«, sagt er. »Er hatte es bei sich. Es ist zwar nass geworden, aber die Daten auf der SIM-Karte können wahrscheinlich wiederhergestellt werden. Ist gerade auf dem Weg ins BCI-Labor.«

»Apropos Handy«, sage ich. »Ich glaube, Hofer war der anonyme Anrufer, der behauptet hat, Jacob in der Mordnacht auf der Dogleg Road gesehen zu haben.«

»Wir checken das.« Rasmussen nickt, sieht von mir zu Tomasetti und dann wieder zu mir. »Wir müssen jetzt zurück zum Tatort. Ich bin froh, dass es Ihnen beiden so weit gut geht.« Er zeigt auf Tomasettis verletzten Arm. »Lassen Sie sich verarzten, Agent Tomasetti, und der Rest wird sich in den nächsten Tagen finden.«

»Ich wäre Ihnen dankbar, wenn Sie mich über alle neuen Entwicklungen auf dem Laufenden halten«, sage ich.

Chambers blickt mich über die Schulter hinweg an. »Versprochen, Chief Burkholder«, sagt er.

Und dann sind beide weg.

EPILOG

Es sind die kleinen, zuweilen unbeachteten Dinge, die unser Leben bereichern. Und während die Jahre ihre unauslöschlichen Spuren hinterlassen, werden diese kleinen Geschenke umso bedeutungsvoller. Die Zeit kann einem schlimm zusetzen, wenn man es zulässt. Klüger ist es, das Gute anzunehmen, sich vergangene Fehler zu verzeihen und offen für all die wunderbaren kleinen Extras zu sein, die einem begegnen.

Es ist erst sechs Uhr abends und schon stockdunkel, als ich die Hintertür schließe, um Sturm und Schnee nicht ins Haus zu lassen. Gerade setzt der Schneesturm ein, und ich bin unsagbar froh, nicht unterwegs zu sein. Ich hänge meinen Parka in den Vorraum und betrete die Küche unseres Farmhauses, atme den Duft von Hefebrot und Holzrauch ein. Tomasetti steht mit dem Rücken zu mir an der Arbeitsplatte und schneidet einhändig das Brot, das ich vor einer Stunde aus dem Ofen geholt habe. Neben ihm steht bereits ein großer Holzteller, auf dem er Weintrauben und dünn geschnittenes Rindfleisch um ein Stück Stilton-Blauschimmelkäse arrangiert hat. Die zwei Gläser neben der offenen Flasche Tempranillo warten darauf, gefüllt zu werden. Ich höre das Feuer im Wohnzimmerkamin knistern, Nora Jones erfüllt die Luft mit ihrer magischen Stimme.

Die kleinen Dinge, denke ich, obwohl mir allzu bewusst ist, dass dieser Moment alles andere als klein ist und ich mich sehr glücklich schätzen kann.

»Hat dir schon mal jemand gesagt, wie gut dir meine Schürze steht?«, sage ich und stelle mich hinter Tomasetti.

»Das höre ich ständig.« Er blickt mich über die Schulter hinweg an und zwinkert. »Alle Ziegen und Hühner sicher im Stall?«

»Die Babys waren nicht gerade glücklich, eingesperrt zu werden, aber wenn in ein paar Stunden die Schneewehen mehr als einen halben Meter hoch sind, werden sie mir danken.«

Stirnrunzelnd konzentriert er sich auf das Brot, hält es mit dem Ellbogen des verletzten Arms fest und schneidet eine Scheibe ab. »Hab vor ein paar Minuten den Wetterbericht gehört«, sagt er.

»Ich traue mich gar nicht zu fragen.«

»Die schlechte Nachricht ist, dass wir fünfzehn Zentimeter Schnee und Sturmböen von sechzig Kilometern pro Stunde kriegen werden.«

»Und die gute Nachricht?«, frage ich.

»Wir werden fünfzehn Zentimeter Schnee und Sturmböen von sechzig Kilometern pro Stunde kriegen.« Er grinst mich an. »Und dass das Licht schon die ganze Zeit flackert, will ich gar nicht erwähnen.«

»Ist mir auch aufgefallen.« Ich nehme mir eine Weintraube und stecke sie in den Mund. »Nur gut, dass wir viele Kerzen haben.«

»Ganz zu schweigen vom bullernden Feuer und einer zweiten Flasche Tempranillo.«

»Dann schlagen wir heute Abend womöglich über die Stränge und trinken zwei Gläser.«

Ich greife um ihn herum und halte den Brotlaib fest, damit er besser schneiden kann. »Nora Jones ist eine gute Wahl, Tomasetti.«

»Finde ich auch«, sagt er. »Natürlich ganz ohne Hintergedanken.«

»Besser so, weil ich nämlich nicht sicher bin, ob die mit Gips und Schlinge überhaupt in die Tat umzusetzen wären.«

»Wenn du willst, bin ich bereit, es rauszufinden.«

»Große Worte für einen einarmigen Mann.«

Er legt das Messer beiseite, dreht sich zu mir um, nimmt mich in den unverletzten Arm und sieht mir mit nachdenklichem Gesichtsausdruck in die Augen. »Letzte Nacht hattest du einen Albtraum.«

»Tut mir leid, dass du dadurch aufgewacht bist«, sage ich, will seine Aufmerksamkeit wieder aufs Essen lenken, aber er lässt es nicht zu.

Tomasetti gehört nicht zu den Menschen, die über traumatische Erlebnisse immer wieder reden müssen. In dieser Beziehung sind wir uns ähnlich. Beide haben wir mehr als genug davon gehabt und wissen, dass das Leben zu kurz ist, um es mit Ängsten zu verbringen. Deshalb setzen wir uns mit ihnen auseinander, lassen sie hinter uns und machen weiter.

»Auch wenn andere es nicht so sehen«, sagt er, »ich bin ein ziemlich guter Zuhörer. Also, falls du darüber reden möchtest.«

Ich brauche einen Moment, entziehe mich seinem Arm, greife die Flasche und schenke die Gläser voll. Er nimmt den Teller mit den Leckereien, und wir stellen alles auf den Tisch. Die Kerze hat er bereits angezündet.

Er hebt sein Glas. »Auf fünfzehn Zentimeter Schnee und Sturmböen von sechzig Kilometern pro Stunde.«

Wir stoßen an und trinken beide einen Schluck. Der Wein schmeckt köstlich nach Pflaumen und dunklen Kirschen und prickelt auf meiner Zunge wie eine exotische Frucht.

Ich erkenne an Tomasettis Blick, dass er darauf wartet, dass ich zu reden beginne. Offensichtlich weiß er, dass ich es brauche.

»Es war nicht die Sache, dass ich Hofer ausgeliefert war, die mir höllische Angst gemacht hat«, sagte ich. »Es war auch nicht Clarence Raber oder das Wasser oder die Kälte. Es war nicht einmal der Gedanke, dass ich nicht überleben könnte.«

Er blickt mir fest in die Augen, nickt.

»Es war die Ungewissheit, nicht zu wissen, ob du tot bist oder lebst.« Peinlicherweise zittert meine Stimme. »Tomasetti, ich hatte noch nie so große Angst. Und ich habe noch nie so viel Verzweiflung und Hoffnungslosigkeit verspürt, und das hat mir noch zusätzlich Angst gemacht.«

»Es tut mir leid, dass du das durchmachen musstest«, sagt er. »Aber du wirst dich davon erholen, oder?«

»Ich denke schon.«

»Wenn es zum Problem wird, sagst du es mir dann?«

»Das ist es ja gerade«, sage ich. »Ich befürchte, dass es kein Heilmittel für unsere verrückte Liebe gibt.«

An der Art, wie er mich ansieht, kann ich erkennen, dass er noch mehr auf dem Herzen hat. Dass er etwas Wichtiges sagen möchte, aber zögert, weil er sich nicht sicher ist, ob er die richtigen Worte dafür findet.

»Woran denkst du, Tomasetti?«

»Meinst du außer an den Wein und den Käse?« Er sagt es leicht dahin, aber mir entgeht nicht die Nervosität, die in seinen Worten mitschwingt. Ich verspüre sie auch bei mir selbst.

Er schiebt die Hand des gesunden Armes über den Tisch und nimmt meine. »Wir tragen eine Menge Liebe in uns«, sagt er ruhig. »Vielleicht können wir ein wenig davon abgeben.«

Mein Herz schlägt höher, und für einen Moment bleibt mir die Luft weg. Seit Monaten kreisen wir um das Thema Familiengründung. Der Gedanke reizt jenen Teil von mir, der sich schon immer Kinder gewünscht hat. Und er weckt Panik in jenem anderen Teil von mir, der Polizistin ist und zu viel über die dunkle Seite dieser Welt weiß, die so grausam gegenüber Unschuldigen sein kann.

»Das können wir, und ich denke jeden Tag daran«, sage ich. »Es ist ein großer Schritt.«

»Besonders für uns«, sagt er. »Bei unserer Geschichte, und weil wir Cops sind. Gleichzeitig wissen wir beide auch, dass fast jeder Schritt, den es sich in diesem Leben zu gehen lohnt, ein verdammt großer ist.«

»Da ist was dran.« Wieder schlägt mein Herz höher, jetzt aber sanfter und wärmer und mitten in der Brust.

»Denken wir also darüber nach.« Er blickt auf den Teller. »Was hältst du davon, wenn wir uns in der Zwischenzeit den Stilton und dein Brot einverleiben?«

»Und uns ein wenig Zeit nehmen, über alles andere nachzudenken?«

»Nachdenken ist gut«, sagt er. »Tun wir das und sehen, was dabei herauskommt.«

Ich erhebe mein Glas. »Auf große Schritte.«

»Auf große Schritte«, wiederholt er.

Und wir stoßen miteinander an.

DANK

Im Laufe meiner Karriere als Schriftstellerin bin ich zahllosen Menschen zu Dank verpflichtet, die stets so freundlich und großzügig sind, mir ihre Zeit, ihre Expertise, ihre Liebe und ihre Unterstützung zu schenken.

Da es zu viele für so wenig Raum sind, möchte ich wenigstens ein paar von ihnen nennen. Mein besonderer Dank gilt Denise Campbell-Johnson für die langen Jahre ihrer Freundschaft und die vielen wunderbaren Abenteuer. Ich danke ebenfalls Sergeant Brandon Warman vom Strasburg Police Department, der mich auf eine Streifenfahrt mitgenommen hat. Ein großes Dankeschön auch an Bob Scanlon, der sich immer die Zeit nimmt, um an meinen Buchpräsentationen in unserer geliebten Stadtbücherei in Dover teilzunehmen. Vielen Dank an Kimberly Jarvis, an den Vorstand und all die Freiwilligen, die die Buchmesse in Buckeye jedes Jahr zu einem Highlight machen. Ich hoffe, Ihr alle wisst, wie sehr ich Euch schätze!

Darüber hinaus möchte ich jedem einzelnen Mitglied meiner Verlagsfamilie bei Minotaur Books danken. Und dort vor allem meinem außergewöhnlichen Lektor, Charles Spicer, der immer Zeit für ein Gespräch oder ein Brainstorming findet und dessen genauer Blick meine Bücher stets besser machen. Tausend Dank an meine brillante Agentin Nancy Yost dafür, dass sie ihre Weisheit, Expertise und Freundschaft mit mir teilt. Und ein großes Dankeschön außerdem an: Jennifer Enderlin, Andrew Martin, Sally Richardson, Sarah Melnyk, Hannah Pierdolla, Kerry Nordling, Paul Hochman, Allison Ziegler, Alisa Trager, Laurie Henderson, Omar Chapa, Kelley Ragland, David Baldeosingh Rotstein, Marta Fleming, Martin Quinn, Joseph Brosnan und Lisa Davis. Ich danke euch allen von Herzen!

Linda Castillo

Die Zahlen der Toten

Der erste Fall für Kate Burkholder

Band 18440

Ein Geheimnis, das dunkler nicht sein könnte

Die verstümmelte Leiche einer jungen Frau liegt auf einem schneebedeckten Feld. Ihr Mörder hat sie regelrecht abgeschlachtet und ihr eine römische Zahl in den Bauch geritzt. Polizeichefin Kate Burkholder muss einen Mörder finden, der grausamer nicht sein könnte.

»Nervenaufreibend … so atmosphärisch,
man könnte schwören, dass man den Schnee unter
den Füßen knirschen hört.«
Alex Kava

fi 18440 / 2

Linda Castillo
Saat der Sünde
Thriller

Der Tag des Gerichts ist gekommen

Auf einem Feld werden die Überreste des vor achtzehn Jahren verschwundenen Amisch-Bischofs Ananias Stoltzfus gefunden. Neben ihm Jonas Bowmans Waffe, mit der der umstrittene Geistliche gerichtet wurde. Die Polizei in Belleville betrachtet den Fall als geklärt, aber die Ältesten der amischen Gemeinde können nicht an Jonas' Schuld glauben. Sie bitten Polizeichefin Kate Burkholder um Hilfe. Diese kennt Jonas von früher, und der Fall weckt lange begrabene Erinnerungen in ihr.

Aus dem amerikanischen Englisch von
Helga Augustin
352 Seiten, broschiert

Weitere Informationen finden Sie auf
www.fischerverlage.de

Linda Castillo
Zorniges Herz
Thriller

Ein Herz, so dunkel, dass es alles um sich herum vergiftet ...
Polizeichefin Kate Burkholder steckt mitten in den Hochzeitsvorbereitungen, als sie zum Schauplatz eines ungewöhnlichen Verbrechens gerufen wird: Der 21-jährige Amische Aden Karn wurde mit einer Armbrust brutal ermordet. Das Opfer war gerade in seiner *Rumspringa*, einer Zeit, in der junge Amische das Leben außerhalb ihrer Glaubensgemeinschaft kennenlernen. Was ist während dieser Zeit geschehen, dass Aden sterben musste?

Aus dem amerikanischen Englisch von
Helga Augustin
352 Seiten, broschiert
978-3-596-70985-4